# 최인훈 소설 연구

# 최인훈 소설 연구

김 미 영

깊은샘

# 책을 내며

대학원에 진학하여 작가 '최인훈'에 매달린 지 벌써 10여 년이 지났다. 석사논문과 박사논문을 모두 최인훈 연구에 바쳤으니 긴 시간을 보낸 셈이다. 그럼에도 최인훈 문학은 높은 산처럼 내 앞에 서 있다. 연구하지 못한 부분이 아직도 산적해 있으며, 그나마 해 놓은 연구에서조차 부족한 부분이 너무 많아 '최인훈'은 평생 연인으로 삼아야 할 작가라는 생각을 떨칠 수가 없다. 할 일이 많다는 것은 행복한 일이지만 천학비재(淺學非才)를 실감하는 나로서는 부끄러움과 아픔 또한 크다. 그동안 꾸준히 해왔던 최인훈에 대한 연구를 한 권의 책으로 묶으면서 새로운 출발점으로 삼고자 한다.

이 책은 2부로 구성되어 있다. 제1부는 박사학위 논문 「최인훈 소설의 환상성 연구」를 수정 보완하여 만든 것이고, 제2부는 일반 논문 두 편을 수정하여 수록한 것이다. 1부는 최인훈의 1960년대 소설 중에서 환상적인 요소를 지니고 있는 텍스트를 대상으로 하였다. 서사구조와 서술방식 및 주체의 양상을 분석함으로써 최인훈 문학의 소설미학적 특성을 규명하는 데에 목표를 두었다.

전쟁과 분단에서 비롯된 작가의 LST(해군함정) 체험과 소설주체에 나타난 자아비판 체험 · 방공호 체험은 정신적 외상으로 작용한다. 정신적 외상을 극복하는 과정이 자아성찰을 토대로 하는 주체성 회복의 과정이라 하겠다. 이것이 최인훈 문학의 일관된 주제이다. 정신적 외상은 작가에게는 글쓰기의 동력이 되었고, 소설 주체에게는 자아성찰을 위한 길찾기의 계기가 되었다. 길찾기를 시도하는 작중인물의 행로는 로망스 구조를 현대적으로 변용한 나선형 여행구조에서 집중적으로 나타난다. 나선형의 로망스 구조는 서사의 전개를 지연시키고, 인물의 행위를 최소화하여 현대소설의 특징인 내면탐구를 심화시키는 효과를 주었다. 언어에 의해 재현된 '미궁' 속에서 길찾기를 탐색하는 환상적 서사의 인물들에게 나선형 로망스 구조는 서사의 기본틀이 되었다. 환상적 서사는 여기에 다시 자기 반영성을 지닌 거울 텍스트의 중첩과 패러디가 결합되어 복합적인 구조를 보여준다. 이렇게 중층적인 구조는 서사의 확대를 가져오면서 동시에 소설의 난해성을 증폭시키는 결과도 야기하였다.

환상적 서사의 서술방식은 다른 장르의 글을 혼합하거나 수필화의 경향을 띠고 있는 에세이적 글쓰기와 시공간의 경계를 무화시키면서 주체의 내면세계를 보여준 의식의 흐름, 몽타주가 대표적이다. 부조리한 현실에서 소설인물의 내면성과 작가의 주관성을 드러내기 위해서는 비서사적인 요소가 필요하였다.

최인훈 소설에 나타난 자아와 세계의 대립은 전쟁과 분단 체험에서 비롯된 것이다. 세계의 부조리를 인식하는 태도에 따라 주체는 '방황', '저항', '극복'의 세 양상으로 드러난다. 그의 환상성은 부조리한 현실을 상징하는 그 자체가 되기도 하고, 부조리 상황을 극복하기 위한 방법이 되기도 함으로써 이중적 성격을 갖는다.

제2부는 학회지에 발표한 일반논문을 수록한 것이다. 최인훈의 글쓰기 추동력이 된 상상력을 환상성과 신화적 이미지에서 찾아보았다. 최인훈의 모든 작품은 '미궁'이라 해도 과언이 아닐 만큼 난해하다. 그중에서도 「구운몽」에 나타난 '미궁신화'와 「수」의 팬신화, 『서유기』의 오디세우스 신화를 살펴 보았다.

이 한 권의 책이 나오는 데에는 많은 분들의 도움이 있었다. 지도교수이신 김시태 선생님께 머리 숙여 감사드린다. 아둔한 제자를 둔 인연으로 선생님께서는 인내심이 필요하셨을 것이다. 그러나, 선생님의 격려는 재능 없는 제자를 고무시키는 원동력이 되었다. 항상 따뜻한 말씀과 격려를 주신 장경희 선생님께도 머리 숙여 감사를 드린다. 박사학위논문의 심사를 맡아주신 현길언 선생님과 서경석 선생님께도 감사드린다. 부족함이 많은 논문을 학위논문의 틀로 보완해 주신 점 잊을 수가 없다. 또한, 최래옥 선생님을 비롯한 국어교육과 선생님들과 이승훈 선생님을 비롯한 국문학과 선생님들의 지도와 지적에도 깊이 감사드린다.

자주 뵙기는 힘들었지만 먼 곳에서 격려와 따뜻한 마음을 보내주신 우석대 김경순 선생님, 함께 있어서 대학원 생활이 즐거웠던 임은희, 조언을 아끼지 않은 많은 선후배와 동학들. 너무 많아서 일일이 호명하지 못함을 송구스럽게 여기며 고마운 마음을 전한다. 어려운 출판계의 사정에도 흔쾌히 출판을 허락해주신 깊은샘의 박현숙 사장님과 편집부원 여러분께도 감사드린다.

그리고 긴 시간 공부에 전념하도록 신경써준 사랑하는 우리 가족들에게 고마움을 전한다. 부모님, 원주와 정민이 부부, 미향이와 동환이 부부, 미라와 홍일이 부부에게 무어라고 고마워해야 할지. 가족이기에 가능한 일들이었다. 잘 풀리지 않는 글을 쓰는 동안 새로운 식구가 된 조카 민서와 수현이는 이모이자 고모인 나에게 너무나도 큰 즐거움을 안겨 주었다.

이제 빼놓을 수 없는 고마운 친구, 소희와 순각이, 현애와 효선이에게 이 책이 나온 기쁨과 고마움을 돌리고 싶다. 아침저녁으로 격려 전화를 해주고, 가장 힘든 심리적 고통들을 언제나 들어준 소희가 없었다면 이 책은 더 늦게, 더 어렵게 만들어졌을 것이다. 사랑하는 가족과 친구에게 두고두고 갚아야 할 일이 너무 많다.

2004년 9월에

김 미 영

# 차 례

# 제1부

# 최인훈 소설과 환상성

## I. 들어가기

최인훈의 소설세계는 다양한 스펙트럼으로 이루어졌다. 그 중 하나는 환상성이다. 이 글은 최인훈의 소설 중에서 환상성을 지닌 작품을 대상으로 하였다. 이를 '환상적 서사'라 부르겠다. 이 글은 환상적 서사의 독특한 구조와 서술방식 및 주체성의 형성과정을 분석함으로써 그의 소설미학적 특성을 규명하는 데에 목표를 둔다. 주된 관심사와 목표를 이렇게 한정한 것은 최인훈이 끊임없이 시도해 온 실험적 기법과 탐구의식이 환상적 서사에 핵심적으로 내장되어 있기 때문이다. 그의 소설이 지니고 있는 환상적 요소들을 구명하는 작업은 그의 작품세계를 이해하고 창작원리를 밝히는 데 있어 유익한 발판을 제공할 것으로 기대한다. 아울러, 이러한 작업은 최인훈 소설의 문학사적 위상과 함께 시대적 의미를 이해하는 데에도 이바지할 것으로 기대한다.

기존의 연구 성과를 검토해보면 그에 대한 평가는 주로 「광장」 한 편에 집중되어 있으며, 그 반응은 지극히 상반된 양상으로 나타난다. 긍정적 반응을 보인 백철의 견해와 부정적 반응을 보인 신동한의 견해가 그 단초를 이룬다.[1] 긍정적 반응을 보인 평가는 그의 소설에 나타난 반사실주의적 기법과 관념적 경향에 대하여 적극적인 의미를 부여하고 있다. 이러한 글쓰기가 현실비판과 자아탐구의 성취를 진지하게 이루어낸 것으로 보았다.[2] 반면, 부정적 평가를 한 논자들은 최인훈의 일반적 특징과 한계를 소피스트케이션의 언어유희로 지적하였다. 작중인물의 현실소외와 생활기반의 상실감은 내면세계로 지향하게 하였으며, 이는 곧 현실과의 충돌에서 패배한 소시민적 지식인의 자의식 과잉과 자기애의 오류로 보고 있다.[3] 이렇게 상반된 반응은 「광장」 이후의 많은 작품에도 그대로 통용되고 있다. 여기에는 그의

---

1) 백철은 「광장」에 대하여 문제성을 지닌 작품이라고 언급하면서 그런 근거를 3가지 지적하였다. 첫째는, 인간의 운명적인 고민을 실현시키는 데 있어서 자료를 우리 한국 남북의 현실적인 비극에서 구한 점, 둘째는, 맹렬한 리얼리티를 가지고 독자를 공격해온 점, 셋째는, 남북통일론에 대한 암시와 실험의 사실을 제시해 준 점이다.(「하나의 돌이 던져지다」, 『서울신문』, 1960. 11. 27) 이 글에 대한 반박은 신동한이 하고 있다. 그는 백철이 제기한 '문제성'이라는 것을 「광장」에서 찾을 수 없다고 보았다. 이 작품이 보여주는 비판 폭로는 4 · 19 이전에도 저널리즘에서 표현한 것이며, 행동 정신이 결여된 창백한 지식 청년에게서 통일의 이미지를 연상하는 것은 확대해석이며, 주인공이 갈매기를 보며 낭만의 상징을 꿈꾸는 것은 리얼리티를 상실한 것이라고 반박하였다.(「확대해석에의 이의」, 『서울신문』, 1960. 12. 14)

2) 김 현, 「헤겔주의자의 고백」, 『최인훈론』, 은애, 1979.
오생근, 「창을 넘어 삶의 광장으로」, 『발간 40주년 기념 한정본 광장』 해설, 문학과지성사, 2001.
이태동, 「문학의 인식작용과 야누스의 얼굴」, 『세계의 문학』, 1978. 여름호.
송재영, 「분단시대의 문학적 방법」, 『현대문학의 옹호』, 문학과지성사, 1979.
김주연, 「분단시대와 지식인의 사랑」, 『변동사회와 작가』, 문학과지성사, 1979.

실험의식 및 탐구의식에서 비롯된 반사실주의적 기법과 관념적 경향이 주요 원인으로 작용했기 때문이다.

최인훈 소설에 나타난 세계 인식태도와 창작방법을 균형적인 시각으로 파악하여 그 성과와 한계를 동시에 지적하고 있는 논자로는 염무웅[4]과 정과리[5]를 들 수 있다. 염무웅은 최인훈의 소설 인물이 '상황과 자아'의 대결 구도에 있다고 천착하여 당대 현실의 '악마적 상황'을 강조하고 있다. 그는 최인훈의 소설에 나타난 관념적 성격과 내면화의 양상을 인식구조와 관련시켜 비판적으로 분석하면서 한국적 상황에서 그의 소설이 갖는 의미와 한계를 밝혀 두었다. 정과리 또한 최인훈 문학을 자아와 세계의 대립적 인식으로 보고 그것을 서술방법을 통해 규명하고 있다. 특히 최인훈 소설의 탁월성은 개항 이후 한국사의 핵심을 정확히 꿰뚫어 보고 있는 작가의 현실인식에서 비롯된 것이라는 지적을 하였다.

천이두와 이태동, 송재영 등은 이 글의 중심 테마인 환상성의 문제를 다룬 바 있다. 천이두[6]는 최인훈 소설의 환상적 시공간이 그의 문학세계를 우화적 · 상징적인 성격으로 짙게 하였으며, 사실주의적 의미에 있어서 일상 현실로부터의 일탈은 전통적인 소설문학의 기본적

---

3) 염무웅, 「상황과 자아」, 『최인훈론』, 은애, 1979.
이　순, 「최인훈론」, 『연세어문학 5집』, 1974.
이보영, 「최인훈론」, 『문화비평』, 1973. 봄호.
이동하, 「최인훈의 「광장」에 대한 재고찰」, 『현대소설의 정신사적 연구』, 일지사, 1989.

4) 염무웅, 「상황과 자아」, 『최인훈론』, 은애, 1973.

5) 정과리, 「자아와 세계의 대립적 인식」, 『문학과 지성』, 1980. 여름호.

6) 천이두, 「밀실과 광장」, 『문학과 지성』, 1976. 겨울호. 『최인훈론』, 은애, 1979.
천이두, 「추억과 현실과 환상」, 『최인훈론』, 은애, 1979.

속성을 거부하는 것이라고 보았다. 이태동[7]은 환상성의 의미를 긍정적으로 보았다. 최인훈의 환상성을 현실도피의 차원으로 폄하하였던 기존의 연구에서 벗어나 이를 고차원적 사실주의나 상징주의라고 평가한 것은 고무적인 지적이 된다. 그러나 최인훈 소설의 초현실성은 현실에 대한 '진실'을 표상하고 있으므로 리얼리즘이라고 결론지은 것은 환상을 여전히 리얼리즘의 그늘 아래 복속시키는 결과를 초래하였다. 송재영[8] 역시 최인훈 소설에서 꿈의 모티프와 환상기법이 지닌 효과를 검토한 후에 기법 차원에서는 비사실적이지만 그것이 취급하는 소재나 작가의식의 차원에서는 철저히 리얼리즘적이라고 결론내렸다. 이러한 접근 방식은 문학에서 환상이 지닌 독자적 의미 생성력이나 사실주의에 대한 환상성의 비판적 거리를 정당하게 평가하는 데 어려움을 준다. 환상성을 문학의 본질로 이해하기보다 리얼리즘의 대척점에서 리얼리즘보다 열등하다는 인식을 바탕으로 하기 때문이다.

최근의 연구 동향을 보면, 최인훈은 '1960년대 문학'을 대표하는 작가 중의 한 명으로 보는 관심이 확산되었다. 이를 계기로 그에 대한 연구는 새로운 전환점을 맞고 있다. 그간의 연구는 「광장」 한 편에 치우친 경향이 강했는데 이제 연구는 주제도 다양해졌으며 대상 텍스트 또한 「구운몽」과 『서유기』를 비롯한 전반적인 작품 분석으로 확대되었다. 이것은 연구자들의 시각이 주체성, 이데올로기, 정신분석 등의 주제론과 담론, 서술방식, 패러디, 환상성 등의 형식론으로 관심이 증폭되고 있음을 시사한다.[9]

---

7) 이태동, 「문학의 인식작용과 야누스의 얼굴」, 『세계의 문학』, 1978. 여름호.
8) 송재영, 「꿈의 연구-최인훈의 초현실주의 소설」, 『작가세계』 4, 1990.

이 글은 환상적 서사의 구조와 서술방식을 중점적으로 다루면서 주체성에 대해서도 관심을 가질 것이다. 주체성에 대한 기존 논의는 이호규, 김인호의 연구를 주목할 수 있다. 이호규[10]는 1960년대 소설에서 이호철, 김승옥, 최인훈의 작품에 등장하는 주체생산의 과정을 연구하였다. 최인훈에 대한 논의로 제한해서 살펴보면 한 사회의 특수성에 영향을 받아 생산되는 주체의 양상이 피상적으로 다루어지고 있어 기존 연구에서 드러난 최인훈의 작중 인물 연구에서 크게 새로워진 점은 없다고 본다. 김인호[11]의 경우  해박한 탈근대 이론의 적용으로 소설주체를 예속의 주체, 저항의 주체, 해방의 주체로 분류하고 있으며, 이 글을 쓰는 데 토대를 마련해 주었다. 서은주[12]의 연구는 최인

---

9) 허영주, 「최인훈 소설의 정신분석학적 연구」, 계명대 박사학위논문, 1995.
이인숙, 「최인훈 소설의 담론 특성 연구」, 고려대 박사학위논문, 1998.
이호규, 「1960년대 소설의 주체 생산 연구-이호철, 최인훈, 김승옥을 중심으로」, 연세대 박사학위논문, 1999.
양윤모, 「최인훈 소설의 '정체성 찾기'에 대한 연구」, 고려대 박사학위논문, 1999.
김기주, 「최인훈 소설 연구」, 동국대 박사학위논문, 1999.
김인호, 「최인훈 소설에 나타난 주체성 연구」, 동국대 박사학위논문, 1999.
서은주, 「최인훈 소설 연구-인식 태도와 서술 방식의 상관성을 중심으로」, 연세대 박사학위논문, 2000.
임경순, 「1960년대 지식인 소설 연구」, 성균관대 박사학위논문, 2000.
박정수, 「현대소설의 환상성 연구」, 서강대 박사학위논문, 2001.
김영찬, 「1960년대 한국 모더니즘 소설연구-최인훈과 이청준의 소설을 중심으로」, 성균관대 박사학위논문, 2002.
박은태, 「1960년대 소설연구-시민사회의 전개와 소설 구조의 조응 양상」, 부산대 박사학위논문, 2002.

10) 이호규, 「1960년대 소설의 주체생산 연구-이호철, 최인훈, 김승옥을 중심으로」, 연세대 박사학위논문, 1999.

11) 김인호, 「최인훈 소설에 나타난 주체성 연구」, 동국대 박사학위논문, 1999.

12) 서은주, 「최인훈 소설연구-인식태도와 서술방식의 상관성을 중심으로」, 연세대 박사학위논문, 2000.

훈 소설의 특성을 작가의 인식태도와 서술방식에 주목하였다. 그의 연구는 최인훈 소설의 인식태도와 서술방식의 연관성을 상세히 밝혀 진전된 연구 성과를 보여주고 있으나 최인훈 소설주체의 자아성찰의 문제가 서술방식과 어떤 관계를 맺고 있는지에 대한 분석은 다소 미흡하다. 최인훈 소설의 총체적 윤곽으로 보기에는 아쉬움이 남는다.

이 글의 중심 테마인 '환상성'은 박혜주, 황순재, 정혜영, 유초선, 송명진, 박정수의 연구에서 논의되고 있다.[13] 먼저, 황순재는 최인훈 소설의 환상성을 「광장」, 「가면고」, 『서유기』, 「총독의 소리」 등을 분석대상으로 하여, 담화 상황의 환상과 텍스트 구조의 환상, 그리고 문화적 감수성의 환상으로 구분하고 있다. 정혜영은 환상문학의 특질을 전언, 초자연적 사건, 망설임, 도구적 인물 배치로 규정하고, 환상문학의 효과를 현실드러내기와 욕망의 표출로 보았다. 그가 내세운 환상문학의 특질은 사르트르의 논의와 토도로프의 논의에서 가져온 것인데 환상문학의 효과를 상식적인 차원에서 언급하고 있다. 이들 논의에서 아쉬움을 남기는 것은 '환상'으로 최인훈 소설세계를 조명했을 경우, 얻을 수 있는 새로운 시각이나 논의의 생산성을 보여주지 못했다는 점이다.

조보라미는 의식 차원에서의 환상과, 작품 구조 차원에서의 환상성

---

13) 박혜주, 「최인훈 소설의 사실성과 비사실성 연구」, 이화여대 석사학위논문, 1984.
황순재, 「최인훈 소설의 환상기법 연구」, 부산대 석사학위논문, 1989.
정혜영, 「최인훈 소설의 환상성 연구」, 숭실대 석사학위논문, 1992.
유초선, 「최인훈의 반사실주의 소설 연구」, 이화여대 석사학위논문, 1998.
조보라미, 「최인훈 소설의 환상성 연구」, 서울대 석사학위논문, 1999.
송명진, 「최인훈 소설의 사실효과와 환상효과 연구」, 서강대 석사학위논문, 2000.
박정수, 「현대소설의 환상적 상상력 연구」, 서강대 박사학위논문, 2001.

을 구분해서 작품을 분석하였다. 기존연구의 논의 대상에서 제외되었던 작품들까지 다룸으로써 환상성의 외연을 넓힌 데 그 의의가 있다. 송명진은 최인훈 소설을 사실효과로 구성된 허구세계(「광장」, 『회색인』)와 환상효과로 구성된 허구세계(「구운몽」, 『서유기』)로 구분하고, 각각의 허구세계가 의미화되는 방식을 독자 수용 지평에서 해명하고자 했다. 유초선의 논문은 이전의 논의에서 볼 수 없었던 환상의 주제구현 기능을 해명하고 있어 주목할 만하다. 그는 최인훈의 소설 세계를 탐색 로망스의 구조로 설정한 뒤 환상적 요소와 편력의 목표물, 탐색의 진행과 미로 구조, 삽화적 구성과 관념 표상 기능 등을 다각적으로 검토하고 있다. 반사실주의 소설인 「가면고」, 「구운몽」, 『서유기』를 대상으로 하여 편력 로망스 구조의 성과를 밝히고 있다. 이러한 구조가 소설 주인공의 욕망을 성취하기 위한 것이었음을 지적하였다. 그러나 최인훈의 대상 작품들은 단일한 서사구조로만 된 것이 아니라 로망스 구조, 거울 텍스트, 패러디가 동시에 결합된 복잡하면서도 확대된 서사들이다. 이렇게 종합적인 서사구조를 단순화시킨 점이 있으나 이 글을 집필하는 데 토대를 마련해 준 선행연구였다.

박정수는 장용학, 최인훈, 박상륭 등의 현대소설에 나타난 환상적 상상력을 연구하였다. 최인훈 소설의 환상성으로 제한하여 볼 경우 그는 환상성의 의미에 천착하여 작품들을 깊이 있게 분석하고 있다. 서사면에서 거울 텍스트를 이용하여 작품 내 액자구성의 관계를 설명하고, 언어와 기호학적 관점, 불교적 관점을 이용하여 논지를 전개하고 있어 환상성이 최인훈 문학에서 거둔 미학적 효과를 다각도로 보여주고 있다. 그러나 그는 동양의 불교적 기원을 언급하면서 최인훈의 환상성은 동양의 전통을 계승한다고 보았다. 필자는 이를 넘어서고 있는 작가가 바로 최인훈이라고 본다. 최인훈은 동양의 傳奇性과 서양의 카프카식의 변신 모티프 등 환상문학의 일반적 모티프를 모두 수용하고 있으며 서술방식에 있어서도 현대 모더니즘 소설의 글쓰기 수법 등을 다양하게 이용하고 있다. 이것은 그의 문학이 동 · 서양의 문학적 양식을 다채롭게 수렴하여 깊이와 넓이를 확보한 것이라고 하겠다.

'환상성'을 다룬 연구들을 검토한 결과 다음과 같은 문제점을 발견할 수 있었다. 첫째는, 대상 작품이 「가면고」, 「구운몽」, 『서유기』 등에 치우쳐 있다는 점이다. 최인훈의 독특한 문학 세계는 사실주의 경향의 작품보다는 반사실주의 경향의 작품에서 더 분명하게 드러나는 경향이 있다.[14] 그리고 그의 문학세계를 바르게 이해하기 위해서는 '환상성'의 성격이 드러나는 작품을 전반적으로 다루는 것이 타당하다고 본다. 둘째는, 서구의 이론을 무리하게 적용할 경우, 최인훈 텍스트의 소설미학을 놓치는 우를 범하게 된다는 점이다. 이론에 승한

14) 그의 작품을 사실주의와 반사실주의로 구분한 것을 보면 다음과 같다.
사실주의 계열-「GREY구락부 전말기」, 「라울전」, 「9월의 다알리아」, 「우상의 집」, 「수(囚)」, 「7월의 아이들」, 「크리스마스 캐럴 1, 2」, 「전사에서」, 「웃음소리」, 「크리스마스 캐럴 4」, 「국도의 끝」, 「정오」, 「공명」, 『소설가 구보씨의 일일』, 「무서움」, 「귀성」, 「만가」, 「달과 소년병」, 「광장」, 『두만강』, 『하늘의 다리』, 『회색인』, 『화두』 등이다.
반사실주의 계열-「열하일기」, 「놀부뎐」, 『총독의 소리』, 「주석의 소리」, 「춘향뎐」, 『태풍』, 「금오신화」, 「크리스마스 캐럴 3, 5」, 「옹고집뎐」, 「가면고」, 「구운몽」, 『서유기』 등이다.(유초선, 「최인훈의 반사실주의 소설 연구」, 이화여대 석사논문, 1998, 8쪽) 필자는 이 구분에 동의하면서 사실주의 계열에 포함된 「웃음소리」, 『하늘의 다리』, 「만가」는 반사실주의 계열로 보는 것이 더 타당하다고 본다. 이상과 같은 구분을 하는 것은 타 작가와 비교할 때 상대적으로 반사실주의 경향이 우세함을 보여주는 것으로서 그의 문학성을 드러내는 중요한 방식이 환상에 있음을 확인하기 위함이다.

연구일수록 작품분석을 소홀히 하는 경우를 발견할 수 있다. 셋째는, 최인훈 소설의 환상적 요소를 차별화하여 구체적으로 밝히지 못한 아쉬움이 있다. 최인훈의 반사실주의적 경향은 '래디컬한 반역아'나 '이단자'[15]로 이미 지적되었다. 이는 새롭고도 독특한 모더니즘 문학의 한 양상을 드러낸 것이기에 이런 방향에서 검토할 경우, 최인훈 문학의 특성을 규명할 수 있으리라고 본다.

최인훈의 글쓰기는 자아 정체성을 찾는 과정으로 집약되며, 이는 그의 '어질머리'[16]를 가라앉히는 방법이기도 하다. 따라서 그의 소설들은 탐구적인 성향을 띤 '성찰의 서사'로 나타난다. 성찰의 서사가 가져다 준 가장 큰 효과는 전쟁체험으로 인한 정신적 외상의 극복이었다.[17] 최인훈이 지속적으로 관심을 가진 것은 전쟁과 분단의 체험이 한국인의 삶을 어떻게 훼손시켰는지 추적하면서 그 상처를 치유할 수 있는 가능성이 존재하는지 탐색한 점이다.

최인훈의 환상적 서사는 대체로 1960년대에 발표되었기 때문에 1960년대 문학의 지형도 속에서 파악해야 한다. 일반적으로 50년대 문학과 1960년대 문학의 가장 큰 변별점은 '개인의식의 확보'와 '자기 세계의 구축', 그리고 '서사성의 확보'로 논의가 모아지고 있다. 1950년대는 아직 6 · 25 전쟁의 자장 안에 머물러 있는 시기로서 당대 현실을 객관적으로 파악할 수 있는 시간이 부족한 때였다. 이에 비해 1960

---

15) 천이두, 「추억과 현실과 환상」, 『최인훈론』, 은애, 1979, 262쪽.

16) '어질머리'는 최인훈 텍스트에 나타나는 용어로서, 그가 월남할 때 탔던 해군함정 LST의 고통스러웠던 체험을 비유적으로 표현한 것이다. 배를 탈 때 생기는 어지럼증이 배멀미이듯 험난한 인생 과정에서 생긴 정신적 상처를 '어질머리'로 보았다.

17) 하정일, 「주체성의 복원과 성찰의 서사」, 『1960년대 문학연구』(민족문학사연구소 현대문학분과), 깊은샘, 1998, 22쪽.

년대는 상대적으로 역사적 상황을 객관적으로 판단할 수 있는 시간적 여유가 마련되었다.

연구사 검토에서도 밝혔듯이 최인훈에게 현실세계는 자아와 대립된 '악마적' 상황이다. 당대 현실은 전쟁과 분단의 체험, 4 · 19 혁명의 실패와 군사정권의 수립으로 그에게는 '부조리'의 상황을 첨예하게 보여주는 공간이다. 그러므로 그의 세계인식 태도는 방황과 소외, 비판과 저항 등으로 집약되며 그의 소설인물도 이 범주 속에 있다. 예술은 어떤 방식으로든 자신을 배태시킨 사회에 대해 반응을 보이기 마련이다. 즉 문화적 담론은 정치, 사회적 모순에 대해 암시적이든 명시적이든 그 어떤 태도를 유지하며 상징적 해결책을 제시하고자 한다. 그의 경우도 이러한 시도가 끊임없는 실험정신을 통해 새로운 소설형식으로 나타났다. 이때 '환상성'은 그의 세계 인식태도를 반영한 것이다.

최인훈의 환상적 서사가 합리적 이성과 사실주의적 규범으로 경사된 문학권에서 주변부에 맴돌던 환상성을 소설속으로 부상시킨 점은 지배적인 근대담론에 대한 부정의식을 미적으로 표현한 것이다. 따라서 환상적 서사로 글쓰기를 실천한 것은 두 가지 의미를 띤다. 하나는 문학적 측면에서 보았을 때 기존 서사규범에 대한 도전의식을 나타낸다. 이것은 나아가 1930년대 모더니즘 소설을 계승, 심화시킨 점도 포함한다. 두 번째는 사회적 측면에서 볼 때, 지배적이고 폭력적인 근대 담론에 저항할 수 있는 방법이라는 점이다. 근대적 사유체계와 미적질서에 대한 '부정성'을 전복성을 지닌 '환상성'으로 시도한 셈이다. 최인훈의 창작활동 시기였던 1960년대는 김승옥, 이청준, 서정인 등도 모더니즘적 글쓰기를 시도하여 문단의 주목을 받던 때이다. 이들과 같은 모더니즘 계열의 작가이면서도 변별성을 띠는 최인훈의 소설은 바로 '환상성'의 수용에서 찾을 수 있다.

서사구조에 부조리한 세계를 반영할 경우 그 구조는 세계를 닮기 마련이다. 그래서 부조리의 세계처럼 난해해 보일 수 있다. 또한 서사구조에 환상성을 도입하는 것은 작중인물의 주체형성과 관계가 있다. 환상성은 주체성 회복이 현실적으로는 상당히 힘든 과정임을 보여주고자 할 때에 유효한 장치가 된다. 실제로 주체성 회복의 문제는 작가의 의도만큼 단순한 것이 아니기 때문이다.

이 글은 최인훈 소설에서 나타난 '환상성'의 성격과 그의 소설미학적 측면을 고찰하는 데에 목적을 두었다. 선결해야 할 과제는 환상성의 개념 정의와 그 양상을 파악하는 것이다. 문학 개념 중에는 다의성을 띤 성격 때문에 명확한 정의를 내리기 어려운 용어들이 많은 편이다. 환상성도 그러한 용어 중의 하나로서 환상성에 관심을 가진 이론가의 이름만큼이나 그 정의도 다양하다. 일반적으로 '환상'에 대한 정의는 세 가지 층위의 문제를 제기한다. 즉 통칭 환상이라고 할 때 그것은 어떤 사건인지, 환상적 사건에 대하여 작중 인물은 어떤 반응을 나타내며, 나아가 독자는 어떤 반응을 하는지에 대한 질문을 해결해야 한다. 이러한 문제를 해결하는 데는 환상문학을 선구적으로 체계화시킨 토도로프의 이론을 수용하는 것이 무리가 없을 것으로 본다. 토도로프의 이론은 '환상문학'이라는 하나의 장르를 만드는 경향이 있지만 다양한 이론들의 갈래를 수렴하는 구실을 하기 때문이다.

토도로프는 환상성의 조건을 세 가지 제시하고 있다. 첫째로, 텍스트에 나타난 초자연성에 의해 독자의 망설임이 있어야 하며, 둘째로, 작중의 인물이 이 망설임을 느낄 수 있어야 하며, 마지막으로, 독자가 텍스트에 대해서 특정한 태도를 취하는 것이 중요하다고 하였다. 즉 독자가 〈시적〉, 〈우의적〉 해석을 거부해야 한다고 보았다.[18] 그러나 이와 같은 장르론적 관점은 환상성을 협소하게 하고, 사회학적인 관점에서 고찰해야 할 과제를 남기고 있다.

로즈메리 잭슨은 환상성은 문화적 안정성을 전복시키고 잠식하는 기능을 하며, 환상문학은 이러한 위반에의 충동을 주제적 차원에서 다룬 것이라고 하였다. 그러나 모든 환상문학이 반드시 전복적인 것은 아니다. 반대로 환상문학은 욕망의 대리충족을 제공하고 위반을 향한 충동을 중화시킴으로써, 오히려 제도적 질서를 재확인하는 기능을 하기도 한다.

잭슨에 따르면, 19세기 사실주의 소설 또한 고딕적인 요소를 통해 현실 규범들에 대해 문제를 제기하지만 결국 타자화된 환상적 존재들은 희생되거나 폭력적으로 억압된다.[19] 그러나 이러한 논의는 일면적이기도 하다. 현실 재현적인 특성이 지배적인 리얼리즘 소설에 끼여드는 환상은 현실과는 무관하게 가공된 이차 세계가 아니라 눈에 보이는 현실의 틈새로 비어져 나온, 감추어진 또 다른 현실의 재현으로 해석될 가능성이 높기 때문이다. 이때 환상의 영역은 현실 질서 속에서 억압된 정치적 무의식이 표출될 수 있는 장소가 될 수도 있다.

캐스린 흄은 '환상성'을 미메시스와 마찬가지로 예술적 충동의 하나로 보았다. 전통적인 현실 재현의 문학관의 한계를 비판하면서, 미메시스가 문학과 현실을 등치적 관계에서 접근하는 방식이라면, '환상'은 등치적 관계 너머에서 리얼리티를 해석하는 접근 방식으로 보고 있다. 또한 대상 작품을 19세기를 전후한 서사 작품에 국한시키지 않

18) 토도로프, 이기우 역, 『환상문학 서설』, 1996, 131쪽.
19) 로즈메리 잭슨, 서강문학연구회 옮김, 『환상성-전복의 문학』, 문학동네, 2001.

고, 멀리 그리스 신화에서부터 중세의 사가문학, 그리고 현대의 포스트모던 소설로까지 그 영역을 확대하여 자신의 문학적 관점을 뒷받침하고 있다. 이러한 작품 분석을 토대로, 문학과 삶을 보다 폭넓게 이해하기 위해서는 환상과 미메시스의 상호 작용을 간과하지 말아야 한다고 주장한다.[20]

캐서린 흄은 모방과 더불어 환상을 문학의 본질적 요소로 간주함으로써, 환상문학을 아주 포괄적으로 정의내리고 있다. 그녀에 의하면 "문학은 두 가지 충동의 산물이다. 그것에는 바로 모방하고 싶고, 사건들, 사람들, 상황, 그리고 대상을 묘사하고 싶은 욕망인 미메시스, 그리고 주어진 곳을 바꾸고, 현실을 변형시키고 싶은 욕망인 환상이 있다." 이처럼 흄은 환상을 문학의 본질적인 한 측면으로 이해하기 때문에 문학의 하위 장르로서의 환상문학이라는 개념 자체를 부정한다.

E. M. 포스터의 『소설의 양상』에도 '환상성'에 대한 의미 있는 지적들이 제시되어 있다. 6장 '환상'과 7장 '예언'에서 그는 한 편의 소설이 만들어지는 과정에서 공상(fancy)과 예언(prophecy)의 요소를 결코 무시할 수 없다고 하였다. 소설에는 시간, 인물, 논리, 기타 파생물 이상의 것, 심지어는 운명 이상의 것이 있는데 그것은 마치 한줄기 불빛처럼 이런 형상들을 꿰뚫어 어떤 곳에서는 이런 것들과 밀접한 관련을 맺고 그들의 문제를 끈덕지게 밝혀주기도 하고, 또 어떤 곳에서는 마치 그것들이 존재조차 하지 않는 듯이 그들을 지나쳐 버리는 무엇을 의미하기도 한다고 보았다. 그는 이 한줄기 불빛에 환상과 예언이라는 이름을 붙였다.

20) 캐스린 흄, 한창엽 역, 『환상과 미메시스』, 푸른나무, 2000, 20-21쪽.

포스터가 말한 환상이란 소설 속에 귀신, 유령, 천사, 원숭이, 괴물, 난장이, 무인도, 미래, 과거, 지구의 내부, 4차원 세계, 성격분열 등 비현실적이거나 초자연적인 존재와 세계가 등장하는 것을 뜻한다.

포스터 이론의 날카로움은 소설에서 '환상'의 개념을 인정한 것보다는 환상이 독자들에게 요구하는 내용을 밝혀놓은 데 있다. 소설의 환상이 독자에게 요구하는 것은 독자가 부가물을 지급하도록 요구하는 것이다. 그의 말을 따르면 박람회에 들어갈 때 입장료를 치렀는데도 특별한 여흥을 보기 위해서는 따로 6펜스를 치러야 하는 것과 같은 것이라고 비유하였다. 즉 환상은 그 방법이나 주제가 이상하기 때문에 부가조정을 요구하는 것이다.[21)]

'환상성'을 거론할 때, 최근의 이론가로 슬라보예 지젝과 그를 중심으로 한 학파를 빼놓을 수 없다.[22)] 슬라보예 지젝을 중심으로 한 슬로베니아 라캉 학파는 라캉 이론을 해석함에 있어 '환상'을 중요하게 다루고 있다. 이 학파는 이데올로기의 근본 메커니즘인 동일시, 주인 기표의 역할, 이데올로기적인 환상을 꾸준히 기술하고 이론화한다. '환상'은 사회적 장이 구축될 때 중심이 되는 '적대관계' 내지는 근본적인 분열을 은폐하는 상상적인 시나리오가 된다. 이 글은 토도로프의 환상문학 조건을 기본 토대로 하면서 그의 이론을 수정한 로즈메리 잭슨의 이론도 부분적으로 수용할 것이다. 토도로프에 의할 경우 환상은 초자연적 · 비현실적 · 불가능한 사건이 발생하는 경우를 가리킨다. 작중인물은 현실 논리와 초자연적 사건의 충돌로부터 야기된 상황에서 보통 주저함, 망설임의 정서적 · 지적 반응을 보이게 된다. 아

---

21) E. M. 포스터, 이성호 역, 『소설의 이해』, 문예출판사, 1989, 116-136쪽 참조.
22) 슬라보예 지젝, 이수련 옮김, 『이데올로기라는 숭고한 대상』, 인간사랑, 2002.

울러 이 글에서 캐서린 흄이 환상을 리얼리즘의 대척점으로 인식하지 않고, 문학의 본질로 보는 점도 간과하지 않겠다.

최인훈 문학에서 정치 · 사회적 환경은 인물의 삶에 지대한 영향을 끼친다. 이것은 모든 예술 작품에 해당하는 것이지만 최인훈 소설인물들은 특히 외부환경이 외상으로 작용하여 주체형성에 결정적 요인이 되고 있어 이 점에 주목해야 한다. 이런 점에 관심을 둔 환상문학 이론가는 로즈메리 잭슨이다. 그녀는 정치적 · 사회적 환경을 프로이트 이론과 접목시킨 이론가로 주목받고 있다. 그의 이론은 사회적 배경을 중시하고, 정신 분석을 이용하면서 환상성과 무의식적 욕망의 관계를 규명하고 있다. 이러한 이론 경향은 최인훈 소설의 환상성의 의미와 작중인물의 주체형성 과정을 분석하는 데 유효할 것으로 기대한다. 로즈메리 잭슨의 이론은 작품의 의미를 탄력적으로 드러낼 수 있기 때문이다.

최인훈은 소설 이론에 전문적 소양을 갖춘 작가로서 환상성에 대한 자신의 견해를 피력하고 있다. 작가의 이론이 작품 창작에 고스란히 적용되는 것은 아니지만 작품 분석에 하나의 시금석이 될 수 있으므로 그의 문학 이론들도 존중해서 다룰 필요가 있다. 그의 산문이나 평론을 보면 그가 '환상성'의 개념화에 상당한 노력을 쏟고 있음을 알 수 있다. 「인간의 Metabolism의 3형식」에서는 예술과 환상의 관계가 체계화되어 나타난다.

> ① '자기' 속에 '또하나의 자기와 세계'를 가진다는 의식의 환상성을 부정하여, 자기 속의 또 하나의 자기와 세계가 밖의 세계 '안'에 있음을 지각하는 것이 이성(과학)의 세계이며, 예술은 이

> 이성과 과학의 세계를 다시 부정하여, 의식의 근원적 착오이며 출발적 원형인 '환상' 수준으로서의 의식을, 생명의 논리적 최종 목표인, 인간 주체의 객체에 대한 완전한 제압의 Simulation으로서 활용한다.

> ② 세계와 나의 관계를 W(세계)-I(나)로 표시하고, W와 I를 한 조로 삼는 계를 X라 하고, 이 X를 I의 의식에도 표시하면 X′를 얻는다. 인간의 의식 속에 성립하는 이 X′는 두 가지 성격을 가진다. X'를 '정보'라고 취급하는 입장에서는 이 X′는 '이성', 세계와 자아를 '방법적'으로 '밖'에서 다루는 정신적 장치가 된다. 그러나 꿈이나, 환각의 경우처럼 X′가 '현실'로 취급되는 경우에는, 즉 X=X′된다.
>
> 현실 세계에서는 X의 부분인 I가, 의식의 한 형태인 꿈, 환각, 환상 속에서는 스스로 X′, 즉 자기를 초월하는 실재가 되는 경험을 가진다. 꿈이라는 의식의 형식으로 존재하는 시간 속에서의 자아는, 자기 속에 '세계와 또 하나의 자기'를 가지는, 'X′라는 나'가 된다. 나와 세계의 모순을 모순대로 유지하면서도 나와 세계를 초월해 있다는 상태가 '환상'이라는 의식형태의 구조이다. 예술은 이 형태를 자각적으로 운용하는 기술이다.[23]

최인훈은 현실 세계를 X, 환상 세계는 X′로 표현하고 있다. 그는 모순 투성이의 현실 세계에서 앓고 있는 '나'를 구제할 수 있는 방법을

23) 최인훈, 「인간의 Metabolism의 3형식」, 『꿈의 거울』, 우신사, 1990, 292-293쪽.

'환상'으로 보았다. 환상은 모순을 안고 있는 현실 세계와 '나'의 거리를 객관적으로 유지시키는 능력을 길러주어 현실 세계를 분석할 수 있고 다시 종합할 수 있게 한다고 본다. 즉 환상은 현실 세계를 정확하게 인식할 수 있는 안목을 높여 예술을 창조할 수 있게 한다는 것, 예술을 생성해내는 원동력이 '환상'의 기능이란 점을 일찍부터 직시하고 있었던 것이다. 그는 미메시스와 환상성이 조화를 이룰 때 소설의 외연이 확장될 수 있음을 간파하였다.

전쟁과 분단의 체험을 겪은 동일한 시대의 작가들 중에서 환상성을 수용한 모더니즘적 글쓰기는 주목받을 일이다. 이는 그 동안 리얼리즘의 세계에 익숙해 있는 우리의 문학 풍토를 고려한다면 용기를 필요로 하는 창작행위이다. 그의 작가적 열정은 문학과 현실의 관계, 문학의 새로운 형식에 끊임없는 관심을 가진 그의 태도에서 비롯한다.

> 구상소설은 전후 20년이 지난 오늘, 시대와 문명의 높이에 어울리는 예술적 달성에 이르지 못했다고 생각한다. 다른 길은 없는가? 있다. 리얼리티=구상이란 고정관념을 버리면 된다. 리얼리티라는 말을 가치 개념으로, 구상이라는 말을 방법(혹은 양식) 개념으로 이해하면 된다. 그러면 곧 구상에 반대되는 방법인 추상이 떠오른다. 리얼리티=구상 혹은 추상이다. 구상과 추상은 가치의 높낮음이 아니라, 방법의 '차이'인 것이다. 이것은 미술과 음악에서는 이미 해결된 문제다. 또 리얼리티=구상이라는 고정관념에서, '낡은 구상 심벌'을 보편 상징이라고 주장하는 것보다는 '새 추상 심벌'을 보편 상징으로 주장하는 것이 이치에 맞는다. 그 생소함 때문에 자연히 낡은 정서와 갈라질 수 있는 한

> 편, 비록 구체적은 아닐망정 미지와 미래를 향하게 되기 때문이다. 구상적인 상황상(狀況像)을 보는 작가적 시력의 구축을 위한 실험의 길을 열어주고 정보의 자유로운 유통 구조가 열려가는 데 따라 구상적인 풍속적 심벌로 대체해갈 수 있다는 이점도 있다. 그렇게 구상화된 심벌은 클리셰(cliche)가 되고 오락이 되고 이윽고 다시 무너진다는 과정이 건강한 예술의 움직임이 아닐까.[24]

그는 구상의 대표적인 작가로 발자크를, 추상의 대표적인 작가로 카프카를 예로 들었다. 추상은 리얼리티의 한 방법, 양식인데 이것은 바로 '환상성'으로 치환가능하다. 환상성을 수용한 소설로 창작할 때도 그것을 파괴하는 또 다른 시도를 염두에 두는 '낯설게 하기'를 실천하고 있어야 '건강한 예술'이라고 보았다. 그가 실험적 소설에 그토록 관심을 쏟은 이유를 이 글에서 알 수 있다. 그의 환상성은 리얼리즘 소설과 대척되는 것이 아니라 삶의 리얼리티를 드러내기 위해 리얼리즘과는 '다른 방향'으로 시도한 글쓰기이다.

> 그것은 다름아닌 언어의 문제였다. 문학의 미디어로서의 언어는 순수 물질이 아니다. 그것은 역사와 풍토의 토양에서 자란 동물이다. (…중략…) 문학에서의 순수란 한계가 있다. 좀더 선이 굵은 방식을 사용할 수도 있다. 그 점에서 준의 마음을 끄는 것은 카프카였다. 대상을 완전히 분해하지는 않으면서 거기서 '뜻'을 탈색해버리는 방법. 그러는 경우에는 리얼리즘의 모든 규

---

24) 최인훈, 「추상과 구상」, 『문학과 이데올로기』, 문학과지성사, 1998, 294쪽.

> 칙을 지키면서 일상성과는 완전히 거꾸로 된 세계를 만들어낼 수 있는 것이다. 카프카의 세계는 전통과 질서에 대한 질문이다. (…중략…) 문학으로서 가능한 상징의 끝은 카프카일 것이다.[25)]

최인훈은 환상성에 대한 지속적인 관심을 현실, 언어, 행동의 문제로 해결하고자 하였다. 최인훈의 환상성은 전복적이지는 않다. 최인훈이 온건한 개혁주의자이기 때문이다. 리얼리즘의 규칙을 지키면서 다른 모습의 것을 추구할 때 환상성이 유효함을 볼 수 있다.

이 글의 연구 대상 텍스트는 사실주의 소설이더라도 환상적 요소를 강하게 내포하는 작품은 모두 포함하였다. 최인훈 소설에서 환상적 상상력이 제기하는 문제를 집중적으로 검토하기 위해 「GREY구락부 전말기」(1959. 10), 「가면고」(1960. 7), 「광장」(1960. 11), 「囚」(1961. 7), 「구운몽」(1962. 4), 「열하일기」(1962. 7~8), 「금오신화」(1963. 11), 「웃음소리」(1966. 1), 『서유기』(1966. 5), 「크리스마스캐럴 5」(1966. 6), 「輓歌」(1967. 12), 「옹고집뎐」(1969. 8), 「하늘의 다리」(1970), 『소설가 구보씨의 일일』(1973) 등을 연구 대상으로 선정하였다.

## Ⅱ. 환상적 서사구조와 서술방식

최인훈의 환상적 서사에서 일관되게 나타나는 주제 의식은 자아성

---

25) 최인훈, 『회색인』, 문학과지성사, 1996, 206-207쪽. 이하 『회색인』의 인용문은 본문 페이지수만 표기함.

찰의 실현이다. 이를 위해 '길떠나기'를 시도하는 주체의 고된 행로가 서사의 중심이 된다. 길 위에 선 주체의 삶과 의식의 궤적은 최인훈에게 다시 투영되어 그의 글쓰기를 지속시킨 작가적 소명으로 나타난다. '소설을 인생화하고 인생을 소설화한다'는 최인훈의 고백은 소설의 존재 방식이 결국 그의 존재를 드러내는 방식임을 의미한다. 이와 같은 소설 미학적 자기 반영성은 구조에 대한 탐구로 이어지고 있다. 서사구조를 결정짓는 주요 인자는 '길찾기'에 나선 주체의 세계인식 태도와 관련 있다. 이 장에서 살펴볼 서사구조는 그의 세계관을 구현하는 문학적 형식이다.

## 1. 환상적 서사구조

최인훈 문학은 그의 전집을 일별하면 알 수 있듯이 장르의 넘나듦이 있고, 형식이 다양하다. 소설과 희곡을 넘나드는 장르와 사실주의와 반사실주의를 넘나드는 형식의 자유로움은 그의 문학의 한 특성이 된다. 이 장에서는 그의 소설 중 환상적 서사[26]를 살펴보고자 한다. 대상 텍스트는 환상적 성격을 지니고 있는 소설 전체가 된다. 이들 환상적 서사는 크게 세 가지 구조를 보이고 있다. 인물의 자아성찰 과정을 나선형으로 변형시킨 탐색 로망스 구조, 거울 텍스트, 패러디 텍스트

26) 환상적 서사는 경이로운 것과 모방적인 것의 두 요소를 혼합한다. 환상적인 서사는 그것이 이야기하는 것이 사실이라고 단언하면서도-이를 위해 사실주의적 소설의 모든 관습에 의존한다-명백하게 비사실적인 것을 도입함으로써 사실주의의 전제들을 파괴하는 방향으로 나아간다.(로즈메리 잭슨, 서강여성문학연구회, 『환상성-전복의 문학』, 문학동네, 2001, 50쪽)

가 큰 범주를 이룬다.

「가면고」, 「광장」, 「구운몽」, 『서유기』, 『소설가 구보씨의 일일』은 인물의 자아성찰 과정을 나선형으로 변형시킨 탐색적 로망스 구조를 취하고 있다. 이들 작품 중에서 「가면고」, 「구운몽」, 『서유기』 등은 거울 텍스트의 중첩까지 동시에 나타나기에 그의 소설에서 상당히 난해한 작품들이다. 단편인 「열하일기」, 「옹고집뎐」, 「금오신화」와 「구운몽」, 『서유기』는 패러디 텍스트의 구조에서도 주목할 작품들이다. 패러디 텍스트는 원작의 구조가 지닌 안정감에다 확장된 구조라는 이점을 갖는다. 이상으로 살펴볼 세 가지 환상적 서사의 구조는 부조리한 세계와 대립하고 있는 인물의 자아성찰의 과정을 드러내는 데 유효한 구조임을 확인할 것이다.

### 1) 로망스 구조의 현대적 변용

환상적 서사에서 작중 인물들은 대체로 자아성찰을 목표로 하는 '길찾기'를 시도한다. 최인훈 소설의 작중 인물들은 현실을 이데올로기가 빚어 놓은 부조리의 세계로 인식하고 있다. 부조리한 현실에서 정체성을 훼손당한 인물들은 이를 극복하기 위한 방법을 모색한다. 대표적인 방법으로 '길찾기'의 여행 과정에 오른다. 보편화된 자아성찰의 방법인 여행이 최인훈 소설에서 새로운 점은 '환상성'에 의해 전개된다는 것이다.

> 고대의 영웅들은 '길떠나기'로부터 그의 경력을 시작한다. 이상한 어떤 장소, 거기 사는 괴물, 거기 있는 보물, 이런 대상을 찾아 그는 길을 떠난다. 그의 앞에 있는 사물로서의 '길'도 확실

> 치 않고, 그 길은 찾아가는 '길(방법)'을 미리 아는 것도 아니다. 그런데도 그런 '길을 떠나'는 것은 가치 있는 일이며 가장 가치 있는 일이다. 그런 '길을 마치'고 돌아오면 그에게는 행복과 지위가 주어진다. 이런 종류의 '길'의 가치를 집약한 것이 미궁 전설이다. 여기서는 '길을 잃지 않고' 살아 나온다는 자체에 의미가 주어져 있다. 인류 생활의 어떤 시기에 집단과 집단 사이의 통상적인 관계를 수립하기 위한 경험에 수반한 위험과 지혜를 상징적으로 반영한 표현이 미로, 미궁 전설이다.[27]

최인훈은 '언어'로 현대적인 '미궁'을 건설하였다. 미궁에서 '길찾기'를 시도하는 '고대의 영웅'들을 사변적인 지식인의 모습으로 변형시키고 있다. 그가 재현한 미궁은 현대의 부조리한 상황을 상징적으로 나타낸 것이다. 이제 주체는 그 미로 속에서 '어떻게든' 빠져나와야 하는 현실적 문제에 당면해 있다. 그 '어떻게'든의 방법을 최인훈은 '사랑과 시간'이라고 보았다. 이에 대해서는 Ⅲ장에서 다루겠다.

로망스는 문학 형식 중에서 욕망의 표출과 충족을 보여주기에 일반화된 구조이다. 중세 로망스의 주인공은 여행 도중에 고난과 시련을 겪을 때마다 조력자의 도움을 얻는다. 긴 모험을 무사히 끝냈을 때 주인공에게는 그에 합당한 보상이 주어진다. 그러나 현대소설에서는 이런 구조를 차용하더라도 그대로 답습할 수는 없다. 시 · 공간이 변화된 만큼 세계관과 소설 양식이 변화하기 때문이다. 소설 양식의 실험성에 그 누구보다 심혈을 기울인 최인훈으로서 이 점을 간과할 리 없

---

27) 최인훈, 「길에 관한 명상」, 『꿈의 거울』, 우신사, 1990, 280-281쪽.

다. 그는 중세 로망스의 구조를 수용하되, 현대적으로 변용하고 있다.

최인훈은 로망스 구조를 나선형의 여행 구조로 변형시켰다. 선적인 여행 구조를 나선형의 여행 구조로 변형시키고 있는 작품들은 「가면고」, 「광장」, 「구운몽」, 『서유기』, 『소설가 구보씨의 일일』이다. 환상적 서사에서 로망스 구조가 중심이 될 때, 공간의 개방성과 여행의 복잡성이 나타난다. 환상성이 현대의 닫힌 공간을 확장시키는 역할을 하기 때문이다. 중세의 영웅에게 펼쳐지는 광활한 활동 공간이 현대 소설에는 축소되기 마련인데 이 점을 환상성이 극복해주고 있다. 즉 협소한 현대의 공간 무대가 환상성에 의해 확대되는 것이다.

소설은 삶의 외연적 총체성이 주어지지 않고, 삶에 있어서 의미 내재성이 상실된 상태에서, 잃어버린 선험적 총체성을 지향하고자 하는 시대의 서사시"[28]이다. 최인훈의 소설 주체가 '길떠나기'를 시도하는 것도 선험적 총체성을 지향하는 예가 된다. 총체성이 사라진 현실, 즉 부조리한 세계에서 소우주를 형성하는 자아의 세계를 구비하기 위한 것이다. 목적 및 목표를 상정하고 '길떠나기'를 시도하는 것은 편력 로망스 구조의 본질적 요소인 모험의 성격을 띠게 된다.[29] 즉 주인공은 여행을 통해 그들이 소망하는 것들을 추구하고자 여러가지 시련을 겪고, 마침내 그것을 극복해낸다. 이러한 욕망의 성취 과정을 중세의 로망스 구조는 선적 행로를 통해 보여주었다. 최인훈의 환상적 서사는 이러한 중세의 로망스 구조를  나선형 구조로 변형시키고 있다.

환상적 서사에서 나선형은 출발점으로 되돌아 오는 원점회귀의 구조가 반복할 때 나타난다. 원점회귀의 여행이 반복적으로 이루어진다

28) 게오르그 루카치, 반성완 역, 『소설의 이론』, 심설당, 1985, 70쪽.
29) N. 프라이, 임철규 역, 『비평의 해부』, 한길사, 1991, 261쪽.

는 것은 말 그대로 여행을 했음에도 불구하고 목적지에 도착하지 못하고 제자리로 되돌아오는 것이다. 나선형 구조는 여행의 속도감을 떨어뜨리고 서사진행을 지연시킨다. 이러한 상황의 발발은 환상성에 의해 시공간의 흐름이 자연적인 인과율을 벗어났을 때 나타난다.

「가면고」는 「광장」보다 3개월 앞서 발표한 작품이다. 그러나 「광장」의 그늘에 가려 주목을 받지 못하였다. 하지만 최인훈 소설의 원형질을 이 작품에서 살펴볼 수 있다. 그의 소설세계의 독특한 면모를 이 작품은 내장하고 있기 때문이다. 자아성찰을 주제로 한 글쓰기란 점, 반사실주의적 기법과 '사랑'과 '시간'에 대한 단초를 보이고 있다는 점에서 원형질이란 의미는 강한 시사점을 갖는다.

「가면고」는 3개의 서사가 병치적 관계를 이루고 있다. 독고민, 독고민의 전생인 다문고 왕자, 독고민의 무용극본에 나오는 왕자 이야기가 그것이다. 먼저 중심 서사인 독고민의 이야기를 살펴보자. 이 서사에서 독고민의 '길떠나기'는 우연히 시작된다. 도심 속에서 발견한 심령학회가 '우연'이었던 것처럼 독고민이 최면술사에 의해 전생의 시간으로 떠나는 환상여행은 우연히 일어난다. 이러한 우연성은 환상적 서사의 절정에 있는 「구운몽」과 『서유기』에서도 동일하다.

> 자 우리는 저 오솔길을 압니다. 일상성의 틀을 살며시 밀어내면, 그 뒤에 숨겨진 영원에의 입구를 우리는 압니다. 우리의 잃어버린 옛날로 길을 떠납시다.(「가면고」, 189쪽)

독고민은 무용이론가이자 안무가이다. 어느 날 그는 무용단원들과 회식을 하러 가는 길에 우연히 심령학회를 발견하고, 애인 미라와 다투었을 때 그곳을 찾아간다. 그가 심령학회의 학회지를 보며 관심을 표명하자 연구원의 한 명인 최면술사는 그에게 최면요법을 실행한다. 이것은 독고민이 전생의 시간으로 회귀할 수 있는 방법이다. '전생'은 일상성을 벗어나야 도달할 수 있는 '영원'의 시간이며, '우리의 잃어버린 옛날'이다. 영원의 시간은 최인훈이 다른 작품에서도 제시하는 자아성찰의 주요 수단이 된다. 즉 개인의 무의식이나 한 민족의 집단무의식에 깔려 있는 前史가 되는 지점을 환상성을 이용해서 찾아가는 것이다. 그 시간은 현재의 삶이 고달픈 주체에게 '황금시대'의 성격을 띠고 있다. 이렇게 「가면고」에서 보여주는 과거의 시간 여행은 이후 「구운몽」과 『서유기』에서 환상세계를 지속하는 중요한 사건이 된다.

이 작품에 병치하는 세 개의 서사는 인물들의 욕망을 제시하며, 그것을 어떻게 실현하는지 보여준다. 각 서사마다 인물들의 욕망은 동일하게 '자아성찰'로 나오며, 그것을 이루기 위한 방법으로 '사랑'이 제시되고 있다. '사랑'은 최인훈 소설에서 '자아성찰'의 주요 수단으로 제시된 본질적인 것이다. 『회색인』에서 김학은 총체성이 사라진 한국의 상황을 극복하기 위해서는 '혁명'이 필요하다고 그 당위성을 강조하였다. 이때 주인공 독고준은 이에 반대하며 '사랑과 시간'만이 해결 방법이 될 수 있다고 하였다. '사랑과 시간'이 최인훈의 소설에서 지속적으로 나타나고 있다. 「가면고」는 그 중에서도 '사랑'에 대해서 관심을 보인 작품이다.

세 개의 서사가 중첩되어 있는 이 작품은 '편력'의 과정이 나온다. 특히, 기본 텍스트인 독고민 서사에서는 자아성찰의 목적을 이루기 위한 방법으로 '진정한 애인찾기' 과정이 제시된다. 이것은 편력의 로망스 구조를 따르고 있다. 중세의 편력 로망스 구조에서 주인공의 '여행'과 '모험'의 결과물은 영광스러운 것들이다. 그것은 성배나 작위가 될 수도 있고, 공주가 될 수도 있었다. 「가면고」의 주인공 독고민에게 모험의 결과물은 자아성찰, 정체성 회복이다. 그는 전쟁의 상처로 시달리고 있는 젊은이었기 때문에 그에게 가장 시급한 것은 그의 영혼을 구원해 줄 수 있는 여성을 만나는 일이다. 그러나 최인훈 소설의 남성인물에게 '구원의 여성'이 삶의 목표는 아니다. 그녀를 통해 자아성찰을 이루는 욕망의 한 대상일 뿐이다. 독고민은 자신을 진정으로 사랑해 줄 여성들 사이에서 방황한다. 현대는 성배를 찾고, 공주와 결혼하는 것 못지 않게 중요한 것이 훼손된 정체성을 회복하는 '자아찾기'이다. 따라서 자신에게 어울리는 '애인'을 찾아 '자아성찰'을 이룰 수 있다면 그 과정의 방황을 보여주는 것은 변형된 편력 로망스 구조라 할 수 있을 것이다.

이 작품의 3개 서사에서 인물들이 보이는 편력의 목표와 과정을 보면 아래와 같다.

① 독고민의 편력 대상: 자아성찰

독고민의 편력 과정: 설아 → 미라 ——————→ 정임(현실계)

↑ ↑

전생담 전생담 (환상계)

② 다문고 왕자의 편력 대상: 자아성찰(브라만의 얼굴 소유하기)

다문고 왕자의 편력 과정: 아라녀 → 순수한 얼굴 소유자 → 마가녀 공주

③ 무용극본의 왕자의 편력 대상: 마법의 탈을 제거할 대상
왕자의 편력 과정: 순수한 사랑을 찾는 것

설아는 독고민이 전쟁 직후에 만난 애인이다. 독고민은 그녀가 교양과 미모를 겸비한 여성이었음에도 불구하고 M소위의 애인이었다는 사실이 밝혀지자 헤어진다. 설아가 독고민에게 남긴 상처는 '상징적 공포'이다. 이것은 모든 일이 다 잘될 것처럼 진행되다가도 뜻밖의 불행한 결과에 직면할지 모른다는 공포감이다. 설아가 남긴 상징적 공포의 대상이 '여성'에서 '인생'으로 전환하면서 그의 삶의 태도는 위축된다. 애인 미라의 예술가적 정체성도 그를 괴롭히는 것이다. 자신은 예술가로서 무력하게 지내고 있는 반면, 애인 미라는 적극적인 예술가의 태도를 지니는 것이 불편하다. 미라와의 불화는 진정한 사랑이 어떤 것인지를 놓고 고민하는 과정이라 할 수 있다. 화가인 미라가 작품에 집착하는 모습은 바로 자신의 모습과 동일하다. 그러나 자신의 예술세계를 고집하는 미라에게 독고민은 애인으로서의 존재감을 느낄 수 없어 그녀의 사랑을 의심한다. 그 사이, 발레리나 정임을 만나게 된다. 미라와 정임을 동시에 만나는 행위는 독고민에게 도덕적인 면에서 갈등을 유발시킨다. 독고민이 외적으로 완벽해 보이는 여성들과 진실된 만남을 갖지 못하고 계속 겉돌 수밖에 없는 이유는 그의 여성관 때문이다. 그는 여성의 정체성을 인정하지 않고 있다. 미라에게 나타난 화가로서의 자세는 그녀의 정체성을 확인하는 것으로서, 이것을 용납하지 못했기에 결국은 그녀와 헤어지게 된다.

독고민의 전생인 다문고 왕자 또한 '진정한 얼굴'을 찾기 위해 길을 떠나는 편력 로망스 구조의 주인공이다. 왕자라는 고귀한 신분은 편

력 기사나 영웅의 모습을 띤다. 그의 편력 목표는 '진정한 얼굴을 갖는 것'이다. 이를 위한 여정이 공간적 이동의 다양함으로 나타나지는 않는다. 자신의 왕국과 마가녀 공주의 왕국이라는 공간의 이동이 전부이며 또한 공간의 이동에서 보이는 기이한 체험을 전달하는 것도 아니다. 그러나 서사 배경이 3천 년 전 인도라는 점이 로망스 양식을 보여주기에 적합하다.

다문고 왕자의 서사에서도 인물의 편력이 나타난다. 다문고 왕자가 순수한 얼굴들을 찾아 헤맨 결과 '얼굴의 방'이 생겼다. 이것은 순수한 얼굴을 찾기 위해 많은 인간들을 희생하였다는 의미를 갖는다. 그 많은 얼굴들 중에 편력물은 여성의 얼굴, 다시 마가녀 공주의 얼굴로 집약되며 마가녀의 얼굴을 얻기 위해 그녀의 나라로 위장 잠입한다. 순수한 얼굴의 소유자인 마가녀 공주가 편력의 목표물로 되어 있기 때문에 다문고 왕자가 무엇을 찾을 것인가에 대한 고민은 없다. 물론 고민은 수많은 얼굴을 찾는 과정에서 발생하고 있다. 왕자는 순수한 얼굴을 얻기 위해 그 동안 수단과 방법을 가리지 않고 목표물에만 집착하여 살생을 하였기 때문이다. 다문고 왕자는 '얼굴 편력'의 종착으로 마가녀 공주를 얻고, 드디어 자아를 구원받을 수 있는 가능성을 얻는다. 이것은 왕자가 자신의 행위에 대해 후회와 반성이 있었기에 가능한 것이었다.

다문고 왕자의 서사에서 나선형 여행 구조는 결국 독고민 서사로 회귀하는 것에서 나타난다. 현실세계의 독고민에게 구원의 여인이 미라에서 정임으로 변하는 과정 속에 다문고 왕자의 전생담이 두 번에 걸쳐 삽입된다. 3000년 전의 과거 속으로 소급되는 전생담을 이야기하는 시간은 불과 몇 시간 정도밖에 안 되는 짧은 시간이지만 서술시간은 매우 길다. 진술시간과 서술시간이 일치하지 않고 있다. 직선적인 여행담의 흐름을 끊고 과거의 시간으로 소급하는 전생담은 나선형의 변종이라고 하겠다. 이것은 자아성찰의 시각을 다각도로 보여주기 위한 장치이다.

이 작품에서 나타난 '구원의 여인'의 인물 설정은 미라와 정임의 모습에서 대조적으로 나타난다. 이러한 인물 설정은 「광장」의 윤애와 은혜로 확장되고, 「구운몽」에서는 숙과 늙은 댄서, 『회색인』에서는 김순임과 이유정, 『서유기』에서는 원형적 여인과 이유정의 관계로 계승된다.

「광장」은 4 · 19혁명의 역사적 배경 때문에 이데올로기를 전경화한 소설이다. 때로는 주인공 이명준의 연애담 때문에 '사랑'이라는 주제로도 논의가 되어 왔다. 이 작품에서도 서사 진행이 로망스 구조의 틀을 일정 부분 유지하고 있음을 발견할 수 있다. 주인공 이명준은 월북한 공산당 간부인 아버지의 신분 때문에 연좌제에 걸려 고문을 당한다. 합법화된 권력의 폭력성을 체험한 그의 삶은 이로 인해 커다란 분기점을 맞게 된다. 그는 지금까지 견고하다고 믿었던 자신의 '밀실'이 불완전하다는 사실을 깨닫게 되었다. 또한 남한에서의 '밀실'은 부패로 얼룩졌고, '광장'은 부재한다는 사실도 이 일로 인해 확인하게 되었다. 그는 두 번째 경찰 조사를 받은 이후 인천의 윤애집에 간다. 이것은 이명준이 진정한 '밀실'과 '광장'을 찾기 위해 '길떠나기'를 하는 시발점이 된다. 탐색 로망스 구조의 출발점이 윤애의 집 인천에서 시작되는 것이다.

이명준의 편력 대상과 그 과정은 다음과 같다.

편력 대상: 진정한 광장과 밀실(이상적 세계)

이명준의 편력 과정:책→여성→남한→북한→(중립국)→바다(푸른 광장)

이 작품의 전체 큰 틀은 탐색적 로망스 구조이다. 주인공이 사람답게 살 수 있는 공간을 지향하는 탐색의 과정을 보여준다. 처음부터 편력의 대상이 공간, 즉 유토피아에 대한 갈망으로 나오는 것은 아니다. 광장과 밀실이라는 공간을 편력 대상의 종착지로 하는 동안 편력대상은 여러 차례 바뀐다. 이명준의 편력대상이 책에서, 인물, 공간의 순서로 변하기 때문이다. 그러나 그러한 편력대상은 서로 얽혀 있는 상태에서 탐색대상이 바뀌지고 있다.

해방 이후 아버지의 월북과 잇따른 어머니의 사망 속에서도 이명준은 지극히 평온한 상태를 유지할 수 있었다. 이것은 경제 문제를 아버지 친구 변성제가 책임져 주었기 때문이고, 가정의 불행으로 인한 내적 갈등을 느낄 사이도 없이 책 속으로 은거할 수 있었기 때문이다. 책으로의 망명은 이명준을 염세적인 은둔자로 만드는 결과를 초래하였다. 책 속에 파묻혀 있는 동안 그는 일상적인 현실세계와 차단하며, 자아를 내면으로만 침잠하게 하여 방관자의 태도를 지닌다. 그의 책에 대한 편력은 세상의 세속적인 면을 차단시킨만큼 현실과의 소통을 가로막았다. 그 결과 책에 대한 편력은 세계에 대한 환멸감을 싹트게 하였다.

책장을 대하면 흐뭇하고 든든한 것 같았다. 알몸뚱이를 감싸는 갑옷이나 혹은 살갗 같기도 하다. 한권씩 늘어갈 적마다 몸속에 깨끗한 세포가 한 방씩 늘어가는 듯한 자기와 책 사이에 걸친

> 살아 있는 어울림을 몸으로 느낀 무렵이 있다. 두툼한 책 마지막 장을 닫은 다음, 창문을 열고 내다보는 눈에는, 깊은 밤 괴괴한 풍경이, 무언가 느긋한 이김의 빛깔로 색칠이 되곤 했다.
>
> 언제부턴가 그런 복받은 사이가 조금씩 무너지기 시작한다. 후린 여자에게서 매정스레 떨어져가는 오입쟁이의 작태를 떠올리면서 그는 쓸쓸하다. 지금 이렇게 마주서도 얼른 손을 뻗쳐 빼내고 싶도록 힘센 끌심을 가진 책은 없다. 한때는 책장마다 빛무리가 쳐보인 벅차던 책들이면서도.(「광장」, 39쪽)

이명준에게 공산당 간부인 아버지와의 연좌제가 아니더라도 책에 대한 지적 욕망이 줄어들고 있었다. 그것은 이성의 힘으로 세계를 체계화 해보자는 욕망이 실현 불가능한 것임을 깨달았기 때문이다. 이러한 깨달음은 '남한'이라는 공간에 대해서 희망을 가질 수 없다는 인식과 일치하고 있다. 철학도 이명준에게 희망 없는 남한의 생활을 벗어나도록 한 것은 아버지로 인해 경찰의 조사를 받은 사건이다. 그렇다고 바로 '책'에서 '공간'으로 편력대상이 변한 것은 아니다. 그에게도 '사랑'이라는 편력대상이 나온다. 부조리한 세계에서 탈출하기 위해 그는 여성과의 성적 관계를 택한다. 그가 경찰의 고문을 받은 이후 윤애에게 가는 것은 이러한 심경의 변화가 깔려 있었다.

이명준에게 인물에 대한 편력은 공간의 이동과 일치한다. 남한에서는 강윤애가 편력의 대상으로 나타나고 월북한 이후에는 발레리나 은혜가 그 자리를 차지하는 것에서 이를 알 수 있다. 이명준이 인천에서 월북을 한 데에는 윤애의 태도가 크게 작용한다. 자아가 강한 윤애의 사랑은 그에게 만족감을 주지 못하였다. 이명준에게 여성은 편력의 종착지가 아닌 경유지일 뿐이다. 그가 진정 원한 곳은 밀실과 광장이 맞닿은 바람직한 공간이었기 때문에 그에게 여성들은 철저히 타자화된 존재로 남는다. 부조리한 세계에서 탈출할 수 있는 '문'의 역할 정도였던 것이다. 그의 이런 여성관은 은혜를 만나면서 서서히 인식의 전환을 갖게 된다.

발레리나 은혜는 이명준이 북한의 정치적 상황에 환멸을 느끼고 있을 때 만난 여성이다. 그녀는 이명준의 공허한 마음을 채워준 여성으로서 윤애와 달리 헌신적인 면모를 지니고 있다. 이명준이 포로가 된 후 제3세계 중립국을 선택한 데에는 은혜가 전사한 상실감이 작용한다. '전쟁'이라는 이데올로기마저 잊게 한 전쟁터의 격렬한 사랑 속에서 자신의 딸을 임신한 은혜의 전사는 이명준에게 삶의 의미를 앗아갔다. 한편, 그의 몽상가 기질[30]도 중립국 선택에 영향을 끼쳤다고 볼 수 있다. 그가 중립국에 대해서 갖는 희망은 공상을 즐기는 면이 다분하다. 그에게 중립국은 현실세계에 환멸감만을 심어준 남 · 북한을 모두 선택하지 않았다는 만족감을 채워줄 수 있는 공간이다.

「구운몽」은 편력 로망스 구조와 자아반영의 거울 텍스트가 동시에 결합된 작품이다. 그동안 이 작품이 난해하다는 평가를 받은 이유는 이같은 복합적인 구조 때문이라 하겠다. 이 작품의 서사는 모두 4겹으로 이루어졌다. 독고민과 김용길 박사의 서사, 그 두 개의 서사가

30) 이명준의 몽상가 기질은 「GREY 구락부 전말기」의 현과 동일하다. 현은 프랑스의 '마르세이유'라는 도시에서 연상되는 이국풍의 이미지에 이끌려 자신이 그곳 영사관으로 발령받아서 문화인사가 되는 상황을 공상하면서 즐긴다. 마찬가지로 이명준도 중립국이라는 미지의 공간이 자신의 생활을 자유롭게 해줄 것이라는 공상을 하면서 그곳을 선택한다. 주인공들의 이와 같은 몽상가 기질은 작품에 환상적 성격을 부여한다.

영화라고 밝히는 고고학자의 서사, 그리고 다시 이 모든 것이 영화이며, 이 영화를 보고 나오는 연인의 서사로 이루어졌다. 서사구조가 여러 겹으로 에워싸인 모습을 지닌다. 이런 중첩된 서사구조는 2절에서 상세히 다룰 것이므로 이 장에서는 편력 로망스 구조를 보여주는 독고민 서사만을 살펴보겠다.

독고민의 편력 대상: 황금 시대의 애인 '숙'

편력 과정: 아파트→다방 '미궁'→극장→거리(찻집①→찻집②→거리)→아파트→다방 '미궁'→거리 벽돌담 집[시인들]→막힌 골목의 어느 집[은행원들]→거리→넓은 홀[무용수]→거리→감방 구역[죄수]→술집 바→ 거리→광장→교외의 별장→해외 망명행

독고민의 편력대상은 과거의 애인 '숙'을 만나고자 하는 데서 나타난다. 「가면고」나 「광장」에서도 인물의 편력 모습이 나타나고 있으나 이들 작품과 「구운몽」은 차이점을 보여준다. 그것은 주인공 독고민의 편력대상이 과거의 애인 '숙' 한 명으로 집중되며, 그녀를 찾는 편력의 목표가 뚜렷하게 명시된 점이다. 중세의 편력기사가 강한 목표의식으로 편력의 대상을 향해 여행 길에 올랐듯이, 독고민은 무의식에 잠재해 있던 욕망이 우연히 부상하여 '길떠나기'를 하게 된다. 여기서 '우연'이라는 것은 독고민의 환상여행이 발신자가 적혀 있지 않은 한 통의 편지에 의해 이루어지기 때문이다. 그는 자신에게 온 편지를 받고 발신자를 '숙'으로 단정한다. 편지에는 자신을 만나고 싶다는 사연과 만날 시간, 장소가 적혀 있다. 독고민은 그녀가 정한 약소 장소로 찾아가지만 그녀를 만나지 못하고 오히려 낯선 집단의 추격을

받기 시작한다.

독고민은 편지를 보낸 소인 날짜를 따져 보고 약속 날짜보다 편지가 늦게 배달된 사실을 발견한다. 이번에는 그가 약속 날짜를 정하여 신문 광고를 낸다. 하지만 이번에도 '숙'을 만나지 못하고 첫 번째 날과 동일한 낯선 집단의 추격을 받는다. 이렇게 시작한 낯선 집단의 추격은 시인들, 노은행가들, 무용수들, 술집 여인 등으로 점차 늘어난다. 독고민이 '숙'을 만나기 위해 두 번이나 찾아간 '미궁' 다방은 20여 일의 시차를 두고 있다. 그런데 독고민을 추격하는 집단의 움직임은 그러한 시간의 경과를 무시하고 이어진다.

독고민은 첫 번째 추격자인 시인들로부터 난처한 질문을 받고 거리를 질주하다가 어느 집으로 미끄러져 들어간다. 거기에는 노은행원들의 회의가 벌어지고 있었고, 이들은 독고민을 사장님으로 대우하면서 그의 결단을 듣고자 하였다. 그 다음에 도망친 장소는 무용연구소였다. 이곳에서도 그는 많은 발레리나들로부터 예술의 상업성과 순수성에 대한 질문을 받는다. 독고민은 '달리는' 행위만이 자신을 구원할 수 있으리라 믿고 또 도망을 친다. 이제 그를 추격하는 시인들, 노은행원들, 무용수들은 무리를 지어 그를 뒤쫓는다. 그는 마침내 감방구역까지 도망치고 그곳에서 죄수들을 순방한 후에는 에레나가 있는 술집으로 가게 된다. 독고민은 그곳에서 주정꾼의 행패 때문에 뛰쳐나와 광장에 도달하고, 마침내 '숙'을 만나게 된다. 그러나 자신을 모른다고 하는 '숙'의 진술로 인해 광장 분수대에서 총살을 당한다. 그토록 힘들게 지나온 편력의 과정이 수포로 돌아가는 순간이다. 그리고 죽은 독고민을 '사랑의 힘'으로 재생시킨 늙은 댄서는 젊은 여성으로 변신하여 두 사람은 망명길에 오른다.

모든 시대와 문화는 그 자신만의 특징적인 서사적 형식들을 갖는다.[31] 최인훈의 환상적 서사도 예외가 아니어서 중세의 로망스 구조를 사용하되 현대의 상황을 반영한 나선형 구조로 변형시킴으로써 현대인의 소외 양상을 보여주고 있다.

『서유기』는 최인훈 소설 중에서 그의 실험성이 종합된 작품이다. 환상성 또한 가장 강하게 구현되고 있다. 이 작품은 『회색인』의 후속편 성격을 지닌다.[32] 『회색인』은 결말에서 주인공 독고준이 이유정의 방으로 들어간 것에서 끝났는데 『서유기』는 이유정의 방에서 '부끄러움'을 간직한 채 나오는 독고준의 모습으로 시작한다. 작가의 주제의식이 소설형식에 영향을 끼친 작품이라 하겠다. 최인훈은 『회색인』에서 사실주의적 성격으로 구현하고자 했던 주제를 『서유기』에서는 반사실주의적 성격으로 구현하고 있다. 작가의 소설관을 형식의 새로움을 통해 형상화시킨 것이다. 최인훈은 이 작품을 '나의 지옥편'이라 불렀다. 이것은 사회적 자아인 인간의 내면구조를 탐색한 여행으로서, 그 내면세계가 황폐한 현실의 영향을 받고 있기 때문이다. 내면구조는 개인의 원체험의 상태를 탐구한 것으로서 그는 '고고학적 탐구'라고도 하였다.

최인훈은 이 작품을 "想念의 走馬燈을 한 계단 한 계단 천천히 밟으면서 그는 이층 자기 방으로 올라갔다.(11쪽)"고 요약한다. 즉 1층에

---

31) 로버트 숄즈 · 로버트 켈로그, 임병권 옮김, 『서사의 본질』, 예림 기획, 2001, 96쪽.

32) 최인훈은 우리나라의 정신의 원형을 찾아보려는 작업을 3부작으로 구상하고 있었다. 즉 『회색인』과 『서유기』는 3부작의 일부분이며 제3부를 어떤 형식으로 써야 할지 고민하다가 쓴 것이 『크리스마스 캐럴』 연작이라고 밝히고 있다.(최인훈, 「변동하는 시대의 예술가의 탐구」(219쪽), 「원시인이 되기 위한 문명한 의식」, 『꿈의 거울』, 우신사, 1990, 245쪽)

있는 이유정의 방에서 나온 독고준이 2층에 있는 자신의 방으로 향하는 지극히 짧은 시간 동안 겪게 되는 무의식의 여행을 서술하고 있는 것이다. 독고준이 환상세계에서 시도하는 '길떠나기'는 자신의 방으로 되돌아가는 계단에서 시작된다.

먼저, 독고준이 이유정의 방에 들어간 이유를 해명할 필요가 있다. 그녀의 방에서 나오는 순간부터 독고준을 지배한 정서는 '부끄러움'이다. 이 부끄러움의 원인과 그 결과를 유추할 필요가 있다. 현실세계에서든 환상세계에서든 독고준의 아니마는 '그 여름날'의 방공호 속에서 성체험을 가졌던 여성이다. 그후 독고준에게 생긴 버릇 하나는 그가 만나는 여성을 방공호의 여성과 비교하는 일이다. 그가 『회색인』에 등장하는 전도사 김순임에게 사랑을 느꼈던 것도 그녀가 방공호 속의 여성과 닮았다는 이유 때문이었다. 그런데 독고준의 여성관은 양가성을 띠고 있기에 그 자신마저도 혼란을 겪는다. 그의 아니마로 형상화된 여성상은 순수미와 성스러움을 지닌 여인이다. 그러나 정작 그가 관심을 갖는 여성은 관능적인 여성이기 때문에 내적 모순이 일어난다. 전도사 김순임의 聖的인 면은 독고준의 본능적 욕망을 충족시키기 어렵다. 오히려 그의 욕망에 부합하는 인물은 이유정이 더 근접한다. 『회색인』의 결말에 그가 이유정의 방을 찾아간 것도 바로 관능적 여성에 대한 그의 욕망이 표출된 것이다.

그런데 독고준은 이유정의 방에 들어갔다가 그냥 나와 버린다. 이유정의 반항이 있었는지에 대한 언급은 나오지 않는다. 다만, 독고준의 '부끄러움'을 환상세계에서도 부각시키고 있다. 그는 환상세계에서 복도를 걷는 동안 얼굴이 화끈거리는 '부끄러움'을 느낀다. 이것은 현실과 환상의 경계가 모호함을 의미한다. 독고준의 환상세계에서 고향으로 향하는 여행이 결국은 그의 사유과정이기 때문에 그러하다.

오승은의 『서유기』에서 현장법사와 손오공 일행이 시련을 겪은 후에 구도를 하였듯, 독고준도 이유정의 방에서 깨달음을 얻을 수 있는 계기를 갖는다. 그리고 환상세계에서 현실세계로 복귀하는 바로 그 순간에 깨달음은 뚜렷해진다. 환상세계가 끝나고 자신의 방으로 되돌아온 후, 즉 이유정의 방을 다녀온 후 독고준이 깨달은 것은 여성을 경유지로 해서는 자아성찰을 할 수 없다는 사실이다. 이 점은 고향 W시에 돌아갔을 때 원체험 중에서 '자아비판'의 장면을 강조한 것에서도 알 수 있다. 처음 여행을 하게 된 동기는 '방공호의 성체험' 때문이었지만 이 사실은 고향에 돌아가면 중요하게 다루어지지 않는다. 그는 모든 문제의 해결은 바로 자신에게서 비롯한다는 점을 깨달은 것이다. 결국 독고준이 겪고 있는 정신적 상처는 자신의 힘으로 해결해야 한다.

이 작품에서도 환상세계에서의 '길떠나기'는 우연히 발생한다. 독고준이 이유정의 방에서 나와 2층의 계단으로 가는 도중에 낯선 사람들에게 체포당하는 순간부터 환상세계로 접어든다. 그리고 감금된 동안 발앞에 떨어진 신문에서 자신을 찾는 구인광고를 본다. 그는 광고를 낸 사람을 '그 여름날의 여인'이라고 단정하여 그의 고향 W시로 향하게 되었다. 이와 같은 '길떠나기'의 과정은 「구운몽」과 동일하다. 「구운몽」에서도 독고민은 발신자 없는 한 통의 편지를 받고 발신자를 과거의 애인 '숙'이라 단정하며 약속 장소로 나갔던 것이다. 두 사람 모두 환상세계에서 여행을 하게 된 계기는 그들의 무의식적 욕망을 부상시킨 결과라 할 수 있다.

『서유기』의 로망스 구조는 오승은의 작품 『서유기』와 호메로스의

『오딧세이아』를 종합한 구조이다. 제임스 조이스가 『율리시즈』에서 현대적 인생의 광범한 우발성과 무정부 상태의 거대한 파노라마를 의식적으로 통제하고 그것에 질서와 형태 및 의미를 부여하는 방법으로 '로망스 구성'의 신화적 병치를 채용하였다는 사실[33]은 널리 알려져 있다. 최인훈의 『서유기』에는 『율리시즈』에서 나타난 형식적 기능이 적용되었음을 발견할 수 있다. 이 작품은 로망스 구조가 흔히 보여주고 있는 꿈, 환상, 소망이라는 충족되고 안정된 세계를 희구하는 인간적 욕망에 대한 기억을 여행으로 풀어내고 있다. 이는 분열된 현대인의 잃어버린 과거의 총체성을 상기시킴으로써 훼손된 자아를 회복하고자 하는 소망이다.

나선형 구조는 독고준이 석왕사 역에서 떠남과 돌아옴의 과정을 3번이나 반복하는 동안 나타난다. 오딧세우스가 모험 끝에 소망을 성취하는 것과 달리 그는 힘들게 고향으로 돌아가지만 그곳은 이미 그의 선험적 고향이 아니다. 그는 환상여행의 목적으로 제시되었던 '그 여름의 여인'을 만나지 못하고 돌아온다. 더구나 독고준은 고향에 당도한 순간부터 '그 여인' 때문에 고향을 방문했다는 사실조차 망각한다. 오히려 그의 원체험은 '자아비판'의 시간으로 부각된다. 그래서 『서유기』의 마지막 부분은 독고준이 소년시절 겪었던 자아비판 시간이 희곡처럼 재현된다. 그는 성인이 된 지금 지도원 선생에게 그때 저항했어야 할 행동을 한다. '자아비판'의 장면이 '방공호의 성체험'보다 강조된 것은, 최인훈 소설의 인물에게 나타난 외상은 이데올로기의 영향이 크다는 점을 보여주는 것이다. 자아비판 시간의 재현은 그

---

33) 김욱동, 『포스트모더니즘의 이해』, 문학과지성사, 1990, 185쪽.

의 소년 시절에 겪었던 정신적 외상을 치유하고자 하는 의지의 표출이다.

독고준이 고향 W시에 도착한 후 그가 배회한 지역은 모두 파괴되기 시작한다. 이에 대하여 이태동과 송재영[34]은 자유 진영의 이데올로기가 북의 이데올로기와 화해할 수 없기 때문이라 보았다. 이 점은 재고할 여지가 있으나 3장에서 다룰 것이다.

독고준의 여행과정을 간략화하면 다음과 같다.

현실세계: 독고준의 방→이유정의 방→독고준의 방

환상세계: 계단끝→방①(신문지 발견: 자신이 가야 할 곳을 발견함)→방②→복도→진찰실→복도→지하철도 정거장→파출소→지하실로 내려가는 계단→방③→복도→벽→뜰→연못가 정자의 벤치(이야기책 발견)→材木이 있는 역변→석왕사①→역장실→석왕사의 벤치→기차안→석왕사②→석왕사의 벤치→역장실→기차안→석왕사역③→석왕사의 벤치→역장실→기차안→독고준의 꿈(구렁이 변신)→석왕사의 벤치→역장실→복도→방④→방⑤→고향 W시→市운동장→극장→천주교당→큰 길→토치카→길 위→독고준의 교실→길→복도→(현실세계) 독고준의 방

나선형 여행구조는 독고준이 석왕사 역을 출발하였음에도 불구하고 다시 그 장소로 계속 되돌아오는 반복 속에서 나타난다. 동일한 장소로 반복적으로 회귀하는 나선형의 구조는 여행의 진행을 지연시킨다.

---

34) 이태동, 앞의 글.
송재영, 앞의 글.

운동성을 지닌 원의 소용돌이 속에서 사물이 소멸되는 것처럼 독고준은 석왕사역으로 회귀하는 반복적 여행을 하는 동안 길떠나기의 목적을 망각하기도 하고, 다시 재생하기도 하는 체험을 겪는다.

나선형 구조는 환상성의 작용으로 작동하고 있다. 독고준이 석왕사역을 떠나는 기차를 탔을 때 만나는 위인들이 과거의 인물이라든가, 독고준이 탄 기차의 열량이 끝없이 이어지는 점 등은 환상세계에서나 가능한 일이다. 이렇게 해서 시간과 공간의 확장을 갖게 된다. 로망스 구조가 잘 드러나는 부분도 환상의 여행담에서이다. 독고준의 '길떠남'이 처음부터 어떤 목표물과 목적지가 미리 주어졌던 것은 아니지만 점차 그의 편력의 대상이 구체화되어 나타난다.

『소설가 구보씨의 일일』은 고현학의 방법이 정치하게 드러나면서 탐색적 로망스 구조를 보여주고 있다. 이 작품은 한국적 문화형에 대한 구보의 상고주의적 태도를 보여준다. 제목에서도 알 수 있듯이 이 작품은 구보의 하루 일과 중 외출한 장소의 탐방기를 1년 동안 모아 놓은 '하루들'의 종합이다.

> 구보라고 하는 소설가의 마음의 '레이더'에 들어오는 생활의 파편들을 미분하고 적분하면서 그의 이성과 정서의 장세를 각각으로 추적해 보았다. 나는 이 소설을 지극히 소시민적으로 풀어 쓴 '나의 율리시즈'라 부르겠다.[35)]

구보가 '레이더'처럼 작동하는 비판의 눈으로 바라 본 한국의 현실

---

35) 최인훈, 앞의 책, 1990, 247쪽.

은 서구문화의 식민지나 다름없다. 구보에게 비친 당시의 현실은 서구문화는 우리의 실생활을 지배하고, 국제정세는 우리의 정치를 지배하는 새로운 식민지의 모습이었다. 그의 관심은 문화적 식민지 상태에서 벗어나는 길이고, 그것은 전통문화를 복구하는 데서 찾을 수 있다. 따라서 그의 외출장소는 전통을 상기시키는 장소로 나타난다. 최인훈의 문학세계는 그의 평론활동에서도 살펴볼 수 있다. 그가 1965년 『사상계』를 통해 발표한 첫 평론은 「문학활동은 현실비판이다」이다. 이 글에 나타난 그의 문학관이 소설에 용해되어 나타난 작품이 바로 『소설가 구보씨의 일일』이라 할 수 있다. 이 작품은 소설관이 어떻게 소설로 형상화되는지를 보여주는 예가 된다.

구보가 방문한 공간들을 보면 아래와 같다.

불교재단인 자광대학→덕수궁의 석조전→창경원→심등사→관훈동 고서점→다방 '광화문'→경복궁의 '샤갈전람회'→한옥→전통혼례참석→창경원→이중섭 전람회→옛절터

이 작품에서 편력대상은 상고주의를 드러내는 공간이나 전통문화를 느끼게 하는 장소들이다. 구보의 관심인 상고주의적 대상은 일반인들에게 잊혀진 것들이다. 그것은 우리의 정서를 담고 있는 것으로서 우리와 가까운 곳에 있는 것들이다. 일반인은 평소에 그러한 자각을 하지 못하고 있을 뿐이다. 그래서 구보는 무의식에 남아 있는 고유한 기억들을 불러내어 전통의 의미를 인식시키고자 한다. 전통을 인식하는 것은 바로 역사의 인식을 의미하는 것으로서 과거가 현재까지 지속되고 있음을 확인하는 행위가 된다. 구보는 과거와 현실을 연결시키는

고궁이나 유물전시장을 방문하며 그 의미를 부각시키고, 보완해야 할 것 등을 지적한다. 그러므로 창경원에서 본 동물들은 단순한 오락거리의 관람으로 그치는 것이 아니다. '소'를 보면서 우리의 삶과 함께 한 소에 대한 애정을 일깨워 주고, '호랑이'를 통해서는 민담의 주요 소재인 호랑이에 대한 향수를 불러일으켰다. 사자를 통해서는 민중봉기의 위인인 녹두장군 전봉준이나 만적을 연상한다.

이와 같은 전통인식은 한국인이라면 누구나 지닐 수 있는 공동체 의식을 확인시켜 주는 것들이다. 그러므로 구보가 가장 한국적인 문화적 장소를 탐방하고 역사적 사건을 계속 사유하는 것은 그가 역사적, 사회적 환경과 유리된 인물이 아님을 보여준다. 비록 관찰자의 모습으로 제한되어 있지만 강한 메시지를 전달하고 있다. 그 속에는 일상적 생활을 유지하고자 하는 욕망, 서구문화에 대한 맹목적 추수에 대한 비판을 보여주는 지식인의 모습이 부각되어 있다.

이 작품에서 주목해야 하는 대목은 구보가 쓴 소설이다. 연작형태인 이 소설의 15장에는 구보가 창작한 단편소설이 수록되어 있다. 이것은 삽입 텍스트의 형식을 띤다. 구보 소설의 주인공 '나'는 친구가 일러준 고려시대의 옛 절터를 찾아가고자 하나 생활이 바쁜 탓으로 그 여행을 미루었다. 여행은 꿈 속에서 이루어져 그는 옛절터를 찾아가 스님과 담소를 즐긴다.

> ① 골짜기 안쪽에, 넓게 벌어진 산기슭에 절터가 있다. 주춧돌은 풀더미 속에서 원래 땅속에 솟아난 흰 그루터기처럼 보인다. 그루터기를 따라 걷는다. 그렇게 걷고 있노라니 문득 이상한 느낌이 든다. 빈 주춧돌 위에 옛날 모습대로 집채가 올라가 앉는

다.(『소설가 구보씨의 일일』, 320-321쪽)

② 대순처럼 솟아오른 돌부리를 따라 걸어간다. 그 위에 울창한 가지를 뻗었던 그루터기를 따라. 그렇다면 그루터기는 못바닥에 박힌 연뿌리다. 한때 향기롭게 피었던 가람들. 가람이라는 연이파리 위에 피어 있던 부처라는 이름의 연꽃송이들. 그렇다면 이 폐허는 연꽃이 흐드러지던 연못이었던 셈이다.

연못을 따라 걸어 간다. 마른 연못가를. 풀 냄새 가득한. 어느 모퉁이에서 아까 만난 스님과 또 마주친다. 이번에는 조심스럽게 말을 건넨다.(『소설가 구보씨의 일일』, 323-324쪽)

구보 소설의 주인공 '나'가 꿈 속에서 찾아간 옛절터는 인용에 나타난 것처럼 번성했던 시절의 절이다. 이 작품 3장에서도 절이 한 번 나온다. 3장의 절 이야기는 구보가 심등사를 방문하여 법신 스님과 담소를 즐기는 동안 생활의 고뇌에서 벗어나는 내용이다. 3장에서처럼 꿈 속의 옛절터 방문도 번설한 환경에서 자신의 삶을 조용히 성찰할 수 있는 것은 불교적 세계의 힘이라는 것을 보여주기 위함이다.

지금까지 중·장편에 나타난 로망스 구조를 살펴 보았다. 이러한 구조는 그의 단편에서도 나타나고 있다. 「웃음소리」는 단편으로서 단일한 구성이지만 여주인공이 자살할 공간을 찾아 '길떠나기'를 한다는 점에서 탐색 로망스 구조를 취하고 있다. 그녀의 탐색 목적지는 P온천의 '빈 터'이다. 그곳은 버림받은 애인과 한때 다정하게 지냈던 추억의 장소이다. 자신의 돈과 함께 사라진 애인의 배신은 그녀에게 유일한 삶의 목표를 자살로 만들어 놓았다. 하지만 그녀가 원한 자살

공간에 도착했을 때 예상치 못한 일이 벌어진다. 그녀만의 장소라고 생각했던 그곳에서 이미 다른 행복한 연인이 정사를 벌이고 있는 것이다.

자신의 자살 공간을 빼앗긴 주인공은 그곳을 되찾기 위해 세 번씩이나 찾아온다. 하지만 그때마다 앞서의 연인들이 성애를 벌이고 있다. 환시와 환청으로 메꾸어진 빈터의 연인들의 정사장면은 주인공의 자살 행위를 유보시키며, 그녀가 진정 원한 것은 죽음이 아니라 '사랑'이라는 것을 깨닫게 한다. 이 작품은 로망스 구조의 여행담에 환상성이 결합되어 시간의 정지를 가져왔다. 이것은 작중인물에게 자각의 기회를 제공한다. 세 번째 빈터를 찾아갔을 때 이들 연인이 일주일 전에 죽은 시신임이 밝혀진다. 주검으로 남아 있는 연인은 주인공에게 로망스 구조에서 일반적으로 등장하는 조력자와 방해자의 구실을 동시에 하고 있다. 주인공에게 다시 삶의 의미를 깨닫게 해 준 점에서는 인생의 조력자가 되는 셈이며, 주인공이 표면적으로 원한 자살의 의지를 꺾도록 한 점에서는 방해자가 되는 것이다. 결국 자살을 포기한 주인공은 다시 서울로 돌아온다.

죽음의 공간을 찾는 로망스 구조는 「輓歌」에서도 나타난다. 이 작품에서도 주인공은 사랑의 장소였던 산장의 호수를 찾아가 정부를 기다린다. 두 사람은 이미 결혼한 상태로서 불륜의 관계에 있다. 남자는 가정 때문에 주인공과의 사랑을 배신하고, 주인공은 환상 속에서 남편과 情夫의 아내의 환영에 시달린다. 그리고 정부와 배를 타고 즐겼던 날을 회상하며 호수에서 자살한다. 그녀가 찾아온 산장 호수는 사랑의 공간이자 죽음의 공간이 된다.

「열하일기」와 「금오신화」도 로망스 구조를 취하고 있으나 이 작품들은 패러디 텍스트의 3절에서 다룰 것이다. 여기에서는 간략히 로망스 구조의 흔적만 찾아보겠다. 연암의 「열하일기」가 중국기행을 바탕으로 한 중국 풍속을 보여주고 있다면, 최인훈의 「열하일기」는 외국인 고고학자의 눈에 비친 루멀랜드(한국)의 풍속을 보여주는 기행문이다. 주인공 고고학자는 20여 년 전 대학원을 마치고 루멀랜드의 문화를 배우고자 입국한다. 2년의 체류 기간 동안 국회, 국전, 거리, 유머구락부 등을 다니며 루멀랜드 생활에 스며 있는 유머에 대해 존경심을 드러낸다. 그는 고고학 연구에 몰두하여 화석을 연구하는데 이 일로 루멀랜드에서 추방당하게 된다. 이 작품은 가상국가인 루멀랜드에 얽힌 추억과 사랑을 루멀랜드의 멸망을 애도하면서 20년 후에 회상하는 내용이다. 기행문의 여정과 일정이 잘 나타나 있다. 이 작품에서 고고학자의 문화형 연구는 『서유기』의 사학자가 강의한 내용과 유사하다.

김시습의 「금오신화」를 패러디한 최인훈의 「금오신화」는 단편이기에 여행담의 구조가 미미하게 나타난다. 이 작품은 비극적 로망스 구조의 변형으로 볼 수 있다. A는 6 · 25전쟁 당시 대학 2학년이었다. 그는 거리에서 인민군에게 붙잡혀 전쟁터로 나간다. 이때 어머니와 생이별을 한 후, 전쟁 후에는 북한에서 흥남 비료공장의 노동자 생활을 한다. 그러던 중 남한출신이라는 이유로 간첩교육을 받고 남파하게 된다. 이런 임무가 주어졌을 때 A에게는 당에 대한 충성심은 희박하였다. 그는 오직 자유 대한으로 가는 희망에 부풀어 있었다. 그곳에 도착하기만 하면 바로 자수를 하겠다는 일념으로 간첩교육을 받았다. 간첩으로 남파하기 위해 그는 흥남에서 평양으로 이동하여 교육을 받고, 평양에서 다시 임진강 근처로 이동하여 월강을 하게 된다. 그러나 A는 그 당시 월강하는 사람들을 대상으로 강도행각을 벌이던 괴한들에게 어이없는 죽음을 당한다. 이 작품에서 환상성은 죽은 A가 자신의 시신을 바라보는 장면에서 나타난다.

> A의 치명상은 뒤통수의 으깨어진 자리였다. 그런데 이상한 일이 일어났다. 그 으깨어진 상처가 흐물흐물 움직이더니, 그 속에서 손이 하나 쓱 나온다. 이어서 팔뚝. 다음에 머리. 가슴. 이윽고 한 사람이 그 속에서 빠져나왔다. 시체는 이 돌연한 짐 때문에 기우뚱했다. 시체 속에서 빠져나온 인물은, 조심스럽게, 시체 등에 무릎을 세운 자세로 자리를 잡고 앉았다.(「금오신화」, 216쪽)

A는 자신의 시신을 내려다 보고 있다. 남한에서 자유를 찾을 수 있다는 그의 기대는 사라지고 찬 강물 속에 알몸뚱이로 주검이 되어 흐른다. 극히 평범한 한 인물이 이데올로기에 의해 비극적 생애를 맞이하며 영육이탈의 순간에서야 역사에 대한 분노를 분출하고 있다.

'공간'의 편력은 「크리스마스 캐럴 5」에서도 나타난다. 주인공 철은 어느 날 겨드랑이 밑에 생긴 가래톳 때문에 고민에 빠진다. 가래톳의 통증은 그의 방에 들어갈 때는 극성을 부리고 거리로 나서면 잠잠해진다. 그래서 주인공은 가래톳을 가라앉히기 위한 방법으로 심야에 거리를 산책한다. 그의 심야의 산보는 주체의 일상적 삶을 유지하기 위한 방책이다. 여기에 고현학의 창작법이 작용하여 밤거리의 모습들을 하나하나 보여주기 시작한다.

현대소설에서 선택하는 로망스 구조는 중세 로망스와 차이가 있다. 일반적으로 여행구조가 많은 이야기 거리를 가지고 있다는 점에서는 변화가 없지만 인물의 자의식에서는 큰 차이를 보인다. '길떠나기'의 주인공은 근대적 주체형성을 보여주는 응집된 모습이다. 중세의 편력기사나 영웅이 '길떠나기'를 하는 것과는 다르다. 중세의 여행은 주체의 의지가 아닌 집단의 의지에 의해 추구되는 것들이 대부분이다. 이에 비해 근대적 주체는 개인의 욕망에 의해 길떠나기를 하고 있다. 그러므로 로망스 구조의 현대적 변용에는 주체화의 과정이 포함된다.

보편적으로 편력 로망스 구조의 주인공은 영웅이다. 그러나 최인훈의 환상적 서사에 등장하는 주인공들은 영웅과는 거리가 멀다. 그의 소설 주인공들은 예술가, 지식인, 평범한 소시민의 모습을 띠고 있다. 그럼에도 불구하고 편력 로망스 구조를 취한 원인은 1960년대 우리나라의 역사적, 정치적 상황을 담아내기 위해서이다. 영웅은 난세에 나오는 인물이다. 영웅이 활동했던 시대는 난세이기는 하지만 총체성을 잃은 시대는 아니라고 할 수 있다. 그러나 우리의 1960년대는 총체성이 파괴된 시대로서 더 이상 개인적인 영웅이 있을 수 없는 시대이다. 영웅의 이미지를 찾는다면 지식인이 그의 역할을 대신할 수 있을 것이다. 현실에 대한 비판능력이 중요한 시대이기 때문이다. 전쟁과 이데올로기의 투쟁은 수없이 많은 영웅을 만들고 또 영웅을 찬양한다. 그러나 문학은 이런 영웅예찬이나 영웅주의에 대해서 비판적이다. 그래서 이데올로기 장치 속에 내재하고 있는 해악에 대한 비판의 일환인 반영웅주의는 전후와 현재의 소설에서 두드러진 현상이다.[36]

현대의 개인은 열정, 아픔, 상상력 등의 탐구에 자신을 바쳐 몰두할 때 진정한 영웅의 모습을 띤다. 루소의 『고백록』이 의미를 제공하는 것은 바로 이러한 새로운 영웅의 정의를 보여 준 점이다. 새로운 비전

---

36) 이재선, 『현대 한국소설사』, 민음사, 1992, 122쪽.

에서 끝나는 것은 바로 정체성을 향한 모색이고 자기 정당화를 위한 모색이다. 루소는 사실주의 소설에 비전을 향한 탐구와 급진적일 정도로 반어적인 자기 자신의 본성을 향한 탐구를 유산으로 전했다.[37]

지금까지 로망스 구조를 현대적으로 변형시킨 환상적 서사를 살펴보았다. 최인훈의 환상적 서사에서 '길찾기'를 위해 떠나는 인물들은 영웅이 부재한 텅빈 공간을 대신하는 인물들이다. 그들은 잃어버린 자아를 찾기 위해 지루하고 긴 '시간 여행'을 하고 있다. 이때 편력 로망스는 리비도를 탐구하는 행위, 즉 욕구에 찬 자아가 그 자아를 현실의 불안으로부터 해방시키려고 하지만, 그 현실을 여전히 포함하고 있을 것 같은 욕구충족을 탐구하는 행위인 것이다.[38] 중세의 영웅이 1960년대의 상황에서는 부재한 상태이며, 그 자리를 현실비판적인 지식인이 대체하고 있음을 로망스 구조의 현대적 변용에서 보여준다.

### 2) 거울 텍스트의 중첩

편력 로망스 구조로 전개되는 환상적 서사 중에는 동시에 거울 텍스트[39] 구조를 취하고 있는 작품이 있다. 「가면고」, 「구운몽」, 『서유기』가 여기에 해당된다. 이 작품들은 로망스 구조의 여행과정을 보여주면서 기본 텍스트 속에 중첩된 여러 개의 삽입 텍스트를 내포하고 있다. 기본 텍스트와 삽입 텍스트의 관계는 중첩된 서사들이 서로 비춰주는 거울 역할을 한다. 이러한 구조는 작품의 난해성을 가중시키

---

37) 로버트 숄즈 · 로버트 켈로그, 앞의 책, 205쪽.

38) 김정관, 『존재의 의식과 위기의 문학』, 푸른사상, 2002, 270쪽.

39) Mieke Bal, 성충훈 · 송병선 옮김, 『소설이란 무엇인가-소설 서사학』, 울산대학교 출판부, 1997, 245-246쪽.

기도 하지만 작가의 창작방법에서 볼 때 메타픽션의 성격을 드러내고, 작품의 주제면에서 볼 때는 주제의 강화를 나타낸다.

「가면고」는 1960년 7월에 발표된 것으로서 최인훈의 대표작인 「광장」과는 불과 3개월 차이를 둔다. 이 작품은 최인훈 문학의 독특한 영역을 예고하는 징후들을 포진하고 있는 문제작이라 할 수 있다. 그러나 「광장」의 후광 때문에 그동안 관심권에서 벗어나 있었다. 「가면고」는 한국 문학에서는 거의 유일한 '救援의 文學'[40)]이라는 평가를 받고 있는 점에서 논의할 가치를 지닌 작품임을 암시한다. 이 작품은 최인훈이 환상성을 보여주는 첫 장편이다. 사실주의 계열의 「광장」과 반사실주의 계열의 「구운몽」, 『서유기』의 맹아를 이 작품에서 발견할 수 있다.

「가면고」는 세 개의 서사가 병치되어 있다. 기본 텍스트는 무용이론가 민이 예술가 애인들 사이에서 방황을 하며 자아완성을 추구하는 서사이다. 기본 텍스트 속에 삽입되어 있는 두 개의 거울 텍스트 중 하나는 민의 전생담인 다문고 왕자의 자아구원의 과정을 서술한 것이다. 다른 하나는 민의 무용극본인 '신데렐라 공주'의 서사이다. 이 세 개의 서사는 '자아완성'을 추구하는 작중인물의 욕망을 나타낸 동일한 주제의 변이태라 하겠다.

4장으로 구분된 이 작품은 각 장마다 현실과 전생, 현실과 창작이 쌍을 이루고 있다. 환상성을 드러낸 '전생'의 사건이 발생하지만 현실과 전생의 경계선이 뚜렷하다. 또한 최면술사와 알약의 등장은 토도

40) 김병익, 「사랑, 혹은 現代의 救援」, 『크리스마스 캐럴/假面考』 해설, 文學과知性社, 1988, 312쪽.

로프가 제시한 환상성의 요건인 '주저함이나 망설임'[41]의 정서를 독자들에게 환기시키는 데 방해가 된다. 최면술사의 등장과 알약이 독고민의 전생으로의 여행 가능성을 합리화할 소지가 있기 때문이다. 상대적으로 다른 작품에 비해 환상적 신비감이 약한 편이다. 대신, 전생담인 다문고 왕자의 서사에서는 인물의 변신과 마법의 등장, 종교적 색채 때문에 환상적 분위기를 드러내고 있다.

강박적일 정도로 주제를 강화시키는 거울 텍스트 구조는 이 작품을 난해하게 하는 데 결정적 역할을 한다. 거울 텍스트가 정교한 파불라로 완결된 스토리를 제시할 때 독자는 기본 서사의 파불라를 잊게 마련이다.[42] 그러나 「가면고」에서는 기본 텍스트와 거울 텍스트의 경계가 분명하기 때문에 기본 서사를 잊기가 어렵다. 중층적 의미를 가지는 삽입 텍스트는 문학작품을 읽는 하나의 방식을 제시한다. 즉 이중적 의미를 진지하게 해석하는 태도로 독자는 삽입 텍스트를 앞으로 일어날 거울로 해석하는 것이다.[43] 「가면고」는 환상성을 차용한 첫 작품이기 때문에 현실과 환상의 경계가 아직은 경직된 모습으로 나타났다고 볼 수 있다.

현실적 자아인 민과 환상적 자아인 다문고는 동일한 고민을 가지고 있는 인물이다. 그들은 타자들이 부여한 정체성(가면: persona)이 실제로는 자아와 일치하지 않는다는 '자아기만' 때문에 괴로워한다. 그들의 순수한 자아를 얻고자 하는 욕망이 편력 로망스 구조를 추동시키기는 힘이 된다. 여기에 민의 무용극본인 '신데렐라 공주'에 등장하

41) 토도로프, 이기우 역, 『환상문학 서설』, 한국문학사, 1996, 132쪽.
42) 미케 발, 환용환 · 강덕화 옮김, 『서사란 무엇인가』, 문예출판사, 1999, 258쪽.
43) Mieke Bal, 앞의 책, 1997, 248쪽.

는 왕자의 탈(마법에 의해 씌워진 것)을 벗고자 하는 욕망까지 병치되면 이 작품에서 보이는 세 개의 서사는 '자아성찰의 욕망'이라는 주제를 반복적으로 재현한다.

[도식 1] 「가면고」의 기본 텍스트와 거울 텍스트

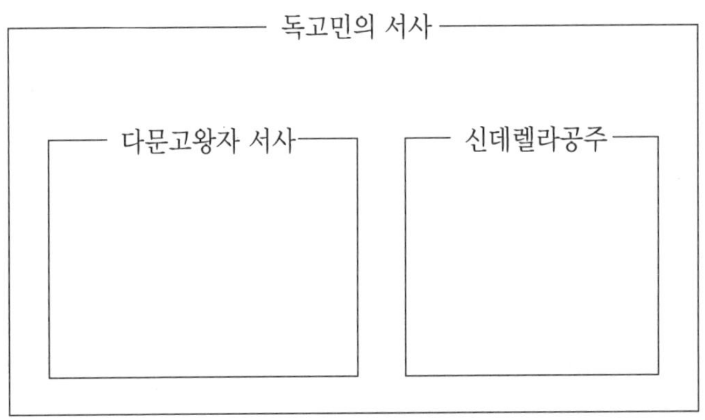


[도식 1]에서 보면 기본 텍스트는 독고민의 서사이다. 독고민의 전생담인 다문고 왕자의 서사와 독고민의 무용극본인 '신데렐라 공주'가 삽입 텍스트로 끼워져 있다. 이렇게 내부에 들어가 있는 삽입 텍스트는 거울에 비추었을 때 원래의 상을 재현시키듯, 기본 텍스트의 주제를 강화시킨다.

독고민은 인형을 수집하는 취미가 있다. 성인 남성의 취미라 하기에는 독특하다. 그가 인형수집을 하게 된 것은 인간의 얼굴에 불신감을 가지고 있기 때문이다.

인형의 표정과 어린애들, 또는 짐승의 그것 사이에는 닮은 데

> 가 있다. 얼굴이 하나밖에 없다. 그런 표정은 민처럼 두 개 세 개의 얼굴의 스페어를 가진 사람에게 무어랄까, 빌붙어 볼 수 없는 쌀쌀한 슬픔과, 닮고 싶은 사랑을 함께 불러일으켰다. 그는 밀러씨의 성자 생산론을 생각했다. 성자들의 얼굴은 아마 이런 것이리라. 나는 성자가 되고 싶은 것이다.(「가면고」, 235-236쪽)

민에게 자아의 완성은 '몸과 마음이 다같이 살 수 있는 단 하나의 구원'을 의미한다. 몸과 마음이 다 같이 살 수 있다는 것은 기만이 없는 상태로서 '순수얼굴'이 된다. 이것은 인형, 어린아이, 짐승의 얼굴에서 대표적으로 드러난다. 그가 끊임없이 추구하는 '순수얼굴'에 대한 지향이 다문고 왕자에게도 그대로 나타난다. 다문고 왕자 또한 방에다 거울을 숨겨 놓고 자신의 얼굴을 비춰본다. 그가 원하는 것도 순수얼굴이다. 타인의 오해에서 부여되는 성자의 얼굴이 아닌 진정한 브라마의 얼굴을 원한 것이다. 그는 목적을 이루기 위해 살인도 서슴지 않게 된다. 그가 알게 된 순수얼굴을 지닐 수 있는 방법은 자신의 얼굴 위에 타인의 순수얼굴을 덧씌우는 것이다. 즉 살인을 해야만 가능한 방법이다. 왕자는 배움이 없으면서도 순수함을 유지하고 있는 타인의 얼굴을 갖다 붙이는 행위를 지속한다. 이것은 결국 선량한 사람의 죽음을 통해 자신의 덕을 완성하고자 하는 이기심의 모습이다. 다문고 왕자가 마침내 자신의 과오를 뉘우쳤을 때에야 브라마의 얼굴을 얻게 된다. 또한 순수얼굴을 성공적으로 구할 수 있는 방법은 진정한 '사랑의 힘'이라는 것도 보여준다. 마가녀 공주의 헌신적이고 순수한 사랑이 왕자의 자아구원을 이루어 줄 수 있는 방법이었다. 삽입 텍스트에서 다문고 왕자의 자아구원이 이루어지는 것을 보았다. 그러므로 삽입 텍스트의 영상이 기본 텍스트에 그대로 반사된다는 점을 고려한다면 기본 텍스트의 민도 '사랑'의 힘으로 구원받을 수 있는 가능성을 암시받는다.

무용극본 '신데렐라 공주'는 삽입 텍스트의 구조와 패러디라는 점을 동시에 지니고 있다. 무용극은 동화 「신데렐라」의 패러디이다. '신데렐라 공주'에서 주인공 왕자는 마녀의 주술 때문에 얼굴에 탈을 썼다. 그의 얼굴에 덧씌워진 탈은 그를 진심으로 사랑하는 '순수사랑'에 의해서만 벗겨지게 되어 있다. 이 또한 기본 텍스트의 주제를 반복하는 것이며 왕자도 신데렐라의 사랑에 의해 구원을 얻는다.

이처럼 삽입 텍스트의 주인공들이 자아구원에 성공하는 결과는 민에게 그대로 반사된다. 현실세계에서 민은 자신의 '전생담'을 이야기하는 것 자체로 일단 구원의 가능성을 얻는다. 민이 전생담을 이야기함으로써 일차적으로 정신적 카타르시스를 가지기 때문이다. 그리고 그를 구원으로 이끌어 줄 수 있는 인물이 정임이라는 것을 부각시킨다. 그녀는 민의 전생담 녹취내용을 들음으로써 민의 고뇌를 이해하고 그를 포용할 수 있는 사랑의 모습을 보여준다. 이것은 여성의 순수한 사랑이 주인공의 자아성찰에 중요한 역할을 하고 있음을 보여주는 것이다.

이제 작가가 동일한 주제를 이렇게 여러 개의 서사를 통해 강박적일 정도로 나타내는 이유에 결론을 내려야 한다. 자아구원의 문제는 인간의 존재론적 측면에서 볼 때, 시간과 공간을 초월해서 인간을 괴롭히는 질문임을 알려준다. 한국의 평범한 현대시민이 겪는 고통을 3천 년 전 인도의 왕자가 겪고 있다는 설정은 이 주제가 범인류적인 문제임을 보여주는 것이다.

인물 사이에서도 자기 반영성이 나타난다. 민과 미라의 관계에서 미라는 민의 모습을 비춰주는 거울 역할을 하고 있다. '자기 예술의 눈에 보이는 성과를 향하여 허덕이는 그녀의 모습'은 민 자신의 일을 늘 돌이켜 보게 하는 '두려운 거울'(212쪽)이다. 미라는 예술적 성취를 성급하게 이루기 위해 초조해하는 민의 또 다른 자아인 것이다.

자기 반영적인 거울 텍스트의 중첩은 「구운몽」과 『서유기』에 이르면 더욱 복잡한 구조로 변한다. 「구운몽」은 4겹의 서사가 중첩된 작품이라는 것은 앞서도 밝혔다. 가장 안쪽에 있는 거울 텍스트는 독고민과 김용길 박사의 서사이고, 그 바깥은 이 두 개의 서사가 한 편의 영화라는 것을 알리는 고고학자의 서사, 그리고 가장 바깥은 그 영화를 보고 나오는 사랑하는 연인의 이야기이다. 이 작품에서는 독고민과 김용길 박사의 서사가 핵심이 된다. 독자들이 수많은 삽입 텍스트를 가진 『천일야화』를 읽는 동안 기본 텍스트를 잊는 것처럼 이 작품의 독자는 독서가 진행될수록 가장 안쪽에 있는 독고민 서사를 잊어버리게 된다. 그럴 수밖에 없는 것이 거울 텍스트가 계속 겹쳐지면서 결말로 가는 동안 지금까지 읽었던 서사가 허구라는 사실을 드러내기 때문이다. 독서가 끝날 때야 비로소 작품 전체의 서사윤곽을 파악하는 독자에게는 충격적인 작품이 될 것이다.

「가면고」에서 기본 텍스트가 먼저 제시되고, 그 내용이 비교적 명확하게 드러났다면, 「구운몽」은 거꾸로 기본 텍스트가 가장 나중에 밝혀진다. 기본 텍스트가 밝혀지기까지 삽입 텍스트의 의미가 계속 유보되는 상태를 맞고 있다. 삽입 텍스트는 환유의 성격을 지니면서 의미를 지연시키고 있는 것이다.

[도식 2] 「구운몽」의 기본 텍스트와 거울 텍스트

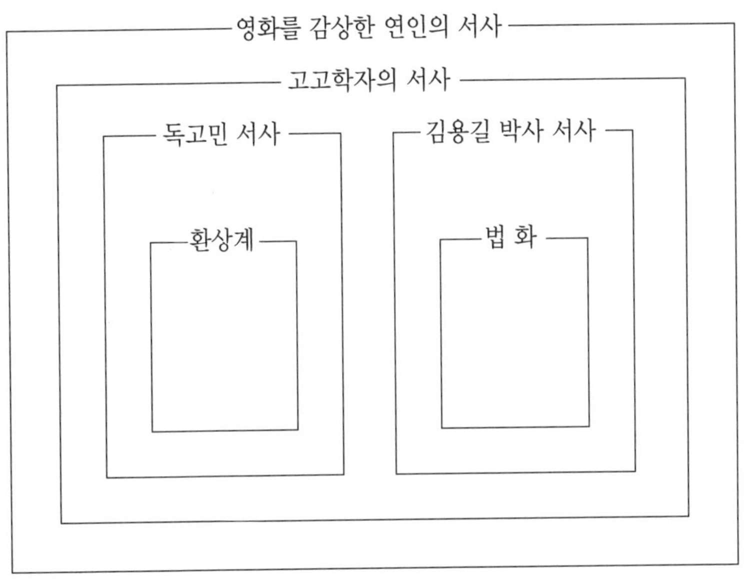


이 작품의 핵심이 되는 독고민 서사 속에는 환상세계를 다룬 거울 텍스트가 나타나서 작품을 난해하게 한다. 주인공인 간판사 독고민은 발신인이 적혀 있지 않은 편지를 받고서 발신자를 그의 '황금시대'라고 할 수 있는 연애시절의 애인 '숙'으로 단정한다. 그는 자신의 '잃어버린 시간'을 찾기 위해 '숙'이 만나자고 한 다방으로 간다. 이것이 독고민을 환상세계에서 여행을 하도록 한 이유이다. 독고민의 여행동기 부분이 이 작품의 가장 안쪽에 있는 거울 텍스트가 된다. 독고민이 환상세계로 진입한 것을 표상하는 사건은 「가면고」의 첫 문장에서 나타난 "기억의 환각"과 동일하다. 이 작품의 '기시감'은 앞으로 주인공이 환상세계로 진입할 가능성을 암시한다.

독고민은 첫사랑 '숙'이 보낸 것으로 단정한 편지를 받고 약속장소인 '미궁 다방'으로 나가지만 그녀를 만나지 못한다. 실망한 독고민은 어느 찻집에서 자신을 '선생님'이라 부르는 낯선 시인들에게 쫓기다가 간신히 집으로 돌아온다. 그는 현관에서 성냥을 찾다가 떨어뜨리고 그것을 다시 집어드는 행위를 하다가 이 동작이 '숙'의 편지를 받던 날과 똑같은 상황이라는 것을 알고 공포감을 느낀다. 두 번째 약속 날은 민이 날짜를 정해서 신문광고에 냈다. 하지만 둘째 날에도 '숙'을 만나지 못하고 돌아온다. 이 날도 낯선 시인들의 추격을 받는다. 20여 일이라는 시간의 경과가 있었는데도 바로 다음 시각에 이어지는 사건처럼 벌어지는 낯선 시인들의 추격은 독고민에게 두려움을 불러일으킨다. 그가 도망을 칠 때마다 그에게 난처한 질문들을 하는 집단들은 늘어간다. 노은행원, 무용수들, 술집 여급들이 그를 추격하는 집단이다.

독고민의 환상체험은 미로화된 도시에서 낯선 집단들에게 질문의 답변을 강요받는 상황에서 점차 확장된다. 숙과 만나기로 한 장소는 '미궁' 다방이며, 그가 헤매는 거리는 '미로'가 되어 독고민을 분열시키고 있다. 독고민의 미로체험은 개인적 자아가 추구하는 삶의 목적과 사회적 상징질서가 일치하지 않으며 상호 적대적임을 함축하는 것이다. 독고민이 추구하는 개인적 사랑, 즉 '숙'을 만나는 행위는 낯선 집단들이 요구했던 질문의 답변과 통합하지 못한다. 이것은 개인이 사회가 요구하는 이데올로기의 호명에 응하지 않을 때를 상징하는 것으로서 그 결과는 개인의 소외를 초래한다. 독고민은 그를 추적해온 집단들에게 둘러싸인 채 광장에서 총살을 당함으로써 소외인의 극대화된 모습을 보여준다. 그에게 광장은 죽음을 재촉하는 공간이다. 즉 자아의 욕망에 집착하는 인물에게 광장(도시)은 미로였음을 드러낸다.

한편, 김용길 박사의 서사는 독고민의 서사와 같은 현실세계에 있으면서 상호의존적인 관계를 맺고 있다. 두 사람의 인적사항이 동일하게 나타나기에 두 인물의 관계를 해명하는 것이 선결과제가 된다. 이 소설이 서포의 「구운몽」과 맺고 있는 상호 텍스트적 관계를 고려한다면 독고민의 서사는 특히, 환상체험은 김용길 박사의 '꿈'으로 해석되어야 한다. 그러나 꿈으로 해석되기 어려운 점은 독고민의 시신이 김용길 박사의 서사에서 그대로 존재한다는 사실이다. 거울 텍스트이면서도 패러디 텍스트라는 점을 염두에 두고 그 창의성을 살린다면 해결의 실마리가 보인다. 두 인물의 서사는 자아의 이중성을 보여주는 데 더 큰 의미가 있을 것이다.

김용길 박사가 의사라는 점을 주목해야 한다. 그는 독고민을 '몽유병자'로 진단하고 그의 시신을 해부용으로 사용할 수 있는 지시를 내린다. 이것은 의사로서 과학자인 김용길 박사는 현대사회의 권력자임을 나타내는 것이다. 개인의 욕망을 추구하는 민은 상상계적 지향을 원하는 인물로서 사회에서 파멸당하는 것을 보여주고, 김용길 박사처럼 상징계의 질서를 유지하고자 하는 인물은 건재함을 보여준다. 김용길 박사가 상징계 지향임을 알 수 있는 것은 그가 아버지의 뜻에 따라 의학공부를 한 점, 과학과 종교에 의해 이 세상을 구원하고자 하는 점에서 나타난다.

독고민과 김용길 박사의 서사를 모두 영화라고 진술하는 고고학자의 서사는 소설가의 창작 과정을 노출하는 행위가 된다. 마지막 서사는 이 작품의 주제 '자아구원'이 미정의 미래의 일임을 드러낸다.

『서유기』는 환상적 서사, 즉 복합적인 구조와 인과율이 파괴된 모습을 강렬하게 보여주는 작품이다. 이 작품도 「구운몽」에서처럼 주인공의 환상체험이 전개되는 중심서사 안팎으로 그것을 재반사하는 삽입 텍스트가 설정되었다. 현실과 환상간의 경계구분을 모호하게 한다. 이 텍스트의 가장 바깥 서사는 「구운몽」의 기본서사처럼 '영화필름' 임을 밝히고 있다. 허구화된 프롤로그의 기능은 본 서사의 환상적 특질을 예고하면서 소설적 재현의 과정을 자의식적으로 노출하는 메타-픽션적 기능을 한다.

[도식 3] 『서유기』의 기본 텍스트와 거울 텍스트

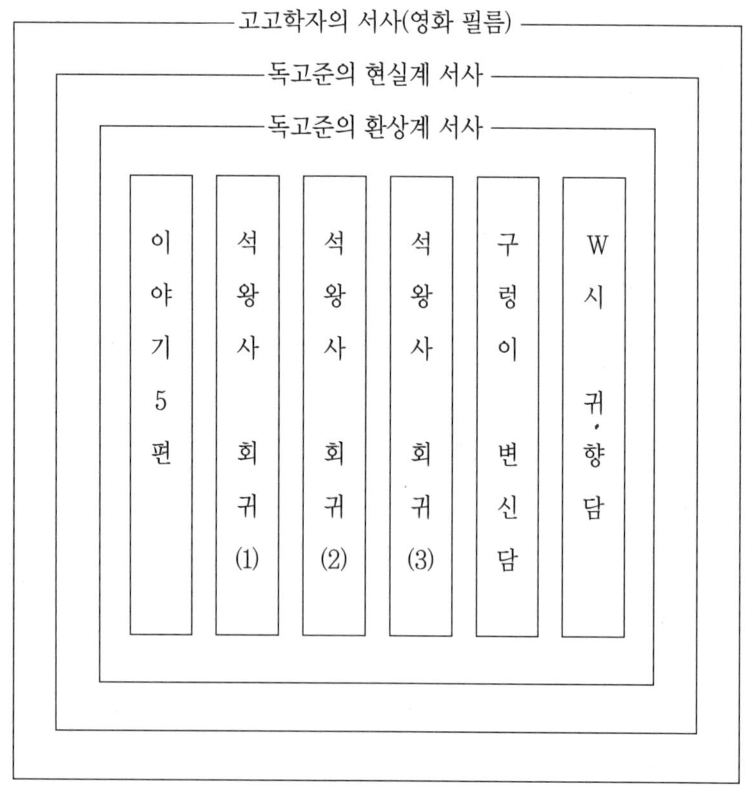

『서유기』의 중심서사는 주인공 독고준이 "그 여름날"을 향해 환상여행을 하는 내용이다. 『회색인』의 마지막 장면과 연결된 이 작품은 이유정의 방에서 나온 독고준이 자신의 방으로 향하는 계단에서 환상세계로 진입한다. 그는 계단에서 낯선 사람들에게 체포당하고 긴 복도를 지나 지하세계로 수직하강하는 구조 속에서 환상세계로 빠져든다. 독고준은 처음에 두려움과 공포심을 갖지만 감금당한 방에서 우연히 발견한 신문을 보고 공포감에서 벗어난다. 거기에는 자신을 찾는 구인광고가 나와 있기 때문이다. 환상세계에서의 여행은 중세 로망스 구조의 편력기사가 겪는 모험처럼 독고준에게도 다양한 경험을 겪게 한다. 하지만 그의 목표가 된 그 여름날의 '방공호의 성체험'을 가졌던 여성과의 만남은 그의 여행을 만류하거나 저지하는 인물들 때문에 쉽게 이루어지지 않는다.

독고준의 환상여행이 진행되는 공간은 시간과 함께 세포처럼 증식한다. 400여 년 전의 인물인 논개와 이순신에서부터 현대사에 등장하는 이광수, 조봉암까지 다양한 시간대의 인물들을 만나게 된다. 이것은 지금까지 다른 작품에서 보여준 여행담과는 구별되는 것이다. 「가면고」나 「구운몽」이 개인의 욕망, 개인의 무의식 지대를 탐색한 시간여행이라면 이 작품은 그것과 아울러 '역사적 시간'의 탐색도 겸하는 두 가지 임무를 띤 여행이다. 이러한 여행은 최인훈의 문학적 과제인 '자아 찾기'의 중요한 방법이 '시간여행'을 통해 이루어지고 있음을 보여주는 것이다. 그것은 개인뿐만 아니라 한 민족의 민족성, 또는 문화형이라는 근원적인 시간의 탐색을 통해 획득할 수 있음을 드러낸다.

「구운몽」의 중첩된 서사구조가 양파껍질처럼 싸여 있다가 삽입 텍스트의 의미를 계속 유보시켰다면, 『서유기』는 타임 몽타주 기법으로 조합된 다양한 시간의 '지층'으로 형상화되었다. 프롤로그에서 제시한 고고학자의 연구도 작가의 글쓰기 방식을 비유한 것이다. 소설쓰기와 고고학자의 연구가 동일시되고 있다. 이는 다양한 시간대의 지식인을 내세워 그들이 체험한 이데올로기의 허구를 폭로하고자 하는 의도에서 나온 구조이다.

독고준이 환상여행 중 석왕사 역에서 읽은 5편의 이야기는 독고준의 삶을 재반사하고 있는 삽입 텍스트들이다. 신이 부재하는 시대에 항해를 하는 고독한 선원 이야기, 무엇을 위해서인지도 모르고 질주하다가 죽은 호랑이와 그의 시체에서 생겨난 구더기 떼가 호랑이 형상 그대로 질주하는 이야기, 현대 사회를 살아가는 사람들의 온갖 "서글픔"에 대해 열거해 놓은 안톤 시나크의 수필을 패러디한 작품, 그리고 자기가 누구인지 잊어버리고 살아온 기계가 꾸는 꿈이 나온다. 기계의 꿈은 밤이 되면 한 공주(현장법사)가 원숭이(손오공)처럼 생긴 아이와 돼지(저팔계)처럼 생긴 아이를 데리고 와서 놀다 가는 것이다. 톰소여의 모험을 패러디한 이야기도 있다. 이 중에서 중요한 것은 구렁이 변신담이다. 이것은 독고준의 개인적인 삶, 즉 월남 이후 무기력한 모습으로 살아가는 독고준의 삶을 재현한 것이라고 볼 수 있다. 이 6편의 이야기는 독고준의 소년 시절 W시에서 체험했던 것이 반사된 것도 있고, 현대사회에서 기계처럼 살아가는 인간들의 삶과 현대인들이 겪는 슬픔을 반영한 것도 있다. 거울 텍스트로서의 이 이야기는 독고준의 여행과 직접 관련이 있는 것은 아니지만 1960년대를 살아가는 군상들의 다양한 모습을 상징적으로 보여주는 것이다. 이와 같이 복잡하게 짜여져 있는 거울 텍스트는 시 · 공간을 무한히 확대하면서 독고준의 사유세계를 확장시키고 있다.

독고준이 고향 W시로 가기 위해 석왕사에서 기차를 타고 떠나는 과정이 3번 나온다. 3번 모두 다시 석왕사로 회귀하는 반복적인 여행 구조이다. 이때 독고준의 소년시절과 착종현상을 보인다. 소년시절 수학 여행 때 이곳을 들렀던 사건이 현재와 교차하는 것이다. 이렇게 3번씩 되돌아오는 과정은 '차이'를 지닌 반복임을 드러내는데 그것은 석왕사역으로 회귀할 때마다 겪게 되는 일이 다르다는 것에서 알 수 있다. 첫 번째는 상해임시정부와 혁명정부의 방송을 통해 해방공간의 시대로 소급한다. 두 번째는 방금 타고 온 기차를 감방이라고 하면서 역장이 그곳을 안내해 준다. 그곳에서 문화형을 연구하는 죄수이자 사학자를 만나고 그에 의해 이순신과 조봉암 선생을 만나기도 한다. 세 번째 회귀 때는 이광수를 만나 그의 친일행위에 대한 변론을 듣는다. 이처럼 고향으로 가는 시간이 지연되면서 독고준이 경험하는 시간여행은 '지금' 현재에 영향을 미치고 있는 과거의 지식인들을 통해 그 시대의 이데올로기와 문화적 태도를 이해하도록 한다. 이렇게 반복되는 여행에서 독고준은 자신의 목적지가 W시라는 사실을 망각하기도 한다.

독고준이 고향 W시에 도착하는 부분은 이 작품에서 중요한 의미를 지닌다. 역장과 검차수의 방해에도 불구하고 고향 W시에 도착한 독고준에게 고향이 어떤 의미를 지니는지 확인하게 하는 부분이다. 고향은 이미 그가 원한 선험적 이미지의 공간은 아니다. 그에게 북한 지역은 불합리한 공간으로 인식되기 때문에 그가 지나갈 때마다 건물들이 파괴된다. 대신 그의 정신적 외상으로 남아 있는 자아비판의 재현을 통해 정체성 회복의 가능성을 보여준다. 고향에서 '방공호의 성체험'은 언급되지 않는다. 오히려 소년시절 받았던 '자아비판'의 교실이 부각된다. 이는 독고준의 외상이 이데올로기의 영향을 많이 받았음을 보여주는 것이다.

### 3) 패러디 텍스트의 미학

환상적 서사에는 패러디 작품도 다수 있다. 이 장에서는 패러디 작품의 서사구조를 살펴보고자 한다. 패러디 작품에 대한 연구는 논의 방향에 따라서 방대한 작업이 될 수 있는 영역이므로 본고에서는 그와 같은 작업은 차후의 과제로 남기고 구조의 차원에서만 고찰하겠다. 원작과 최인훈이 변형시킨 패러디 작품의 구조적 거리를 파악하여 그의 소설미학적 특성을 파악하고자 한다.

지금까지 환상적 서사의 구조를 살펴본 바에 의하면, 최인훈의 작품은 현대적으로 변형시킨 로망스 구조에 거울 텍스트가 결합되어서 이야기 전개가 상당히 복잡하게 진행하고 있음을 보았다. 여기에 패러디 텍스트까지 추가해야 그의 소설을 이해하는 데 수월하리라고 생각한다. 그의 소설의 난해함은 관념적 내용도 큰 원인이 되지만 구조와도 상관이 있기 때문이다.

최인훈의 패러디 텍스트는 두 가지 성향을 띤다. 하나는 구조적인 안정감을 얻고자 고전을 패러디한 것이며, 다른 하나는 구조와는 무관하게 제목만을 차용한 것이다. 전자는 패러디 텍스트의 대부분이 되는 것으로서 「구운몽」, 『서유기』, 「열하일기」, 「옹고집뎐」, 「날개」(「크리스마스 캐럴 5」), 『소설가 구보씨의 일일』이며, 후자에는 「금오신화」가 해당된다. 그가 패러디한 원작은 대체로 환상성을 지니고 있는 작품이다. 따라서 패러디 작품에는 자연스럽게 환상세계가 나타나며 대부분 원작보다 환상세계의 성격이 확대, 심화되고 있다. 환상성이 약한 원작으로는 「날개」와 『소설가 구보씨의 일일』의 경우가 있는데 원작보다 환상적 분위기를 더욱 강화하고 있다. 환상성이 거의 드러나지 않는 원작을 수용한 「열하일기」는 패러디를 하면서 환상적인 요소를 부여하고 있다.

패러디는 前시기 작품에 대한 후대 작가의 현대적 태도라 할 수 있다. 패러디에는 패러디스트의 역동적인 창의성이 밑바탕되어야 한다. 소설 양식에 관심을 가진 작가들일수록 익숙한 소설 관습들을 낯설게 하여 보다 새로운 형식을 창조하는 데 몰두한다. 따라서 의식적으로 패러디를 사용하는 경우가 있다. 최인훈도 소설 형식을 새롭게 하려는 실험정신에서 패러디 텍스트를 발표했으리라고 본다. 이런 근거는 패러디의 이중적 성격 및 기능을 밝힌 그의 평론에서 찾을 수 있다.

> 문학적 관념에서의 방법과 풍속의 불안한 구조에서는 아무리 고전적 세련에 이른 경우라 할지라도 그 풍속적 부분은 문학 밖의 현실 풍속과 완전한 절연 상태를 유지할 수 없으며, 현실의 풍속과의 격차가 심해질 때 문학 속의 풍속적 부분은 곧 패러디화되고 만다. 어떤 시대의 예술이 패러디의 성격을 짙게 가지고 있다면 그것은 1) 소극적으로는 예술이 전통적인 예술적 관념의 풍속적 부분에 대하여 그 당대 사회의 현실 감각으로 비판을 가하고 있다는 징후이며 2) 적극적으로는 아직 현실 감각에 어울릴 만한 풍속적 부분을 방법화하지 못하고 있다는 징후이다. 모든 시대의 문학은 이 두 부분의 분열을 극복하는 것이 그 기능이

라고 해도 무방하다.[44)]

최인훈은 패러디의 이중적 성격을 풍속과 방법의 분열 및 통합이라고 보았다. 이것은 당대 현실과 예술 형식의 대응적 관계 속에서 파악한 것이다. 급격히 변화하는 현대 상황에서 풍속적 부분을 포괄하여 추상화하는 새로운 예술적 양식이 아직 발견되지 않았을 때 소설 형식의 실험적 기법은 패러디로 향하고 있음을 보여준다. 즉 과거의 양식을 재구성하여 당대의 사회 현실의 풍속에서 분열을 일으키고 있는 예술 매체에 구조적 안정감을 주려는 의도가 깔려 있는 것이다. 이 글에 의하면 그는 원작에 대한 비판보다는 원작의 구조를 차용함으로써 구조의 안정감을 얻고자 하는 의도를 보인다. 따라서 원작이 비판의 대상이 되는 고전적 패러디의 기능은 약해진다. 오히려 당대의 현실을 비판하는 데 관심을 두고 있다.

크리스테바는 "모든 글은 모자이크처럼 인용문이라는 작은 타일들로 구성되어 있으며, 다른 글의 흡수 아니면 변형에 불과하다"[45)]고 지적하였다. 이것은 작가들이 기록문학, 구비문학의 방대한 소재에서 신화를 수용한 글쓰기, 패러디의 글쓰기를 지적한 것이다.

> 패러디를 많이 하게 된 이유는 ……논리적으로 미학의 방법론을 터득하는 것보다 실제로 있는 고전을 현대적으로 변용시켜보는 것은 훨씬 쉬운 일이었지요. 그래서 나는 그 고전을 가지고 씨름해보면서 예술이란 무엇인가, 예술의 핵이란 무엇인가, 예

---

44) 최인훈, 앞의 책, 22-23쪽.

45) 이형식, 『작가와 신화-프루스트의 신화세계』, 청하, 1993, 26쪽.

> 술에서 표면적인 것은 무엇이고, 보편적으로 변하지 않는 것은 무엇인가를 생각해보았던 것이지요. 그런데 나는 패러디를 통해 현대적 감각을 유지할 수 있었고, 고전을 논리적으로 미학의 방법론에 도달하기 위한 나침반으로 삼을 수 있었던 것이지요.[46)]

인용문은 최인훈이 대담에서 패러디를 하게 된 이유를 밝힌 부분이다. 이 대담에서 패러디로 글쓰기를 하는 이유를 구조의 안정성이라고 밝히고 있다. 원작의 기본 플롯을 비교적 충실히 지키면서도 구조에 심한 변형을 보인 작품으로는 「옹고집뎐」, 「구운몽」, 『서유기』, 『소설가 구보씨의 일일』을 들 수 있다.

원작의 구조를 단순화시킨 「옹고집뎐」은 자아분열을 겪는 현대의 소시민상을 구현하고 있다. 고소설 「壅固執傳」에서 옹고집은 고약한 성벽과 탐욕 때문에 스님에게 보복을 당하고 개과천선하는 인물이다. 하지만 최인훈의 「옹고집뎐」의 주인공은 원작과는 정반대로 고집스럽지도 않고, 특별한 개성도 없는 인물이다. 오히려 "특징이 있다면 꼭 한 가지, 아무 특징이 없다는 특징 밖에는 없는" 지극히 평범한 소시민이다.

최인훈은 원작의 구조에서 주인공의 진짜-가짜 대립을 수용하였다. 하지만 그의 「옹고집뎐」에서 진짜와 가짜 옹고집은 충돌을 일으키지 않는다. 진짜 옹고집은 전쟁을 겪고 환도한 후, 서울 변두리에 겨우 전셋집 한칸을 얻어 살고 있는 무능력한 가장으로 등장한다. 그는 구직을 하러 다니다 집에 돌아와 자신과 똑같은 가짜 옹고집을 대면

46) 김인호, 『해체와 저항의 서사-최인훈과 그의 문학』, 문학과지성사, 2004, 288쪽.

하지만 '가짜 옹고집'에게 무기력하게 물러서며 자의식의 분열을 일으키는 인물이다. 최인훈의 「옹고집뎐」은 고소설 「壅固執傳」의 구조를 패러디하면서도 자신의 진위를 밝히기 위해 갈등을 일으키는 진짜와 가짜 옹고집의 다툼은 제거하고 있다. 이것은 '또 다른 옹고집'의 출현이 원작처럼 포악한 옹고집을 개과천선시키기 위해 설정된 것이 아니기 때문이다. 이 작품에서 '가짜' 옹고집의 출현은 한 인물의 무의식을 표출하면서 물질만능의 현대 사회를 보여주기 위함이다.

가짜 옹고집이 진짜 옹고집에게 해주는 충고는 아이러니하다. 그는 물질만능의 사회 속에서 한 가정을 제대로 꾸려나가기 위해서는 양심을 버리고 현실과 타협해야 제대로 살아갈 수 있다고 충고한다. 이런 충고에 아무런 응수를 하지 못하는 옹고집은 각박한 시대와 현대 사회의 경쟁 원리를 받아들여야 하는 현실에 어떤 태도를 취해야 할지 모르는 인물이다. 이 작품의 배경은 물질만능의 세태 속에서 평범한 도시빈민이 겪고 있는 소외의식과 자아분열로 인한 자기 정체성의 위기 등 도시 근로자의 실존적 문제를 제기하는 데 바탕이 된다. 그런 점에서 최인훈의 환상적 서사에서는 다소 이례적인 작품이라 하겠다. 자본주의 체제 때문에 소외되는 개인의 모습을 보여준 「옹고집뎐」은 최인훈의 일련의 환상적 서사의 주제와는 일정 부분 거리가 있다. 그가 다루는 소외인들은 대체로 경제적 문제보다는 정치 · 사회적인 문제가 결정적 요인이 되는 경우가 더 많은 편이다.

「구운몽」은 원작의 구조를 현대적으로 재구성하면서 급진적인 변형을 보여준다. 김만중의 「구운몽」은 현실-환상-현실의 환몽구조를 골격으로 하여 전개된다. 현실세계의 성진을 지배하는 삶은 불교적 세계관이며, 환상세계의 양소유가 추구하는 삶은 유교적 세계관이 지배하는 삶이다. 원작은 이 두 세계관이 병치되면서, 작중 인물의 입몽과 각몽을 통해 구도자의 완성된 삶을 보여주는 데에 초점을 둔다. 최인훈의 「구운몽」은 이와 같은 환몽구조를 차용하되, 입몽과 각몽의 절차를 변형시켰다. 앞서 거울 텍스트에서 확인하였듯이 서사를 중층으로 구성하여 원작보다 복잡한 구조로 만들었다.

이 작품에서 원작의 환몽구조는 독고민의 서사에서 나타난다. 독고민이 '숙'을 찾기 위해 미로의 거리를 방황하는 현실(아파트)-환상(거리)-현실(병원)의 구조에서 드러나는 것이다. 이것은 엄밀히 말하면 민의 몽유담의 과정이기 때문에 원작에서 성진이 꾸는 꿈(환상계)과는 다소 차이를 가진다. 더욱이 그의 동사 시체를 발견한 김용길 박사의 서사가 시작되면서부터는 이야기 전개가 상당히 혼란스러워진다.

독고민과 김용길 박사의 동일한 인적 사항은 두 사람의 관계를 규명해야 하는 문제를 제기한다. 거울 텍스트에서 이미 밝혔듯이 독고민과 김용길 박사는 현대 사회에서 나타나는 한 인물의 이중성을 극단적으로 보여주는 예가 된다. 몽유병을 앓고 있는 독고민은 '밤의 세계'를 상징하는 인물이다. 그가 낯선 추적자들로부터 도망가는 이유는 그들이 독고민에게 호명하는 직함을 받아들일 수 없는, 다시 말하면 독고민 개인의 욕망을 지키기 위해 집단의 이데올로기를 거부하는 상상계의 인물이기 때문이다. 이에 비해 김용길 박사는 '이튿날 아침'이라는 시간 속에 등장하는 인물로서 '낮의 세계'를 상징하는 인물이다. 의사라는 신분과 그가 연구하는 '개체성의 통일' 문제를 염두에 둘 때 그는 마음과 육체의 조화를 추구하는 이성적 인물이라 볼 수 있다. 이 때문에 그는 원작의 성진과 일맥상통하는 인물로서 현대의 구도자의 모습을 띠고 있다. 반면 독고민은 원작에서 인간의 부귀영화를 누리고자 하는 욕망을 보여준 양소유에 해당하는 인물이라 할 수 있다. 독고민이 부귀영화를 추구한 것은 아니지만 그가 '황금시대'의 숙을 만나기 위해 여러 집단의 호명을 거부하는 태도에서 개인의 욕망을 선택한 인물임을 드러내기 때문이다. 개인의 욕망은 그 대상이 무엇이든 속세의 욕망을 따른 양소유와 동일한 인물이 된다. 이러한 인물의 대비는 원작을 바탕으로 하여, 최인훈이 인식한 부조리한 현실을 견디는 소시민의 모습을 보여주는 것이다.

『西遊記』 또한 「구운몽」 못지 않게 원작의 구조를 급진적으로 변형시킨 작품이다. 제명에서 이미 오승은의 『서유기』를 패러디한 것을 쉽게 알 수 있다. 원작은 중국 고승인 현장 법사가 석가여래의 벌을 받고 있는 손오공을 구출해서 제자로 삼은 후 서역의 뇌음사에 있는 불경을 가져오는 취경담이다. 현장과 손오공은 수많은 장애와 유혹을 물리치고 마침내 뇌음사에 도착하여 불경을 손에 넣는다. 최인훈이 이 작품에서 차용한 것은 바로 탐색 로망스 구조이다. 주인공 독고준은 비록 환상세계이지만 현장 일행과 마찬가지로 목적지를 향해 '길 떠나기'를 시도한다. 환상여행 도중에 여러 차례 여행을 만류하는 유혹을 만나게 되는 과정은 나선형 구조에서 확인하였다.

『서유기』는 그 어떤 작품보다 최인훈의 탈식민성을 보여주는 패러디이다. 그는 우리 문화를 지배하고 있는 서구 문화의 영향을 인식하고 그것의 맹목적 수용을 비판하고자 하는 의도를 다분히 지니고 있다. 제임스 조이스가 『오딧세이』를 패러디하여 『율리시즈』를 창작한 문학 풍토를 동경한 듯, 그는 동양의 고전으로 그와 같은 경지에 오르고자 하는 욕망을 드러낸다. 서구 문화에 대한 열패감이 상대적으로 동양 문화에 대한 관심으로 바뀐 것이다. 그에게 오승은의 『서유기』는 동양 문화의 열등감으로부터 벗어날 수 있는 유일한 작품이다. 이러한 근거는 그가 오승은의 『서유기』를 예찬한 다음의 글들에서 명료하게 나타난다.

> ① 손오공 얘기를 봐. 그 책을 읽을 때마다 왜 그렇게 흐뭇한가. 현장법사가 공주이기 때문이다. 동양사람은 페미니스트가 아니었기 때문에 공주 대신에 덕 높은 중으로 대신한 것뿐이다. 미남 기사가 대신에 원숭이 난봉꾼일 뿐. 어쩌면 털털한 맛이 이편이 낫다. 손오공처럼 유우머러스한 녀석을 어느 문학이 지어냈나. 톰소여? 톰소여는 어림도 없다. 톰소여는 손오공 밑에서 분대장 노릇도 못 한다. 고상(!)하게 말하면 신들메도 못 푼다. 〈서유기〉는 기막힌 책이다. 아무리 낮게 매겨도 바이블의 네 배하고 반은 나간다. 복숭아를 따먹고 천제와의 옥신각신 끝에 벌받는 것은, 에덴 동산의 훔쳐먹기 이야기가 아니고 무엇이며, 서역으로 가는 도중의 모험은, 다시 예호바에게 돌아가기 위한 구약의 의인들의 이야기가 아니고 무엇일까. 부처님 손가락에 글씨가 써 있던 이야기는, 저 벽앞에 나타난 손이 쓴 글씨가 아니고 무엇이며, 드디어 뜻을 이루고 극락왕생함은, 구주에 의한 보속이 아니고 무엇인가. 괴테의 〈파우스트〉가 와서 발바닥을 좀 핥게 해달라고 한대도 〈서유기〉는 마다할 게다.(「가면고」, 250쪽)

> ② "얼굴이 탄 걸 보니 피크닉을 간 모양이군, 맞았지?"
> "서유기를 갔었지요."
> "서유기?"

"저러니 무슨 신통한 그림을 그릴까? 손오공의 서유기(西遊記)지 무슨 서유길까."(『회색인』, 260쪽)

독고준은 조부의 고향인 안양을 방문하고 돌아온 날, 이유정과의 대화에서 '서유기'의 구체적인 의미를 제시한다. 그가 조부의 고향을 방문한 사건을 '서유기'라 표현함은 『서유기』가 선험적 고향으로의 귀소본능을 지니고 있음을 암시하는 것이다. 독고민이 잠시 동안 안양을 방문한 것이나 환상세계에서 고향 원산을 방문하는 것은 동일한 귀소본능을 바탕으로 한다. 물론 두 지역을 방문하는 가장 큰 차이는 원산행이 주체 형성과 관련이 있다는 점이다. 이것은 3장에서 상술하겠다. 최인훈은 원작의 로망스 구조에 환상성을 결합하여 분단된 상황에서 금기의 땅이 된 고향을 방문하는 기회를 획득하였다. 이것은 전쟁으로 상처입은 훼손된 자아를 회복하려는 의지를 보여주는 것이다.

이 작품은 앞서 거울 텍스트에서 보았듯 프롤로그에서 고고학 입문시리즈 가운데 한 편인 영화임을 밝히고 있다. 이것은 독고준이 '그 여름날'의 운명을 찾아 떠나는 환상의 시간 여행이 비사실적인 세계라는 것을 미리 전제하는 것이다. 본 내용 전에 이렇게 이 작품이 환상의 시간 여행임을 암시하는 부분은 독고준이 경험하는 환상적 세계가 순수기억의 한 영역인 잃어버린 무의식이라는 것을 드러낸다. 또한 본 내용이 쉽게 읽히는 내용은 아님을 암시하는 것이기도 하다.

원작 『西遊記』에서 현장 법사는 모든 시련을 극복하고 마침내 불경을 구하여 고국에 돌아오는 해피엔딩의 인물이다. 그러나 패러디의 주인공 독고준은 그의 귀향을 방해하는 온갖 시련을 극복하고 고향에 도착하지만 선험적 고향을 경험하지는 못한다. 그의 고향은 오히려 민족분단의 고착이 기정사실화되어 가고 있는 1960년대에 이데올로기로 인한 동족상잔으로 처참하게 파괴된 환부의 상처를 드러내는 공간이다. 독고준의 환상세계는 근대 역사에 핵심이 되는 故人들을 만나고 고향에서 건물들이 파괴되는 이상한 경험으로 부조리한 현실에 대해 비판적 인식을 드러낸다.

최인훈의 탈식민성을 드러내는 패러디로 『소설가 구보씨의 일일』도 간과할 수 없는 작품이다. 이 작품에 이르면 그의 소설에서 강세를 띠고 있던 환상성이 퇴조하는 것을 엿볼 수 있다. 1969년부터 발표하기 시작한 이 작품은 원작의 구조를 환상적으로 변형시키기보다는 인물의 내면심리에 관심을 기울이고 있다.

박태원의 원작은 '소설가'라는 직업을 가진 작중인물 '구보'가 경성을 배회하는 순환구조를 지니고 있다. 이 작품에서 순환구조는 작중인물 구보가 외출을 하고 있는 동안 공간 이동에 따라 그의 관찰 대상이 달라지며 그에 따른 사유세계도 변화하는 것을 효과적으로 보여준다. 최인훈은 원작의 순환구조와 '소설가'라는 유용한 직업을 차용하면서도 자신의 문학세계를 공고히할 수 있는 모습으로 재구성하였다. 일단, 작중인물 구보를 원작과는 달리 비판적인 인물로 형상화한 점이 그러하다.

1930년대 지식인 구보의 태도는 자신의 개인적인 문제에만 집착하고 있을 뿐 사회적 환경에 대해서는 전혀 언급 없이 침묵하고 있다. 무명의 소설가인 구보가 외출하여 뚜렷한 목적 없이 시내를 배회하면서 도시의 만화경적인 주변의 세계에 반응하다가 귀가하게 되는 무료하고 권태로운 일상의 에피소드로 배열하고 있다. 이런 일상의 무료함과 적막함이 바로 어디에서 연유되는가에 대해서 작가는 분명한 해명을 보류하고 있다.[47] 박태원이 당시의 사회적 압력 때문에 인물을 이렇게밖에 창조할 수 없었다고 하더라도, 최인훈의 문학관인 '문학은 현실을 비판하는 것'이라는 생각으로 이 작품을 대하면, 구보의 태도, 나아가 시대정신의 구현의지가 약한 박태원의 작가 정신은 비판받을 부분이 된다. 그래서 최인훈의 구보는 그가 누릴 수 있는 문학적 자유 내에서 대화나 그의 작품을 통해 사회적, 역사적 부조리를 냉철하게 비판하고 있다.

환상성이 거의 드러나지 않는 원작을 새롭게 변형시킨 것으로 「열하일기」와 「날개」를 들 수 있다. 원작의 구조와는 상당한 거리를 두고 있는 작품들이다. 박지원의 「熱河日記」는 그 표제가 말해 주듯이 일기 형식을 근간으로 한 연행록이다. 연암은 압록강을 건너 북경을 거쳐 열하에 이르는 기나긴 여정에서 각계 각층의 중국인들과 접촉한 경험과 이국적 풍속 및 이색적인 체험을 기행문으로 완성하였다. 여기서 주목할 점은 연암은 당시의 여행 경위를 평면적으로 기술하지 않고 극적인 사건들을 중심으로 입체적으로 서술했다는 점이다. 이를 통해 연암은 18세기 말 청조 중국의 사회상을 생생하고 흥미진진하게 전달하는 성과를 거두고 있다.[48]

최인훈은 연암의 「열하일기」에서 기행문이라는 점을 부각시킨다. 그러나 연암의 작품과는 상황을 역으로 서술하고 있다. 즉 연암의 「열하일기」에서 화자는 조선에서 중국으로 여행하는 여정을 그리고 있는데 이것을 패러디한 최인훈은 여행의 방향을 역순으로 하였다. 외국의 한 고고학자가 루멀랜드(한국)로 입국하는 내용으로 변형시킨 것

47) 김동욱 · 이재선 편, 『한국소설사』, 현대문학, 1992, 445쪽.
48) 김명호, 『열하일기』, 창작과비평사, 1990.

이다. 여기서 루멀랜드, '풍문의 나라'는 가상국가이지만 국내 정세로 나타난 내용은 우리나라임을 알 수 있다. 고고학자인 젊은 외국인이 루멀랜드에 들어와 겪은 공상 여행기가 이 작품의 골격을 이룬다. 주인공은 20년 전 루멀랜드 유학시절을 회상하면서 당시의 루멀랜드 상황을 진술하고 있다.

작품의 주된 내용은 루멀랜드에 도착해서 강제 출국당할 때까지의 체류시절을 그린 것이다. 후기에 해당할 간략한 내용에서는 현재의 시점에서 몰락한 루멀랜드를 애도한다. 연암이 실학자의 입장에서 중국의 신기한 풍속을 소개하는 원작과는 대조적으로 최인훈의 패러디는 루멀랜드의 비정상적인 정치와 역사에 대해 비판과 풍자의 자세를 일관하고 있다. 그러므로 원작의 기행문 형식을 차용했을 뿐 여행지에 대한 화자의 태도는 전혀 다르게 나타난다. 원작에는 나타나지 않는 환상성이 이 작품에서는 중요하다. 환상성은 주인공이 루멀랜드 경찰에게 총살을 당했을 때 여자 경관이 그의 코에 마늘즙을 짜넣어 주어 회생하는 대목에서 나타난다. 이것은 단군신화를 패러디한 것으로 볼 수 있다. 이 작품에서 환상성은 신비한 분위기로 기능하는 것은 아니다. 이 작품의 전체적 분위기가 풍자와 유머로 지속되기 때문이다.

「열하일기」처럼 원작의 구조와 전혀 다른 형식을 취하고 있는 작품으로 「날개」를 들 수 있다. 처음 발표할 당시에는 『크리스마스 캐럴』 연작 중에서 5권이었는데 1989년 창작선집 『달과 소년병』을 간행할 때 제목을 「날개」로 개제하여 실었다. 이는 이상의 「날개」를 전면에 부각시키고 있는 것이다.

이 작품은 이상의 「날개」의 '구조'를 패러디하기보다는 '날개'의 상징을 차용하고 있다. 「날개」의 구조와 비교할 작품은 오히려 「수」가

더 적절하리라고 본다. 그의 패러디 작에서 원작의 구조를 취하지 않은 「금오신화」와 더불어 이 작품은 패러디 작으로서는 부분적인 형식과 기법만을 선택하고 있다.

어느 날 주인공에게 생긴 '가래톳'은 원작 「날개」의 주인공 '나'의 겨드랑이에 있었던 '날개'와 유사하다. 그러나 의미는 상당한 차이를 보인다. "숙명적으로 발이 맞지 않는" 부부관계를 영위하던 '나'는 자신의 현실 인식과 그것의 극복을 소설 결말에서 꾀하고 있다. 따라서 이상의 「날개」에서 '날개'는 소설의 의미를 생성하는 상징적 기능으로 작용하기 때문에 직접적으로 주제를 드러내는 모티프가 된다. 이에 비해 최인훈의 「날개」에서 '날개'는 주제와 밀접한 관계를 가지고 있기보다는 작중 인물의 의식을 반영하는 상징물이다.

처음에 겨드랑이가 쑤시고, 파마늘 같은 것으로 생긴 '가래톳'은 주인공이 방으로 들어오면 통증이 심해지고 밖으로 나가면 통증이 사라지는 이상한 징후로 찾아온다. 이러한 증상은 밤 12시부터 새벽 4시까지 통행금지가 있던 시절에 주인공으로 하여금 금지된 산책을 하도록 한다. '가래톳'의 증상은 결과적으로 주인공에게 심야의 외출을 통해 시내의 움직임을 관찰하도록 하였다. '가래톳'의 증상은 사람들을 가리기 시작한다. 다양한 사람들을 만나게 되는 심야의 산책에서 그 사람들의 성향에 따라 날개의 통증이 달라지는 것이다. 예를 들어 시청 앞 광장에서 4 · 19 학생 데모대의 축제 행렬을 보았을 때는 통증이 사라지고, 크리스마스 이브에 만난 군중에 대해서는 통증이 심해지는 것으로서 사람에 따라 반응을 달리 한다.

「금오신화」도 구조적 패러디보다는 제목의 차용과 소재의 유사성에서 살펴보아야 할 작품이다. 김시습의 「金鰲神話」 5편은 불우하거나 현실에 뜻을 얻지 못한 주인공이 비현실적 존재와 비현실적 사건을 통해 현실에서 이루지 못한 욕망을 달성하거나 혹은 현실에 받아들여지지 않는 자기 이념의 정당성을 확인하도록 하였다. 그리고 주인공은 다시 현실로 돌아와 죽음을 맞이하거나 세상으로부터 자취를 감추는 것으로 되어 있다.[49] 이들은 '현실-초현실'이 반복되면서 현실 세계에서 이루지 못한 소망을 이상세계에서 이룬다.

최인훈의 「금오신화」는 '현실-회상'이 반복되고 결말에 가서야 '초현실'이 나타난다. 「구운몽」, 『서유기』, 「열하일기」는 몽유록계 소설 또는 몽자류 소설의 '현실-환상-현실'의 전개를 차용하고, '환상' 부분을 극대화하여 시간과 공간의 무한한 확대를 도모하고 있다. 이에 비해, 이 작품에서는 주인공이 경험하는 암울한 현실세계를 치밀하게 묘사하면서 초현실 세계를 통해 주인공의 소망이 좌절되는 모습을 보여준다. 김시습의 「金鰲神話」는 당대 지배 이데올로기에 대한 현실적 불만을 꿈 속이나 환상의 초월적 세계에서 이루고 있다. 그러나 최인훈의 「금오신화」는 분단된 조국의 현실을 상징하는 임진강에서 영혼 이탈을 경험하는 비극의 인물을 보여준다. 그의 「금오신화」는 원작이 갖고 있는 환상성을 차용하여 당대에 정면으로 다루기 어려운 남·북 이데올로기 문제를 형상화하고 있다. 나아가 강요된 이데올로기는 결코 인간을 구원할 수 없다는 이데올로기의 허구성을 비판한다.

최인훈의 환상적 서사를 패러디 텍스트에서 살펴본 결과 주목할 점은 그의 소설에 있어서 시간과 공간이 현실과 환상(꿈)이라는 이원적 구조로 완전히 분리되어 있는 것은 아니란 사실이다. 각각의 세계 내

---

49) 박혜숙, 「금오신화의 사상적 성격」, 『한국 문학사의 쟁점』, 집문당, 1995.

부에서도 현실적 요소와 환상적 요소는 부단히 교차하면서 서로의 경계를 넘나들고 있다. 이는 여행구조와 몽유 모티프가 함께 사용되면서 얻어진 효과라고 볼 수 있다. 꿈과 현실이 단순히 교차, 반복될 뿐만 아니라 주인공들이 계속 그 속에서 '길떠나기'를 하도록 구성함으로써 플롯을 다양화시켰기 때문이다.

## 2. 서술방식

앞장에서 환상적 서사의 구조를 고찰하였다. 이제 그러한 서사 구조가 어떤 서술방식으로 구현되고 있는지 살펴보고자 한다. 최인훈의 글쓰기 방식에서 가장 많이 볼 수 있는 것은 에세이적 글쓰기와 해부, 의식의 흐름 및 몽타주이다. 이 장에서 다루게 될 서술방식은 환상적 서사에서 나타나는 독특한 글쓰기 방식일 뿐만 아니라 미메시스적인 작품에서도 나타나고 있으므로 최인훈 서술의 특성이라 할 수 있다. 그의 서술방식은 현대 소설의 세계사적 흐름이라 할 수 있는 서사성 약화와 인물의 내면탐구 경향을 보여주는 본보기가 된다.

### 1) 에세이적 글쓰기

작가가 처한 상황, 즉 현실을 적절하게 파악하고 통찰하여 그것을 허구의 지평으로 의미 있게 옮기려는 문학적 성찰의 자세는 소설 기법, 서술방식에 대한 고민과 탐구 정신으로 이어진다. 소설은 작가의 콘텍스트에서 생산되기 때문에 과학적이고 철학적인 요소들도 어느 정도 담론적이고 구상적인 묘사 수단을 자유롭게 행사하는 문학적 형식 속에 용해되기 마련이다. 소설의 에세이적 성향은 그런 상황에서 발생한다. 소설의 에세이즘화를 무질은 자신의 일기에서 '논문 테마' 라는 표제하에 '문학-에세이-철학'이라는 타이틀로 적어놓고 있다.[50) 이 글에서 현대 소설의 양식이 개방성을 함축하고 있음을 알려준다. 소설은 허구성뿐만 아니라 작가의 주관적인 사유세계까지도 모두 수용할 수 있는 개방적이고, 혼합적인 장르의 성격을 지니고 있는 것이다.

위르겐 슈람케가 분석한 현대 소설의 특성은 최인훈에게도 나타난다. 슈람케가 분석한 소설가들과 최인훈의 공통점은 전후 시대 상황을 통찰한 지식인 소설가라는 점이다. 제1차 세계 대전을 체험한 작가들의 글쓰기 방식과 6·25전쟁을 체험한 최인훈의 글쓰기 방식은 인간 존재의 탐구라는 면에서 공통영역을 지니며 유사한 소설관을 보여준다. 소설가는 자신의 문학적 작업과 무관하게 별도로 철학에 매달리는 것이 아니라 그의 시대에 자신에게 절박한 철학적 문제의 설명과 예증을 소설을 통해서 나타내는 적합한 수단으로 보는 것이기도 하기에[51) 전쟁을 겪은 세대의 작가는 에세이성을 지향하는 경우가 많다.

그런 점에서 최인훈의 환상적 서사에서 지향하고 있는 에세이적 글쓰기는 현대 소설의 흐름을 보여주는 예가 될 것이다. 이러한 서술방식은 소설의 구조, 주제 및 인물의 독창적인 성격과 친연성이 매우 높은 것으로서 최인훈의 문학적 전략이라 할 수 있다. 에세이적 글쓰기를 구체적으로 논하기 전에 환상적 서사의 절정에 있는 두 작품 「구운몽」과 『서유기』의 서술방식을 먼저 언급하고자 한다. 두 작품에는 각각 에필로그와 프롤로그 형식의 글이 나온다. 이것은 서술방식의 단초가 될 만한 내용을 본 내용과는 별도로 제시하고 있는 것이다. 작품

50) 위르겐 슈람케, 원당희·박병화 옮김, 『현대소설의 이론』, 문예출판사, 1998, 253쪽.
51) 위르겐 슈람케, 앞의 책, 251쪽.

의 서술 전개를 예측할 수 있는 모든 자료를 압축적으로 제시하겠다는 뜻이다. 여기에는 이 작품들이 영화 필름임을 강조하는 동일한 내용이 나온다.

> 이 필름은 피사체 자신의 성질상, 그리고 전기한 제작 방침에 따라 비교적 **느린 템포**를 썼으며 **클로즈업**을 끊임없이 삽입하였고, **동일 장면의 반복** 및 심지어는 영사기의 회전을 중단시키고 중요한 화면을 **정물 사진**으로 볼 수 있게 운용하였습니다.(강조-인용자)

'느린 템포'는 서사 전개의 속도가 느리다는 것을 의미한다. 이것은 로망스 구조에서 서술되는 편력기사의 모험담과는 어울리지 않는 속도이다. 일반적인 로망스 구조는 주인공의 행동을 부각시키고 있으므로 서술의 속도는 긴박한 행동과 일치하기 마련이다. 그러나 작중 인물의 내면세계 탐구에 큰 관심을 쏟는 현대 소설에서는 인물의 행동은 약화되고, 사유의 폭은 확장되기 때문에 서사 진행이 느릴 수밖에 없다. 최인훈은 이렇게 느린 서사 속도를 로망스 구조에 사용함으로써 의도적인 비조화를 창출한다. 이와 같은 서술은 현대인의 내면 심리를 포착하는 데 유효한 방법이다. 한편, '느린 템포'는 독고준이 자신의 방으로 가기 위해 계단을 하나씩 하나씩 밟고 올라가는 느린 동작과도 일치한다.

> 계단은 지루하게 평퍼짐한, 끊어짐이 없는 **시간의 널조각**을 자꾸 그의 발걸음마다 펴간다. 거기에 **반딧불처럼 명멸하는 아**

> **라비아의 태양이 낮과 밤을 토막낸 것처럼** 일식을 만들었다가는 풀고, 또 가리곤 한다.(『서유기』, 12쪽) (강조-인용자)

독고준이 이유정의 방에서 자신의 방으로 올라가는 모습을 서정적 문체로 표현하였다. 균일한 모습의 '계단' 이미지는 정교한 '주름'을 떠오르게 한다. 계단에서 연상되는 주름은 다시 '대뇌피질의 주름'으로 비약되어 독고준이 계단을 밟고 오를 때마다 과거의 기억들이 재생되는 장면을 연출한다. 비유적 문장인 '시간의 널조각', '반딧불처럼 명멸하는', '낮과 밤을 토막낸 것처럼'은 내면세계로 향하는 상념의 과정을 시적으로 처리한 문체들이다. 이런 서정적 문체는 다른 소설들에서도 발견되는 최인훈 문체의 한 특성이다.

'클로즈업'과 '반복'은 강조해야 할 상황을 동일한 문장이나 비슷한 문장으로 제시하는 것이다. 이런 서술방식은 독고준의 관심을 드러낼 때도 나타나고, 과거의 사건을 회상하는 장면이 일시적이 아니라 연속적으로 재현될 때도 나타난다.

> ① "군데군데 쓰레기통이 있는데, 곁을 지날 때마다 오물이 썩는 저 싸아한 냄새가 코를 찔렀다."(『서유기』, 13쪽)
>
> "쓰레기통 곁을 지날 때마다 그 싸아한, 오물이 썩는 냄새를 맡으면서 그는 향수를 느꼈다."(『서유기』, 14쪽)
>
> "그 싸아한 쓰레기 썩는 냄새가 자욱하니 스민 공긴데 정작 오물은 눈에 띄지 않는다."(『서유기』, 38쪽)
>
> "어디선가 싸아한 오물 썩는 냄새가 혼곤히 풍겨온다."(『서유기』, 48쪽)

"그런 데마다 닝닝거리는 꿀벌인지 쉬파린지 한 날개 소리가 들리고 싸한 오물썩는 냄새가 난다. 꼭 쓰레기더미 같은 데서 흔히 맡는 그런 냄새다."(『서유기』, 295쪽)

"어디선가 또 싸아한 냄새가 난다."(『서유기』, 297쪽)

② "복도에는 가끔 돌 틈으로 풀이 돋아나 있는 것, 누가 다니면서 손질하고 거두는 것 같지 않았다."(『서유기』, 13쪽)

"복도의 돌 틈에는 잡초 말고도 가끔 꽃이 돋아난 데도 있었다. 이파리가 크고 꽃송이는 작은, 국화처럼 생긴 꽃이었다."(『서유기』, 14쪽)

"바닥이 돌로 포장돼 있는데 돌 틈에 이름 모를 꽃이 간혹 돋아나 있다. 이런 데서 혼자 꿋꿋이 살아 있는 품이 대단했다."(『서유기』, 292쪽)

"걸어가는 돌바닥 틈으로 국화꽃 비슷한 꽃이 돋아나 있는데 이런 데서 혼자 꿋꿋하게 피어 있는 그 꽃의 모습이 장해 보였다."(『서유기』, 294쪽)

『회색인』과 『서유기』의 현실세계에서 독고준은 성적 욕망에 이끌려 이유정의 방에 들렀다. 그러나 그곳에서 아무런 행동도 하지 못하고 그냥 나와 자신의 방으로 되돌아간다. 자신의 방을 거점으로 해서 되돌아오는 원점회귀 구조는 환상세계에서도 나타난다. 환상세계에서 독고준은 고향 W시에 들렀다가 여러 장소를 방문한 후 자신의 방으로 되돌아온다. 이와 같은 원점회귀는 구조뿐만 아니라 문장에서도 나타난다. 인용문에서 보듯, 처음에 나왔던 문장은 작품 전개 중에 여러 차례 반복하여 나오며 마지막 부분에 다시 나오는 수미상관을 취하고 있다. 이와 같은 문장의 반복은 의미의 중첩화를 가져온다. 즉 의미의 강화를 위한 문장 반복이라 할 수 있다.

①은 독고준이 환상세계에서 복도를 걸을 때마다 맡게 되는 오물냄새이다. 환상세계에서 끊임없이 맡게 되는 오물썩는 냄새는 독고준이 살고 있는 현실이 부정과 부패로 썩어있음을 비유한다. 현실세계의 상황이 환상세계에까지 지속적으로 영향을 끼치는 예가 된다. ②는 복도 돌 틈에 핀 꽃을 본 독고준의 느낌이다. '돌 틈'은 꽃이 피기에는 적당한 장소가 아니다. 이런 곳에서 꽃을 피우고 있는 들꽃은 어려운 상황에서도 자기 본연의 임무를 다하고 있는 강인한 생명력을 보여준다. 들꽃은 척박한 시대에도 꿋꿋하게 살아야 하는 생의 의지를 상징적으로 나타낸 것이다. 강인한 생명력을 보여주는 들꽃은 인간의 삶을 반성하도록 한다. 지금 독고준이 하고 있는 환상여행은 들꽃 같은 보잘 것 없는 인생이더라도 상황에 굴복하지 않고 최선을 다해서 살아야 하는, 즉 '풍문인의 삶'의 자세에서 벗어나야 하는 성찰의 자세를 그에게 각인시키는 여행이다. 그러므로 반복되는 문장과 꽃의 클로즈업 장면은 주제를 암시적으로 표현하되 반복하는 만큼 주제를 강화시키고 있다.

① "독고준은 모닥불 속에 서 있었다. 그는 거기 서 있는 부끄러움이었다."(『서유기』, 292쪽)

"자꾸 부끄러웠다. 부끄럽다는 것이 화가 나는데도 아랑곳없이, 그는 자기자신이 이마에 모닥불을 이고 걸어가는 느낌이었다."(『서유기』, 296쪽)

"그는 온몸이 모닥불이 된 것처럼 부끄러웠다."(『서유기』, 298쪽)

② "밖에서 지척지척 빗소리가 들리는 것도 같았다. (…중략…) 분명히 비가 내리던 어느 장소에 그리 오래지 않은 과거에 그가 머물고 있었다는 느낌이 가시지 않았다."(『서유기』, 18쪽)

"그는 손으로 이마를 짚고 아득한 빗소리를 들었다. (…중략…) 환청인지도 모를 빗소리에 마음을 기울여서 무엇인가 알아내려고 안간힘을 썼다."(『서유기』, 19쪽)

"지척지척 내리는 무거운 비."(『서유기』, 298쪽)

①과 ②도 현실세계의 상황이 환상세계에까지 이어지고 있는 것이다. 환상세계의 작동이 독고준의 사유에서 펼쳐지고 있는 것이기에 그가 계단을 오르는 동안의 자연 환경, 특히 빗소리 등은 배경음으로 영향을 준다. 독고준은 성적 욕망을 느끼고 이유정의 방을 찾아간 사실에 대해서 부끄러움을 느낀다. 현실세계의 이런 정서는 환상세계에서도 계속 나타난다. 물론, 독고준은 왜 그런 정서가 나타나는지 그 이유를 모른다. '부끄러움'을 반복하는 것은 자아성찰을 위한 '깨달음'의 과정에 도달하는 데에 필요한 정서이기 때문이다. 오승은의 『서유기』는 인간의 고뇌를 종교적 힘으로 극복하는 해피엔딩이었다. 오승은 시대는 인간의 소망과 인간의 고뇌를 종교로 승화시킬 수 있었다면, 최인훈 시대는 많은 것이 달라졌다. 최인훈은 현대인의 구원은 종교보다 '자기 자신'의 태도에서 비롯됨을 보여주고자 한다. '부끄러움'은 자신에 대한 반성의 자세를 이끌어내기 위해서 필수적인 정서가 된다.

『서유기』와 『회색인』의 상호텍스트성은 작품 내용과 작중 인물을 통해 쉽게 발견할 수 있다.이러한 예를 ②에서 확인할 수 있다. 『회색인』 마지막 15장에서 친구 김학이 찾아온 날은 비가 많이 내렸다. 그 날 김학이 돌아간 후, 독고준은 이유정의 방에 들어갔다. 『서유기』는 독고준이 그녀의 방에서 부끄러움을 느끼고 나오는 부분에서 시작한다. 현실세계의 비가 오는 자연 환경과 상황이 그대로 환상세계에도 이어지고 있다. 환상세계에서 간헐적으로 나타나는 현실세계의 반영은 두 세계 사이의 경계를 없애주고 있다. 이런 서술방식은 환상과 현실이 날실과 씨실의 구조처럼 결합되어 있음을 보여주는 것이다.

프롤로그에서 밝힌 『서유기』의 서술방식은 「구운몽」에서도 똑같은 내용으로 제시된다. 『서유기』의 환상세계 여행이 독고준의 사유과정이었다면, 이 작품의 환상세계는 독고민의 몽유과정으로 나타난다. 그 몽유과정의 속도가 느린 템포로 나타나며 이것은 서사 속도와 일치하고 있다. 두 작품에서 주의할 것은 소설을 '영화'로 표현한 점이다. 소설이 영화 장르라는 사실을 노골적으로 표현한 것은 메타 픽션임을 드러낸다. 영화, 즉 소설의 허구성을 부각시키고 있다. 이것은 소설을 '고고학적 연구'라 일컬은 최인훈의 소설관과도 일치한다. 이러한 양식은 소설과 영화를 접목시키고자 하는 최인훈의 선구적 시각을 보여주는 예가 된다. 작중 인물의 인생을 영화의 몽타주로 다양하게 보여줌으로써 문화형을 추출하고자 하는 의도를 알 수 있다.

지금까지 '에세이적 글쓰기'라는 부제하에서 「구운몽」과 『서유기』의 서술방식만을 주로 언급하였다. 이것은 두 작품이 환상적 서사에서 핵심되는 작품으로서 에필로그와 프롤로그에 서술방식의 특성을 압축시켜 놓았기 때문에 먼저 살펴보았다. 이제, 본격적으로 에세이적 글쓰기를 살펴보겠다.

두 작품이 보여주는 서술방식의 특성은 다른 작품으로 확대된다. 에세이적 글쓰기와 의식의 흐름 및 몽타주 기법의 사용은 환상적 서사에서 쉽게 발견할 수 있는 글쓰기 방법이다. 에세이적 글쓰기는 플롯과는 무관한 듯한 장르의 글들을 소설 속에 삽입하여 서사 진행을 지연시킨다. 결과적으로는 서사성을 약화시키고 있지만 작중 인물의 내면세계를 탐구하는 글쓰기 방식으로서는 효과적이다. 오늘날 소설은 에세이적 요소를 많이 지니고 있고, 또 그것이 소설의 형식을 다양하게 만들고 있는 것도 사실이다. 그러나 그밖의 다른 요소들과 균형을 이루지 못하고 그 한 가지만을 강조하게 되면 오히려 소설의 품격을 저하시킬 가능성이 있다[52]는 점을 상기해야 한다.

에세이적 글쓰기는 장편소설과 중 · 단편소설에 따라 그 분량에 차이가 있기는 하지만 환상적 서사에서 쉽게 볼 수 있다. 「광장」에서 정선생과 이명준이 나누는 대화, 『회색인』에서 김학과 황노인이 나누는 대화, 「열하일기」에서 관음선사의 강연 등은 에세이성이 강한 담론이다. 『소설가 구보씨의 일일』에서 각 장마다 나타나는 구보의 단상이나 구보와 친구들이 나누는 대화에서도 에세이적 성격은 나타난다.

① 최대의 파토스적 격정의 극점에 있어서도 역시 그 밑바닥에 차갑게 그 흥분을 지켜보고 있는 또 하나의 눈이 있다는 것을 우리는 안다. (…중략…) 이 눈은 안팎 세계의 접점에 자리잡고 있다. 인간의 행위란 이 보는 눈과 내적 공간상과 외적 공간상의

52) 김시태, 『문학과 삶의 성찰』, 이우출판사, 1984, 18쪽.

트리오다. 이 보는 눈의 건너편으로 돌아갈 수는 없다. 절대로, 이 눈은 하나의 탄력점이다. '나'를 여기까지 몰아넣은 사고는 이 점에 와서 강하게 튕겨진다. 삶으로, 그것은 뚫고 나감을 허락하지 않는 존재의 마지막 문이다. 다그쳐 온 힘이 강할수록 튕겨지는 힘도 강하다. 그것은 반작용이 적용되는 탄력의 점이다. (『서유기』, 206-207쪽)

② 허숭은 물론 온건파지요. 이 사회 개량교는 원래가 기독교의 한 가닥이기 때문에 기독교가 가지고 있는 모든 성격을 다 가지고 있습니다. 신앙을 위해서는 모든 것을 바칠 것을 요구합니다. 그래서 허숭은 마누라도 첫사랑도 버리는 것입니다. 자리도 버리는 것입니다. 살여울을 에덴으로 만드는 것, 그것이 허숭의 꿈입니다. 그는 성자(聖者)인 것입니다. 성자에게 로미오를 바란 윤정선은 얼마나 불행합니까? 유순은 사랑하는 사람의 속을 재빨리 알아차렸던 것입니다.(『서유기』, 158쪽)

에세이적 글쓰기가 지배적인 것은 환상적 서사 중에서도 특히 『서유기』와 『소설가 구보씨의 일일』이다. ①은 독고준이 석왕사 역 벤치에서 발견한 노트에 실린 소논문으로서 그 분량이 무려 20여 페이지에 달한다. 역장의 아들이 쓴 논문이라는 것 외에는 소설의 플롯과 직접적인 관계는 없다. 그러나 이것은 '공간론'에 대한 최인훈의 연구로서 자아와 세계의 대립적 인식 태도를 보여주는 작가의 주관성을 소설 형식에 용해시킨 것이다. ② 또한 작가 최인훈의 문학비평을 작중인물의 입을 빌려 표현하고 있다. 예문은 독고준이 기차역에서 만난 헌병과 나눈 대화의 일부분이다. 헌병은 이광수의 변절에 대한 변론을 말한 후, 『흙』에 대한 논평을 진술한다. 이런 내용은 작가의 주관적 견해를 대신한 것이라 볼 수 있다.

> 이 모든 것은 우리의 마음을 슬프게 한다. 그러나 우리를 슬프게 하는 것들이 이뿐이랴! 어느 미군 주둔지의 텍사스 거리를 누비고 지나는 오뉴월 양공주 아가씨들의 조합장의(組合葬儀) 행렬. 검 파는 소녀들의 치근치근한 심술, 거만한 상인, 카키빛과 적색과 백색의 색깔들, 통행금지를 알리는 사이렌 소리, 예수 교회의 새벽 종소리, 애국가를 부를 때, 가을밭에서 콩을 구워먹는 아이들의 까마귀처럼 까맣고 가느다란 발목, 골목길에 흩어진 실버 텍스의 포장지들, 관용차를 타고 장보러 가는 출세한 사람들의 부녀자의 넓은 어깨, 아이들의 등록금을 마련 못한 아버지의 야윈 볼, 네 번째 대통령이 되고 싶어하는 박사.(『서유기』, 59-60쪽)

인용문은 안톤 시나크의 「우리를 슬프게 하는 것들」의 패러디 수필이다. 서사 진행에 꼭 필요한 것이 아닌 이런 글은 소설의 에세이화를 보여주는 한 예가 된다. 이 수필은 작가의 주관성뿐만 아니라 당대 사회를 비판하는 이중적인 기능을 한다. 이 수필의 내용에는 서민들의 삶의 애환과 미군부대 주변의 양공주들의 모습 등 한국 사회의 고통스러운 분위기가 서술자의 자기 고백적, 주관적인 어조로 담겨 있다.

수필에 나타나는 그의 문체는 예술관을 드러낸 소논문의 문체와 다르다. 논문 형식의 글에서는 최인훈의 지적인 문장이 우세하다면 수

필에서는 그의 감수성을 알 수 있는 서정적 문체가 강세를 띤다. 서정성과 성찰이 내면성의 표현 방식으로서 특별한 유사 관계를 갖는다는 것을 위르겐 슈람케는 1920년대 소설들을 분석하면서 지적하였다.[53] 에밀 졸라도 현대 소설의 서정성과 희곡화의 특성을 논의하였다. 그는 “소설에는 더 이상 틀이 존재하지 않는다. 소설은 다른 장르를 침범하여 그 장르를 약탈한다”고 밝힘으로써 현대 소설의 개방성에 주목한 바 있다.[54]

> ① 역설이란 것이 근대 이후에 사랑을 받기 시작한 것은, 인간의 사상의 순열 조합이 가능한 형태는 다 끝났기 때문에, 이번에는 한번 한 말을 뒤집어 놓기 시작한 데 까닭이 있다. 아무튼 말은 해야 했으므로. 예수의 역설은 무어냐구? 神에게는 역설이 없답니다. 역설이란, 神이 인간과 상의함이 없이 저지른 단독 계약에 대하여 인간이 투덜대는 피해의식입니다. 갚음을 청구할 수 없는.(「가면고」, 281-284쪽)

> ② 서양은 늘 그 변두리에 풀이못할 어떤 것을 남긴다. 이 어떤 것이 동양의 재산이다. 서양이라는 登記所는 이 재산의 등록을 거부한다. 왜냐하면 근대라는 물권법에는 그런 재산에 대한 항목이 없기 때문이다. 이리하여 동양은 이 창피한 유산을 엑조

53) 위르겐 슈람케는 브로흐의 『베르길의 죽음』을 서정주의와 지속적인 성찰이 구분없이 상호 용해된 일종의 의식의 흐름으로 전개한 대표작으로 보았다. 브로흐 자신도 이 작품을 ‘서정적 자기 주석’이라고 적절히 성격지운 바 있다.(위르겐 슈람케, 원당희 · 박병화 옮김, 『현대소설의 이론』, 문예출판사, 1998, 243쪽)

54) 위르겐 슈람케, 앞의 책, 243쪽.

티시즘을 거래하는 서양 상인에게 헐값으로 팔아 버린다.(「가면고」, 281-284쪽)

③ 니힐리즘이란, 기권을 선언하고서도 여전히 경기장에 남아서 이러쿵저러쿵하는 경기자의 알쏭달쏭한 미련과 같다.(「가면고」, 281-284쪽)

독고민의 일기장에 적힌 단상들은 1920년대 현대 소설가들인 헤르만 브로흐, 로베르트 무질, 알프레드 되블린, 토마스 만, 제임스 조이스 등의 글쓰기의 맥을 잇는 기법이다. 일기에 적혀 있는 짧은 명상, 고백록들은 작가의 세계관을 용이하게 보여주는 편리함을 지니고 있다. 현대 소설은 이렇게 서사 진행과는 무관한 이질적인 구성 요소들을 형식에 수용한다. 플롯이 중심이 되는 서사보다는 작가의 주관적 견해, 인물의 내면 심리에 치중하기 때문에 여러 형식의 글들을 이용한다. 이는 현대 사회의 복잡화, 다양화의 성격이 소설 형식에 반영된 것이기도 하다. 모든 장르의 글을 포괄하는 소설의 개방적인 성격은 소설 이론가뿐 아니라 소설 이론에 관심있는 작가들에게도 반복적으로 발견, 지적되고 있는 사항이다.

에세이적 글쓰기는 인물의 내면세계뿐만 아니라 사회 현실에 대한 관심과, 그 결과 나타나는 현실비판까지 드러내는 지적인 내용을 담기 위해서 필요한 방식이다. 이렇게 외향적이면서도 지적인 형식의 서술방식은 아나토미 성격을 드러내는 것이라 할 수 있다.[55] 최인훈의 환상적 서사에서 작중 인물의 직업은 대체로 소설가, 화가, 무용극작가 등의 예술가들이거나 철학자, 사학자, 종교가 등이다. 그들의 예술관, 역사관, 종교관 등을 표현하기 위해서는 해부의 지적인 글쓰기가 적합하다.

최인훈의 환상적 서사의 지배적인 글쓰기가 에세이라면 부분적으로는 서정성과 희곡화의 경향을 보여줌으로써 현대 소설의 특성을 다양하게 함유한다. 다음 예문은 그의 서정적 문체가 상징과 은유에 의해 드러난 부분이다.

> ① 폭음 소리가 들려온다. W시의 그 여름 하늘을 **은빛의 날개**를 번쩍이면서 유유히 날아가는 **강철 새**들의 그 깃소리가. 태양도 그때처럼 이글거렸다. 둥근 백금의 허무처럼. 기체의 배에서 쏟아져내리는 강철의 가지, 가지, 가지. 그곳으로 독고준은 가고 있었다. (…중략…) **그의 운명을 만나기 위하여**. 운명이란, 의무의 끝장까지 가본 사람에게만 나타나는 **신비한 얼굴**이다.(『서유기』, 16쪽)

> ② 그 오르간 소리를 덮어누르면서 은은한 폭음이 들려오는 것이었다. 새파란 하늘을 날아가는 **은빛의 강철의 새**들. 엷고 몽실하게 떠도는 여름 구름의 눈부신 백(白). 인적없는 도시의 열려진 대문들과, 그 속으로 들여다보이는 뜰에 피어 있는 하얀 꽃. 어느 때보다 자신 있게 우뚝 솟아 있는 천주교당의 뾰족지

---

55) 노드롭 프라이가 구분한 산문픽션의 4가지 유형(소설, 로만스, 아나토미, 고백) 중의 하나인 아나토미는 외향적이면서 지적인 내용을 다루고 있다. 아나토미에서 생성되는 여러 가지 잡종 속에는 소위 사상소설과 1930년대의 프롤레타리아 소설처럼, 등장인물이 사회적 또는 기타의 관념의 상징으로 되고 있는 소설이 포함된다. (N. 프라이, 임철규 역, 『비평의 해부』, 한길사, 1991, 442쪽)

> 붕. 아하 하고, 독고준은 한숨을 쉬었다. 그 여름이 내 목숨이 될 줄이야. 지금 그에게는 그 여름 속에 있었던 모든 것이 아름다웠다.(『서유기』, 43쪽)

> ③ 유리창이 가늘게 떨리면서 은은한 소리가 들려왔다. 멀리서 가까워지고 있는 폭음이다. 수많은 비행기들이 떼를 지어 어느 하늘을 날아오는 소리다. 부드럽고 그러나 단호하게 **무쇠의 근육**을 진동시키면서 그들은 날아오고 있었다. **강철의 새**들이.(『서유기』, 87쪽) (강조-인용자)

예문 ①~③은 작품 전편에서 반복되는 단락이다. 독고준이 환상여행을 하는 결정적 이유가 '그 여름날'에 있음을 밝히는 내용이다. 독고준의 운명, 그의 목숨을 확인하기 위해서 과거의 시간 중 '황금시대'인 '그 여름날'이 여행의 목적지가 되고 있다. '여름'이 시공간의 성격을 동시에 내포한다. 이 글에서 서정정은 은유와 상징으로 구현된다. 서정성은 서사 문학의 관점을 행동으로부터 내면 의식으로 옮겨 놓았으며, 행동적 플롯보다는 장면과 분위기가 중시되고 인간·내면의 감각이나 지각의 순간을 기록하는 것을 목적으로 한다. 이때 인간의 내면 의식을 표현하는 시적 언어와 자연계 사물의 은유적 사용, 공간의 상징성 등이 서정적인 소설의 중요한 특성으로 나타나게 된다.[56] 최인훈의 환상적 서사는 에세이적 글쓰기를 통해서 관념적, 지적 분위기를 주조한다면, 자연계의 은유적 표현을 통해 서정적 분위기를 조성한다. 이

---

56) 김해옥, 『한국 현대 서정소설론』, 새미, 1999, 55쪽.

는 내면탐구와 자아성찰을 보여주는 데 일정부분 기여하고 있다.

『소설가 구보씨의 일일』은 대화는 소설에서 희곡 장르로 전환하는 경계선에 있는 작품이다. 누구의 대화인지 분명하지 않고 그 대화도 간결하다. 이와 같은 소설의 희곡화 경향도 현대 소설의 서술방식 특성으로서 장면과 대화의 묘사가 전면에 등장한다. 현대 소설은 독특한 서사적 전달매체인 화자가 전반적으로 사라지는 희곡적 경향을 띠게 된다. 최인훈의 환상적 서사에는 대화가 비교적 많이 나온다. 희곡을 창작하기 직전에 발표한 소설들을 보면 대화의 분량이 많아진 것을 쉽게 확인할 수 있다. 『서유기』에서도 많은 대화가 나오는데 다음 장면은 희곡적인 성격을 보여주는 예가 된다.

> 지도원 "벗이 아니면 적일 것이 아닌가?"
> 독고준 "당신은 제 말을 알아듣지 못하고 계십니다. 벗도 적도 아닐 수 있습니다."
> 지도원 "그런 것은 어떤 것인가?"
> 독고준 "피교육잡니다. 아이들입니다."
> 지도원 "아이들이란 무엇인가?"
> 독고준 "인간의 재룝니다."
> 지도원 "아이들은 옳고 그름을 판단 못한다는 말인가?"
> 독고준 "국민학교 1학년 아이들은 글자도 판단하지 못합니다."
> 지도원 "생활에서 느끼는 것도 판단이라고 할 수 있지 않겠는가?"
> 독고준 "어떤 생활 말입니까?"
> 지도원 "공화국 북반부의 민주적 생활을 그 속에서 사는 것 말이다."(278쪽)

예문은 고향 W시에 도착한 독고준에게 소년시절 겪었던 자아비판의 교실 장면이 재현된 것이다. 소년시절 독고준이 겪었던 자아비판은 정신적 거세를 당한 것과 동일한 충격이었다. 때문에 정체성 회복을 위해서는 이 당시의 상황을 재현할 필요성이 있다. 당시 독고준은 지도원 선생으로부터 '소부르주아'의 근성을 가졌다는 질책을 받고 공포와 좌절감을 경험한 바 있다.

성인이 되어 귀향한 독고준은 인용문에서 보듯, 그때 지도원 선생에게 하고 싶었던 항변을 한다. 이는 이데올로기의 폐해를 지적하는 내용이다. 이러한 자아비판의 장면을 누구의 대화인지 명기한 양식은 희곡과 같은 효과를 준다. 지루하거나 설명적이 될 수 있는 법정의 한 장면을 한편의 연극처럼 표현한 것이다. 다른 환상적 서사에서도 대화 장면은 비교적 많이 삽입된 편이다. 특이한 점은 대화를 할 때 이북 사투리를 사용하는 인물은 대체로 악한 인물로 그려지고 있다는 것이다.

> ① "흥 하냥년 자알 돼뎄다."
> "뭐!"
> "네레 그 새끼가?"
> "새끼가 아니구 어른이야!"
> "젊은 새끼레 계집이 없어 놈의 계집 후리구 다넨?"(「열하일기」, 190-191쪽)
>
> ② "그래 철학과면 마르크스 철학도 잘 알갔군?"
> "네?"

> 생각에서 깨어나면서 얼결에 그렇게 되묻자 형사는 주먹으로 책상을 탕 치면서,
> "이 썅놈의 새끼. 귓구멍에 말뚝을 박안? 마르크스 철학도 잘 알겠구나 이런 말야!"
> (…중략…)
> "손목때기 티우디 못하간? 인나!"
> (…중략…)
> "어? 이 새끼 봐, 웃어? 오냐 네 새끼레 그런 줄 알았다. 이 빨갱이 새끼야!"
> (…중략…)
> "엄살부리지 말고 인나라우. 너 따위 빨갱이 새끼 한 마리쯤 귀신도 모르게 죽여버릴 수 있어. 너 어디 맛 좀 보라우."(「광장」, 121-123쪽)

예문 ①은 「열하일기」에서 주인공 고고학자의 애인인 분녀가 자살한 이후의 장면이다. 그녀의 옛 애인이 찾아와서 처음보는 주인공에게 무례한 행동을 하고 있다. 예문 ②의 「광장」에서도 이북 사투리가 나온다. 바로 이명준에게 '밀실'이 붕괴되는 정신적 충격을 주었던 경찰서 취조실에서였다. 이북 사투리를 사용하는 인물의 공통점은 주인공에게 정신적 · 신체적으로 상처를 주었다는 점이다. 이것은 작가의 무의식에 깔려 있는 북한에 대한 부정적 이미지가 작용한 듯하다.

### 2) 의식의 흐름과 몽타주

작중 인물의 내면세계에 관심을 쏟은 최인훈의 글쓰기는 의식의 흐

름을 많이 사용하고 있다. 의식의 흐름은 시간의 흐름과 공간의 이동을 자유롭게 구사할 수 있는 글쓰기로서 내면탐구에 유용하기 때문이다. 의식의 흐름은 사실 그대로의 생생한 인지뿐만 아니라 오랜 과거의 시간대를 헤매고 다니거나 심지어 무시간적으로 상상된 신비로운 내용들을 폭로하는 회상이 문제가 된다.[57] 최인훈의 환상적 서사에서도 주체들의 주된 행위는 '기억하기'와 관련 있다. 환상성에 의해 과거의 기억을 회상하고 과거의 시간으로 여행을 한다.

> 쓸데없는 환각에서 도망치듯 다시 시가지 쪽으로 눈을 돌린다. 큰 터를 꽉 메운, **수없이 많은 불빛**이 이글거리는 항구 도시의 밤 경치는, 어쨌든 그만한 힘을 보는 듯하다. 이와 닮은 광경을 떠올린다. (…중략…) 월북한 후에 찾아가게 된 만주의 어느 벌판에서 겪은 **저녁 노을**.
>
> 창에 불이 붙었다.
>
> 만주 특유의 저녁 노을은 갑자기 온 누리가 우람한 **불바다**에 잠겼는가 싶게 숨막혔다.(「광장」, 96쪽) (강조-인용자)

「광장」의 서사구조는 현재와 과거의 회상이 교차하여 전개된다. 현재와 과거의 경계선은 의식의 흐름에 의해 자연스럽게 이어지고 있다. 소설 인물이 어떤 사물을 보면 그에서 연상되는 과거의 장면으로 회귀한다. 예문도 「광장」의 이명준이 중립국행으로 항해하는 타고르호에서 항구의 야경을 보며 그 불빛에서 연상되는 과거의 장면을 회

---

57) 위르겐 슈람케, 앞의 책, 182쪽.

상하는 대목이다. 불빛→저녁노을→불바다로 이어지는 유사성에 의한 연상은 의식의 흐름으로 현재와 과거의 시간을 자연스럽게 연결하고 있다.

의식의 흐름이 활용된 대표적인 장면을 『소설가 구보씨의 일일』에서 살펴보도록 하자. 이 작품은 15장으로 된 연작소설이어서 구보의 사유과정과 세계인식의 태도를 반복적으로 보여준다. 표제에서 알 수 있듯이 이 작품은 소설가 구보가 하루의 일과를 마치고 집으로 귀가하는 과정이 중심 플롯이다. 연작이기 때문에 사계절 동안의 구보의 행보를 담고 있다. 이 작품에서 실질적인 서사의 진행은 구보의 '걷는' 행위를 통해 이루어지고 있고, 이 보폭의 리듬은 자유연상을 즐기는 사유의 과정과 일치한다.

> 지금이 그러는 시간인지 공작은 후두두 소리를 내면서 꼬리를 펴고 있는 중이었다. 부챗살처럼 활짝 꼬리를 펼 때, 소리마저도 **부채질할 때 같은 소리**를 낸다. 종이가 찢어져서 살이 털털거리는 그런 부채가 아니고 여러 겹으로 안전 면도날을 손에 몰아쥐고 트럼프 장 펴듯이 펴는 것처럼 **쇠붙이스런, 싸아악 하는 소리**였다. 텅 빈 동물원의 한낮에, 꾀를 활짝 펴는 그 모습은 좀 섬뜩한 것이었다. 마치 꽃망울이 열리는 현장에 맞닥뜨린 때처럼, 어떤 외설한 모습이었다. **'開花'**라는 낱말이 떠올랐다. 저 리듬, 까무라칠 만큼 아득한 어느 때부터 비롯한 버릇, 시무룩한 낯빛으로 꾀를 잔뜩 펴고 있는 모습은 '공작처럼 거만한' 어쩌구 하는 모습처럼은 보이지 않았다. 그보다는 **원수의 땅에 포로**로 잡혀 왔으면서도 하루의 정한 시간에는 자기네 부족의 법식에 따라

> 예배를 드리고 있는 모습같았다. 아, 그렇지, 언젠가 TV에서 타일란드식 권툰가 태권인가 무슨 그런 짬뽕 같은 경기에서 선수가 시합 전에 기도 같은 걸 드리는 걸 봤지, 그 놀이군, 흐흠. 살다보니 별구경 다하네그랴.(『소설가 구보씨의 일일』, 40쪽) (강조-인용자)

「昌慶苑에서」라는 부제가 붙은 2장은 구보가 창경원에 들러 동물들을 구경한 감상이다. 구보는 공작 우리 앞에서 느낀 감정들을 자유연상으로 표현하고 있다. 정오가 되면 날개를 펴는 공작의 동작에서 '부채질할 때' 나는 소리를 연상한다. 이어서 그것은 '면도날에서 나는' 쇠붙이의 소리로 들린다. 시각을 청각화한 후, 다시 청각에서 시각으로 변한다. 즉 날개를 펴는 동작은 꽃망울이 피는 '개화'의 순간으로 연상되다가 이국 땅에서 치르는 어느 부족의 법식처럼 보이는 것으로 종결되는 것이다.

구보의 이와 같은 연상에서 중요한 것은 우리 속에 갇혀 있는 공작의 포즈가 원수의 땅에 포로로 잡혀온 이방인의 모습이라는 점이다. 공작이 12시에 날개를 펴는 동작은 그의 부족이 치르는 중요한 의식을 잊지 않고 거행하고 있다는 연상으로 비약되어 공작의 행위를 가치 있게 만든다. 이처럼 동물들의 동작 하나하나, 또는 사소한 물건에서 구보가 놓치지 않는 것은 전통성을 부각시킬 수 있는 단서를 찾아내는 것이다. 『소설가 구보씨의 일일』에서 전통의 존재 가치를 강조하는 것과 이식된 서양 문화의 범람에 대한 우려를 보이는 구보의 인식은 탈식민성을 잠재한 것이다. 이러한 사유의 과정이 의식의 흐름으로 전개되고 있다.

> **사자**는 **산발**을 하고 앉아 있었다. **'檻車에 실려 押送되는 全琫準'** 같이 보였다. 어느 책엔가에서 본 녹두장군의 사진을 떠올린 것이었다. 풀어헤친 머리며 어두운 낯빛이며가 갈 데 없다. (…중략…) 다만 그는 가만히 앉아 있는 것이 아니다. 이윽고 몸을 일으켜 빙빙 돌아간다. 울타리를 끼고. 그러나 창살을 어떻게 하고 싶은 눈치는 없다. 창살은 움직일 수 없는 것으로 거기 그렇게 있다는 대전제 아래 움직이고 있다. 헛일. 한없는 헛걸음. 아무 곳에도 이르지 않는 한없는 제자리걸음이다. 아무 곳에도 이르지 않는 걸음. 그것은 이미 걸음이 아니라 춤이다. 삶이 아니라 굿이다. 영원한 삶의 떠올림[喚起]. 삶의 기억을 잊어버리는 것이 두려워 일부러 떠올리는 삶의 기억. 기억을 불러일으키는 몸짓. 몸짓. 아무도 위협하지 않는 몸짓. 자기를 달래는 주문(呪文). 다라니(陀羅尼). 예술이 된 동작. 예술의 다라니성(性). 예술의 떠올림성. 무엇을? 삶을? 삶의 기억을. 왜? 삶을 잊어버리지 않기 위해서. 삶의, 그의 삶의 리듬을, Vector를 유지하기 위해서. 그의 메커니즘의 버릇을 잊어버리지 않기 위해서. 그가 사자라는 것을 잊지 않기 위해서. **자기가 자기임을 유지하기 위한 되풀이**.(『소설가 구보씨의 일일』, 44쪽) (강조-인용자)

지금 현재 구보가 서 있는 곳은 동물원의 '사자' 우리 앞이다. 사자를 본 순간의 느낌이 의식의 흐름을 통해 자유롭게 뻗어나간다. 사자의 갈기머리는 죄인으로 이송되는 전봉준의 산발한 이미지를 떠오르게 한다. '전봉준'은 『회색인』에서도 한번 거론된 인물이다. 혁명가의 선구자로서 구보에게는 존경의 인물인 것이다. 계속 진행되는 '사자'

의 궁극적인 연상은 정체성을 잃지 않기 위한 개체의 모습으로 종결된다.

느린 템포로 동물원을 구경하는 구보의 걸음은 이 작품의 문체와 일치하고 있다. 동물원 우리에서 구보의 걸음은 느린 속도와 정지의 순간이 교차하면서 동물들을 감상한다. 이러한 구보의 보폭 리듬은 사유의 과정과 병행하는 것이다. 동물 우리를 천천히 걷거나, 잠시 정지해서 구경을 하는 구보의 행위는 끝없이, 실타래처럼 풀리는 문장의 흐름과 일치한다.

환상적 서사에서 몽타주는 과거 회상, 환상세계의 확장에 편리한 서술방식이다. 「구운몽」과 『서유기』를 '영화'라고 했던 점을 상기한다면 몽타주는 필름 편집을 떠오르게 한다. 몽타주는 단어나 문장의 단편들을 하나의 작품으로 조립 · 구성하기도 하고, 이질적인 장면들을 병치하기도 하는 형식으로서 이것은 파편화되고 분열된 현실을 표현하는 것이다. 서로 상이하거나 이질적인 요소를 나란히 병치시켜, 시공간적으로 떨어져 있는 이질적인 두 요소를 동시에 결합시키는 기법이다. 이러한 형식은 습관적인 독서를 거부하고 예상외의 새로운 표현과 효과를 낳는다. 콜라주와 몽타주가 모더니즘적 세계관을 배경으로 발생했기 때문에 궁극적으로 창작자의 주제 의식과 세계를 바라보는 통일된 관점에 의해서 질서화된다.[58)]

모더니즘 소설의 이야기 시간은 통시적 인과율에서 벗어나 있는 경우가 대부분이다. 단편적인 순간들의 접합이나 현재와 과거의 다른 시차를 병치와 동시성으로 나란히 배열하기 때문이다. 몽타주는 단편들

58) 정끝별, 『패러디 시학』, 문학세계사, 1997, 51쪽.

을 조립하여 종합적인 이미지나 제3의 이미지를 만들어내기 때문에[59] 환상문학에서 흔히 나타나는  비논리적 전개에 필요하다. 인과적 관계보다는 단편들이 병치되는 효과에 의존하는 점에서 몽타주는 '병렬적 구성'으로 볼 수도 있다.

시간의 파행성으로 구성된 시간 몽타주는 「구운몽」에서 독고민이 미로의 거리를 헤맬 때 집중적으로 나타난다.

> ① 먼발치서 보는 터라 단정할 수는 없으나 사팔뜨기인 듯싶었다. 그녀는 한 팔을 올려 머리핀을 뽑아 그것으로 머리를 긁는다. 민은 세 번째 똑똑 두드렸다. 여자는 머리핀을 꽂고 도로 턱을 괸다.(「구운몽」, 183쪽)

> ② 먼발치에서 보는 터라, 꼭이랄 순 없으나 사팔뜨기인 성싶었다. 그녀는 한 손을 들어 머리핀을 뽑더니 머리를 긁는다. 민은 세 번째 똑똑 두드렸다. 여자는 머리핀을 꽂고 도로 턱을 괸다.(「구운몽」, 198쪽)

독고민이 '숙'을 만나기 위해 '미궁' 다방으로 찾아간 것은 두 번이다. 두 번 모두 그녀를 만나지 못하고 집으로 돌아오는 거리에서 환상적 체험을 한다. 추운 겨울날, 찻집에 들어가기 위해 독고민이 문을 밀었을 때 분명 찻집 안에는 인용문의 젊은 여자가 카운터에 앉아 있으나 독고민을 발견하지 못한다. 그래서 찻집으로 들어가지 못한

---

59) 이승훈, 『포스트모더니즘 시론』, 세계사, 1991, 120-129쪽 참조.
나병철, 『한국문학의 근대성과 탈근대성』, 문예출판사, 1996, 196-229쪽 참조.

사건이 있다. 그리고 첫 번 약속과 두 번째 약속이 20여 일의 시차가 있기 때문에 인용문 ①과 ②의 장면이 곧바로 재현되는 것은 어려운 일이다. 그런데 곧바로 연결된 이 사실을 독고민 또한 알고 "머리카락이 곤두서듯 오싹해짐"을 느낀다. 시간의 병치는 이 작품에서 여러 차례 나타난다. 특히 낯선 집단들로부터 추격을 받는 독고민이 도망치는 과정에서 그러하다. 이것은 필름 편집으로 완성한 영화를 보는 착각을 들게 한다. 에필로그에서 이 서사가 영화 필름이란 진술을 고려하면 최인훈은 이 작품을 영화처럼 서술하고 있음을 알 수 있다.

시간의 파행성은 최인훈 소설에서 환상세계를 지속하는 하나의 방법이다. 이렇게 시간을 조각들로 편집한 것은 총체성이 사라진 현실의 부조리함, 현실의 파편적인 삶의 모습을 재현한 것으로 볼 수도 있다. 연속된 시간의 흐름이 단절되어 서로 다른 시차가 봉합된 것은 총체성, 완결성의 훼손을 상징화한 것이다.

지금까지 시간 몽타주를 살펴보았는데 「구운몽」에서는 공간 몽타주도 주의해야 한다. 이 작품에서 독고민이 거리를 질주할 때 이 기법을 볼 수 있다. 독고민은 광장까지 그를 추격하는 시인들, 노은행원들, 무용수들을 교묘히 따돌리면서 도망친다. 그들을 피할 수 있었던 것은 거리를 질주하는 동안 그가 몸을 숨길 공간들이 편집한 필름처럼 이어졌기 때문이다.

> 독고민은 이 간수가 일본 사람이구나 했다. 일본 사람이 아직도 우리나라에서 간수 노릇을 하다니. 벌써 십오 년 전에 없어졌을 왜놈들이. 어떤 문 앞에서 간수는 멎었다.

"정말 전 아무 죄 없습니다."

"바까야로. 센징와 숑아 나이!"

**간수는 눈에서 불똥이 튀게 민의 뺨을 후려갈기고는, 방문을 획 열고 독고민을 쳐넣었다.**

자욱한 담배 연기. 분홍 불빛 속에서 담배 연기도 분홍빛이다. 유행가 소리. 막판이 돼가는 바는 취한 사람들의 혀 꼬부라진 소리와, 여급들의 풀어진 웃음 소리로 흐드러졌다.(「구운몽」, 238쪽) (강조-인용자)

감방 구역에서 독고민을 각하로 오인한 간수는 그에게 감방 죄수들을 만나게 하였다. 그러나 그가 기다리던 인물이 아니라는 사실을 보고받은 후에는 예문에서 본 바와 같이 독고민을 함부로 대한다. 독고민은 간수로 인해 위험한 순간에 직면한다. 그러나 독고민이 현재 있는 감방과 다음에 찾아갈 장소인 바의 공간이 '방문'으로 연결되어 있어 위험한 순간을 벗어난다. 감방에서 '방문'을 열면 그 다음 공간인 술집이 등장하는 것이다. 영화에서 시공간이 다른 필름과 필름을 연결하여 스토리를 진행시킨 기법을 이렇게 소설에서 사용하였다. 이러한 몽타주는 환상적 분위기를 만드는 데 효과적이다. 이 작품에서는 신비한 분위기보다 공포와 경이의 분위기를 조성하고 있다.

『서유기』에서도 시간의 병치는 사건 전개에 큰 역할을 한다. 환상세계에 진입한 독고준이 고향 W시로 귀향하는 과정에서 시간 몽타주는 시공간을 확장시킨다. 이 작품의 서사 전개는 사건 자체보다 인물의 내면세계 탐구에 역점을 두고 있기 때문에 과거와 현재가 병치되는 시간 몽타주는 의식의 흐름에 장애가 될 것들을 미리 차단하는 기능을 한다.

> ① 기차는 어느 시골 정거장에 닿았다. 정거장 이름을 보니 석왕사다. 정거장 가까이까지 솔밭이 우거져 있고 한옆에는 산에서 베어내서 화차에 실리기를 기다리고 있는 재목이 높이 쌓여 있다. 정거장은 한적하였다. 어디선가 땅땅땅 뚱땅, 하고 쇠가 부딪치는 소리가 나길래 그쪽을 본즉, 낡은 증기기관차를 검차수 두 사람이 망치로 두들겨보고 있다. 선로 사이에는 잡풀과 코스모스, 그리고 해바라기가 드문드문 돋았는데 해바라기의 노란 화판이 이글이글하다. 어디선가 본 적이 있다. 그리고 이런 기관차가 있고 검차수가 있는 시골 정거장에도 와본 일이 있는 것 같다. 그러나 확실치는 않다. 그저 그런 것 같은데 확실치는 않다.(『서유기』, 104쪽)

> ② 시골 정거장. 석왕사란 이름이 정거장 정문에 붙어 있는데 서예글씨처럼 틀에 넣어 걸려 있다. 현판이라는 느낌. 정거장은 한산하여 사람 왕래가 없다. 선로는 비어 있고 녹이 슬었다. 선로의 두 궤도 사이에 깔린 자갈 사이로 해바라기가 몇 포기 솟아나 있고, 그 노란 화판이 한낮의 햇볕에 앉아 있다. 은은히 들리는 항공기의 엔진 소리. 한가하고 무더운 소리다. 그 소리를 독고준은 듣고 있는 모양이다.(『서유기』, 128-129쪽)

『서유기』에서는 ‘석왕사’에 대한 묘사가 ①, ②에서 보듯이 여러 군

데에 유사하게 나타난다. 석왕사라는 정거장 이름과 녹슨 선로, 검차수 두 명, 두 궤도에 깔린 자갈 사이에 핀 노란 화판의 해바라기, 코스모스 등은 독고준이 석왕사 역에서 인상깊게 보았던 사물과 사람들이다. 독고준은 석왕사를 출발해서 다시 그곳으로 되돌아오는 여행을 반복하면서도 그 사실을 전혀 깨닫지 못한다. 그래서 시간의 경과가 있음에도 불구하고 석왕사는 매번 처음 보는 것처럼 묘사되는 것이다. 독고준이 석왕사 역에 처음 도착하였을 때 이 역의 모습은 어디선가 본듯한 이미지로 그의 기억속에 잠재해 있다.

예문 ②에서 독고준이 관찰한 석왕사 역의 묘사는 시각적 이미지가 중심이다. 여기에 비행기 엔진소리의 청각적 이미지가 겹쳐지면서 기억으로 존재하던 과거의 이미지와 독고준이 도착해 있는 현재의 시간이 병치된다. 비행기 엔진소리는 '그 해 여름'을 상징하는 과거의 시간이며 선로의 꽃들은 지금 현재의 시간이다. 이런 방식을 통해 과거의 잊혀졌던 시간 또는 무의식에 잠재해 있는 시간이 현재의 시간에도 영향을 끼치는 시간임을 깨닫게 한다.

『서유기』의 환상세계를 지배하고 있는 시간 몽타주는 이 작품이 '시간여행'이란 점에서 명백하다. 400여 년 전 과거의 인물인 논개와 이순신의 등장, 식민지 시대의 이광수와 헌병들의 등장, 해방기 이후의 조봉암의 등장은 역사적 인물이 생존했던 시대를 현재의 시간과 병치하였다. 석왕사에서 만난 역장과 검차수 또한 독고준이 중학교 시절에 만난 인물이란 점을 고려한다면 개인의 시간도 병치에 의해 조합되어 있다. 이와 같은 시간의 병치는 '지금' 현재를 살고 있는 독고준의 시간이 불연속의 시간이 아님을 보여주는 것이다. 현재는 과거와 단절할 수 없는 것이며, 단절할 수 없는 과거에 받은 상처가 있다면 그것을 현재의 시간 안에서 치유하는 길을 모색해야 함을 보여준다.

'에세이적 글쓰기'에서 최인훈의 서정적 문체를 언급하였는데 이번에는 해학적 문체를 보도록 하자.

지적이고 관념적인 최인훈 문체는 지성적이고 논리적인 성격 때문에 남성적 문장의 전형이 된다. 그러나 최인훈은 소설 주제와 성격에 따라 다양한 문체를 구사하는 작가이다. 환상적 서사에는 서정적 문체가 부분적으로 나타나면서, 지적이고 논리적인 문장이 에세이적 글쓰기에서 지배적이었다. 하지만 해학적이거나 요설적인 문체도 환상적 서사에서 발견할 수 있다. 이러한 문체는 풍자성이 강한 작품에 주로 나타난다. 이는 지적인 문체에서 상당히 벗어난 것으로서 익살과 여유를 갖게 한다.

> ① 내가 이십 년 전 루멀랜드를 떠난 다음해, 루멀랜드의 위대한 궁리꾼들과 노래꾼들과 과학자 그리고 무당들이 모여서, 역사상 일찍이 없었던 실험을 했다. 열여섯 난, 아무 죄 없고(일설에 의하면 그는 장미꽃 모양의 심장을 가졌다고도 하지만 확실치 않다) 성한 소년의 한쪽 눈 속에 최루탄을 박아넣으면, 어떤 일이 일어나는가에 대한 실험이었다. 선(禪)의 방법을 써본 것이었다. 어느 나라들처럼 달을 쏘는 대신에, 사람의 넋을 쏜 것이었다. 놀라운 익살이었다. 결과도 놀라웠다. 그 소년의 눈은 바로 신의 허파였던 것이다. 신(神)은 캴캴캴깔깔깔 으하핫핫 형편없이 너털웃음을 웃기 시작했다. 결과는 뻔했다. 신의 허파의 맹렬한 움직임으로 말미암아, 땅이 쪼개지고, 뫼가 내려앉은 위로,

바닷물이 덮쳤다. 루멀랜드 온 나라가 바닷속으로 가라앉아버린 것이다. 루멀랜드는 이렇게 갔다.(「열하일기」, 192쪽)

② "존경하는 R의원. 물론 이 문제는 중대한 사실입니다. 그러나 본인이 보고받은 바에 따르면 전혀 증거가 없는 일이며, 게다가 그는 이름난 반공 투삽니다. 이 사람에 대해 말썽을 일으키려는 사람은 공산주의자밖에는 없을 것입니다. R의원이 이렇게 농담을 잘하실 줄은 몰랐습니다그려."

자리에 웃음이 터졌다. R의원 자신도 깔깔 웃으면서 안건을 스스로 거두겠다고 나서고 동의는 웃음과 박수 속에 받아들여졌다. 나는 놀랐다. 이 나라 사람들의 살림에 깊이 스며든 유머의 깊이를 보는 듯싶었다.(「열하일기」, 144쪽)

③ 초대 대통령이 선서를 하면서, '청렴 성실히……' 하는 대목을 '가렴주구로……' 하고 외워서 웃음의 꽃불이 터진 일이 있지요. 덕분에 이 사람은 세 번 뽑혔습니다. 괜히 눈에 불을 켜고 언성을 높이는 축들 치고, 바지저고리인 법이니까요. 안그렇습니까?(「열하일기」, 145쪽)

「열하일기」는 20여 년 전 루멀랜드에 체류했던 외국인 고고학자의 기행문 형식을 빌린 체류담이다. 그의 눈에 비친 '루멀랜드'의 비정상적인 정치체제와 그 나라의 비극적 종말을 회상하는 내용이다. 서술되는 국내정세로 보아 루멀랜드는 우리나라임을 알 수 있다. ①은 4·19혁명의 도화선이 된 김주열의 죽음과 그로 인한 루멀랜드의 파멸을 나타낸 것이다. 비극적인 내용을 해학적 문체로 표현하여 아이러니의 분위기를 만든다. 선진국들은 우주탐험이라는 분야에 기술 투자를 하고 있는 동안 우리나라에서 자행된 후진적이고 파행적인 민주정치를 역설적이고 반어적인 방법으로 보여주고 있다. ② 또한 파행적으로 진행되는 국회의 모습과 이승만 대통령의 독재를 빗대어서 표현한 것이다. 민주정치의 미숙함은 흑백논리의 오류 속에서 그 본모습을 드러내고 있다. ③은 엄숙한 분위기 속에 거행되어야 할 대통령 취임식에서 '청렴성실'의 어휘를 '가렴주구'로 잘못 읽는 '언어유희'를 통해 희극화되는 장면이다.

최인훈의 해학적 문체는 판소리 계통의 해학성과는 성격이 다르다. 판소리의 해학성이 운율의 효과에서 나온다면 그의 해학은 언어유희나 상황의 유머를 통해 나타나기에 여전히 작가의 지적 면모를 드러내고 있다. 작가의 지적인 언어능력으로 신선함을 주는 문장은 『소설가 구보씨의 일일』에서도 발견할 수 있다.

> ① 구보씨는 늦가을의, 아직 덜 가신 안개 기운이 서린 수풀 사이를 걸어가면서 미꾸라지처럼 잡히지 않는 삶의 비밀을 새삼 생각하였다. 프로메테우스 같은 삶. Mikurazi 같은 삶. Mikurazi라고 표기를 해보니 그 말은 Taboo라든가 Totem같은 말의 친척이 되는 것이었다. 왜 그럴까. 아무튼 이것도 나중에 생각해보기로 하고 구보씨는 대뇌 피지(皮紙)의 한 귀퉁이에다 그것을 깨알 같은 글씨로 적어넣었다.(『소설가 구보씨의 일일』, 55-56쪽)

② '에익 神哥놈' 하고 구보씨는 중얼거렸다. 딱히 왜 그런지는 모르겠는데 그렇게 말해야 마땅할 것 같았다. '神哥놈'이란 '神' '하느님' '造物主' 따위를 말한다. 언제부턴가 구보씨는 어떤 사물이나 사건이나 심경 같은 것에 부딪칠 때, '에익 神哥놈' 하고 뇌는 버릇이 생겼었다. 그저 두리뭉실한 답답함이라든지 아리숭한 것이라든지 한스러운 일이라든지 그럴싸하다든지 장하다든지 할 때면 이 말이 불쑥 나오는 것이었다. '쯧쯧'이라든지 '원 저런'이라든지 '맙소사'라든지 '오냐 그러기냐'라든지 '요것 봐라' '어렵쇼' '그러면 그렇지' 이런 따위의 뜻을 가진 말로 구보씨는 쓴다.(『소설가 구보씨의 일일』, 266-267쪽)

인용문 ①과 ②는 기호로서의 언어의 특징을 보여준 부분이다. '미꾸라지'라는 표기와 'Mikurazi'라는 표기의 미세한 차이를 드러낸 예이다. '신가놈'이란 어휘의 발견은 구보의 삶의 재치를 보여준다. 욕설이 나올 정도로 답답하고 모순된 현실에 직면했을 때 '신가놈'이라는 감탄사로 상황을 해소하는 것은 삶에 예속되지 않은 모습이다. 또한 언어를 자유롭게 구사하는 모습이기도 하다. 이것은 최인훈의 언어감각이 점잖으면서도 익살스럽고, 재기발랄함을 보여주는 예가 된다. 이러한 예는 「열하일기」에서 나타난 '루멀랜드'와 '나파유'라는 국명을 만들어낸 언어감각과도 통하는 면이 있다.

① 사령관 각하의 다음과 같은 양보 조건을 내놓는다. 모든 통제는 크게 늦처질 것이다. 결혼 등록 제도의 폐지를 다짐한다. 집회와 결사의 자유를 다짐한다. 국가 전복을 논의하는 모임이

라 할지라도 가까운 파출소에 미리 알리기만 하면 허가될 것이다. 모든 차량은 될 수 있는 최고 속력으로 내달려도 괜찮다. 함대는, 밀수 배들의 안전과 물길 향도 및 안내를 위하여 24시간 해상 근무케 할 것이며, 밀수 배들이 들어올 때는 그 톤 수와 실은 짐에 따라 규정된 예포로서 환영할 것이다. 신분이 높은 사람들에게 가해졌던 모든 구속을 없이한다. 모든 착한 시민은 모든 무례한 언사를 가하는 시민에 대하여, 자유로이 폭력을 가할 수 있는 권리를 가진다.(「구운몽」, 205쪽)

② 친애하는 동지 여러분, 류머티즘에 비틀어진 우리들의 발목 재기를 채찍질하고 만주 벌판의 누런 먼지에 골병이 든 눈깔들을 다시금 부릅뜨고 거사의 시간을 기다립시다. 다행히 고물상이나 엿장수들에게 손자놈의 성화에 못 이겨 헐값으로 팔아넘기지 않은 동지들은 육혈포를 언제든지 사용이 가능하도록 손질하십시오. 당신들의 후들거리는 동맥경화증으로(대부분 결렸으리라고 짐작됩니다만), 굳어진 손으로 적들의 가슴 한복판을 겨누어 방아쇠를 당겨야 할 순간이 시시각각으로 다가오고 있습니다.(『서유기』, 95-96쪽)

③ 생각하는 방식의 변화는 어떻게 돼서 일어나는가를 밝혀보려는 것이 본인의 비원(悲願)이올습니다만, 이것은 여간 어려운 일이 아니어서 사람을 폭삭 늙게 만들며 해골이 지근지근 쑤셔서 십중팔구 신경통에 걸리게 합니다만 어떻게든 이 일을 해내지 않고는 사람이 창피스러서 못 살겠다, 미치겠다, 아니꼽다,

> 밸이 꼬인다, 설사가 난다, 구토증이 난다, 아침에 일어나면 머리가 내둘린다, 그럴 나이도 아닌데 방사(房事)를 좀 푸짐하게 치른 끝이면 맥이 없다, 이런 분들을 위해 기필코 특효약을 만들어야겠는데 문화가 왜 변하는가? 어느 것이 가장 바람직한 형(型)인가? 이것이 과제올시다.(『서유기』, 125쪽)

위의 예문들은 요설체 문장을 보여주는 것들이다. 요설체 문장은 상해 정부의 방송과 독고준이 만난 사학자의 강론에서 나타난다. 이러한 문장은 진지한 내용들을 한순간에 전복시키는 효과를 가져온다. 사학자의 강론이 약장사의 어투로 변하고, 독립운동가의 기상이 예문 ②처럼 역설적으로 표현되고 있다. 이런 서술은 사학자와 독립운동가의 점잖지 못한 언행과 변덕스러움을 비판하려는 데 있는 것은 아니다. 오히려 그들의 변한 말투가 사회의 변화를 반영한 것이라고 볼 수 있다.

지금까지 환상적 서사에서 나타난 서술방식을 살펴보았다. 그 결과 소설의 에세이성, 의식의 흐름 및 몽타주의 글쓰기를 확인하였다. 이러한 글쓰기 방식은 인물의 내면탐구와 무의식의 욕망을 드러내는 데 효과적인 기법이었으나 한편으로는 서사성을 약화시킨 면도 있다.

소설 장르의 개방성, 혼합성을 보여준 에세이적 글쓰기와 작중 인물의 내면세계의 변이를 따라간 의식의 흐름, 현실의 파편화를 소설의 편집적 기법으로 변화시킨 몽타주 등은 최인훈의 서술방식의 특성을 보여주는 것이다. 이런 글쓰기는 인물의 내면세계에 치중하여 '성찰'을 중시하는 현대 소설의 일반적 특성이다. 최인훈의 글쓰기는 한국적 상황에서 독특한 영역을 차지하면서도 세계사의 흐름에 호응하는 글쓰기임을 보여준다.

# Ⅲ. 주체의 양상과 환상성

Ⅱ장에서 작중 인물의 자아성찰 과정이 '길찾기'의 여정으로 구현되는 것을 서사구조와 서술방식에서 살펴보았다. 이제는 그렇게 '길찾기'에 오른 주체들이 자아성찰 과정 중에 보여주는 다양한 모습을 살펴보고자 한다. 이런 작업을 위해서 선행해야 할 것은 최인훈 소설의 주체형성 과정과 그의 환상성의 의미를 규명하는 일이다. 그의 소설 주체는 작가의 개인적 체험과 밀접한 관련을 지니고 있으며, 환상성은 작가의  개인적 체험을 원형적 체험으로 주조하여 글쓰기의 동인이 되기 때문이다.

최인훈의 소설 주체는 부조리한 상황과 현실에 직면한 자아의 세계인식 태도의 양상에 근거하여 '방황', '저항', '극복' 세 가지로 구분된다. 이들 주체에 환상성이 결합하여 생성하는 소설 미학적 특성은 리얼리즘 소설과는 다른 독특한 효과를 지닌다. 즉 주체의 내면탐구가 심화되는 것이다. 이러한 주체의 모습들은 1960년대라는 공시성 속에서 다양한 '차이'를 보여주면서도 작가가 긍정적으로 지향하는 인물의 모습을 단계적으로 보여주는 특징을 발견할 수 있다.

## 1. 방황의 주체와 환상성

자아성찰의 욕망을 지니고 있으면서도 이를 행동으로 옮기지 않고 현실을 관망하는 작중 인물을 '방황의 주체'라 하겠다. '방황의 주체'는 삶에 대한 목적의식을 상실하였거나, 아직 삶의 목표를 발견하지 못한 인물들로서 자신의 실천적 행동에는 인색한 편이다. 이 주체의 행동성 약화는 자의식 과잉에서, 또는 역사 · 사회의식의 약화에서 비롯된다. 권태에 시달리는 인물들은 삶의 의욕을 상실하였기 때문에 체념, 무기력한 상태, 방황의 상태를 보여준다. 이때 환상성은 방황하는 인물의 특성을 부각시키거나 그들의 자의식에 변화를 가져오는 계기를 만들어준다.

### 1) 풍문인의 고뇌

현실에 적응하지 못하고, 현실을 방관하는 '풍문인'은 이데올로기적 담론 속에서 행동의 결핍을 보인다. 풍문인은 인생을 살지 않았으며 마치 풍문 듣듯 살아온 인물을 가리킨다.[60] 따라서 이 용어는 『회색인』의 '회색인'이란 용어가 내포하는 '중간자적 지식인'이나 「GREY구락부 전말기」에 나타나는 '창타입의 인간'과 동일한 의미를 지닌다. 그들은 현실을 바라보면서 비판의 시선은 지니고 있으나 비판 대상을 수정하거나 개선할 행동으로는 옮기지 못한다. 「GREY구락부 전말기」의 현이 사회와의 부조화를 보여주는 인물이라면, 「금오신화」의 A는 사회에 무관심한 인물이며, 「웅고집뎐」의 옹고집은 사회

60) '풍문인'이란 단어를 최인훈의 소설에서 발견할 수 있다. "극비(極秘). 당신을 만나고 있는 독고민 박사를 그 자리에서 체포하라. 그의 죄명은 '風聞人(풍문인).' 그는 인생을 살지 않았으며 마치 풍문 듣듯 산 것임"(「구운몽」, 264쪽)이란 부분에서 그 의미를 드러내고 있다. 또한 「광장」 서문에서는 "메시아가 왔다는 이천 년래의 풍문이 있습니다. 신이 죽었다는 풍문이 있습니다. 신이 부활했다는 풍문도 있습니다. 코뮤니즘이 세계를 구하리라는 풍문도 있습니다. 우리는 많은 풍문 속에 삽니다. 풍문의 지층은 두텁고 무겁습니다. 우리는 그것을 역사라고 부르고 문화라고 부릅니다. 인생을 풍문 듣듯 산다는 건 슬픈 일입니다. 풍문에 만족하지 않고 현장을 찾아갈 때 우리는 운명을 만납니다."라는 내용에서 풍문의 의미가 이데올로기를 뜻함을 드러내고 있다.

의 부적응자 또는 무의지적인 인물이다.

3장에서 다룰 본격적인 내용은 다양한 주체의 모습들과 이때 발현되는 환상성이다. 따라서 '방황의 주체'를 논하기 전에 최인훈 소설 주체의 특성을 살펴보는 것이 논의 전개상 필요하다고 본다. 최인훈 소설의 인물 특성을 작가의 체험과 결부지어 거칠게나마 나누어보면 크게 두 가지로 범주화할 수 있다. 첫째는, 작가로부터 비교적 자유로운 주체이고, 둘째는, 작가의 구속을 받고 있는 주체이다.

전자는 작가의 개인적 체험에서 비교적 자유로운 인물들로서 단편에 주로 등장한다. 작가의 개인적 체험으로부터 자유롭다는 것은 다양한 주제를 구현할 수 있는 허구성이 강한 인물임을 의미한다. 반면에 후자는 작가의 개인적 체험의 자장 안에서 구성된, 작가의 자전적 색채를 강하게 띠고 있는 인물을 말한다. 이들은 대체로 그의 중 · 장편에 등장하고 있다. 후자의 주체들은 정치 감각과 현실비판 의식을 지닌 월남한 독신의 예술가들이다. 그의 소설 인물은 후자의 그룹이 대부분이며, 이 글의 대상도 그러하다. 그들을 단적으로 표현하면 '갇힌 세대'라 부를 수 있다.

> "저희들은 사방이 막힌 우리 안에 갇힌 짐승 같습니다. 여기도 벽, 저기도 벽입니다. 갇혀 있는 게 우리 세대가 아닙니까?"
>
> "그 감옥을 부수려고 왜 버둥거려보지 않나? 갇힌 것은 자네들만이 아니야. 자네들 앞 세대도 그랬고, 또 그 앞 세대, 도대체 갇히지 않은 세대가 어디 있었겠나."(『회색인』, 164쪽)

주체를 가두고 있는 '벽'은 이데올로기적 담론의 공간이다. 주체는 허위적이고 폭력적인 이데올로기의 벽으로 '갇힌 세대'에 해당한다. 때문에 최인훈 소설의 일관된 주제인 '자아성찰'의 절박함을 체감하고 있는 인물이다. 『회색인』에서 황노인이 말하는 앞선 세대로서 '갇힌 세대'는 그들이 갇혀있다는 사실조차 인식 못하는 주체들이다. 그 사실을 인식한 몇몇 주체들은 이를 깨닫지 못한 인물들을 이끌어야 하는 선구적인 혁명가가 될 수밖에 없었다. 그러나 독고준 시대의 지식인은 자신들이 '갇힌 세대'임을 자각하고 있기 때문에 그만큼 현실에 민감한 반응을 보이며 그 결과 고뇌 속에서 방황한다.

이 글에서 주체의 양상을 구분한 기준은 바로 이데올로기에 '갇힌 세대'들이 자아성찰을 이루기 위해 취한 행동과 그 결과를 근거로 해서 구분한 것이다.[61] 이 장에서 다룰 '방황', '저항', '극복'의 주체들은 위악적이고 폭력적인 이데올로기의 담론에 체념하거나 저항, 극복하려는 의지를 보이는 인물들이다. 이런 작중 인물의 형상화에 커다란 영향을 미치고 있는 것은 작가의 원형적 체험 3가지이다. 그것은 LST 체험, 방공호 체험, 자아비판 체험을 말한다.[62]

---

61) 주체를 이데올로기의 대결 양상에서 구분한 연구자로 김인호를 주목할 수 있다. 그는 주체를 '예속' '저항' '해방'으로 구분하면서, '예속'은 공준된 의미체계를 그대로 지속하는 것으로서 이데올로기를 따르거나 강화하는 주체로 보고, '저항'은 공준된 의미체계를 더욱 강화시키는 주체로 보이지만 전이의 가능성을 열게 된 주체로서 이데올로기와 힘겨운 싸움을 벌이는 상태라고 하였다. 마지막 '해방'은 공준된 의미체계의 허구를 파악하고 상이한 의미체계를 기획하는 주체로서 이데올로기를 해체하여 삶의 주체나 예술적 주체를 회복하는 것을 의미한다고 하였다. 논자 본인도 이러한 도식은 임의적이고 또한 위험성이 많다고 전제하고 있는데, 이미 '사회 속'에 주체가 존재하고 있기에 이데올로기를 벗어난 상태에서 주체가 진정으로 존재할 수 있는지 의문이다. 특히 '해방'의 주체는 이데올로기를 해체하고 있기 때문에 그러한 상황은 진공관 속의 인물이 되어 버릴 것이다.(김인호, 「최인훈 소설에 나타난 주체성 연구」, 동국대 박사학위논문, 1999, 21쪽)

최인훈 소설에서 나타나는 실존적 고통은 근본적으로 작가의 외상적 뿌리에 기원을 둔다. 작가의 외상은 상호텍스트성을 띠고 있어서 여러 작품에 변형되어 반복적으로 재현되고 있다. 그것은 창작 심리의 기층에서 원형적 이미지를 만들어낸다. 원형적 체험이 무엇보다 중요한 것은 정신적 외상이 되는 원체험이 현실에 대한 인식과 태도를 결정짓는 중요한 근원으로 작용하는 동시에, 글쓰기에 대한 성찰을 촉발시키고 글쓰기를 이끌어나가는 중요한 경험적 · 심리적 토대로 작용하고 있다는 점이다.[63]

해군 함정 LST를 타고 월남한 최인훈에게 선상에서의 카오스적인 피난 체험은 전쟁의 상처를 극대화하였다. 견고한 지반을 상실한 '뿌리뽑힌 자'의 피난민 의식은 그 시초가 선상의 무질서한 생활에서부터 시작됨을 보여준다. 그에게 전쟁 체험은 '어질머리'라는 비유어로 재구성된다. 이 어질머리를 가라앉히는 작업이 소설 창작으로 이어지고 있다. 그러나 이런 패닉 상태를 초래하는 전쟁의 체험과 그 충격으로 창작되는 작품은 과거의 안정된 자아, 안정된 언어의 발판에서 수행되는 서사 형태와는 다른 방식이 될 수밖에 없다는 것을 다음처럼 예

62) 기존의 연구에서도 원체험에 대한 논의는 있었으나 최인훈에게 원체험의 반복적 재현과 그 재현방식 자체가 그의 문학의 기본적인 성격과 밀접한 관계가 있다는 점은 간과하고 있다.(김현, 「헤겔주의자의 고백」, 『최인훈론』, 은애, 1979, 김치수, 「지식인의 망명」, 『최인훈론』, 은애, 1979, 정과리, 「자아와 세계의 대립적 인식」, 『문학과 지성』, 1980. 여름호 참조) 김영찬도 원체험을 중시하면서 세 가지를 제시하고 있다. 필자와 다른 것은 자아비판 체험 대신에 '책으로의 정신적 망명'을 든 점이다. 물론 논지 전개에서는 자아비판 체험을 언급하고 있다. 필자는 자아비판의 체험이 인물들을 책으로 망명시키는 결과를 강화시킨 것으로 보기에 원체험을 자아비판으로 보는 것이 더 타당하다고 본다.

63) 김영찬, 「1960년대 한국 모더니즘 소설 연구」, 성균관대 박사논문, 2002, 44쪽.

감하고 있다.

> 20세기의 문학의 상징적 경향은 그것이 결과적으로 폐단도 있지만, 사실은 이 세상에 단단한 것은 없다는 세계관의 표현으로서, 사람이 늘 거기서부터 출발하고 거기로 돌아가야 할 발판이 아닐까? 아니 발판 없음의 인식이 아닐까?[64)]

소설가 구보가 겪고 있는 20세기 문학의 상징적 경향은 바로 최인훈의 인식이다. 구보가 "세상에 단단한 것은 없다"고 인식한 것은 작가 최인훈의 모더니즘적 문학 인식이 된다. 마르크스가 일찍이 언급한 "견고한 모든 것은 대기 속에 녹아 내린다"는 지적을 최인훈은 전쟁 체험을 통해 절감하고 있는 것이다.

LST의 체험은 '어질머리'라는 상징적인 병적 징후를 만들어 실존적 '멀미'의 고통에 시달리게 한다. 이것을 삶의 '발판없음'으로 표현하여 세계 상실감을 예각화한다. 안정된 세계에서 이탈하여 급기야는 소외된 시간 체험을 겪는 한 월남 피난민을 사무치게 하는 깨달음이 된다. 이는 인간 존재가 삶에 대한 선험적 총체성의 기억에서 사라졌음을 의미하는 것이다. 최인훈의 LST 체험은 '광인', '광기'와 관련된다. 합리주의와 이성주의가 지배적인 17세기 부르주아 사회에서 비생산적인 인물들은 사회질서를 교란시키는 위협적인 인물로 간주되고 감금당하였다. 그런 인물 중에 대표적인 집단이 광인이다. 최인훈의 LST 체험은 광인들을 배에 태워 멀리 항해시킨 '광인들의 배'와 유사

64) 최인훈, 『소설가 구보씨의 일일』, 문학과지성사, 1986, 24쪽.

한 이미지를 띤다. 전쟁 당시 LST를 타고 월남한 사람들에게 땅에서 분리된 움직이는 배 안에서의 비정상적인 생활은 광인의 체험과 유사하기 때문이다. 「낙타섬에서」에서 당시 그들의 심경을 이렇게 표현하고 있다.

> 침대에 돌아가서 잠깐 잠을 청한다. 나는 그 풋잠 속에서 LST를 타고 있었다. 움직이는 마을. 바다에 뜬 촌락. 흔들리는 땅. 동네가 바다 위에서 흔들리면서 어디론가 흘러간다는 경험은 좋지 않은 것이다. 나무가 자라고 농사를 짓는 땅이 움직인다는 것은. 이 지동설. 눈을 뜬다. 이마 위에 파이프와 동력선이 얽혀져 뻗어 있다. 전기와 증기와 기름이 그 속을 흐르고 있다. 혈관과 신경. 이 배의 내장이다. 나는 큰 고래의 내장 속에 누워 있는 기분이 들었다. 내장의 냄새. 세계의 내장. 우주라는 큰 고래. 삼라만상은 우주의 내장이다. 우주라는 고래 속에서 작은 고래를 만들어 몰고 가는 사람들. 고래 속의 고래. 새우만한 고래.(「낙타섬에서」, 207쪽)

전쟁의 공포, 낯선 땅에 대한 불안감이 육체적으로는 배멀미로 나타나고 정신적으로는 어질머리로 남아 있다. 심한 멀미와 정상인의 삶이라고 할 수 없는 아수라장의 LST 체험은 땅위에서 정착된 생활을 했던 사람들에게는 그것 자체가 '광인'의 체험인 것이다. 한반도에 닥친 불행, 광기의 세월이라고 할 수 있다. 그러므로 최인훈의 LST 체험이 작중 인물에게 투사되면 '광인'으로 설정되는 것이다. 최인훈에게 보이는 '어질머리'는 일종의 '셸 쇼크'라 할 수 있다. 1차 세계대전을 체험한 사르트르가 그 휴유증을 '구토'로 표현하고 그런 내면세계를 작품화한 것과 최인훈은 유사함을 보인다.[65] LST 체험은 고통스런 현실의 삶을 물고기 속에 갇혀 있는 인간으로 비유한 내용으로 변형되어 나타난다.[66] 원체험이 재구성된 『소설가 구보씨의 일일』을 살펴보자.

> ① 구보씨는 바닷물 속에 잠겨 있는 마을을 보고 있었다. 바닷속에는 한 마을이 잠겨 있었다. 아주 깊이 갈앉은 마을은 어항 속에 있는 고기처럼 잘 보였다. 집들이며 나무며 한길이 아주 잘 보였다. 어느 철인지는 몰라도 울타리 너머로 잎이 무성한 나뭇가지가 넘어온 것도 보였다. 그렇다면 여름철인지도 알 수 없었다. 구보씨는 바닷속으로 걸어들어 갔다. 아무리 들어가도 마을은 보이지 않는다. 구보씨는 바닷가로 나왔다. 거기서 보면 여전히 마을은 바닷속에 있었다. 그는 지쳐서 모래 위에 앉아 버렸다.(『소설가 구보씨의 일일』, 50쪽)

---

65) 1950년대는 우리 한국인의 삶 전체를 전쟁 충격증인 〈셸 쇼크Shell Shock〉의 대량적인 충격에 의한 신체적 · 정신적 손상에 휩쓸리게 한 시기이다. 심리적 징후인 이른바 〈Post-Traumatic Stress Disorder(PTSD: 전쟁 따위의 심한 스트레스를 경험한 후에 일어나는 정신질환〉에 사로잡히게 한 시대이기도 하다.(이재선, 『현대소설의 시학』, 학연사, 337-338쪽)

66) 리바이어던은 보통 바다의 괴물로, 은유적으로 말할 때는 그것은 곧바로 바다이다. 그러므로 리바이어던의 뱃속에 사는 사람으로서의 우리들도 역시, 비유적으로 수중(水中)에 있는 것으로 된다. (…중략…) 베오울프를 포함해서 많은 편력이야기의 주인공들은 수중(水中)에서 그들의 위업을 성취한다. (…중략…) 타락한 세계로서 간주되고 있는 리바이어던이 자신의 내부에 모든 생명의 모습을 가두어두고 있는 것처럼, 바다로서 간주되고 있는 그것은 생명을 주는 비를 가두어 두고 있는 것이다.(N. 프라이, 앞의 책, 267쪽)

> ② 구보씨는 사막을 가고 있었다. 가도가도 가없는 모래펄. 여기저기 가시 돋친 부지깽이 같은 것은 선인장인 것이었다. 저쪽 지평선 위에 마을이 보인다. 그러나 그것은 거꾸로 선 마을이었다. 집들은 엎어놓은 자라처럼 지붕을 밑으로 하고들 있었다. 나무들은 뿌리처럼 지붕 아래로 흘러내리고 있는데 그 사이로 오락가락하는 사람들도 파리처럼 하늘을 밟고 다닌다. 거꾸로 쏟았는데도 물 한 방울 새지 않는 강물이 반짝이면서 흐르고 있다. 구보씨는 그 마을로 찾아가는 길이었다. 남루한 행색으로 보아서 길 떠난 지가 오래된 모양이었다. 그런데도 구보씨는 마을에 닿지 못하고 있다는 것이다.(『소설가 구보씨의 일일』, 50-51쪽)

예문 ①에서 '바닷물 속에 잠긴 마을'은 LST 위에서 생활한 피난민들의 변형이라 볼 수 있다. 더 나아가 구보가 처한 사회적 환경이라고도 볼 수 있다. 구보는 아무리 걸어도 마을에 닿지를 못한다. 지척에 있으면서도 가볼 수 없는 실향민의 애환을 나타내기도 하지만, 근본적으로는 새로운 땅에서 정착하지 못한 뿌리뽑힌 자의 서러움을 드러내는 것이다. 예문 ②에서는 바닷속에 잠긴 마을이 사막 끝 지평선 위에 위치한 마을로 나타난다. 여전히 그곳까지 가자면 많은 시련을 겪어야 한다. 더구나 그 마을도 정상적인 모습이 아니라 '거꾸로 선 마을'이다. 이것은 구보가 처한 사회 현실이 모순을 안고 있는 환경이라는 것을 상징한다.

두 번째 원체험은 자아비판의 체험이다. 이것은 최인훈과 그의 소설 인물들에게 지적 욕망과 성취감을 좌절시킨 외상이 된다. 소년시절 독고준의 지적 욕망을 충족시켜 주었던 다양한 독서는 이 체험 이후 독서의 성격을 바뀌게 한다. 이 체험이 있기 전의 독서는 지적 욕망을 충족시키는 것으로서, 세계질서를 터득하는 것이었다. 그러나 이후에는 부조리와 모순으로 둘러싸인 현실에서 도피하는 방편으로 달라진다. 최인훈 소설의 남성 인물들은 세계의 구조를 체계화하려는 욕망을 지니고 있다. 이런 욕망은 지적 편력이 강할 때 나타나는 것인데 현실적으로는 이루기 어려운 일이며, 특히 모순된 현실에서 적극적인 행동을 하지 못할 때 책으로의 도피가 나타날 수 있다.

> "역사란 과거를 돌이켜보고 미래의 지침으로 삼는 과학입니다."
>
> 이것은 준의 대답이었다. 선생님은 대답마다 싱글싱글하면서 고개를 옆으로만 흔들고 있다가 모두 지쳐버리자 비로소 입을 열었다.
>
> "동무들은 모두 아주 귀여운 부르조아 역사가들이군요."
>
> 이 불길한 부르조아란 선언 때문에 학생들은 기가 질려버렸다.
>
> "역사란 옛날 일도 아니고, 또 옛날을 돌이켜서 앞을 보자는 것도 아닙니다. 그런 것은 다 부르조아 역사가들이 인민을 속이기 위해서 만들어낸 거짓말입니다. 역사란 계급 투쟁의 과정입니다. 피지배 계급과 지배 계급간의 피 흘린, 그리고 흘리고 있는 싸움의 과정, 이것이 역삽니다." (…중략…) 중학교 일학년 생도들을 놓고 한 것을 생각하면 좀 너무한 일이었다. (…중략…) 그러나 정말 너무한 것은 그날 저녁에 일어난 소년단 학급 총회였다. 학급 소년단 분단장은 느닷없이 준을 고발하는 것이었다.

> "……독고준 동무는, 평소에 비열성적이며 낙후한 사업 태도를 가지고 일해왔는데, 오늘 역사 시간에는 부르조아적인 말을 하여 역사의 참다운 정의를 알지 못하면서 과오를 범했습니다. 자아 비판을 요구합니다." (…중략…) 이날 준은 근 한 시간이나 고문을 당했다. 그리고 이런 일은 그 후 심심치 않게 계속됐다. 그는 점점 더 망명자가 되었다.(『회색인』, 24-25쪽)

소년시절의 독고준은 지적 편력으로 또래의 학생들보다는 일정한 수준을 넘어선 문학 소년이었다. 문학 선생으로부터 작문 실력을 인정받은 그에게 새로 부임한 지도원 선생의 혹독한 비판은 어린 독고준의 지적 정체성을 파괴시킨 충격적인 사건이 된다. 그렇기 때문에 환상세계에서 귀향한 그는 자아비판의 현장을 부각시킨다. 정작 고향에 돌아왔을 때 그의 환상여행을 추진시킨 내적 힘이었던 '방공호의 체험'은 언급되지 않는 이유도 여기 있다. 이것은 '그 여름날의 방공호 여성'은 그에게 자아비판의 현장으로 복귀시키는 하나의 '문' 역할을 하는 타자일 수밖에 없다는 뜻이다.

현실세계에서 독고준은 이유정의 방에서 아무 일도 하지 못하고 나왔다. 『회색인』의 마지막 장면과 연결시켜 볼 때 독고준이 이유정의 방으로 향했던 것은 그녀에게서 발산되는 성적 매력 때문이었다. 그러나 독고준이 이유정의 방에서 그냥 나온 행위의 의미는 그의 외상에 에로스의 문제보다는 자아비판 체험이 더 충격적이었을 보여주기 위함이다.

작가의 세 번째 원형적 체험은 '방공호의 성체험'이다. 이는 『회색인』, 『서유기』의 독고준에게 나타나는 방공호의 성체험으로 구체화된다. 이 사건은 주체에게 아니마상을 형성한 체험이다. 두 작품은 최인훈의 자전적 요소를 배경으로 하고 있다. 특히, 월남 전 이북에서의 상황이 그러하다.

> 준과 여자가 가까운 방공호에 다다랐을 때에는 와랑거리는 폭격기의 엔진 소리가 하늘을 덮었다. 방공호에는 이미 사람들이 있었다. 그들 뒤로 자꾸 밀려들었다. ㄱ자로 구부러진 호(壕) 속은 캄캄했다. 준과 그녀는 아직도 손을 잡고 있었다. (…중략…)
>
> 그때 부드러운 팔이 그의 몸을 강하게 안았다. 그의 뺨에 와 닿는 뜨거운 뺨을 느꼈다. 준은 놀라움과 흥분으로 숨이 막혔다. 살냄새. 멀어졌던 폭음이 다시 들려왔다. 준의 고막에 그 소리는 어렴풋했다. 뺨에 닿은 뜨거운 살. 그의 몸을 끌어안은 팔의 힘. 가슴과 어깨로 밀려드는 뭉클한 감촉이 그를 걷잡을 수 없이 헝클어지게 만들었다. (…중략…) 준은 금방 까무러칠 듯한 정신 속에서 점점 심해가는 폭음과 그럴수록 그의 몸을 덮어누르는 따뜻한 살의 압력 속에서 허덕였다. 폭음. 더운 공기. 더운 뺨. 더운 살. 폭음.(『회색인』, 49-50쪽)

소년시절 독고준은 소집일날 가족들이 위험하다고 만류하는 것도 뿌리치고 몰래 학교에 갔다. 그러나 소집일에도 불구하고 학교는 텅 비어 있다. 독고준이 위험을 무릅쓰고 학교에 간 것은 학생의 의무를 다함으로써 지도원 선생으로부터 인정받고 싶은 마음이 무의식에 깔려 있었던 것이다. 그는 텅 빈 교실을 보면서 묘한 느낌을 갖게 된다. 「가면고」의 독고민이 설아와 헤어진 후 느꼈던 '상징적 공포'와 유사한 감정이다. 결정적인 순간에 일이 어긋나는 불안함을 느낀 것이다. 이날 독고준은 돌아오는 길에 폭격기 소리를 듣는다. 이때 누님 또래의 여인 때문에 안전하게 방공호로 피신할 수 있었다.

'자아비판' 체험이 재현되기 전까지 독고준의 '방공호의 여인'은 환상여행을 진행시키는 추동력이었다. 이 사건 이후부터 이 여인은 그의 아니마가 되어 다른 여성의 사랑을 쉽게 받아들이지 못하는 태도를 만들었다. 방공호의 체험은 앞서 본 LST 체험, 자아비판 체험과는 성격이 다르다. 두 체험이 독고준에게 상처를 안겨 준 외상이라면 이 체험은 정신적 외상이 아니다. 오히려 주체에게 과거의 '황금시대'에 해당하는 시공간으로서 작용하고 있다.

다소 길지만 인물 형성에 큰 영향을 미친 작가와 소설 주체의 원체험에 대해 살펴보았다. 이것은 앞으로 다룰 3가지 주체 양상을 이해하는 데 전제할 내용이기 때문에 긴 지면을 활용했다. 이제 이 3가지 원체험이 다양한 환상적 서사에 어떤 밑그림으로 주체 형성에 영향을 끼치고 있는지 살펴보자. 먼저, 밝힌다면 이 3가지 원체험은 '방황'의 주체에서는 미미하게 나타나는 대신, '저항'의 주체와 '극복'의 주체에서는 강하게 나타나고 있다.

「GREY구락부 전말기」의 현은 그레이 구락부 회원들과 함께 '창'을 통해 세상을 바라보기만 하는 주체다. 현은 '책에 음(淫)한 무렵'을 "잠잘 때 말고는 활자를 눈알에 비치고 있지 않으면 금방 무슨 재앙이 다가오기나 할 것"(11쪽) 같기에 책을 읽었노라 고백한다.

> 그의 눈은 말하자면 뚫어보는 힘이 붙어서 맹랑한 일이 일어났다. 모든 일이 유리 그릇이 되었다. 역사 · 철학 · 문학, 그런

> 것들이 그 알몸뚱이를 보고 나니 더는 끄는 힘이 없어졌다. 누리가 실로 만든 실공이기나 하듯, 처음과 끝이 돌고돌아 비끄러매진 마지막 매듭까지 보아버렸노라고 현은 생각했다.(「GREY구락부 전말기」, 12쪽)

현은 시선만을 가지고, 즉 책을 통한 간접 경험만을 쌓은 후에 세계에 대해 모든 것을 알았고 이제 '누리'에 대한 관심은 없어졌다고 고백한다. 이것은 지적 편력을 가진 인물들이 흔히 범하기 쉬운 자만이다. 여기에는 지식을 현실로 환원시키는 실천하는 지식인의 모습은 결여되어 있다.

그레이 구락부가 결성되던 날 M은 발당 선언을 한다. '우리는 움직임을 저주'하고, '우리는 움직임을 마다한다'고 밝히면서 노골적으로 현실과의 절교를 선언한다. 젊은이들이 지니고 있을 법한 '행동성'을 아예 갖지 않겠노라 선언한 것이다. 발당 선언문은 젊은 지식인의 냉소적인 태도를 담고 있다. 구락부 회원들은 은거인처럼 생활하고자 하는 모습만 보여줄 뿐이다. 현과 회원들 모두 마찬가지다. 회원들 이름을 M, K, C라 한 것은 이들이 현의 분신들이기 때문에 구체적인 명명이 필요하지 않았던 것이다.

그레이 구락부의 회원들은 1959년대를 살고 있는 젊은이들이다. 그들은 행동보다는 잿빛의 저녁놀 속에서 슬기의 새 '미네르바'의 부엉이가 눈 뜨는 것을 기다리는 사색적인 주체로 남기를 원한다. 좌절한 지식인들이 그러하듯, 전쟁과 이승만 정권의 독재를 견디어 오는 동안 이들은 현실에 대한 전망을 상실하였다. 현과 회원들은 무엇을 위해 자신들의 젊음을 바쳐야 할지 그 대상과 목적의식을 상실한 인물이 되었다. 가치 부재에 놓인 인물이 된 것이다. 결핍된 행동에서 남는 것은 내면세계로 침잠하여 현실적 고립 상태를 자초하며 세상을 한껏 조롱하는 시선, '바라보기'를 즐길 뿐이다.

「GREY 구락부 전말기」의 문학적 모티프는 이후에 발표한 다른 작품들에 원형질처럼 이어진다. 이 작품이 환상적 요소를 띠는 원인은 바로 현의 몽상적 기질이 크게 작용하기 때문이다. 이 점 때문에 본고의 연구 대상으로 선정되었다. 주인공 현의 몽상적 기질은 「광장」의 이명준에게 그대로 이어지고 있다. 또한 그레이 구락부가 경찰의 조사에 의해 해체되는 과정은 「광장」의 이명준이 형사로부터 모멸감을 겪은 조사를 받은 이후, 자신의 밀실이 붕괴되었다고 느끼는 것과 동일하다. 현에게 구락부는 그의 내면세계로 침잠하는 밀실의 공간이다. 그리고 최인훈 소설의 특성이라 할 수 있는 여성 인물들의 타자성이 이 작품에서부터 생생하게 나타나고 있다. 현과 회원들은 '키티' 의 여성성이 처음부터 부담스러웠다. 이를 부인하려는 억지스런 행동이 결국 키티를 분노케 한다. 현과 키티의 관계는 「광장」에서 이명준이 윤애나 은혜에게 보여준 태도, 『회색인』에서 독고준이 김순임과 이유정에게 보여준 태도와 동일하다. 주체의 완전함은 타자의 인정에서 오는 것인데 그들은 여성의 인격을 무시하면서도 그들에게 매달리는 모순된 모습을 지닌다. 최인훈이 혁명에 대조적인 실천 강령으로 제시한 '시간과 사랑' 은 여러 작품에서 강조되어 나온다. 그러나 정작 사랑의 대상인 여성에게 매우 양가적인 성격을 갖고 있다. 이런 양가성은 주체에게 여성을 항상 숭고의 대상으로 인식하도록 하면서도 한편으로는 주체와 동등하지 않은 타자의 위치로 남겨 두기 때문에 발생한다.

현의 방황이 현실과 유리된 채 지적 욕망과 자의식 과잉의 결과에서 비롯하는 것이라면, 「금오신화」의 A가 보여주는 방황은 역사 의식의 부재에서 비롯한다. 그는 미로의 공간으로 재현된 임진강을 무사히 도강하면 자유의 공간에 도착할 수 있다. 임진강을 두고 나누어진 북쪽 언덕과 남쪽 언덕은 간첩 신분의 A에게는 미아가 될 소지가 다분한 미로의 공간이다. A는 6 · 25전쟁 당시 우연히 인민군이 된 인물이다. 그는 전쟁 이후 흥남비료 공장에서 노동자의 삶, 그리고 공산당에 선택되어 간첩 교육을 받고 남파하는 현재까지 한 번도 자신의 의지와 선택으로 삶을 이룬 적이 없는 인물이다. 최인훈이 말한 '풍문인' 에 해당하는 인물이라 할 수 있다. A는 간첩교육을 받는 동안 자서전을 쓰면서 자신의 삶이 너무나 평범했던 것에 대해 수치심을 느낀다. 이것은 공산당 간부의 입장에서 본다면 김일성의 업적에 대해 제대로 모르고, 위대한 공산주의 사상에 무심한 몰역사적인 반동 부르주아가 되는 것이기도 하다. 그에게는 인생이 '우연성'으로 점철되었다. '우연히' 의용군이 되었고, '우연히' 간첩이 되어 남하하게 되고, '우연히' 임진강 근처의 강도들에게 살해당하는 것이다. 철저히 비생활인의 모습만 있을 뿐이다.

A의 치명상은 뒤통수의 으깨어진 자리였다. 그런데 이상한 일이 일어났다. 그 으깨어진 상처가 흐물흐물 움직이더니, 그 속에서 손이 하나 쓱 나온다. 이어서 팔뚝, 다음에 머리, 가슴. 이윽고 한 사람이 그 속에서 빠져 나왔다. 시체는 이 돌연한 짐 때문에 기우뚱했다. 시체 속에서 빠져나온 인물은, 조심스럽게 시체 등에 무릎을 세운 자세로 자리를 잡고 앉았다. 그것은 A의

넋이었다.

넋은 상한 데 없이 말짱했다. 그는 도무지 무엇이 어떻게 되었는지, 알 수 없었다. 확실한 것은 자기가 죽었다는 사실만이었다. 불쌍한 A. 그는 중얼거렸다. 더욱 애처로운 것은, 시체는 옷이 벗겨져 있는 일이었다. 차디찬 물 속에서 시체는 벌써 얼음장이었다. A는 자기의 시체를 내려다보면서 그 흉한 모습이 점점 미워졌다. 그리고 노여움이 차츰 고개를 들었다.(「금오신화」, 216쪽)

A는 임진강을 도강하는 자들을 노리고 강도행각을 벌이는 정체불명의 사람들에게 죽임을 당한다. 그는 자신의 영육이 분리되는 체험을 하면서 뒤늦게 역사의식을 갖게 된다. 둘로 나누어진 자신(Doppelganger)을 보는 것은 독일 민담이나 영혼관에서 죽음 아니면 영혼의 출현을 의미한다.[67] A의 영혼이 이탈하는 환상적인 장면은 그의 아이러닉한 인생 행로를 보여주면서, 비극성을 강화시킨다. 결국 죽음이라는, 자신의 절대적 존재의 상실 앞에서 역사적 상황의 실체를 파악하는 비극적 인물이 되는 것이다. 역사적 현실에 대한 '노여움'을 비로소 갖게 되었지만 너무 늦은 깨달음이다. 헤겔은 비극이 아름다운 것은 피를 흘리면서 자기와 싸운다는 데 있지 않고, 개인의 불행이 자기 힘으로는 어쩔 수 없는 운명의 힘에 이끌리고 있다는 사실을 겸허하게 받아들여 그것과 화해한다는 데 있다고 보았다.[68] A 또한 개인

67) 김정하, 「환상구조의 형성과 자아의식의 전개」, 『언어의 미로』, 예림기획, 1999, 110쪽.

68) 유헌식, 「기억과 행위의 변증법」, 『문학과 철학의 만남』, 민음사, 2000, 413쪽.

의 의지가 아닌 운명의 힘에 의해 삶이 결정되는 인물로서 비극의 색채를 띠고 있다.

A가 정치적 이데올로기가 팽배한 시공간에서 이를 무시한 채 지내다 분열된 주체라면 「옹고집뎐」의 주인공 옹고집은 산업화된 도시의 '풍문인'이다. 실직 상태에 있는 한 가정의 가장 옹고집의 삶은 지극히 평범하여 용렬하다고까지 할 수 있다. 경쟁논리가 지배하는 자본주의 사회에서 편법을 모르는 옹고집의 태도는 부의 계층을 상징하는 장인과 불편한 관계를 유지하며 이로 인해 아내로부터 무능한 남편이라는 평가를 받는다. 도덕적인 옹고집의 삶의 태도가 바람직함에도 불구하고 전쟁 이후 환도한 서울은 옹고집 같은 인물은 외면하고, 약삭빠르게 행동하는 사람들의 중심이 되었다. 장인이 서울 중심에서 부유해질수록 옹고집은 서울 변두리로 옮기는 주변부 인생으로 전락한다.

실직자 옹고집에게 최악의 사태는 직장을 구하다 집에 도착했을 때 벌어진다. 문틈으로 보이는 그의 가정에는 자신이 벌써 귀가하여 가족들과 단란한 시간을 즐기고 있다. 옹고집은 벌어진 문틈으로 이런 장면을 보며 경악한다. 이중인의 등장은 자아분열의 상징적인 모습이다. 민담 중에서 「옹고집 이야기」나 「쥐 둔갑 이야기」 등에 나타나는 '이중인'에 대해 이부영은 "무의식에 있는 그림자가 의식 표현에 나타난 의식적 갈등의 계기"라 보고, 현실에서의 사회적 관계 상실, 인격의 해이를 그 이유로 꼽았다.[69] 최인훈의 '옹고집'도 여기에 부합하는 인물이다.

---

69) 이부영, 『한국민담의 심층분석』, 집문당, 1995, 81쪽.

옹고집은 '또 다른 나'의 등장으로 자신의 가정을 잃을지도 모르는 절박한 상황에 놓인다. 그럼에도 불구하고 별다른 방책을 찾지 못하는 무능함을 보여준다. 고소설에서는 진짜와 가짜 옹고집이 자신의 정체성을 확보하기 위해 충돌하는데 이 작품에서는 그러한 갈등이 아예 나타나지 않는다. 오히려 '또 다른 옹고집'은 친절하게도 옹고집에게 현대적 삶의 방식을 충고한다.

> 그때 문이 비꺽 열리더니 안에서 사람이 나오는데 자기가 아닌가. 자기는 곧장 자기한테로 오더니 옹고집은 자기의 곁에 와 서는 것이었다. 「어쩌자구 이러고 있소?」「실례합니다.」「실례구 잣이고. 여보 임자. 불만이 있소?」「아니올시다.」「그럼 뭐요?」「네 지나는 길이라—」「지나는 길?」「아니 저 늘 살던 집이라—」(…중략…)「허, 또 답답한 소리를 하는군. 왜 그리 옹고집이요. 옹고집이? 옹고집만 버려요, 옹고집을.」「네」(…중략…)「그게 못쓴단 말이요. 아 그 옹고집을 버리라니깐.」(…중략…)「옹고집을 버리라, 나를 버려라, 이런 말씀이지요?」「그렇대두요. 아 이 딱한 양반아. 그래 임자가 꼭 옹고집이어야 할 게 뭐란 말이요. 그 옹고집만 싹 버리고 나면 만사는 끝나는 일이 아니겠소. 그래 당신이 부득부득 옹고집일 필요가 어디 있단 말이요?」「알겠습니다. 선생.」 옹고집은 자기의 손을 덥석 잡았다. 「자 가 보슈. 뒤도 돌아보지 말고 가 보슈. 여기서 보고 있을 테니.」 옹고집은 이렇게 말하고는 원래가 고집스럽지도 아무렇지도 않은 사람이라 선선하게 골목을 걸어 나왔다.(「옹고집뎐」, 195-196쪽)

최인훈의 「옹고집뎐」에는 현대 사회에서 개체의 유일성을 상실하고 있는 모습이 나타난다. 페르소나에 대한 그림자로 '또 다른 옹고집'이 등장하고 있다. 옹고집에게 옹고집을 버리고 살라는 것은 그의 '정체성'을 버리라는 뜻이다. 자아분열, 자아이탈의 과정은 옹고집의 무의식이 전면으로 부상한 것이다. 현재 옹고집은 이부영의 지적대로 사회적 관계를 상실한 인물이다. 장인에게는 사위대접을 제대로 받지 못하고, 실직을 한 상태이므로 그는 직장에서도 그 위치를 잃어버린 인물이다. 이미 실업자가 된 옹고집은 사회에서 정체성 위협을 받고 있는 상황인데 설상가상으로 벌어진 가정에서의 '또 다른 자아'의 등장은 그의 정체성을 완전히 해체시키는 절정이다. 이러한 사태는 그의 무의식에 잠재한 무능력한 도시인의 불안심리가 전면화되었기에 발생한 것이다. 즉 산업화의 도시에서 특별난 기술도, 배움도, 자본도 없는 소시민의 생활에 대한 불안심리가 '이중인'의 등장을 야기한 것으로 볼 수 있다. 경제적인 이야기를 바탕으로 한 이 작품은 최인훈의 작품에서는 드문 예에 속한다.

이상에서 본 바와 같이 방황하는 주체인 '풍문인'은 생활의 근거가 약하거나, 삶의 의미를 상실한 인물들로서 무의지적 삶의 자세를 보여준다. 이것은 그들의 고뇌이면서 한계이다. 지적 욕망과 그 실현된 욕망을 사회에 환원하고자 할 때 일치하지 않는 상황에서 그동안 축적했던 지적 체계가 허무해짐을 느끼면서 생활인으로서는 거세되는 것이다. 또는 그 반대의 경우로 역사의식, 시대의식에 무지한 상태에서 우연적 삶을 반복할 때도 생활인의 모습은 거세된다. 그리고 적자생존의 논리에 적응하지 못하는 소시민의 도태되는 삶에서도 그 삶의 주인이 되지 못하는 풍문인들의 고뇌를 볼 수 있다.

### 2) 상실과 권태

앞서 살펴본 '풍문인'들이 사회상에서 빚어진 이데올로기에 적극적인 행동을 보이지 않고, 방황하는 인물이었다면 이번에 살펴볼 인물들은 정신적 상실감과 권태로움 때문에 방황하는 인물들이다. 권태는 20세기 현대 문학에서 지배적인 테마의 하나로서 그 중요성을 지니고 있다. 권태는 현대의 많은 작가들의 작품 속에 강박관념처럼 끼여들어 있는 것이다. 그리고 또 이 권태의 상태는 시간과 공간의 관념과 아주 밀접하게 연관되어 있다.[70] 1930~40년대의 이상 · 박태원 · 최명익 · 유항림 등의 모더니스트 소설에서 권태나 지겨움의 징후 및 상태가 나타나고 있는 것도 우연이 아닌 세계사적 흐름과 관계 있다.[71]

윤리적 이데올로기가 빚어놓은 부조리 상황에서 자살을 하는 「만가」의 여주인공과 정신병원에 감금당한 「수」의 남자 주인공은 상실감과 권태로움에 시달리는 방황의 주체들이다. 두 작품은 모두 서정적인 시적 표현과 고도의 상징수법으로 이루어지고 있다. 상대적으로 서사성은 약하다. 대신 작중 인물의 내면세계의 흐름에 치중한다.

「만가」의 여주인공은 유부녀로서 다른 남자를 사랑하고 있다. 윤리적 이데올로기에 위배되는 이런 생활은 그녀 스스로가 만든 부조리 상황이지만 그녀를 고통스럽게 한다. 불륜의 관계에서 사랑의 아픔을

---

70) 이재선, 『현대소설의 서사시학』, 학연사, 2002, 71쪽.

71) 문학에 나타난 권태에 대해서 보다 넓고 깊게 정리한 것은 라인하르트 쿤의 경우이다. 그는 권태의 네 유형으로서 무위desoeuvrement, 심신 권태, 단조로움, 아노미 등을 제시하면서 권태의 주요 특성을 4가지로 열거하고 있다. 첫째, 권태는 정신과 신체 양자에 영향을 미치는 상태이다. 둘째, 권태의 상태는 완전히 어떤 외적인 상황과는 독립적이다. 셋째, 권태는 외적 상황과 관계없는 상태일 뿐만 아니라 우리의 의지와도 독립적이다. 넷째, 권태의 상황은 보통 소원estrangement의 현상으로 규정된다.(이재선, 앞의 책, 74-75쪽)

겪는 '그녀'는 부도덕한 생활과 그로 인한 죄의식 때문에 방황하는 것이다. 결국 정부(情夫)의 배신은 자살 행위로 치닫게 한다. 자살하기까지 그녀가 겪는 극도의 정신적 혼란과 죄의식은 환상적 분위기에 의해 생생하게 묘사되고 있다.

「만가」의 주인공은 정부와 지냈던 밀월 장소인 호수 근처의 산장에 찾아와서 오지 않는 정부를 기다린다. 그 시간 동안 죄의식을 조장하는 환상성은 주인공의 심리를 불안과 공포감으로 이끄는 데 효과적인 분위기를 조성한다.

> 그녀는 돌아서서 들꽃 속으로 걸어들어간다. 네 잎사귀의 클로버. 경망스런. 정말 경망스런 사랑의 장난. 한 푼짜리 사랑의 장난. …… 손이 퍼렇게 되게 클로버를 따고. 그는 말짱한 손을 뒷짐지고 웃는다. 보고만 있다. 나는 그의 머리며 가슴 호주머니 단춧구멍에 꽂아주고. 저요? 제 행운은 당신이 맡아가지고 계시잖아요. 싫어. 생각하기 싫어. 생각하기 싫어. 생각하기. 깨끗한 손으로 물러설 궁리를 하고 있는 사람이 내 눈에는 보이지 않았지. 내 눈에는. 장님이 된 내 눈에는. (…중략…) 그녀는 클로버를 밟고 걸어간다. 끝이다. 내려가는 길이 보인다.(「만가」, 300쪽)

산장으로 향하는 버스가 산꼭대기에서 잠시 쉬는 동안 그녀는 과거 회상을 통해 현실과 과거의 경계를 없애고 있다. 클로버가 피어 있는 들판은 한때 정부와 지냈던 밀월 장소이다. 과거에 이 들판에서 이루어졌던 사랑의 행동들이 현재는 들판을 보며 남자의 배신 행위 때문에 미움을 증폭시키는 역할을 한다. 미움에는 자신의 어리석은 행위도 포함된다. 현재 환각 상태에 있는 주인공은 '사랑'의 허구성과 그로 인한 좌절감, 불안감으로 생의 극점을 치닫는다.

이 작품의 주인공이 방황하는 이유는 금기시된 사랑을 했고, 그렇게 힘든 사랑을 상실했기 때문이다. 라인하르트 쿤은 "권태란 삶 그리고 세계에 대한 관심을 빼앗겼을 때 정신이 느끼게 되는 공허 상태이며 허무와의 만남의 직접적인 결과인 상황이며 현실과 이반된 직접적인 효과 같은 감을 갖는 상황"이라고 하였다. 여주인공은 지금 정신적 공황에 놓여 있다. 환각에 시달리는 그녀의 행위나 자살은 라인하르트 쿤의 지적처럼 '소원'(estrangement) 현상의 한 모습을 보여주는 것이다.

권태는 '관심이나 의욕의 결여'니 '영혼의 굶주림이거나 무력한 결핍'이니 또는 '정신적 활동을 위한 필요와 적당한 자극 간의 긴장에서 일어나는 고통스런 감정', '영혼의 문둥병' 등으로 뜻과 개념이 다양하게 논의되고 있다.[72] 권태의 기능 가운데서 중요한 것은 권태가 자기파괴 등 여러 가지 부정적인 양상에도 불구하고 창조행위를 설명하는 데 있어서 도움이 되고 결과적으로 예술 작품을 통해서 인간 행동과 그 표현에 대한 새롭고 보다 깊은 해석을 위한 비평적 도구가 된다는 지적이다.[73]

유부녀와 유부남의 사랑은 관습적으로 허용되지 않는 사랑이다. 그러므로 자신과 애인을 아름다운 한쌍의 연인으로 대하는 산장의 늙은 부부에게 그녀는 죄책감을 갖게 되며, 애인의 아내로부터는 위협을

72) 이재선, 앞의 책, 74쪽.
73) 이재선, 앞의 책, 76쪽 재인용.

받는 환영에 시달린다. 이 작품은 특히 환각을 이용하여 배신한 애인을 기다리는 주인공의 불안한 심리를 섬세하게 드러내고 있다.

> 모두 산나물뿐인데 늙은이가 호수에서 잡았다는 붕어도 올라 있다. 그녀는 속이 올라왔다. 문득 보인다. 어두운 호수의 밑바닥에 누워 있는 자기의 입으로 드나들고 있는 고기떼들이.(「만가」, 302쪽)

밥상 위의 생선은 환시를 불러일으킨다. 자신의 죽음을 예감하는 장면이 영화 스크린처럼 스치는 것이다. 환시와 환청으로 나타나는 환각 상태는 주인공의 시선을 과거와 현재로 자유롭게 넘나들게 한다.

> ① 온 누리에 은빛이 넘쳐흘러서 서먹할 만큼한 크낙한 행복. 그들은 다시 노를 저어 그녀의 시야 밖으로 사라진다. 끝에서 끝이 보이는 호순데 그들은 아무데도 보이지 않는다. 어느 기슭에도 닿지 않았는데 그들은 보이지 않는다. 갈대숲에서 그들의 배가 쑥 나온다. 부인이다. 그의 부인이다. 아아. 나쁜 나쁜 사람. 그녀는 한 발 물가로 다가선다. 사라졌다. 그들이 타고 있던 배는 어느 기슭에도 없는데. 갈대숲은 아무것도 감춘 것이 없는데. (…중략…) 달빛이 번쩍이는 호수에 그들이 탄 배가 미끄러져간다. 두 사람이 탔는데 세 사람이다. 얼굴이 셋인데 몸은 둘이고 한 몸뚱이에 얼굴은 하나씩이다. 갈대가 배를 때린다.(「만가」, 305쪽)
>
> ② 갈대 사이로 배가 지나간다. 밑바닥에 문둥이가 누워 있고

> 여자가 곁에 앉아서 남자의 허물어진 이마를 짚고 있다. 문둥이 얼굴에서는 여기저기 은빛의 고름이 배어나온다. 여자는 거기다 입맞추고 핥아 먹는다. 여자가 문둥이가 된다. 달처럼 환한 남자가 누워 있고, 얼굴이 허물어진 여자가 곁에 앉아 있다. 여자는 세 손가락만 남은 손으로 근심스럽게 남자의 이마를 짚는다. …… 그녀는 은빛나는 손가락으로 남자의 허물어진 얼굴에 흐르는 고름을 찍어 보인다.…… 당신도 아내가 있으면서 하고 여자가 웃는다. 그것이 정말인데. 내 남편은 저기 있어요. 여자는 은빛의 손가락을 물 속에 잠그면서 가리킨다. 호수의 밑바닥에 달 같은 남자가 누워 있다. 손짓한다. 저이가 불러요. 가야 해요. 그녀는 그 물 속으로 내려간다. 남자와 여자가 탄 배는 어디론지 가버렸다. 어느 언덕에도 닿지 않고 그들의 배는 먼 항구로 가버렸다. 그녀는 그들이 웃으며 가는 것을 본다.(「만가」, 307쪽)

이 작품에서 '빛'과 '호수'의 이미지는 중요한 작용을 한다. 이 작품 전체를 지배하는 슬픔, 우울, 허무감은 달빛이 더욱 조장하고 있다. 그녀가 보는 '빛'은 추억이 깃든 달빛이다. 그러나 달빛의 속성은 차가움, 즉 죽음이다. 예문에서 '은빛'은 달빛이 비치는 밤의 색깔로서 차가운 이미지를 확산시킨다. 이것은 오지 않는 정부에게서 발산되는 배신의 이미지, 사랑의 종말 등을 암시한다. 달은 매우 넓고 복잡한 상징적 의미를 거느린다. 달에 조응하는 금속은 은이면서 그것은 밤을 암시하는 창백한 빛과 관련된다. 달이 밤을 암시한다는 점에서 그것은 모성적이고 발전적이며 양가적인 존재를 상징한다. 여기서 달이 양가적인 특성을 보여주는 것은 그것이 보호성과 위험성을 동시에 내포하기 때문이다. 또한 달이 창백한 빛과 관련된다는 것은 달이 사물의 전부가 아니라 사물의 절반을 드러내기 때문이다.[74)]

달빛이 비치는 호수는 주인공의 모습을 비춰줄 뿐만 아니라 '허깨비'들의 환상을 비춰주기도 한다. 문둥이의 모습으로 변신한 자신과 애인은 순수한 사랑의 영원함을 약속하는 주체들이 아니기에 거울에 비쳤을 때 가장 혐오스러운 문둥이의 환시로 나타나게 된다. 여성은 모성적 태도로 '문둥이' 애인의 고름을 핥아 먹는 환각 상태로 드러난다.

여주인공은 호수 속을 끊임없이 쳐다보지만 그곳에는 나르시스적 아름다움은 이미 사라진 문둥이의 모습만 나타난다. 현실과 과거의 교차가 환시를 통해 나타나면서 지극히 불안한 심리 상태에 있는 주인공의 내면을 반영하고 있다. 주인공이 찾아온 산장의 호수는 고여 있는 물로서 늪처럼 썩어들어가는 물이다. 그래서 주인공의 환시에 나타나는 허깨비들, 예를 들면 사랑하는 남자와 그의 아내, 자신이 한 배에 타고 있으되, 문둥병 환자로 나타나는 것이다.

호수는 죽음의 공간이다. 그러므로 호수는 이들을 치유해줄 수 있는 공간이 아니라 무덤과 같은 공간이 된다. 호수는 애인을 찾을 수 없는 미로의 공간이다. 물의 상징이 심연의 상징과 밀접히 관련된다는 사실은 호수의 상징적 의미에 결정적인 역할을 한다. 이때 호수의 물은 생명과 죽음, 고체와 기체, 유형과 무형 사이의 전환을 상징하기 때문이다. 동시에 호수, 혹은 호수의 표면은 거울의 의미를 내포하는 바, 이때 호수는 자기성찰, 의식, 계시의 이미지가 된다.[75)] 그녀의 부

---

74) 이승훈 편저, 『문학상징사전』, 고려원, 1995, 113쪽.

75) 이승훈, 앞의 책, 521쪽.

도덕한 행위를 반성하는 계기가 호수 위에 비친 여러 환시들을 통해서 이루어진다.

환상성은 주인공에게 죄책감과 공포감을 불러일으킨다. 이룰 수 없는 사랑과, 해서는 안될 사랑으로 인해 괴로움을 겪어야 하는 주인공은 방황하는 주체이다. 정부 앞에서 당당한 애인이 될 수 없는 유부녀이고, 애인은 유부남이기 때문이다. 또한 애인에게 배신당한 상실감은 그녀에게 삶의 모든 의지를 제거하였다. 최인훈 작품에는 기독교인의 설정이 자주 눈에 띈다. 이 작품에서도 기독교적 배경, 또는 대립이 주어진다. 산장 주인 부부의 찬송가와 기도는 '그녀'에게 결코 위안이 되지 못한다. 최인훈에게 구원의 종교는 불교이기에 기독교는 인간 행복에 큰 영향을 끼치지 않는 것으로 처리되고 있다.

최인훈의 작중 인물이 남성일 때는 지적 편력에 경도된 나르시스였는데 여성 주인공에 대해서는 사랑에 대한 경도를 보여주는 나르시스로 설정되었다. 나르시시즘 신화가 자신의 미 때문에 호수에 투신했다면, '그녀'는 자신의 사랑이 추악한 모습으로 나타난 환멸감 때문에 호수에 투신한다.

윤리적 이데올로기의 상황이 부조리를 만들어낸 작품은 「수(囚)」에서도 나타난다. 「수」는 상실감과 권태로움에 시달리는 '방황'하는 주체의 모습을 묘사하고 있다. 이 작품은 1930년대 이상의 「날개」와 동궤에 있다고 볼 수 있다. 「날개」의 주인공이 보여준 내면의식 탐구가 이 작품에도 계승되기 때문이다. 「날개」에서 '나'가 장지로 나누어진 방에서 음습한 골방에 감금당하다시피 하는 생활을 하고 있다면, 「수」에는 아내에 의해 정신병원에 감금당한 남편 '나'의 이야기가 중심이다.

'나'는 변심한 아내 때문에 정신병원에 감금당하였다. 그러나 아내에 대한 원망이나 병원에서 탈출을 시도하는 모습은 보이지 않는다. 철저히 유폐된 생활을 하면서 바깥 세계와는 유일하게 '창'으로 소통하고 있다. 그 창을 통하여 7월 한낮의 화려한 '빛'을 즐긴다. '나'는 '창 타입의 인간형'으로서 정상적인 삶의 방식에 두려움을 보인다.

삶의 권태에 빠진 인물들이 보여주는 공통된 양식은 잠이나 유아적 놀이에 몰입한다는 점이다. 과잉의 수면과 유아적 놀이가 권태로움에서 벗어나게 하고, 시간과 공간에 갇히는 것을 해소시켜준다. 「날개」의 '나'도 '잠'으로 소일하거나 유아적인 상태의 놀이를 즐긴다. 잠은 습관적인 게으름의 표상인 동시에 매일매일의 권태로운 삶 지우기, 즉 관여와 관심의 배제 및 권태 소멸의 의미를 지니기도 하기 때문이다.[76] 또한 일종의 유희 의식을 가지고 행하던 사고 활동들 예컨대, '연구', '발명', '논문쓰기', '시쓰기' 등의 언어 유희도 권태에 빠진 지식인 인물들이 시간을 보내는 전형적인 방법이다.

> ① 문득 무서워진다. 낮이 무섭다. 따뜻한 햇빛 속에서 포플러가 얼어붙는다. 나무 그림자가 얼음판이 된다. 창틀도 언다. 플라타너스 줄기가 언다. 공기도 언다. 햇빛도 언다. 낮은 얼어붙는다. 비쳐보인다. 모든 것이 빤하다. 낮은 유리가 되어 사방으로 나를 가둔다. 유리처럼 비치는 무서움. 나는 유리 속에 든 물고기. 움직이지 못한다.(「수」, 101쪽)

76) 이재선, 앞의 책, 84쪽.

내게는 또 장난감이 있다. 프리즘이다. 나는 그놈을 손에 들고 다시 창가로 온다. 한 눈을 감는다. 남은 눈에다 댄다. 히야. 신난다. 파랑 · 빨강 · 보랏빛. 막 눈부시다. 프리즘을 보는 것만 해도 인생은 살 보람이 있다. 이래서 나는 아내가 좋다. 아내가 사다주었기 때문이다.(「수」, 102쪽)

② 나는 노끈을 찾아 든다. 오뚝이를 열십자에 한번 더 감쳐 쌀미(米)자로 묶어가지고 침대머리에 달아맨다. 그네 당기듯 쓱 당겼다 놓는다. 점점 폭이 좁아지면서 끝내 멎는다. 또 한다. 소리도 지르지 않는다. 오뚝이 녀석이 웃는다. 나는 발칵 화가 치민다. 그제야 내 실책을 깨닫는다. 이렇게 해서는 오뚝이가 괴롭지 않다는 것을. 도로 푼다. 역시 넘어뜨리기 고문이 제일이다. 이놈은 미치지도 못한다. 전생에 단단히 죄를 지었음이 분명하다.(「수」, 103쪽)

③ 방에서 못 나가도 일없다. 나는 마술사다. 눈만 감으면 어디든 못 가는 데가 없다. 눈을 감는다. 나는 걸어간다. 밤이다. 시각이 퍽 늦었다. 길가에 사람이 빙 둘러섰다. 무슨 구경인가 나도 한몫 낀다. 어깨 너머로 건너다본다. 여자다. 발가벗은 여자다. 아무것도 안 입었다. 즉 나체화에 나오는 대로 알몸이다. 두 다리를 쭉 펴고 똑바로 드러누웠다. 전봇대 밑이다. 가로등이 바로 위에 있다. 살결이 곱다. 윤이 난다. 반들반들하다. 움직이지 않는다. 나는 조바심이 난다. (…중략…) 또 눈을 감는다. 이번에는 폐허다. 벽돌. 부러진 전봇대. 깨진 기왓장. 그 속

> 에 재미있는 물건이 있다. 나는 들여다본다. 사람이 타 죽은 시체다. 꼭 통나무 같다. 빳빳한 숯토막이다. 마네킹 같다. (…중략…) 여자인 것 틀림없다. 발을 보고 알았다. 발뒤꿈치에 뾰족한 뿔이 달렸다. 하이힐임이 분명하다 .(…중략…) 다만 그 모양이 몹시 재미있다. 발바닥에 뿔이 돋친 모습은 그야말로 기상천외다. 나는 눈을 가진 걸 감사한다. **내게 눈을 만들어준 하나님 만세를 부르고 싶어진다. 세상에 태어나서 참 좋았다고 생각한다. 이런 구경을 못 하면 얼마나 분하랴 (…중략…) 나중에 손자들에게 옛날 얘기를 해주려고 그런다. 참 이런 구경을 다 하구, 우리 세대의 자랑이다.** 햇살이 창창하다.(「수」, 111-112쪽) (강조-인용자)

이 작품의 주인공은 「날개」의 '나'처럼 유아적인 놀이를 하면서 시간을 지우고 있다. 예문 ①, ②는 그런 놀이를 보여주는 예가 된다. 그가 가지고 노는 물건들 예컨대, 낡은 아코디언 악기와 오뚝이, 프리즘은 상징적인 물건들로서 주인공의 상황을 비유하고 있다. 특히 프리즘은 빛의 분산이나 굴절을 일으킬 때 사용하는 과학 도구이다. '빛'의 분산은 '나'의 정신적 분열을 상징하고 더 비약하면 정상적인 부부관계를 해체하는 것이라 볼 수 있다. '빛'이 사물의 핵심이라 할 때 그것이 분산되는 형상은 그러한 유추를 가능하게 하여 정상적인 부부像을 해체하는 것이다. 그리고 오뚝이의 정체성은 슬픔의 상황에서도 슬픔을 드러낼 수 없는 비극적 운명에 있다. '나'가 사랑하는 아내로 인해 유폐된 생활을 하면서도 그런 생활을 비극으로 느끼지 않으려고 애쓰는 것과 동일하다.

아내에 대한 상징물은 인용문 ③의 마네킹이다. 겉모습은 여느 인간과 꼭 같지만 마네킹은 그 차거운 감촉으로 인해 인간이 아님을 알 수 있다. '나'와 아내의 성생활을 보면 아내는 '나'에게 심한 모멸감을 안겨줄 만큼 냉정한 여성이다. 이런 아내에 대한 묘사는 마네킹의 차가운 피부와 삽입되어 있는 PAN 신화의 내용이 상징하고 있다. 특히 ③의 굵은 글씨체에서 보듯 이 작품은 현실에 대한 비판의식을 역설적으로 드러내기도 한다. 이런 모습은 '나'가 의사들을 대할 때도 동일하게 나타난다. 「수」에는 '나'가 의사에게 말을 해야 하는 대목이 있다. "의사도 참 기막힌 사람이다. 자꾸 물어본다. 무슨 괴로움이 있느냔다. 자기한테는 숨기지 말란다. 그래서 나는 될 수 있는 대로 무서운 거짓말만 얘기해준다. 그는 좋아서 노트에 적는다. 나는 자꾸 거짓말을 한다."(116쪽) 이처럼 의사의 행동을 판단, 비판하면서 '나'는 진실은 은폐하면서 얘기한다.

정효구는 신세대 시인의 시를 분석하면서 '囚'라는 글자를 이미지로 풀이한 바 있다. 그의 이 글은 소설 「囚」에 대한 비평은 아니지만 이 작품을 이해하는 데 재미있는 자료가 된다.

> 이 문자의 아래를 강조할 때 이들은 인공의 대지가 가하는 폭력에 갇힌 의식을 보여주며, 또한 인공의 대지를 의미하는 아스팔트에, 그것이 아스팔트이기 때문에 뿌리를 내릴 수 없다는 의식을 보여준다. 이 문자의 위를 강조할 때 이들은 이념, 형이상학의 부재가 야기하는 폭력을 경험하며, 이 문자의 좌우를 강조할 때 이들은 사회적 · 문화적 환경으로부터의 억압을 감수한다. 요컨대 신세대는 그들이 갇힌 방으로부터의 해방이 어렵다는 것

을 알고 있다.[77]

정효구는 신세대 시인들의 시를 분석하면서 그들의 시에 '방'이란 공간이 유달리 많이 등장하는 점에 착안하여 문자 '囚'를 이미지로 풀이하였다. 문자 '囚'의 이미지는 소설 「囚」에도 그대로 유효하다. 그의 분석을 이 작품에 적용해보면 '나'는 병실에 갇혀 있다. 특히 마지막 부분 "유리처럼 투명한 7월의 한낮은 두껍게 나를 싼다. 싼 채 균열한다. 나는 갇(囚)혔다."라는 문장에서 보듯이 '유리처럼 투명한' 것에 싸여진 채, 타인들에게는 감시를 당하면서 자신은 균열을 느끼는 비극적인 모습이다.

> 나는 창가로 뛰어간다. 7월달 햇빛에 이글이글 눈부신 철로와 나란히 기름진 국도(國道)가 바라보이고 국도에 직각으로 마주치는 좁은 길이 보인다. 이 병원에서 국도로 나가는 길이다. 나는 기다린다. 좀 있으면 볼 수 있을 것이다. 나란히 움직이는 아내와 그 남자의 어깨를. 그 길 위에. 언제나처럼.(「수」, 122쪽)

그렇게 갇힌 '나'는 병원을 떠나는 아내를 보기 위해 창가로 달려간다. 그때 보이는 것은 "7월달 햇빛에 이글이글 눈부신 철로와 나란히 기름진 국도"이다. 철로와 국도는 인공의 대지인 '아스팔트'와 유사한 이미지가 된다. 인공의 대지는 불모성으로서 이것은 아내의 싸늘한 몸을 상징한다. 이들 부부에게는 아이가 없다. 철로와 국도는 '나'에게는

77) 정효구, 「신세대 시인들의 시세계」, 『현대시사상』, 1994. 겨울.

보여지기만 하고 걸을 수 없는 끊어진 길이지만, '그들'(아내와 그 남자)에게는 '기름진' 길이 된다. 계속, 정효구의 문자 '囚' 이미지를 적용할 경우, 위를 가리키는 이념과 형이상학의 부재는 '나'에게 이런 감금 생활을 교묘하게 지속시키는 아내의 부정행위를 가리키는 것이 된다. 그러나 감금당한 장소에서 탈출을 기도하는 '나'의 모습이 전혀 보이지 않음으로써 상실감과 권태감에 싸여 삶의 의욕이 마비된 '나' 의 모습을 확인할 수 있다. 즉 주인공은 아내의 부정이 만들이 놓은 부조리 상황에 대해 아무런 반응을 보이지 않는다. 분노, 원망, 증오 등의 정서적 반응이라든가, 감금당한 병원에서 탈출을 기도하는 행동적 반응이 보이지 않고 있다. 이런 이유는 그에게 삶이 무의미한 것이기 때문이다. 그의 삶의 태도는 아내의 부정이 일차적 원인이라고 할 수 있다. 더 근원적인 것이 따로 있을 듯한데 그에 대한 언급은 없다. 단, 유추해 볼 수 있는 것은 예문 ③을 통해 4·19의 실패가 한 지식인을 황폐화시켰다고 짐작하는 정도이다. 그리고 문자 囚의 좌우 변의 모습은 병원의 직원과 아내의 비윤리적인 행동을 가리키는 것이라 할 수 있다. 인간 사이의 관계가 상실되어 개인이 전적으로 고독해진 상황에서는 개인들 사이에 무관심만이 지배한다. 이런 상태의 지속은 삶을 무의미하게 만든다. 브로흐는 이런 상황을 영점상황Null-punkt이라고 부른다. 영점상황의 인간들은 전체사건을 통찰할 능력이 없다.[78)]

「輓歌」와 「囚」는 모두 불륜을 배경으로 한다. 인간 관계에서 신뢰성이 상실되었을 때 방황하는 주체를 보여주는 공통점을 가지고 있다. 이데올로기의 허구성을 폭로하는 무거운 주제를 보여주던 최인훈의

---

78) 헤르만 브로흐, 김경연 옮김, 『몽유병자들』, 현대소설사, 1992, 811쪽.

기존 작품 세계가 이 두 작품에 이르면 달라졌다는 것을 알 수 있다. 구조면에서는 여전히 난해함을 주조로 하지만 주제면에서는 불륜의 사랑으로 괴로워하는 여성 주체의 심리를 묘사하거나 불륜의 아내 때문에 정신병원에 감금당한 남편을 그린 이색적인 내용이다.

지금까지 살펴본 '방황의 주체'는 행동성이 결여된 인물들이다. 인생을 '풍문 듣듯이' 살아온 방관자적 삶을 보여주는 '풍문인'과 상실과 권태로움에 시달리고 있는 인물들이 대부분이다. 부조리한 현실에서 미래에 대한 전망이 부재할 때 그들은 창 안에서 '바라보기'와 공상의 유희를 즐기거나 삶의 무기력증을 보이기도 하고 자살이라는 극단적인 행동을 취하기도 한다. 이들에게 나타나는 환상성은 인물의 방관자적 행동을 극대화하거나 새로운 인식을 유발하기도 하고, 정서적 교란을 일으켜 공포감을 갖도록 하였다.

## 2. 저항의 주체와 환상성

'저항의 주체'는 개인의 욕망을 지키려는 행동 때문에 지배 이데올로기와 대립 상태를 유지하는 인물이다. 이 주체가 가지고 있는 자아성찰의 욕망은 지배 이데올로기와 대립했을 때 소외의 상태 또는 생명의 위협을 받는 처지에 놓이면서도 욕망을 포기하지 않는다. 이런 모습에서 이데올로기에 비판적인 태도와 '저항'의 태도를 발견할 수 있다. 지배 이데올로기의 입장에서 본다면 이들은 체제의 질서를 동요시키는 위험 인물이기 때문에 제거 대상이 되는 것이다.

환상성의 발생은 저항의 주체가 거대 권력 체제로부터 감시를 당하거나, 자아분열 및 감금 · 격리의 상태를 유발시킬 때 극대화된다.

### 1) 광인의 현실비판

최인훈의 환상적 서사에서 주체가 잠정적으로 '광인'의 이미지를 띠는 예를 볼 수 있다. 작중 인물이 '몽유병자'로 진단받거나(「구운몽」), 광인이라는 증거로 재판에서 무죄판결을 받은 예가 그러하다(『서유기』). 여기서 '광인'의 등장을 주목할 필요가 있다. '광인'은 사전적 의미의 광인이기보다는 상징적 의미를 지니는 인물이다. 문학에서 광인의 등장은 다양하게 해석된다. 문학 또는 예술을 통해 인간의 삶을 정화하고 비판적 시각을 재정립할 수 있는 것은 광인이 견지하고 있는 일탈적 시각 때문이다. 소설에 나타난 광기 또한 이러한 탈주의 시각을 부단히 상기시킴으로써 우리에게 인식의 부단한 갱신을 요구한다.[79]

최인훈의 소설 주체 중 상당수는 환각적인 상태의 환상적 분위기에 직면할 때 광인의 모습을 띤다. 단지, 그 시간이 찰라적이냐 지속적이냐에 따라 달라질 뿐이다. 앞서 본 「만가」의 여주인공이 호수 속으로 걸어 들어가는 장면은 그녀의 이성이 사라진 광기의 상태라 할 수 있다. 「수」에서의 화자 '나'가 정신병원에 감금당하여 횡설수설하는 언술, 「광장」의 이명준이 마스트에 있는 갈매기를 보면서 갖는 환시를 '신들림'의 상태로 여길 때도 넓은 의미에서 '광인'의 모습을 띤다고 할 수 있다.

환상적 서사 중에서도 '광인'의 이미지를 확인할 수 있는 작품은 「구운몽」이다. 이 작품은 서사가 중층으로 짜여져 있어 난해하다. 가장 내부 액자가 되는 독고민과 김용길 박사의 서사가 중심이 된다. 환상세계에서 독고민이 낯선 사람들에게 추적당하다가 총살당한 후, 다시 재생하여 해외로 나가는 내용은 결말에 이르면 독고민의 몽유담으로

---

79) 우미영, 『한국 근대 소설에 나타난 광기 연구』, 한양대 박사논문, 2002, 141쪽.

밝혀진다. 그의 시체가 병원에서 발견되었을 때 의사인 김용길 박사와 조수의 잠정적 진단이 '몽유병자'로 내려지기 때문이다. 그의 凍死 시체를 두고 박사와 조수는 다음과 같은 대화를 나눈다.

> "그런데 어떻게 돼서 여기까지 왔을까? 환자도 아니라면……."
>
> "혹시 몽유병잔지 압니까?"
>
> 박사는 제자의 재치있는 농담에 껄껄 웃었다.
>
> "직업이라……무직……가족이 없고……본적이 황해도……독신……. 자네 뭐라고 했지, 몽유병자라구?"
>
> **그 순간 원장과 충실한 조수는 꼭같이 어떤 생각을 했다.** 바꾼 눈짓은 그 생각이 같은 내용이었다는 것을 말해주었다.(「구운몽」, 271쪽) (강조-인용자)

독고민은 김용길 박사의 진단으로 몽유병자가 된다. 그의 시신은 연고자가 없다는 이유로 그의 제자가 쓰고 있는 논문의 해부용 시신이 되는 비극을 맞는다. 진한 글씨는 이와 같은 일을 눈빛으로 서로 전달하는 것이다. 독고민이 숙을 만나기 위한 일념으로 겪었던 환상세계에서의 여행은 몽유병자가 밤마다 행한 무의식적 몽유 행위가 된다. 몽유병도 넓은 의미에서는 광기의 한 유형이 될 수 있기에 독고민은 '광인'의 이미지를 띤다. 밤마다 일어난 그의 몽유 행위는 잃어버린 '황금시대'를 다시 찾고자 하는 그의 무의식적 욕망이 부상한 것이다.

전쟁의 충격은 셸쇼크이다. 앞서 살펴보았던 최인훈의 LST 체험도 전쟁을 광기와 관련시킨 것이었다. 이때의 광기는 사회에 의해 조성되었다. 심한 멀미와 정상인의 삶이라고 할 수 없는 아수라장의 LST 체험은 긴 세월 동안 정착 생활을 했던 사람들에게는 '광기' 의 체험이 되는 것이다. 월남 피난민으로서 작가 최인훈이 겪은 LST 체험은 인간의 존재론적 조건에 회의적 태도를 지니게 한 결정적 요인이다. 그러므로 LST를 타고 월남한 「구운몽」의 독고민이나 『서유기』의 독고준, 「하늘의 다리」의 김준구 등의 인물은 무의식중에 광인의 정서를 지닐 수도 있다.

독고민이 '저항하는 주체'가 될 수 있는 것은 몽유 과정, 즉 환상세계에서 그가 보여준 행동 때문이다. 시인, 경제인, 무용가, 술집여인들의 호명을 독고민이 거부한 행위가 '저항'으로 읽힐 수 있다. 그들은 독고민을 문학집단의 선생님, 사장님, 무용계의 선생님, 에레나의 애인 등으로 호명하였다. 한편, 독고민이 광장으로 탈주하는 동안 나온 방송에서는 그를 혁명군의 수령, 종교계의 책임자로 호명하였다. 이러한 호명은 단순히 그때그때의 상황에 맞추어 적당히 부르는 명명이 아니다. 이들 집단은 1960년대 상황에서 지배 이데올로기를 대표하는 것이다. 이러한 호명은 개인이 자신의 정체성을 사회로부터 부여받는 의미를 지닌다. 그러나 독고민은 자신의 무의식적 욕망 때문에 이것을 거부하였다. 독고민의 무의식적 욕망은 잃어버린 과거의 '황금시대'를 되찾는 일이기 때문에 에레나의 애인도, 발레리나 미라의 애인도 될 수 없었으며 더구나 집단의 호명을 받아들이는 일은 간판사 독고민에게는 두려운 선택이었다. 여기서 사회적 호명을 받아들인다면 개인의 욕망을 포기해야 하는 상황이 된다.

중요한 것은 사회적 호명을 하는 집단들이 비판의 대상이란 점이다. 독고준이 환상세계에서 만난 낯선 집단들은 그에게 위기에 봉착한 집단을 회생시킬 그 어떤 결정권을 독고준에게 요구하고 있다. 이 집단들은 1960년대에 비판의 대상이 되는 대표적 인물들이다. 경제인들의 무능력, 시인들을 통해 보여주는 문단의 권력화, 무용수들의 순수성을 이용하는 예술 기획인들의 상업성, 룸살롱의 퇴폐적 모습 등은 1960년대 한국 사회에 만연되어 있는 사회, 경제, 문화 구조의 총체적 부조리를 대변하는 인물들이라 할 수 있다.

이런 호명에 호응한다면 독고민 또한 부정과 부패 속에 합류하는 주체가 되는 것이다. 따라서 이들의 요구에 불응하고 그들로부터 도망을 치는 독고민은 충분히 저항의 주체가 될 수 있다. 부정을 개선할 정책적 방법을 강구할 능력이 없는 독고민으로서 취한 '도망'은 하나의 선택적 행동이다. 그는 결국 이 때문에 사회에 받아들여질 수 없는 위험한 인물이 되어 총살을 당하는 운명까지 맞게 되었다.

> ① 혁명군 방송
>
> 여기는 혁명군 방송입니다. 시민 여러분 무기를 잡으십시오. 싸울 수 있는 모든 시민은, 무장하고 거리로 나오십시오. 폭정은 거꾸러졌습니다. 자유는 되살아났습니다. (…중략…) 흰색 팔띠에 장미꽃 무늬를 놓은 혁명군 장교와 병사들의 지휘를 받으십시오.(「구운몽」, 201쪽)

> ② 정부군 방송
>
> 여기는 정부군 방송입니다. 도대체 어떻게 된 것인가. 질서를 되찾아라. 시민들은 무기를 버리고 시민들의 집으로 돌아가라. 평화적인 사태 수습을 도우라. 반란 지도자는 곧 근위사단 사령

부에 나타나라. 그대의 요구를 들어주겠다. 그대들과 더불어 명예스런 휴전을 맺을 뜻이 있다.(「구운몽」, 205쪽)

③ 두 번째 혁명군 방송

여러분은 그들의 방송을 들었을 것입니다. 압제와 굶주림에 못 이겨 빵과 자유를 달라며 일어선 사람들에게 그들은 농담과 음담패설로 맞받았습니다. (…중략…) 그들은 시간을 바랄 뿐입니다. 반동과 학살의 준비를 원할 뿐입니다. 우리들의 찬란한 옛날을 떠올리십시오.(「구운몽」, 210쪽)

④ 세 번째 혁명군 방송

당신들은 왜 가만히 지켜만 봅니까? 당신들은 왜 방관합니까? 적은 반격에 나섰습니다. 압제자들은 반격을 개시하였습니다. 자유는 목졸리려 합니다. 공화국은 교살당하려 합니다. 혁명은 위기에 빠졌습니다. 시민 여러분, 빨리 힘을 빌려주십시오.(「구운몽」, 223쪽)

혁명군 방송과 정부군 방송은 4 · 19의 상황을 재현한 것으로 볼 수 있다. 방송의 내용을 음미해보면 당대 현실을 비판하고 있다. 혁명군이 반란을 일으킨 이유는 압제와 굶주림 때문이다. 그리고 정부는 이들의 요구에 진지하게 대응하는 것이 아니라 농담과 음담패설로 반응함으로써 시민들의 진정성을 묵인하거나 간과하고 있다. 그런데 세 번째 혁명군의 방송을 보면 시민들이 혁명군의 행동에 동조하지 않는 모습이 나타난다. 이는 시민들의 무지를 비판하는 것이다. 압제의 시대에 있으면서도 이를 인식하지 못하는 시민들의 역사의식 부재를 비판하는 것이라 할 수 있다. 당대 현실에 대한 비판을 독고민이 밝히는 것은 아니다. 그러나 모순의 현실 한가운데 놓여진 독고민의 행동을 통해 충분히 보여주고 있다. 환상세계에서 독고민이 추격자들을 피해 감방 구역으로 들어갔을 때도 현실비판은 나타난다. 그가 만났던 간수는 다음과 같은 말을 한다.

> 오늘날에 있어서 죄(罪)란, '심리적인 조화(調和)를 가지지 못한 것'일 터입니다. 어떤 사람은 우리 감옥을 부르기를 정신병원이라고 합니다. 또 복역수들을 환자라고 부릅니다. 좀 재치있는 수작이 아닙니까? (…중략…) 현재 서울을 비롯한 몇 개 도시에, 우리 동지들에 의한 사설 감옥이 정신병원(精神病院)이란 명목으로 세워졌습니다만 이것은 감옥의 민영화(民營化)에 크게 이바지하고 있으며, 우편 일을 아직도 국가가 틀어쥐고 있는 나라로서는 신나는 일이라 하겠습니다. 권력자란 어리석은 것이어서, 정신병원을 묵인하는 것이 자기들의 권력에 위협이 된다고까지는 머리가 돌아가지 않는 모양입니다만, (…중략…) 제가 精神醫(정신의)라고 했을 때, 저는 넓은 뜻에서 이 말을 쓰는 것입니다. 작가, 시인, 철학자, 과학자를 두루 가리킨 것입니다. (…중략…) 각하는 정계에서도 진보적인 분으로 알려진 분이니, 믿고 말씀드립니다. 큰일을 꾸며보실 생각은 없으십니까? (…중략…) 각하, 민중은 폭정에 시달리고 있습니다. 결심해주십시오.
> (「구운몽」, 236쪽)

감옥을 정신병원으로 보고 있다. 이것은 푸코의 『광기의 역사』와 『감옥와 처벌』에서도 나오는 내용이다. 합법적인 권력체제를 유지하는 방법 중 하나가 감옥을 효율적으로 활용하는 것이다. 이는 서구뿐만 아니라 국가체제를 유지해야 하는 사회에는 어디에서나 실행가능한 예이다.[80)]

『서유기』의 독고준도 환상세계에서 '광인'으로 판정을 받는다. 「구운몽」의 독고민이 凍死한 후 몽유병자 진단을 받고 사회에서 격리당하는 상황과는 사뭇 다른 성격을 갖는다. 독고준은 '광인'이라는 판정에 의해 환상세계에서 무사히 현실세계로 귀환하기 때문이다. 여기서 '광인' 판정은 그를 살려내는 방편이 된다. 이 작품의 결말은 독고준의 트라우마 중에서 소년시절의 자아비판 체험이 재현되는 교실이라고 앞서 살펴본 바 있다. 독고준에게 소년시절의 자아비판 체험은 상징계 질서로 편입하는 것이 상당히 힘들다는 것을 보여준다. 지도원 선생의 질책은 사회적 인정의 거부를 의미하며, 사회적 인정을 거부당하는 것은 상징계 편입을 거부당하는 의미를 지닌다. 따라서 독고준이 체험하는 최초의 좌절은 사회구성원으로서의 실격을 의미하는 것이다. 사회로부터 인정을 받는 것은 자신의 의지만으로 이루어질 수 없는, 냉엄한 현실이 개입하고 있다. 자아비판 체험은 이러한 상처를 각인시킨 사건이었다.

독고준은 성인의 모습으로 그날처럼 재판을 받는다. 그를 변호하는

80) 17세기에 등장한 합리주의 때문에 광인에 대한 인식이 바뀌었다. 이 시기가 되면 광인들은 광기가 질병이기 때문에 격리되어야 할 환자가 된다. 합리주의와 이성주의가 지배적인 17세기 부르주아 사회는 비생산적인 인물들을 사회질서를 교란시키는 위협적인 인물로 간주하고 감금하였다.(미셸 푸코, 김부용 옮김, 『광기의 역사』, 인간사랑, 1993.)

변호사는 석왕사 역의 역장이 변신하였다. 그는 독고준이 광인이기 때문에 무죄로 방면되어야 한다고 주장하며 그 예로 독고준이 쓴 5편의 시를 증거자료로 제시한다.

독고준을 '광인'으로 진단하는 증거 자료가 '시'라는 점은 의미심장하다. 시는 문학의 정수로서, 순수의 결정체이다. 시를 읊조리는 것은 무당이나 제사장의 주술적 행위와도 통하는 일이다. 하지만 현실은 '순수'가 통하지 않는 부조리의 상황이다. 그러므로 '시'를 쓰고 있는 독고준은 오히려 시대적 흐름에 역행하는 인물처럼 보인다. '산문의 시대'는 이데올로기적 사회의 허구성과 위악성으로 구조화된 인위적 사회라고 할 수 있다. 그런 사회에서 아직도 '시'를 쓰는 독고준은 비정상인의 모습으로 비쳐질 수 있는 것이다. 이런 행위가 독고준을 광인으로 만든다. 하지만 '광인'이라는 환자로 인정받았기 때문에 그를 위협했던 환상세계의 인물들로부터 무사히 벗어나 현실세계로 복귀할 수 있었다. 이것은 '시'가 지닌 상징성인 '순수성'을 지니고 있어야 함을 역설적으로 보여주는 것이다.

전쟁에 대한 의미를 '광인'을 통해 부각시킨 또 다른 작품으로 「우상의 집」이 있다. 소설가인 주인공에게 우상이었던 괴짜 친구는 정신병원에 입원한 환자임이 뒤늦게 판명된다. 그는 '창조적 거짓말'이라고 자신이 부른 가공의 이야기를 많은 사람들에게 들려 주었다. 주인공 또한 그 이야기를 듣고 그의 체험담으로 믿었다. 그의 체험담은 전쟁중에 그가 짝사랑 했던 여대생의 죽음을 보고도 두려움 때문에 구하지 못한 죄의식을 담고 있는 내용이다. 주인공은 그를 위로하려는 우정어린 마음에서 여행을 제안한다. 여행 당일, 그가 적어준 주소로 찾아갔더니 그곳은 뜻밖에도 정신병원이었다.

> "여보게 선생님이 자네한테 아마 그럴듯한 프로이트의 입문 강의를 했을 거야. 그 이야긴 사실 내 조작일세. 허나 그게 대체 어쨌단 말인가? 거짓말 연애 편지를 띄워보내서 친구를 골탕먹이는 건 괜찮은 장난이고, 그보다 공들여 머리를 쓴 장난이자 전쟁이 우리들에게 무엇을 했는가를 가르쳐준 창조적 거짓말은 병적이구 정신병원감이라? 자네는 나를 정신병자라구 믿나? 적어도 바루 전일까지 자네 눈에 수상하게 보일 그러한 행동을 했던가? 또 이곳의 병원 주소만 해도 내가 가르쳐준 것이 아닌가, 범인이 자기 숨은 데를 탐정에게 가르쳐준단 말인가?"(「우상의 집」, 89-90쪽)

예문에서 그가 한 말들은 광인의 중얼거림이나 광인의 독백, 절규와 같은 성격을 지닌다. 그는 광인들이 지니는 순수함을 가지고 있다. 그들은 남의 눈치를 보지 않기 때문에 그들의 횡설수설하는 듯한 진술 속에는 때로 진실이 담겨 있다. 이 작품에서 주인공의 친구가 한 말은 광인 특유의 모순된 언술은 아니다. 그의 진술은 전쟁의 파괴성, 비인간성을 폭로하는 비판이며, 한편으로는 의사 집단을 향한 불신감의 팽배를 보여주는 것들이다. 광인은 근대문학 이후 주요 인물군을 형성하였다. 광인은 하나의 메타포 기능을 하기 때문이다.[81)]

지식인의 문학에서 광기 또는 어리석음은 이성과 진리의 바로 그 중심에서 작용하고 있었다. 그래서 광기는 인간을 매혹시켰다. 광기가 생성해내는 환상적인 형상들은 순간적으로 나타났다가 사라지는 현상들은 아니다. 아주 이상한 역설처럼 들리겠지만, 가장 지독한 정

---

81) 김연숙, 「1930년대 소설에 나타난 여성육체의 재현양상」, 『여성문학연구 11』, 2004. 6, 276쪽.

신착란에서 생겨나는 현상은 이미 존재의 본질 속에 비밀처럼, 접근할 수 없는 진리처럼 숨어 있다.[82]

광인이 정신적 장애 속에서 진실을 표현하는 인물이라면 「크리스마스 캐럴 5」에 나오는 '나'는 엄밀히 말하면 광인이라고 할 수는 없다. 병리적 이상 징후를 보이는 인물까지 광인의 범주에 포함한다면 이 작품도 논의의 대상으로 가능하다. 지금까지 살펴 본 바로 최인훈의 소설 주체 '광인' 은 시대적 광기를 보여주는 역설적 인물들이다. 그러므로 「크리스마스 캐럴 5」가 4 · 19의 시공간을 배경으로 하고 있는 점도 '광기의 세월'이며 이를 보여주기 위해 비정상적인 신체 증후를 가지고 있는 인물을 설정한 것으로 본다.

어느 날 '나'가 겪는 이상한 신체의 증상은 그를 환자의 입장으로 만든다. '나'는 평소에 건강한 인물이었다. 그런데 갑자기 겨드랑이에 통증이 느껴지는 가래톳의 고통을 갖게 된다. 이것은 정상인과 다르게 세상을 바라볼 수 있는 통로 역할을 한다. 가족들에게 걱정을 끼칠까 봐 혼자 진통을 참으면서 한 가지 치료 방법을 알게 된다. 가래톳의 증세는 자신의 방에 들어가면 심해지고, 통행금지 시간 동안 서울 시내를 산책하면 사라지는 것이다. 이것을 알게 된 주인공은 심야의 산책을 시작한다. 그는 이것을 '審美的 潛行'이라 하는데 이러한 야밤의 산책 행위는 세상의 어두운 면, 부정부패를 관찰하는 입장을 지니게 한다. 한편, 가래톳의 통증은 신기하게도 사람을 구별한다. 즉 비판대상을 통증의 유무로 나타내는 것이다.

82) 미셸 푸코, 앞의 책, 26쪽.

지난 밤에 본 일을 적으면서 지금도 가슴이 떨린다. 시청 앞 광장에 갔다. 나는 언제나처럼 대한문 옆에 숨어서 광장을 내다보고 있노라니 맞은편 반도호텔 쪽에서 한 떼의 사람들이 이쪽으로 걸어온다. (…중략…) 그들은 중고등 학생과 대학생이었는데, 모두 피투성이었다. 끊어진 다리를 야구방망이처럼 메고 가는 고등학생이 있다. 빠진 눈알을 높이 공중에 집어던지는 자도 있는데 눈알은 공중에서 달빛과 부딪쳐서 번쩍 하고는 임자의 손안에 떨어진다. 터진 두개골에서 허연 골이 내밀어서 뒤통수에 엉겼는데 그 위에다 학생모자를 쓰고 간다. 거의가 가방을 들었거나 책꾸러미를 끼었다. 성한 사람은 거의 없다. (…중략…) 몇 사람이 가운데로 나서더니 광장의 가운데쯤 되는 땅을 손으로 파기 시작했다. (…중략…) 그들은 무얼 파내고 있는 것일까? 나는 호기심으로 대담해지면서 이어 바라보는데 끝내 구덩이에서 여러 사람이 무슨 물건을 들어 내는 것이다. 파낸 학생들은 너댓 명이 그것을 번쩍 머리 위로 치켜들었다. 그것은 시체였다. 시체의 머리에는 무엇인가 빛나는 것이 붙어 있었다. (…중략…) 얼굴에-눈구멍에 쇠붙이가 박혀 있는데 한 끝은 뒤통수로 빠져 있다. 그것이 달빛에 번쩍이는 것이다. (…중략…) 아! 달빛에 날카롭게 번득이는 머리의 쇠붙이 부분. 그들은 시체의 눈에 박힌 쇠붙이를 광을 낸 것이었다. (…중략…)

이것이 오늘 내 눈으로 본 바 그대로다. 이상한 것은 이러한 사건이 벌어지는 동안 날개는 찍소리 없었다는 점이다. 그렇다면 그 괴상한 의식(衣食)의 참례자들은 적성(敵性)이 아니었던 것은 분명하다.(「크리스마스 캐럴 5」, 175-178쪽)

인용문에 나타난 바와 같이 주인공이 심야에 만나는 사람들이 누구냐에 따라 통증은 그 증세를 달리한다. 경관이나 크리스마스 이브에 거리를 가득 메운 인파를 만났을 때 통증은 심해졌다가 4 · 19 혁명의 주동 인물을 만났을 때는 통증이 사라졌다. 크리스마스 이브를 즐기는 인파들은 주인공의 아버지가 말한 대로 '남의 제사'를 지내는 인물들이다. 서구문화를 무비판적으로 수용하는 시민들의 태도를 보고 가래톳의 통증이 나타나는 것으로써 그들을 비판한 것이다. 그러나 한밤중에 4 · 19 혁명의 정신을 계승하는 사람들을 보았을 때 통증은 사라졌다. 그들은 당시, 죽임을 당한 인물의 눈에 박힌 쇠붙이를 광이 나도록 닦거나 매스 게임을 하는 행위를 하고 있었다. 그들이 추앙하는 시체는 김주열로 그려지고 있다. 그들의 이런 행위를 통해 4 · 19 정신을 잊지 않으려 한다. 시민들에게 이미 잊혀지고 있는 혁명의 의미를 가래톳의 통증 때문에 다시 생각나게 한다. 이처럼 가래톳의 통증이 인물들을 가려서 '적성(敵性)'이 아니라고 판단될 때는 사라지는 것으로써 사실은 주인공의 태도를 드러낸다. 즉 혁명에 대한 우호적 반응을 보여주는 것이다.

'저항의 주체'를 형성할 때, 최인훈은 환상성을 도입함으로써 부조리한 상황을 재현하고 무의식의 세계를 보여줄 수 있었다. 그것을 통해 겉으로는 멀쩡한 생활을 하고 있는 작중 인물들이 사실은 부조리한 사회, 전쟁의 상처로 인해 속으로는 '광인'의 삶을 살고 있었고, 그들이 주변에서 겉도는 듯한 모습을 보인 것도 광인의 격리된 모습이 투사되어 나타난 것임을 알 수 있다.

최인훈의 환상성은 고전문학의 기법을 현대적으로 수용하여 계승했다는 점에서 의미를 지닌다. 최혜실은 한국 근대문학이 다른 나라 소설에 비해 이상하리만큼 환상성이 결여되었다는 점에 착안하여 그 이유를 밝히고, 환상성의 유형을 구분하고 있다.[83] 그의 논의에 의하면 근대소설의 현실성 획득과정은 개화기소설에서 고전소설의 영웅 플롯을 차용하되 환상성을 폐기시킨 때문이라고 보았다. 또 하나의 이유는 애국계몽론자에 의해 조선시대의 몽유록을 채택한 것을 든다. 이것은 소설의 효용론만을 앞세웠기 때문에 이 경우의 환상성은 현실을 비판, 풍자하기 위한 도구로서의 알레고리에 지나지 않는 것으로서 환상성이 지니고 있는 문학성을 제거시켰다고 보았다. 필자는 최혜실의 이와 같은 견해에 동의하면서, 최인훈의 환상성이 지니는 의미는 우리 현대소설에서 배제되었던 환상성을 복원시킨 점이라고 본다. 신소설과 식민지 시대에 리얼리즘의 수용과 그에 대한 경도를 보인 문학풍토에서 환상성은 배제되었다. 최인훈 소설에 와서야 문학성을 갖춘 모습으로 다시 나타난 것이다. 여기서 문학성을 갖추었다고 단정함은 앞서의 논의에서도 보았듯이 그의 작품에 나타나는 환상성은 단순한 현실비판의 수단으로 이용된 것이 아니라 부조리한 현실의 맥락에서 그와 같은 상황을 극복하기 위한 주체의 모습을 보여주기 때문이다.

### 2) 광인의 격리와 감금

최인훈 작품의 남성 인물은 '주체'로 그려지고 있는 반면 여성 인물은 타자로 그려지고 있다. 그러나 남성 인물이 거대담론 속에 있을 때 이들은 대체로 타자가 된다. 그것도 철저히 감시당하는 타자로 그려

83) 최혜실, 「한국 근대소설의 현실성 획득 과정」, 『한국현대소설의 이론』, 국학자료원, 1994, 240-247쪽.

지고 있다. 「囚」가 거대 담론이 아닌 개인적인 관계에서 감금을 당하는 모습을 보여주는 작품이었다면, 「구운몽」의 독고민, 『서유기』의 독고준은 거대 담론의 체제에서 파놉티콘 속에 갇힌 인물들이다.

우리가 바라는 삶의 공간은 "분수가 터지고 밝은 햇빛 아래 뭇 꽃이 피고 영웅과 신들의 동상으로 치장이 된 광장"[84]이다. 독고민은 그런 광장에서 살아보기는커녕 오히려 광장의 얼어붙은 분수대에서 죽음을 맞는다.

> 광장으로 들어오는 길은 이렇게 네 곳뿐이다. 민은 몰리면서, 분수가 얼어붙은 돌기둥 위에 올라섰다. (…중략…) 사람들은 민이 올라서 돌기둥을 가운데 두고 둘러섰다. 그들은 민을 쳐다보면서 고함을 질렀다. 그렇게 된 민은 꼭 동상(銅像) 같았다.(「구운몽」, 247-248쪽)

독고민이 죽은 장소는 병원이다. 그것은 중세의 광인들이 정신병원에 감금당한 상황을 현대적으로 변용한 것이라 할 수 있다. 중세의 광인들을 치유하기 위한 방법 중의 하나가 침수(immersion)였다[85]는 점을 상기한다면 그의 죽음의 위치도 간과할 수 없다. 환상세계에서 총살당한 그의 위치는 분수대이다. 그리고 현실세계에서 동사한 위치도 분수대 근처의 벤치로 설정되어 있다. 분수대라면 물이 있는 곳으로서 광인을 치유할 수 있는 장소가 된다. 하지만 독고민이 죽은 계절은 겨울이고 따라서 분수대의 물은 이미 제거되어 있다. 독고민이 한

84) 최인훈, 『廣場/九雲夢』 최인훈 전집 1-1961년판 서문, 문학과지성사, 1992, 15쪽.
85) 미셸 푸코, 앞의 책, 22-25쪽.

겨울 얼어붙은 분수대에서 동사했다는 것은 광기를 치유할 수 있는 기회를 상실한 것이라고 볼 수 있다. 이는 독고민의 비극을 암시한다.

「구운몽」에서 독고민과 김용길 박사는 자아분열의 상태를 보여준다. 독고민과 김용길 박사의 분열된 의미는 중요하다. 개인의 욕망을 추구한 독고민과 사회적 지위를 지니고, 사회적 이데올로기를 따른 김용길 박사는 서로 대조된다. 이것은 독고민은 이 사회에서 제거당해야 하는 괴물의 변형태이고, 김용길 박사는 권력자의 모습을 지닌 것이라 할 수 있다. 독고민은 프랑켄슈타인의 '괴물'의 변형이자 푸코의 『광인의 역사』에 나오는 제거되어야 할 '광인'의 이미지를 띠고 있다. 게다가 부르조아 사회의 희생양인 파르마코스적 인물의 이미지도 동시에 보여준다.

사건의 진행과 종결로 볼 때, 독고민은 추운 겨울에 병원 벤치에서 동사한 몽유병자이고, 김용길 박사는 그 병원의 원장으로서 자신의 조수에게 동사체로 발견된 독고민의 해부를 허락할 수 있는 권한을 지닌 인물이다. 김용길 박사가 신경과 의사로 설정된 데에서 벌써 독고민의 인물 특성과 일정한 거리를 두고 있다. 현대에 의사라는 직업은 김용길 박사가 사회적 명예뿐만 아니라 과학자로서 이성을 신봉하는 현대의 영웅적 인물이라는 점을 부각시키는 것이다. 그러므로 그는 인간에 대한 육체적 해부와 정신적 해부를 동시에 실현하는 현대적인 권력자를 상징한다.

이에 비해 독고민은 영웅과 대비되는 소시민이다. 노드롭에 의하면 하위모방의 서사나 아이러니 체계에서는 고도로 개인화된 사회를 취급한다. 하위모방 서사나 아이러니가 신화의 주인공과 차이나는 것은 개인의 창조행위가 나타난다는 점이다. 이런 것이 「구운몽」에 변형되어 나타날 때 독고민은 미술을 잘하며 국전에 응모할 만큼 예술가의 소양을 갖추었다는 것으로 설정된다. 그러나 그는 명성을 얻은 예술가가 아닌, 아이러니 체계에 합당한 인물인 극장 간판사로 나온다. 창조보다는 창조에 대한 또 하나의 허구를 담당하는 인물이다. 그는 철저히 파르마코스(pharmakos)[86]의 이미지를 지닌다. 실력이 모자라는 재능 때문에 부르주아 사회에서 버림받은 예술가를 다룬 이야기에 전형적으로 등장하는 것이 바로 산 제물 '파르마코스'이다. 독고민은 애인 숙에게 잘 보이기 위해 국전에 응모하지만 낙선하고 만다. 결국 그는 3류 화가도 못 되는 극장 간판사가 되어 종내에는 병원에서 동사체로 발견되는 비극적 인물로 처리된다. 파르마코스적 이미지를 극대화시킨 것은 그의 사체를 해부 실험용으로 쓰여질 것이라는 암시에서 드러난다. 과학의 시대에 의사는 권력자요 제사장이다. 김용길 박사는 그 중심에 있는 인물로서 독고민의 해부를 그의 조수에게 허락하였다.

이처럼 작중인물에게 부여된 '파르마코스' 이미지는 『서유기』의 독고준에게도 잠시 나타난다. 『서유기』에서 독고준이 꾼 꿈은 그의 무의식을 전경화시키는 장치이다. 독고준은 꿈 속에서 구렁이로 변신한 자신을 발견한다. 월남민인 그는 숙과 철이라는 동생들을 부양하느라 철도원으로 근무하고 있다. 구렁이로 변신한 이후 고향의 일이 자세히 떠올라 자아비판 때문에 소년단 지도원 선생을 두려워하던 일, 소집일날 무리하게 등교를 하던 때의 일을 기억한다. 이 꿈은 현대인에게 타의적으로 부여된 가장의 역할은 전도된 파르마코스적 인물임을

86) N. 프라이, 임철규 역, 『비평의 해부』, 한길사, 1995, 62쪽.

보여주는 것이다. 가정에서 희생적인 장남의 역할을 하는 동안 독고준은 학생시절 보여주었던 총명함을 잃어버리고, 개인의 욕망 또한 상실하면서 살아간다. 그리고 구렁이로 변신한 이후 형제들에게도 버림받는 모습을 지닌다. 카프카의 『변신』처럼 가족간의 단절감, 소외의식을 보여주는 꿈이다.

「구운몽」의 독고민은 현대인, 그것도 다양하고 처절한 역사적 상황을 경험한 소시민의 자아분열을 극단적으로 보여준 것이다. 독고민에게는 지식인의 면모도 영웅적인 면모도 보이지 않는다. 오히려 그 이름처럼 고독한 소시민으로서 극심한 자아분열의 증상만을 보여줄 뿐이다. 그러한 예는 그의 꿈에서 잘 나타나고 있다.

> 바다처럼 망망한 강. 빨리 건너야 한다. 그는 힘차게 헤엄쳐간다. 이른봄 얼음 풀린 물처럼 차다. 한참 헤엄쳤는데도 댈 언덕은 아득하기만 하다. 그러자 민은 보는 것이다. 그의 왼팔이 어깻죽지에서 훌렁 빠져나가는 것을. 저런. 그 팔 끝에 달린 다섯 손가락. 고물고물 휘젓는 다섯 손가락. (…중략…) 오른편 어깨도 허전하다. 어깨를 보았다. 이런. 그 팔도 떨어져 혼자 헤엄을 한다. 다음은 오른다리. 그의 목이 훌렁 떨어져 물 위에 둥실 뜬다. (…중략…) 강바닥 여기저기 숱하게 널린 자기 팔다리를 보았다. 물고기들이, 주둥이 끝으로 톡톡 건드려보다가는 슬쩍 달아난다. (…중략…) 언덕에 한 떼의 도깨비가 나타난다. 옷은 잘 차렸으나, 모두 병신이었다. 팔없는 사람. 외다리. 목만 데굴데굴 굴러오는 괴물. 그들은 앞을 다투어 표류물들을 주워들고는, 모자라는 곳에 맞추기 시작한다. (…중략…) 그 도깨비들 가운데

> 외따로 떨어져 서서, 아까부터 무엇인가 두리번 두리번 찾고 있는 괴물이 있다. 벌거벗은 여자였다. 그녀는 몸통과 팔다리는 멀쩡했으나, 머리가 없다. 무엇을 봤는지 그녀는 무릎을 탁 치더니, 기운차게 낚시를 던진다. 덤벙. 추가 떨어지며 낚시 바늘이 물밑으로 내려온다. 그때야 그 바늘의 과녁이 무엇인지를 알았다. 바늘은 그의 입술을 향해 가까워오고 있는 것이다. 그는 황급히 팔을 들어 막으려 했다. 팔이 없다. 악. 그는 소스라쳐 일어났다.(「구운몽」, 196쪽)

인용문은 독고민이 꿈 속에서 육체적 분열을 겪는 것인데 이것은 정신적 분열을 상징하는 것이다. 몸이 조각조각 떨어져 나가는 것은 신체상의 분열이지만 이것은 정신의 분열로 유추하여 해석할 수 있다. 마지막 낚시바늘은 그의 머리를 향해온다. 그의 몸은 이미 모두 떨어져 나가 있는 상태이고 유일하게 머리만 남았다. 그런데 그의 머리를 낚시로 꿰려고 하는 인물은 바로 여성이다. 여성과 그의 머리가 합쳐진다면 온전한 몸이 되는데 꿈은 거기에서 깬다. 그는 구원의 여인과 일치할 수 있었던 기회를 잃은 것이다. 따라서 이 꿈은 영원히 숙을 만날 수 없는 상황을, 비극적 결말을 암시한다.

환상세계에서 독고민은 '숙'을 만나기 위해 '미로'의 거리를 방황한다. 거대도시의 악몽에서 발견되는 새로운 봉쇄 공간에 이르기까지 미로의 거리는 현대적 환상의 중심이 된다. 이곳은 최대한의 변형이 일어나는 공포의 공간으로, 고딕적 봉쇄 공간을 바탕으로 한다.[87] 연

87) 로즈메리 잭슨, 서강여성문학연구회 옮김, 『환상성-전복의 문학』, 문학동네, 2001, 67쪽.

대기적 시간, 즉 과거 · 현재 · 미래의 시간은 역사적 연쇄성을 상실하고 일종의 중지라 할 수 있는 영원한 현재를 지향함으로써 마찬가지로 붕괴된다. 그 동안 독고민은 거대담론 체제에서 감시받는 인물임이 드러난다. 즉 파놉티콘 속에서 자신도 모르는 사이에 자신의 모든 행동을 감시당하고 있는 것이다. 푸코의 『감시와 처벌』에는 벤담의 '일망 감시시설'인 파놉티콘이 나온다. 이 건물은 감시를 위해 설계한 건축물이다. 주위는 원형의 건물이 에워싸고, 그 중심에는 탑이 하나 있다. 탑에는 원형 건물의 안쪽으로 향해 있는 여러 개의 큰 창문들이 뚫려 있다. 중앙의 탑 속에는 감시인을 한 명 배치하고, 각 독방 안에는 광인이나 병자, 죄수, 노동자, 학생 등 누구든지 한 사람씩 감금할 수 있게 되어 있는 것이다. 이러한 파놉티콘의 변형을 「구운몽」에서 발견할 수 있다.

> ① 간수는 어떤 감방 앞에 멈추며, 들여다보는 창을 열어놓고, 독고 민에게 눈짓을 했다. 독고 민은 구멍으로 안을 들여다보았다. 세간이고 무엇이고 하나도 없는 텅 빈 방안에, 늙은 남자 한 사람 서 있었다. 그는 알몸뚱이었다. (…중략…) 얼굴 표정은 점잖고, 높은 것을 그리워하는 사람의 의젓함이 있었다. (…중략…) 저 사람은 원래 유명한 시인인데, 그의 죄목은 '투시(透視)하려 한 죄'입니다. (…중략…) 만물을 다 그렇게 봤다는 말입니다. 이를테면 존재(存在)를 뚫어봤다는 소립니다. (…중략…) 권력가들도 한때는 이 사람을 사랑하여 퍽 써먹었습니다만, 마지막에는 두려워하여 옥으로 보낸 것입니다.(「구운몽」 228-229쪽)

> ② 저 사람의 죄목은 '결론(結論)을 내려고 한 죄'입니다. 지금 저 사람이 하고 있는 작업은, 제도가 아니고 기호신학(記號神學) 문제를 풀고 있는 것입니다. 신학과, 철학과, 논리학과 거기에다 수학까지를 뭉친, 새로운 방법으로 존재의 구조를 수식화(數式化)한다는 게 저 사람의 소원입니다.(「구운몽」, 230쪽)

> ③ 저 사람의 죄목은 '잊어버리지 않는 죄'입니다. (…중략…) 이 사람은 첫사랑을 잊지 못한 죄로 여기 붙잡혀온 것입니다. 첫사랑이 다 그렇듯이, 이 청년도 쓴 잔을 마셨던 것이에요. (…중략…) 그녀가 왜 나를 버렸을까, 내 어디가 못났을까, 나는 있는 정성을 다했는데. 이런 식으로 무한정 고민하고 들어앉게 됐다는 것입니다. (…중략…) 이 첫사랑의 문제는, 청년 지도상에 가장 어려운 가운데 하납니다. 저 사진 속의 여자가 다른 여자보다 나은 것은 그를 배반했다는 사실을 빼고는 아무것도 없다는 점을 아무리 일러도 쓸데없습니다.(「구운몽」, 233-234쪽)

독고민은 환상세계에서 감방 구역을 순시할 때 여러 죄인들을 만났다. 간수는 독고민에게 감금한 죄수들을 자유로이 관찰하도록 하였다. 그들은 '투시하려 한 죄', '결론을 내려고 한 죄', '잊어버리지 않는 죄' 등의 죄목으로 감금당한 죄수들이었다. 이들 죄목의 공통점은 이데올로기 체제를 위협하는 지식인이라는 사실이다. 죄수들은 이데올로기를 위협하는 인물들이기 때문에 감금, 격리를 당하고 있었다.

감옥에 감금당해 있는 죄인의 모습은 『서유기』에도 등장한다.

> 쇠창살이 있고 그 속에 한 사람의 죄수가 갇혀 있다.
> 
> "보십시오, 흉악범입니다. 곧 이야기를 시작할 것입니다."
> 
> 역장은 이런 직업에 종사하는 사람이 흔히 그러하듯이 빈정거리는 투로 안에다 대고 말한다.
> 
> "자 시작해보지."
> 
> 죄수는 의심쩍게 역장을 바라보더니,
> 
> "간수장 어른, 정말입니까?"
> 
> 이렇게 말한다.
> 
> "이놈들은……."
> 
> 역장은 독고준을 돌아다보면서 말하였다.
> 
> "이렇게 의심이 많답니다."
> 
> 그리고는 죄수에게 말하였다.
> 
> "정말이래두. 이런 높은 분이 오셨을 때 재주를 보여야지. 맘에 드시면 모범수 명부에 올려서 사면 조처를 해주시겠다는 거야."
> 
> 독고준은 역장이 쓸데없는 거짓말을 한다고밖에는 생각할 수 없었다. 그러나 죄수는 독고준에게 간절한 눈길을 보내면서 이렇게 말한다.(『서유기』, 110쪽)

예문은 독고준이 감방을 순찰하는 장면이다. 그러나 이 감방은 독고준이 석왕사역에서 타고 온 기차가 변형된 것이며, 그의 W시로의 귀향을 만류한 역장은 예문에서 보는 바와 같이 간수의 신분으로 달라져 있다. 환상세계에서는 이처럼 인물의 신분이 자유자재로 변신하며 시공간의 인과성이 무시된다.

역장이 안내한 죄인은 '민족성'과 '문화형'을 연구하는 사학자로서 독고준에게 그의 연구를 설명한다. 이런 사학자를 죄인으로 감옥에 감금하고 있는 것은 현체제에 위협을 가할 만한 인물이기 때문이다. 그가 진술하고 있는 역사적인 내용은 집권층에서 숨기고 싶어하는 사료들이다. 이렇게 진실을 추구하는 인물들을 감금함으로써 현실의 부정부패가 은폐되고 있음을 알 수 있다.

> 광장을 둘러싼 고층 건물들의 맨 꼭대기 창문들이 한꺼번에 활짝 열리면서, 불빛이 흘러나왔다. 그 때문에, 광장은, 마치 빛 무리를 머리에 인 꼴이 됐다. (…중략…) 그들의 창틀에는 둔하게 빛이 나는 무슨 기계가 하나씩 놓였는데, 사람들은 집에서 기르는 강아지나 고양이를 쓰다듬듯 그것을 만지고 있다. (…중략…) 민은 그것을 유심히 보았다. 기관총. 독고 민은 가슴이 꽉 막혔다.(「구운몽」, 248쪽)

독고민이 숙을 찾아 거리를 나설 때 하늘에는 시민들을 감시하는 탐조등의 불빛이 비춰지고 있다. 그리고 독고민을 향해서는 기관총이 놓여 있다. 기관총은 언제든 대상을 조준하여 제거시킬 수 있는 위력의 상징이다. 게다가 그가 도망치는 거리마다 주체가 다른 방송들이 나온다. 중세의 파놉티콘의 역할을 현대에 계승하고 있는 것은 방송이다. 방송의 위력은 무소불위의 것으로 지배적 이데올로기를 강화하는 데 필수적 수단이 된다.

> ① 두 번째 정부군 방송
>
> 반란자들은 진압되었습니다. 시민은 경거망동치 말고, 집안에

머물러 계십시오. 이 명령을 어기는 시민은 몸의 안전을 보장받지 못할 것입니다. (…중략…) 음모를 짜고 지휘한 괴수는 현재 도주중에 있으며, 정부군에 의하여 쫓기고 있습니다. 반란 수령의 이름은 독고민(獨孤民)입니다.(「구운몽」, 246쪽)

반란 수령은 독고민. 모(某)국의 지령을 받고 정부 전복을 꾀한 무정부주의잡니다. 그는 현재 S로 2가 가까이를 달아나고 있습니다. 독고민은 시가전에서 네 번이나 에워싸여, 그때마다 간곡한 투항 권고를 받았으나, 여전히 반항을 계속하고 포위망을 번번이 돌파, 달아났습니다. 그는 현재 S로 2가를 달아나고 있습니다. 일당은 보이지 않고, 독고민은 홀로 달아나고 있습니다.(「구운몽」, 246쪽)

② 긴급 뉴스

악한 독고민은, 마지막 순간에 한바탕 추태를 보였습니다. 그는 자기의 신분과 반란 현장에 대한 부재 증명을 한다고 울부짖으면서, 정부 모(某) 고관의 부인을 지명했는데, 재판의 공정성을 고려하여 정부의 종용으로 현장에서 독고민과 대질한 전기 부인은, 명확히 이를 부인했습니다. (…중략…) 정부군 사령부는, 전기 명령을 재확인하고 이의 집행을 명령합니다. 신호탄이 곧 발사될 것입니다.(「구운몽」, 250쪽)

③ 바티칸 방송

전세계의 벗들에게 슬픈 소식을 전하겠습니다. 한국에 보내졌었던 교황 사절 독고민 대주교는, 수 미상의 신도 여럿과 함께

> 오늘 한국 시간 13시에 장엄한 순교를 하였습니다. (…중략…) 붉은 근위사단의 치열한 뒤쫓음과 뒤져내기에 몰려, 도시 중심부 '자유의 광장'에서 순교하신 것입니다. 붉은 학살자들의 살해 방법은 악랄을 다한 것으로서, 동 주교를 광장 중앙부에 밀어 넣고, 물러날 길을 끊은 다음에, 고층 건물의 지붕으로부터 기관총에 의해 일제 사격을 가한 것이라고 합니다.(「구운몽」, 255쪽)

①~③의 예문들을 보면 개인 독고민은 혁명군, 정부군, 바티칸에 의해 일거수일투족이 감시당하고 있음이 단적으로 드러난다. 방송들은 독고민이 그의 추격자들을 따돌리기 위해 서울 거리를 달리고 있을 때 들려온 것들이다. 이 방송은 시민들에게는 들리지 않고 유일하게 독고민에게만 들린다. 모든 시민들은 명령과 감시의 체제 속에 갇혀 있는데 지금 그것을 느끼는 사람은 독고민밖에 없다. 독고민만이 고독하게 저항의 주체임을 보여주는 것이다. 거리에서 민이 경험하는 혁명군 방송, 정부군 방송, 바티칸 방송 등은 바로 민의 행동을 감시하는 파놉티콘의 역할을 하고 있다. 벤담이 말한 파놉티콘의 완벽한 구조 속에 있는 것은 아니지만 독고민은 그의 정체가 모두 드러난 채 상대방에게 감시당하고 있다. 구금되어 끊임없이 감시받는 감옥은 그대로 통제된 사회나 시대적 상황의 이미지인 동시에 아울러 열림(Offene)과 자유에 대한 몽상의 상상적인 기반이기도 한 것이다.[88] 특히 자유가 박탈된 징벌과 속죄와 고통의 특수 장소로서 감옥과 쇠창살 · 벽 등의 이미지나 상황성이 보편화되고 현저하게 작용하고 있다.

---

88) 이재선, 『현대 한국소설사』, 민음사, 1992, 144쪽.

독고민을 감시하고 있는 두 가지 중요 감시체제는 탐조등과 방송임을 확인할 수 있었다. 탐조등의 이미지는 이청준의 '전짓불'이 주는 공포와 동일하다. 거리나 광장에서 독고민에게만 향하는 탐조등의 강렬한 불빛은 거대 권력 앞에, 그것도 권력의 주체가 누구인지 숨겨진 상태에서 개인만이 감시를 당하고 있는 모습이다. 그리고 환상세계에서 나타나는 감옥의 죄수도 최인훈의 현실인식을 보여주기 위한 인물이다.

개인의 행동 하나하나가 철저히 감시당함과 동시에 감시자의 구미에 맞는 행위로 그 의미 규정이 이루어지고 있다. 개인의 자유는 보장받지 못한 채, 정부와 사회, 언론과 종교 등에 의해 새로운 억압체제 속에 감금당한 모습을 보여준다. 혁명군과 정부군이 독고민에게 명령하는 것들은 결국 그를 감시하고 처벌하는 것이 된다.

『서유기』의 감시체제는 자아비판을 하는 모습에서 암시적으로 나타나고, 고향 W시를 배회할 때 구체화되어 나타난다. 지도원 선생이 독고준의 작문이나 수업 시간에 발표한 내용을 가지고 소부르주아적 사고방식을 가진 반동적 인물로 혹평을 한 것은 공산주의 사회의 규범을 강화한다. 지도원 선생의 규범적 판단의 보편화는 사회 구성체의 모든 곳을 관류하면서 개체를 끊임없이 비교 · 분리 · 계층화 · 동질화하는 데 목표를 둔 것이다.[89] 그러므로 어린 독고준의 생활은 모든 행동, 언행, 글에서 감시를 받고 있었다.

지도원 선생이 학생을 대하는 행위는 일종의 '검사'에 해당한다. 이때 검사는 개인과 집단의 분석을 돕는 자료 축적과 등록 체계를 수반

---

89) 윤효녕 외, 『주체 개념의 비판』, 서울대학교 출판부, 1999, 172쪽.

한다. 검사가 효과적으로 실시됨으로써 개인은 기술되고 분석될 수 있는 대상으로 정착된다. 끊임없는 판단과 검사를 통해 인간 행동의 객관화와 자료화가 달성되며, 인간 자체에 관한 어떤 이미지가 형성되는데,[90] 독고준의 주체가 이데올로기에 의해 구조화되는 과정을 보여주는 것이다.

"개인은 분명히 사회의 '이데올로기적' 표상이 산출한 허구적 원자이지만, 동시에 특별한 '규율적' 권력 기법이 생산한 실재이기도 하다."[91]고 한 푸코의 언명은 인간 자체가 능동적이고 자유로운 의미 창출의 당사자라기보다 오히려 권력-지식의 연계에 의해 만들어지고 유통되는 담론적 실천의 산물임을 분명히 하고 있다.[92]

지금까지 저항의 주체에 대하여 살펴보았다. 환상세계에서 '저항의 주체'는 이데올로기의 허위성을 폭로하는 인물들이다. 자신의 '황금시대'를 향한 과거로 시간 여행을 하는 동안 이들에게 무의식적 욕망을 포기하도록 하는 상황은 그들에게 거부의 자세를 갖게 하였다. 이는 부조리한 세계를 유지하는 폭력적인 현실에 저항하는 태도이다. 그 결과 합법화된 거대권력은 체제유지를 위해 이들을 감시하거나 극단적으로는 거세해 버리기도 하였다. 이때 발생하는 환상성은 저항의 주체가 감시당하는 상황을 재현하고 있다.

---

90) 윤효녕 외, 앞의 책, 173쪽.

91) 미셸 푸코, 오생근 역, 『감시와 처벌』, 나남출판, 1996, 194쪽.

92) 미셸 푸코, 앞의 책, 173쪽.

## 3. 극복의 주체와 환상성

이 글에서 살펴볼 세 번째 주체는 부조리한 현실에서 자아성찰에 도달하는 '극복'의 가능성을 보여주는 인물들이다. 이들은 자신들이 겪고 있는 갈등 상황에서 이를 극복하기 위한 의지와 행동을 보여준다. 이들의 행동은 '사랑과 시간'을 대하는 태도에서 '방황의 주체', '저항의 주체'와 변별된다. '사랑'이 개체발생의 과정에서 성숙함을 유도한다면, '시간'은 개체와 계통발생의 과정에서 문화형을 유도하는 지점이라 하겠다. '극복의 주체'에서 환상성은 이러한 무의식의 시공간을 확장하여 '시간여행'을 지속시켜준다.

### 1) 타자성 인정과 '사랑'

주체의 노력에도 불구하고 부조리한 현실적 상황이 호전되는 기미를 보이지 않을 수도 있다. 그러나 결과 여부를 떠나서 주체는 독자에게 하나의 지표 역할을 한다. 최인훈 소설에서 이런 지표 역할은 '극복의 주체'에서 나타나고 있다. 최인훈은 비극적 세계관을 견지하며 지식인의 좌절과 허무만을 그린 작가는 아니었다. 오히려 비극적인 세계를 극복할 수 있는 주체를 제시하기 위해 주력한 작가라 할 수 있다. 그러한 주체의 모습을 '극복의 주체'를 통해 형상화하고 있다.

『회색인』에서 김학이 '혁명'을 내세울 때 독고준은 '사랑과 시간'으로 응수하였다. 독고준은 부조리한 세계를 극복할 수 있는 방법을 '사랑과 시간' 으로 본 것이다. 여기에서 '사랑'과 '시간'의 의미를 천착해 보아야 한다. 최인훈 소설의 '사랑'은 궁극적인 것이 아니라 결과를 향한 과정으로서의 성격이 강하다. 최인훈 소설의 남성인물은 자기애가 강한 '이기적 사랑'을 하는 인물들이다. 자아성찰을 원하는 남성인물들은 자신의 욕망을 성취하기 위해 여성과의 사랑을 통과해야 하는 '문' 정도로 생각했다. 따라서 여성인물은 철저히 타자성을 지닌다. 그의 작품에는 유달리 여성인물에 대한 비하적 발언이 많이 띈다.

① '여자는 역시 **깡통**이야' (「광장」, 71쪽)

② 50킬로 남짓한 그녀 자신의 뼈와 살로 이루어진, 한 마리 이름 모를 짐승이었다. 그것은 여자란 이름의 사람이 아니었다. 무어라 **이름붙일 수 없는 짐승**이었다.(「광장」, 98쪽)

③ "닥쳐. 그러니까 수천 년 동안 남자의 노예가 되어왔단 말이오. 무상의 행위란 건 노예의 가락이란 말야. 아무 목적도 없다는 건, 목적을 간직할 만한 틀이 없다는 말이 아니고 무어야. 위대한 모성이니, 여자의 보람이니 하는 안개 같은 소리에 속아온 거야. **여자한테 에고가 없다**는 것도 그 탓이야. 당신네는 더러운 **거짓의 덩어리**야. 여자들의 안개 같은 흐리멍덩함이 큰 남자들을 얼마나 망쳤는지 알아? 되지못한 것들이……"(「열하일기」, 147쪽) (강조-인용자)

인용문은 「광장」과 「열하일기」에 나타난 남자 주인공이 발언한 여성비하의 내용이다. 하지만 그밖의 작품에서도 남성주체가 여성인물을 비하하는 말, 사고는 쉽게 발견된다. 이는 여성의 주체성을 인정하지 않는 모습이다. 남성주체의 여성관은 여성이 철저히 타자임을 드러낸다. 이명준은 윤애의 지적 능력은 “깡통”이라고 비하하면서도 그녀의 몸에 대해서는 탐욕적인 모습을 보이는 모순을 드러낸다. 그녀의 비지성적인 답변을 듣고서 “한 마리 이름모를 짐승”의 위치로 낮추고 있다. 여성을 이렇게 주체성이 없는 타자로 대하는 동안 결국 남성은 고독할 수밖에 없다. 타자와 소통하지 못하는 삶은 단절된 모습일 뿐만 아니라 명준이 자신과 여성들과의 관계를 ‘사랑’이라고 생각하는 것도 자기애에서 비롯된 ‘오인된 사랑’이기 때문이다. 이명준이 윤애와의 정사에서 늘 만족감을 느끼지 못한 이유도 바로 여기에 있다. 그녀의 정체성을 인정하지 않았기 때문이다.

예문 ③은「열하일기」에서 주인공 고고학자가 고국에서 애인 밀레느와 헤어지기 직전에 다툰 대화이다. 여성의 예술의 의지를 노예 근성에서 비롯된 것이라고 매도하면서 여성들의 비진정성이 남성들의 인생을 망쳐놓았다고 힐난한다. 여성을 온전한 주체로 인정할 때 두 사람 사이에는 진정한 소통이 이루어지며, 진정한 사랑 또한 이루어진다. 이와 비슷한 관계는「가면고」의 민과 미라 사이에서도 나타났던 모습이다. 여성이 예술을 하는 것에 대해서 왜곡된 인식을 갖는 것은 그들을 하나의 주체로 인정하지 않으려는 태도에서 비롯된다.

최인훈 소설에서 타자성의 인정은 ‘몸’에 대한 새로운 인식으로 나타난다. 이명준처럼 지적 세계에 빠져 있는 관념철학자들은 정신과 물질 또는 정신과 육체의 이분법적 대립에서 물질과 육체를 경시하는 경향이 있다. 이 점은 이명준이 자신을 돌봐주고 있는 아버지 친구 변성제의 딸 영미의 행동을 경멸하는 것에서 나타난다. 그는 지적인 세계를 등한시하고 물질적 풍요만을 소비하는 영미의 삶의 태도를 비판적으로 바라본다. 자연히 여성의 몸에 대해서도 경멸감을 지니고 있는데 이런 사고가 작품 후반부로 오면 은혜의 몸을 대할 때 달라지기 시작한다.

> 눈을 뜨고 은혜를 들여다본다. 그녀도 눈을 뜨고 남자의 눈길을 맞는다. 서로, 부모미생전 먼 옛날에 잃어버렸던 자기의 반쪽이라는 걸 분명히 몸으로 안다. 자기 몸이 아니고서야 이렇게 사랑스러울 리 없다. 그는 팔을 둘러 그녀의 허리를 죄었다. 뉘우치지 않는다. 내가 잘나지 못한 줄은 벌써 배웠다. 그런 어마어마한 이름일랑 비켜가겠다.
>
> 이 여자를 죽도록 사랑하는 수컷이면 그만이다. 이 햇빛. 저 여름 풀. 뜨거운 땅. 네 개의 다리와 네 개의 팔이 굳세게 꼬여진, 원시의 작은 광장에, 여름 한낮의 햇빛이 숨가쁘게 헐떡이고 있었다. 바람은 없다.(「광장」, 146쪽)

최인훈은 현대 소설사에서 유례가 드물 정도로 이 작품의 개작을 여러 차례 시도하였다. 「광장」은 개작을 전후해서 주제와 주체에 많은 변화를 갖는다. 그의 언어관이 바뀌면서, 의미에 손상이 가지 않는 범위내에서 한자어를 한글로 바꾸고 문장을 다듬었다. 그러나 결말 부분의 개작은 주체의 의미를 상당히 다른 모습으로 변형시키고 있기에 그 의미를 살펴보아야 한다.

이명준이 마스트에 있는 갈매기를 본 후, 바다로 투신하는 과정에서 관심 있게 보아야 할 장면이 있다. 바로 갈매기와 이명준 사이에 교감이 작용한다는 사실이다. 이 점은 타고르호에서 이명준이 사라진 다음에 마스트에 있었던 갈매기도 사라졌다는 사실이 이를 입증한다.

이것은 그의 투신행위가 일방적으로 그의 환각에 의한 행동만은 아니라는 의미를 지닌다.

> 그는 두 마리 새들을 방금까지 알아보지 못한 것이었다. 무덤 속에서 몸을 푼 한 여자의 용기를, 그리고 마침내 그를 찾아내고야 만 그들의 사랑을.
>
> 돌아서 마스트를 올려다본다. 그들은 보이지 않는다. 바다를 본다. 큰 새와 꼬마 새는 바다를 향하여 미끄러지듯 내려오고 있다. 바다. 그녀들이 마음껏 날아다니는 광장을 명준은 처음 알아본다. 부채꼴 사북까지 뒷걸음질친 그는 지금 핑그르 뒤로 돌아선다. 제정신이 든 눈에 비친 푸른 광장이 거기 있다. (…중략…)
>
> 총구멍에 똑바로 겨눠져 얹혀진 새가 다른 한 마리의 반쯤한 작은 새인 것을 알아보자 이명준은 그 새가 누구라는 것을 알아보았다. 그러자 작은 새하고 눈이 마주쳤다. 새는 빤히 내려다보고 있었다. 이 눈이었다. 뱃길 내내 숨바꼭질해온 그 얼굴 없던 눈은. 그때 어미 새의 목소리가 날아왔다. 우리 애를 쏘지 마세요? 뺨에 댄 총몸이 부르르 떨었다. 총구에는 솜구름처럼 뭉실한 덩어리가 얹혔을 뿐. 마스트 언저리에 구름이 옮아왔다. (…중략…) 거울 속에 비친 얼굴에는 굵다란 진땀이 이마에 솟고, 볼따귀가 민망스럽게 푸들푸들 떨린다.(「광장」, 165쪽)

인용문은 이명준이 갈매기를 응시한 후, 그들을 따라 투신하는 내용이다. 이때 마스트에 있는 갈매기를 은혜와 윤애에서, 은혜와 그들의 딸로 치환한 개작은 이명준의 여성관이 변모했음을 보여주는 것이다. 지금까지 이명준은 여성들이 헌신적이고 순종적인 자세로 자신을 받아들여야 한다는 태도를 은연중에 보였다. 윤애에게 더 이상 가까이 갈 수 없는 벽을 느낀 것은 윤애가 은혜와 달리 자신의 주체성을 지니고 있었기 때문이다. 그녀의 주체성은 남자에게 순종적인 여성의 모습은 아니라는 의미를 내포한다. 그녀와 정사를 치른 후, 늘 채워지지 않는 그의 허전한 마음은 이 점을 간과하고 있었기 때문이다.

개작 이후, 은혜는 모성적 이미지를 부여받는다. 동굴에서 그녀의 임신을 알리는 장면은 그녀를 지모신의 위치로 승격시키는 것이다. 그렇기 때문에 그녀와 딸이 거주하는 '푸른 광장'인 바다는 자살의 공간이 아닌 재생의 공간이 된다. 이명준이 바다를 '푸른 광장'이라고 한 것은 상당히 중의적인 표현이다. 그것은 푸른빛의 바다만 의미하는 것이 아니라 벌판의 '푸른 대지'를 의미하기도 한다. 이명준에게 '푸른 벌판'은 언젠가 야외에서 기시감을 느꼈던 벌판의 푸른 대지와 맥을 같이하는 것이다. 이때 겪었던 기시감은 그의 인생에서 드물게 느꼈던 충족감이었다.

바다는 생명을 잉태하는 대지가 된다. 레비나스는 아버지와 아들(자식)의 관계를 통해 타자성을 풀이하였는데 이 점은 이명준에게도 유효하다.

> 아버지의 존재는 전적으로 타인이면서 동시에 나인 '낯선 이'와 관계하는 것이다. 내 자신에 대한 나의 관계는 그럼에도 나에게 낯선 것이다. 왜냐하면 아들은 마치 내가 쓴 시나 내가 만든 물건처럼 그렇게 단순히 나의 작품이 될 수 있는 것이 아니기 때문이다. 그는 또한 나의 소유물이 아니다. (…중략…) '홀로서기'

> 와 더불어 시작하는 자기(soi)로의 나(moi)의 복귀는 에로스를 통해 열려진 미래의 전망으로 인해서 사면(赦免)이 전혀 불가능한 것은 아니다. 이러한 사면은 홀로서기의 해체를 통해서는(이러한 해체 자체가 불가능하지만) 얻어낼 수 없고, 그 대신 아들을 통해서 실현된다. 그러므로 자유와 시간은 원인의 범주에 의해서가 아니라 아버지의 범주에 따라 실현된다.[93)]

예문을 「광장」에 적용할 경우, 갈매기로 환생한 이명준의 딸은 은혜와의 에로스적 관계에서 잉태한 이명준이면서도, 아닌 존재가 된다. 이는 이명준의 재생을 암시하는 존재이다. 따라서 이 작품의 개작은 주체의 이미지를 변화시키고 있다. 사색가 이명준의 여성에 대한 인식의 변화를 통해 방황하는 주체의 모습에서 '극복의 주체'로 탈바꿈되는 것이다. 주체의 변화는 그 동안 부인했던 여성의 "타자성"을 인정하는 것으로, 즉 주체의 여성관이 변화했음을 보여준다.

이명준을 궁극적으로 극복의 주체로 볼 수 있는 또 다른 단서는 '사랑' 외에 '시간'의 의미를 중시하는 점에서도 그러하다. 『서유기』 등에 나타나는 '시간'의 맹아를 이 작품이 이미 지니고 있음을 볼 수 있다.

> 자기가 무엇에 홀려 있음을 깨닫는다. 그 넉넉한 뱃길에 여태껏 알아보지 못하고, 숨바꼭질을 하고, 피하려 하고 총으로 쏘려고까지 한 일을 생각하면, 무엇에 씌웠던 게 틀림없다. 큰일날 뻔했다. 큰 새 작은 새는 좋아서 미칠 듯이, 물 속에 가라앉을

---

93) 엠마누엘 레비나스, 강영안 옮김, 『시간과 타자』, 문예출판사, 1997, 112-114쪽.

> 듯, 탁 스치고 지나가는가 하면, 되돌아오면서, 그렇다고 한다. 무덤을 이기고 온, 못 잊을 고운 각시들이, 손짓해 부른다. 내 딸아. 비로소 마음이 놓인다. 옛날, 어느 벌판에서 겪은 신내림이, 문득 떠오른다. 그러자, 언젠가 전에, 이렇게 이 배를 타고가다가, 그 벌판을 지금처럼 떠올린 일이, 그리고 딸을 부르던 일이, 이렇게 마음이 놓이던 일이 떠올랐다. 거울 속에 비친 남자는 활짝 웃고 있다.(「광장」, 169쪽)

이 작품에서 환상적 분위기를 형성하는 지배적 요인은 기시감이다. 앞서 언급했듯이, 이명준이 투신한 '푸른 광장'과 '대지'는 기시감을 느꼈던 벌판과 연결되어 있다. '벌판' 에 대한 기시감은 3장 2절 "무의식적 기억과 시간여행"에서 상술하고 있다. 그는 여태까지 자신을 좇아 온 흰새를 알아보지 못한 무지함이 '무엇에 홀려 있음'이라고 깨닫는다. 그러므로 그의 바다로 향한 투신은 잠시 이성을 잃은 자의 혼란스런 행동이 아니었다. 이명준의 행동이나 무의식에는 신내림을 받은 자의 강력한 힘이 작용한다. 이것은 시원의 시간과 맞닿아 있다.

부조리한 세계에서 좌절감과 허무감을 이겨내기 위해서는 타자를 인정하는 '사랑'이 중요함을 뒤늦게야 깨닫게 된 주체는 「광장」의 이명준 외에 「가면고」와 「구운몽」의 가장 바깥층 서사인 영화를 보고 나오는 젊은 연인들에서도 볼 수 있다. 초기작인 「광장」과 「가면고」는 '사랑'과 '시간'을 동시에 언급하고 있다. 「가면고」에서도 타자였던 여성이 마침내 주체로 인정받는 장면이 나온다. 여성의 타자성을 인정하면서부터 방황하던 독고민의 삶은 구원의 가능성을 갖게 된다. 이런 가능성을 얻기까지 독고민의 고뇌는 예술 창작으로 자신의 욕망을 표출하는 것과 '사랑'으로 자아성찰을 이루고자 한 두 행동 사이에서 갈등을 일으켰다. 화가인 미라와의 사랑은 두 사람 모두 자신의 예술세계를 성취하고자 하는 욕망이 강하였기 때문에 어려움이 있었다. 여성인물이 확고한 정체성을 보일 때 남성인물 민은 이런 상황을 못 견뎌 하였다. 그러면서도 그에게 또 다른 헌신적인 여성이 나타나면 그녀가 지닌 지적 결함을 빌미삼아 주춤거리는 모순을 보인다.

「가면고」는 세 개의 거울 텍스트 모두 '사랑'에 의해서 이루어지는 자아구원의 가능성을 암시하고 있다. 다문고 왕자의 고뇌와 욕망은 마가녀 공주의 사랑에 의해서 해소되고, 무용극본 '신데렐라 공주'에서 마법에 걸린 왕자를 구원할 수 있었던 것은 신데렐라 공주의 순수한 사랑이었다. 가장 바깥 서사인 독고민 서사에서도 이 점은 마찬가지다. 미라가 프랑스로 유학가기 전에 독고민에게 '사랑했습니다'라는 과거시제로 고백을 한 것은 그들의 사랑이 소통부재였음을 인정한 것이다. 사랑을 지키기 위해서는 여성을 하나의 주체로 인정하여 대등한 관계에서 사랑을 나눌 때 가능하다는 암시이다. 건물 옥상 난간에서 발레를 보여주는 정임의 존재는 독고민에게 그런 깨우침을 준다.

> 곁에 섰던 정임이 푸르르 달려가는 기척에, 민은 퍼뜩 머리를 들었다가, 얼어붙은 듯 숨을 죽였다. 달무리진 하늘을 뒤로 옥상의 휜칠한 난간 위에 발끝으로 선 정임의 둥실한 포우즈를 거기 본 것이다.
>
> 로우터리의 희부연 보도를 향하여 나비처럼 떨어져 가는 그녀의 환상이 머리를 스쳐갔다. 침착하게……서둘지 말고…….(…중략…) 민은 한 발도 움직이기는커녕 손의 자리도 바꾸지 못했

> 다. 만일 자기가 조금이라도 움직이면 그녀의 균형이 무너질 것 같았다. 자꾸 머리가 어지러워온다. 자기만 〈사람〉이고 다른 사람은 인형으로 알고 살아오던 사람이, 처음으로 또 다른 자기 밖의 〈사람〉을 발견한 현장에서 느끼는 멀미였다. 사막과 인형들을 상대로 저 혼자만의 독백을 노래하며, 포탄에 찢어진 〈남의 팔 다리〉를 가로채면서 살아온 자에게는, 지금 테러스 위에서 맞서 오는 〈사람〉의 모습은 어지러웠다. 〈사람〉이란 이렇게 무서운 것…….(「가면고」, 290-291쪽)

발레-무용-몸의 관계에 대한 고찰은 독고민의 인식이 변했음을 보여주는 예가 된다. 그것은 정신과 육체의 대립에서 우위였던 '정신'이 '몸'과 조화로운 관계를 유지해야 함을 상기시키는 것이다. 여성주체를 자신의 의지대로 조종할 수 있는 인형의 차원으로 생각했던 독고민의 인식은 이로써 변화를 갖기 시작한다. 여성주체도 자신의 의지대로 살아가는 정체성을 지닌 인물임을 깨달은 것이다.

「가면고」에서 민은 무용이론가이다. 그는 무용이라는 예술이 '몸'으로 표현된다는 점을 중시하였다. '몸이라는 원시의 수단을 가지고, 공간의 조형에다 시간까지를 포함시킨 점에서 예술 활동의 이상'을 '무용'으로 생각하였다. 예술 중에서도 '몸'의 원시성, 즉 자연성을 수단으로 하는 무용에 대한 예찬은 다른 작품에서도 드러난다. 예를 들면 「구운몽」에서는 미라를 포함한 무용수들의 등장을 통해 나타내고 있다. 특히, 독고민이 총살당했을 때 나타난 늙은 댄서가 보여준 변신의 모습과 그로 인한 독고민의 재생은 무용, 몸과 긴밀한 관계를 지니고 있다.

「웃음소리」에서도 '사랑'은 중요한 주제다. 주인공이 자살하기 위해 찾아가는 '빈 터'는 이명준이 투신한 바다인 '푸른 광장'과 동일한 이미지를 유발한다. 환청, 환시, 꿈 등에 의해 자살 결심이 무너지는 여주인공에게 '사랑'은 절대적이기보다는 보편적인 일로 재인식된다. 자신의 좌절된 사랑이 타인에게서도 똑같이 일어날 수 있다는 생각은 절대적인 사랑을 일반화시켜서 그로 인한 배신의 슬픔이 나만의 것이 아니라는 것을 이끌어낸다.

죽음의 장소를 과거 연애시절의 아름다운 추억이 있는 장소로 정한 것은 사랑에 대한 지속감을 간직하고 싶은 무의식의 욕망이다. 사실, 이 작품의 여주인공은 진정한 사랑을 한 것은 아니었다. 그녀가 사랑이라고 오인했던 것은 자신이 카페걸이라는 떳떳하지 못한 신분에서 나온 행동이다. 그것은 남자에게 보상 심리를 채워주기 위한 희생적인 행위였다. 그녀의 꿈 속에서 한 쌍의 젊은 연인의 사랑하는 모습이 나타날 때 남자는 계속 여러 모습으로 바뀌고 있다. 이것은 지금 자신을 죽음으로까지 몰고간 상대가 사랑의 절대적인 대상은 아니었다는 증거다.

그렇다면 그녀에게 들린 환청 '웃음소리'는 무엇인가. 이 웃음소리는 결국 그녀 자신이 자신에게 보내는 비웃음이다. 진정한 사랑이 오간 것도 아닌 상태에서 자살을 한다는 것은 조롱거리밖에 안 되는 일이다. 새로운 사랑을 만날 때까지는 자살이 유예될 것이다. 자살을 포기하였다고 그녀의 삶이 구원을 받았다고 보는 것은 성급한 판단일 수도 있다. 그러나 적어도 자살을 결심하였다가 포기하는 과정 속에서 그녀가 인생의 성숙함을 겪은 것은 사실이다.

① 엉킨 나뭇잎 사이로 빈터가 나타난다. 그러자 그녀는 우뚝 섰다. 그리고 나무 사이로 보이는 그곳을 조금 몸을 굽히고 멍하니 바라보았다. 사람이 있다. 그녀는 좀더 걸어나갔다. 그러나 거기가 한계였다. 나무숲은 거기서 끊어졌다가 그 빈터 가까이에서 다시 듬성듬성 비롯되고 있는 데다가 그녀가 있는 자리에서 조금 나가면 작은 낭떠러지다. 그녀는 나무 뒤에 몸을 숨기고 좀더 잘 보려고 애를 썼다. 그러나 빈터를 둘러서 있는 나뭇가지와 잎새가 흐늘흐늘 움직이는 탓으로 사람의 온몸을 볼 수는 없었다. 한 쌍이 잔디에 누워 있다. 여자는 남자의 팔을 베고 서로 얼굴을 바라보며 모로 누워 있다. 그녀는 풀썩 주저앉았다. 바로 풀이 우거진 발 밑에 주저앉은 것이었으나 사실은 하나의 떨어짐이었다. 그녀의 마음이 타고 있던 저울에서 저쪽 접시의 무게가 갑자기 옮겨지고 그녀의 마음은 허망하게 내려갔다.(「웃음소리」, 227쪽)

② 빈터를 바라보는 데까지 왔다. 그녀는 두려운 광경을 마주보듯 그쪽을 건너다봤다. 오늘도 두 남녀는 벌써 와 있다. 그리고 그녀는 여자가 베고 있는 남자의 팔이 햇빛 속에서 환한 금빛으로 빛나는 것을 보았다. 남자가 짙은 누렁 셔츠를 입고 있었다. 어제 보았을 때도 그 옷이었는지는 생각나지 않았다. 여자가 몸을 뒤채는 것이 보이고 이어 암암한 웃음 소리…….(「웃음소리」, 229쪽)

「웃음소리」는 절시증을 보여주는 환상소설이다. 절시증(scopophilia)이란 보는 행위 그 자체 속에 욕망의 대상을 위치시키는 것이다. 절시증을 드러내는 작품의 플롯은 응시를 향해 있다. 모든 응시는 지명하며, 그 응시는 보고 있는 사람을 지명한다.[94) 「웃음소리」의 '그녀'가 빈 터에서 본 낯선 남녀의 정사 장면은 그녀의 응시에 의해 좌우되는 자신의 사랑을 다시 한번 '보는' 것이었다. 그녀는 또 다른 사랑의 연인 속에서 자신을 발견하였던 것이다.

### 2) 무의식적 기억과 '시간 여행'

최인훈 작품에서 '시간'은 현재라는 당위적 시간보다 『서유기』에서 사학자가 연구하고 있는 우리의 '문화형'을 발견하고 정리, 제시할 수 있는 과거의 시간이 중요하다. 그래서 주체는 과거의 시간을 재구성하기 위해 '기억 속으로' 회귀하는 과정이 필요하였다.

> "그렇다면 행동해야 될 것이 아닌가?"
> "그렇기 때문에 나는 행동하지 않으려는 거야."
> "논리가 맞지 않는데?"
> "알라딘의 램프는 아무데도 없어. 우리 앞에 홀연히 나타날 궁전은 기대할 수 없어."
> "그렇다면?"
> "사랑과 시간이야."(『회색인』, 17쪽)

1960년대 젊은이의 당면 과제로 '혁명'을 역설하는 김학에게 독고

---

94) 마단 사럽, 김해수 옮김, 『알기쉬운 자끄 라깡』, 백의, 1996, 113쪽.

준은 '사랑과 시간'이라고 응수한다. 김혁이 내세우는 '혁명'은 그 성격상 '사랑'과 동질의 것으로 볼 수도 있다. 사랑과 혁명은 열정을 속성으로 하는 감정의 차원이라 할 수 있기 때문이다. 이에 비해 독고준이 응수하는 '시간'은 논리적인 성격을 지닌다.

추상적인 '사랑'과 '시간'을 최인훈은 여러 작품에서 구체화시키기 위해 환상성을 도입하고 있다. 그래서 그의 '환상성'은 이중적인 모습으로 나타나게 된다. 하나는 1960년대 현실을 부조리 상황으로 인식하며, 그 자체를 '환상'으로 본 것이다. 이러한 부조리의 상황, 즉 당대 현실의 악마적 상황을 환상으로 볼 경우, 환상은 미궁 그 자체가 된다. 그런데 최인훈은 여기에서 더 나아가 그러한 환상에서 빠져 나올 수 있는 방법도 역시 '시간 여행'이라는 환상적 방법으로 제시하고 있다. 때문에 그의 환상성은 이중적 성격을 띠게 된다. 즉 환상성은 부조리 상황 그 자체를 가리키는 모순의 현실임과 동시에 그와 같은 상황에서 벗어날 수 있는 방법적 현상이기도 하다.

환상의 이중적 성격은 서구의 이론에서도 나타난다. 환상은 욕망을 표현하는 데 있어 두 가지 방식으로 작용한다. 첫 번째 방식은 환상이 욕망에 관해 말하거나 명시하거나 보여줄 수 있다고 한 것이다. 그렇게 드러난 욕망이 문화적 질서와 연속성을 위협하는 하나의 장애 요소일 경우에 그 욕망을 추방할 수도 있는 것이 환상의 두 번째 기능이다. 많은 경우 환상문학은 두 기능을 동시에 수행한다.[95] 따라서 서구 이론의 환상도 양가적이다.

최인훈의 환상성 수용은 소설의 외연을 넓히는 데 기여하고, 환멸

95) 로즈메리 잭슨, 앞의 책, 12쪽.

의 현실에서 오는 결핍을 보상하려는 욕망을 충족시켜준다고 결론을 내린 서은주[96]의 논의는 타당하다고 본다. 그러나 최인훈의 환상성을 '결핍을 보상하려는 욕망'으로만 보는 것은 그의 환상성이 내포하고 있는 의미를 단순화시키는 경향이 있다. 그의 환상성은 창작 원리의 하나가 되어 자아성찰의 자장을 마련하고 그 방법을 모색하기 위해 수용된 것으로 보아야 그 의미를 폭넓게 드러내는 것이다.[97]

최인훈의 환상성이 서구의 환상성과 근본적으로 차이를 갖는 원인은 최인훈이란 작가의 주체에서 찾을 수 있다. 최인훈의 사유체계는 전근대성과 근대성이 함께 나타나며 길항관계를 보이고 있기 때문이다. 이로 인해 그의 환상성은 이중적이나 서구와는 달리 의미 지향으로 나타나게 된다. 반면, 서구 문학의 환상성은 비의미 · 무의미의 텅 빈 지역을 생성한다.

부조리한 세계에서 주체가 극복의 의지를 보이는 것은 그의 무의식 속에 있는 과거의 상처 입은 기억 속으로 회귀하여 그것을 치유하고자 할 때이다. 이것은 개인과 민족의 차원에서 이루어질 수 있다. 개인에게는 정신적 외상의 근원지인 과거의 그 어떤 지점으로 소급하는 '회상'이며, 민족의 차원에서는 한 민족의 문화형의 근원이 될 수 있는 원형질을 탐구할 수 있는 시간으로 회귀하는 것이다. 이것은 프루스트와 카프카의 글쓰기에서도 나타난다.

---

96) 서은주, 「최인훈 소설 연구-인식태도와 서술방식의 상관성을 중심으로」, 연세대 박사학위논문, 2000, 139쪽.

97) 서은주의 연구에서 최인훈 소설에서 계몽이 주체의 성격, 그리고 그 주체의 자아성찰과 밀접한 관계를 맺고 있는 점을 간과하고 있다는 지적은 김영찬도 하고 있다. (김영찬, 「1960년대 한국 모더니즘 소설 연구-최인훈과 이청준의 소설을 중심으로」, 성균관대 박사학위논문, 2002, 93쪽)

벤야민은 프루스트의 '회상'에 주목하고 있다. 그는 프루스트가 논하는 무의지적 기억이라고 하는 무의지적 회상은 작가에게 가장 중요한 역할을 하는 것이라고 보았다.[98] 그는 카프카를 논하면서도 "카프카의 작품은 멀리 떨어진 두 개의 초점이 있는 차원과 같다. 그 초점들 가운데 하나는 무엇보다도 우선 전통에 관한 경험이라고 할 수 있는 신화적 경험이고, 다른 하나는 현대의 대도시인의 경험"[99]이라고 지적하였다. 벤야민의 통찰은 작가들에게 나타나는 '회상', '신화' 등이 글쓰기의 원인과 그 방식을 결정하는 것임을 밝힌 것이다. 이 점은 최인훈의 글쓰기와도 일맥상통한다. 그의 소설 주체가 과거의 '시간'으로 여행하는 것은 최인훈 글쓰기의 추동력이자, 주제이기 때문이다. 이런 과거 시간으로의 회귀는 '환상'에 의해 적극적으로 나타날 수 있었다.

「광장」에서 '시간'의 중요성은 이명준이 정선생을 찾아갔을 때 이미 예고되어 있다. 경찰서에서 이명준을 호출할 무렵 그는 평소에 존경하는 정선생을 찾아간다. 그는 고고학자이며 여행가로서 '역사의 뒷골목 이야기'를 다루는 대가로 등장한다. 이명준이 그를 찾아간 것은 최근에 그가 구한 '미이라'를 보기 위해서였다. 여기서 '미이라'의 의미를 살펴보아야 한다.

> 미이라를 만든 사람들은 생명의 해탈이 아니라 생명의 완성을 원했던 것이다. 육체가 움직임을 버린 다음에도 멈출 수 없었던

98) 발터 벤야민, 반성완 편 · 역, 『발터 벤야민의 문예이론』, 민음사, 1992, 103쪽.
99) 발터 벤야민, 앞의 책, 97쪽.

> 생명에의 의지가 미이라다. 그것은 옛 인간들이 우리를 생명에로 부르는 소리다. 너희도 죽어라 하는 이야기가 아니라 천년 후의 너희들하고도 동시대인이고 싶다, 하는 시간에의 도전이다. 예술의 동시성이라 해도 좋을 것이다.[100]

작가의 말을 직접 빌리면 '미이라'는 '시간에의 도전'이다. 미이라를 창조한 사람이 그렇다면 '미이라'를 소장하는 사람 또한 동일한 생각을 지닌 사람이라 할 수 있다. 천년 전의 사람과 동시대인이고 싶은, 인류의 동질감을 느끼고 싶은 사람인 것이다. 최인훈은 고고학자를 소설가의 상징으로 사용하고 있다. 그러므로 소설가는 '시간'을 지배하면서 개체발생의 근원을 찾아 계통발생의 문화사를 연구하는 인물이 된다. 이 과거의 시대는 현대인에게 前史의 의미를 띠는 시공간이 될 것이다.

> 늘 묵직하게 되새겨지는 일 한 가지가 있긴 있다. 신이 내렸던 것이라 생각해온다. 대학에 갓 들어간 해 여름. 교외로 몇몇이 어울려 소풍을 나간 적이 있다. 한여름 찌는 날씨. 구름 한점 보이지 않고 바람도 자고 누운. 뿔뿔이 흩어져서 여기저기 나무 그늘로 찾아들다가 어느 낮은 비탈에 올라섰을 때다. 아찔한 느낌에 불시에 온몸이 휩싸이면서 그 자리에 우뚝 서버린다. 먼저 머리에 온 것은 그전에, 언젠가 바로 이 자리에 똑같은 때, 이런 몸짓대로, 지금 겪고 있는 느낌에 사로잡혀서, 멍하니 서 있던 적

---

100) 최인훈, 「외설이란 무엇인가」, 『꿈의 거울』, 우신사, 1990, 63쪽.

이 있다는 헛느낌이었다. 그러나 분명히 그건 헛느낌인 것이 그 자리는 그때가 처음이다. 그러자 온 누리가 덜그럭 소리를 내면서 움직임을 멈춘다.(「광장」, 31-32쪽)

일종의 '旣視感'이라 할 수 있는 현상을 이명준은 체험한다. 이명준이 아찔한 느낌을 받으면서 현실의 정경 속에서 과거의 어느 순간을 현현시킬 때, "온 누리가 덜그덕 소리를 내면서 움직임을 멈추고", "조용히", "있는 것마다 있을 데 놓여져서, 더 움직이는 것이" 필요 없을 정도로 되고, "세상이 돌고 돌다가 가장 바람직한 아귀에 단단히 톱니가 물린" 그런 상태를 목격하게 되는 것이다. 이야말로 삶의 '총체성'이 확립된, 진실된 자아의 풍경이며, 곧이어 이명준의 의식의 흐름이 완결된 문화의 시대로 대변되는[101] 고대 "그리스의 자연철학자" 들의 직관적 세계 인식으로 끌려가는 것은 우연이 아니다.[102]

환상에 의해 표출되는 기억의 무의지적인 순간은 현실적 의식에서는 잊혀졌던 과거의 시간이다. 과거의 시간은 현실적 자아의 폐쇄된 시야를 넓혀주고 억압된 욕망의 최초의 풍경으로 데려간다. 이명준이 체험하는 기시감은 그를 시원의 시간대로 회귀시키고 있다. '늘 묵직하게 되새겨지는 일'이란 그의 생활과 사유세계에 보이지 않는 힘을 미치는 요소라 할 수 있다. '신이 내렸던' 것은 자신에게 주어진 신의 명령, 신의 계시와 같은 것을 받은 존재라는 뜻이다. 그가 경험한 태초의 이미지와 거기에 서 있는 인간 존재로서의 충일된 자기 존재감은 이명준에게 생활인의 모습은 보다 더 차원 높은 것을 지향하는 인

---

101) 게오르그 루카치, 반성완 역, 『소설의 이론』, 심설당, 1985, 32쪽.

102) 김정관, 『존재의식과 위기의 문학』, 푸른사상, 2002, 374-375쪽.

물로 만들기에 충분하다.

이 표현은 「광장」뿐만 아니라 최인훈 문학 전체의 근원적 상징 체계를 이해하기 위해 주목해야 할 부분이다. 이 표현 속에서 드러나는 선험적 과거의 순간적 현현은 '기억'을 인류 태초의 시간으로 거슬러 올라가게 하고 있다.[103] 이것은 최인훈의 환상성이 서구의 카프카식의 환상성에 닿아 있음을 보여 주는 것이다. 카프카의 변신 모티프를 인용함으로써 그는 환상문학의 새로운 경지를 보여주었을 뿐만 아니라 인류 시원에 대한 물음을 제기하고 있다. 벤야민은 「카프카론」에서 바흐오펜(Jacob Bachoffen)의 "前世 내지 前史"라는 개념과 이미지를 사용하여 카프카의 인물들이 평범한 시민의 경험보다 더 깊은 어떤 경험에 의해 "인류의 원초적 상황" 내지 "신화적 역사"와 연결된 "인류태초의 시간"을 보유하고 있다는 것을 해석해냈다. 여기서도 '기억'은 매우 신비스러운 역할을 수행하고 있다. '기억'은 결코 개인적으로 망각된 것만 되살리는 것이 아니다. 망각된 일체의 것은 前世에서 망각된 것과 혼합되고 있기 때문에 카프카의 주인공들은 가장 개인적인 것, 가장 직설적인 말을 던지면서 전세의 망각된 저장고를 열어놓는 것이다. "그 인물들은 어떤 이야기가 지극히 중요하거나 놀라운 내용이라고 할지라도 지나가는 말로 이야기하며, 마치 그가 그것을 오래 전부터 줄곧 알고 있어야 했던 것처럼 이야기한다"고 벤야민은 풀이하고 있다. 이는 다름 아닌 이명준의 '기시감'과 같은 뜻으로 읽힌다. 이러한 유비관계는, 더욱이 이 경험을 카프카의 인물들이 "육지에서 배멀미"를 느낀 경험으로 표현함으로써 확실해진다. 카프카는

103) 발터 벤야민, 반성완 역, 『발터 벤야민의 문예이론』, 민음사, 1990, 84-86쪽.

경험들이 지니는 '흔들림'의 본성을 끊임없이 표현하고 있다. "나는 경험을 가지고 있다. 그리고 그 경험이 내가 탄탄한 육지에서 배멀미를 느낀 경험이라고 말할 때도 그것은 농담으로 그러는 게 아니다."[104) 라고 한 카프카의 정서가 최인훈에게 이어진다. 그것은 LST 체험을 '어질머리'로 표현한 데에서 동일하게 나타내고 있음을 볼 수 있다.

최인훈이 카프카 문학을 중시하고 있음은 그의 산문에서도 나타나고 있다. 이와 같은 점은 그의 환상성이 그만의 독특한 것은 아니고 1930년대, 1950년대 모더니스트들이[105) 서구 작가들에게 영향받은 점과 거의 흡사한 모습을 보인다.

이명준은 '기시감'의 '어질머리' 속에서 현현된 원초적 경험에서 돌아온 후, 다시 현실적 자아에 매여 있으며 전과 다름없이 자신이 찾고 있는 궁극적인 대상을 명료하게 알아차리지 못하고 있다. 이명준의 자아찾기의 편력은 바로 이러한, '총체성에 대한 인간존재의 욕망'이 성취될 수 없음으로 인한 존재론적 고뇌에서 출발하고 있다. 이때 자아찾기에 지쳐서 주저앉으려는 바로 그 시점에서 이명준이 찾아가는

---

104) 김정관, 앞의 책, 375쪽 재인용.

105) 이런 경향을 잘 보여주는 작가가 바로 오상원일 것이다. 오상원은 「부동기」나 「황선지대」에서 전후 현실의 모순과 부조리를 묘사한 작품을 쓰지만, 실제 그의 대부분 작품은 말로나 까뮈, 싸르트르를 흉내낸 것이다. 그의 소설에서 해방기나 한국전쟁을 소재로 하여 쓴 작품을 여럿 선보이지만, 실제 그것은 구체적 현실과는 상관없이 '한계 상황에서 인간이 처한 궁극적 존재 조건'을 규명하기 위한 것이다. 사르트르의 「벽」과 말로의 「인간조건」을 모방한 「유예」나 「구열」이 그렇거니와, 이외의 「모반」, 「보수」, 「사상」, 「표정」, 「죽음에의 훈련」, 「현실」 등 대부분의 작품이 그러하다. 김현은 이와 같은 오상원의 휴머니즘을 개인의 존재 이유를 상황과의 대립에서 찾지 못하고 자신도 속이고 타인도 속이는 "인간애의 포즈"에서 나왔다고 비판한다.(하정일, 「주체성의 복원과 성찰」, 『1960년대 문학연구』, 민족문학사연구소 현대문학분과, 깊은샘, 1998, 51쪽 재인용.)

곳을 주시할 필요가 있다. 그곳은 고고학자인 정선생이 사들인 고대 이집트의 여인 미이라가 있는 공간이기 때문이다. 이곳에서 이명준의 무의식은 다시 한번 회귀될 조짐을 보이고 있다. 왜냐하면 미이라는 그의 무의식 속에 가려져 있는 前史의 태고 세계와 가장 가까운 성격의 것이기 때문이다. 근원적인 과거로 회귀하도록 했던 여름날의 그 벌판의 기시감은 이명준에게 삶의 근원지가 된다. 이와 같은 기시감으로 인한 존재성의 확대는 「가면고」에서 이미 그 단초를 보인다.

> ① 분명히 처음 보는데 언젠가 한번 본 것만 같은 그런 얼굴이었다.(「가면고」, 189쪽)

> ② 「자 우리는 저 오솔길을 압니다. 일상성의 틀을 살며시 밀어내면, 그 뒤에 숨겨진 영원에로의 입구를 우리는 압니다. 우리의 잃어버린 옛날로 길을 떠납시다. 우리는 왜 서투른 이방에서 쑥스럽고 불편한 외국 말로 이야기해야만 합니까? 우리 말로 이야기합시다. 저 고귀한 영감으로 가득찬 우리 말로. 고향의 정다운 사투리 속에서만 우리는 점잖음을 되찾을 것입니다.」(「가면고」, 221쪽)

독고민이 우연히 발견한 심령학회 최면술사의 도움으로 3천 년 전의 전생으로 회귀하는 것은 앞서 살펴본 카프카의 前世 또는 前史의 시대로 회귀하는 것과 유사하다. '잃어버린 옛날'의 그 시간에서 만나는 다문고 왕자의 서사는 독고민의 현재적 삶에 지표가 될 수 있다. 3천 년이라는 시차를 초월하여 공존하는 두 인물의 동일한 고뇌는 '어떻게 살아야 하는가'에 대한 인간의 근원적 물음의 해결이 소설 과제임을 보여주는 것이다.

최인훈의 이후 작품에서도 시간을 다루는 고고학과 고고학자는 중요한 모티프로 등장한다. 「구운몽」, 『서유기』, 「열하일기」에 등장하는 고고학은 모두 '시간'과 관련 있는 것이다. 특히 이들 작품에 나오는 것은 현대와 가까운 시대의 화석이란 점에서 최인훈은 현실과 직접 연관된 시대에 대한 재조명을 시도하고 있다.

> 이 화석들은, 국립박물관 117호실에 있었는데 아무도 캐보려고 손을 대지 않은 자료였다. 고고학도들 사이에서는 이런 자료를 숫처녀라고 부르는데, 까닭은 말하면 잔소리일 것이다. 나는 이 숫처녀들에게 지분거려보기로 맘먹은 것이다. 이들 굳은 돌에 대해 적어둔 것을 아래에 옮겨본다.
>
> **첫째 굳은 돌** 가장 오래 된 듯. 배를 깔고 누운 사람. 올라 누운 가구는 침상으로 여겨짐. 다만 팔다리가 묶인 흔적이 보이나, 닳아서 알아보기 어려움.
>
> **둘째 굳은 돌** 불에 그을린 여자 팔, 다리, 머리 및 몸통의 여섯 토막으로 토막이 남. 머리에 비취가 박혀 있는 것으로, 꽤 신분이 높은 것으로 짐작. 온몸이 화상으로 오그라들었음. 기타 이렇다 할 꼬투리 없음.
>
> **셋째 굳은 돌** 팔다리를 하늘로 향해 모은 굳은 돌. 사냥터에서 모닥불 위에 걸쳐놓은 사슴의 꼴.
>
> **넷째 굳은 돌** 어린 애기의 굳은 돌. 가슴에 상처 있음.(「열하

일기」, 151-152쪽)

최인훈의 고고학에 대한 관심은 앞서 「광장」에 등장한 정선생으로 알 수 있었다. 「열하일기」에서는 주인공의 직업을 '고고학자'로 설정하였다. 인용문은 외국인 고고학자가 루멀랜드에서 발견한 네 개의 화석으로서 이는 우리의 역사적 사건을 말하고자 함이다. 첫째돌은 이순신이 고문받은 것이고, 둘째돌은 명성황후의 시해를, 셋째돌은 독립운동가에 대한 고문, 넷째돌은 6·25전쟁 당시 공산군에게 죽임을 당한 아기의 화석이다.

이러한 화석의 의미는 최인훈이 근현대사에서 큰 반향을 일으킨 사건들에 대한 새로운 고찰을 시도하는 것이다. 네가지 사건이 일어난 시대는 우리의 현재를 결정하였고, 미래를 결정하기도 하는 영향력을 가지고 있는 시간이다. 그 시간대가 고통스럽고, 치욕스러운 것일수록 덮어두기보다는 그에 대한 상처를 치유할 수 있는 방법적 성찰을 찾아야 한다. 고고학자가 묻혀 있는 화석을 발굴하여 과거의 생활상을 유추하듯 이 시간대는 현재와의 관계에서 재조명되어야 한다.

과거로의 '시간' 여행을 통해 훼손된 정체성의 회복 가능성을 보이는 작품으로 대표적인 것은 『서유기』이다. 초기작인 「가면고」와 「광장」에서 성찰의 방법을 '사랑'으로 다루었다면, 이 작품에서는 '시간'의 방법으로 그의 관심인 '자아성찰'을 모색하고 있다.

독고준의 시간여행은 개인의 원체험과 사회의 '문화형'이라는 두 축이 서로를 규정해가는 방식으로서 고찰한다. 이때 한 시대의 생활방식, 즉 문화형을 대변할 수 있는 역사적 인물의 등장이 필요하다. 이를 통해 현재의 자신을 규정하는 '문화형'이 무엇이며, 어떻게 그것으로부터 자유로울 수 있는지를 규명하는 것이 주요 관건이다.

독고준의 원체험을 살펴본 결과, 모든 유혹을 뿌리치고 독고준이 그토록 찾아가고자 하는 '그 여름날'의 정체는 바로 '자아비판'을 재구성하기 위한 것이었다. 독고준의 목적지는 결과적으로 자기 삶을 운명지웠던 바로 그 원체험의 시간으로서, 그것은 개체로서의 한 인간이 전체로서의 집단과 대면했던, 그리고 파멸을 겪었던 최초의 순간으로서 한국 근대사의 문제성을 내포하는 시간이기도 하다. 시간의 중요성은 그가 고향 W시에 방문했을 때 '성체험'의 진원지인 방공호를 방문하는 것이 아니라 '자아비판'이 재현되는 교실을 찾아가는 것에서 드러난다.

> ① 그는 일어서서 스탠드를 내려왔다. 철문을 통해서 운동장을 나섰다. 얼마를 가다가 그는 뒤를 돌아다 보았다. 부서진 운동장이 보였다. 어디가 들어가는 문인지 알아볼 수 없게 스탠드는 무너져 내려서 거기는 널따란 폐허였다.(『서유기』, 238쪽)

> ② 그는 일어나서 토치카에서 나왔다. 밖은 무덥고 눈이 부셨다. 그는 조심스럽게 나뭇가지를 헤치면서 비탈을 내려와 길 위에 섰다. 그는 거기서 토치카를 올려다본다. 토치카였음직한 모양의 흔적이 거기 있었다. 두꺼운 시멘트의 덩어리가 여기저기 넘어져 있고 토치카는 깨진 항아리의 남은 밑동아리처럼 땅 위에 버려져 있었다.(『서유기』, 272-273쪽)

예문 ①, ②는 독고준이 고향을 방문할 때 파괴된 장소들이다. 이처럼 파괴되는 장소들은 어떻게 해명해야 하는가. 이것은 독고준의 기억을 통해 제시되는 북한 사회에 대한 인상이 부자연스러움과 '이물감', 그리고 어울리지 않는 요소들의 결합이란 점을 고려하면 해결되리라고 본다. W시는 독고준에게 고향임에도 불구하고 생경한 장소로 다가온다.

> 건아니 월계관이니 하는 낱말들. 유럽의 무슨 학교, 무슨 학교들에서 비롯해서 개화기 일본 사람들에게 옮겨 심어져서 이 땅의 식민지의 시간에 또 다시 옮아온 그 애교심이라는 관습. '모자 벗어어, 응원 준비이' 모자 중허리를 움켜쥐고 오른쪽에서 왼쪽으로 흔들면서 고래고래 그 응원가를 불러야 하는 시간들. 삼삼칠 박수. 그 촌스런 박래(舶來)의 원숭이 놀음을 공산주의라는 것을 믿는 사회에서 여전히 놓아두고 있던 것을 생각하면 6 · 25까지의 북한 사회의 촌스러움, 그나마 공산주의라는 공식론에 어울리는 정서와 예법의 틀도 마련하지 못한 데서 오는 겉도는 기분-그런 것이 생각난다. 그럴 수밖에 없지 않은가. 생활의 필요가 이념을 낳고, 이념이 행동을 조직하고, 그렇게 조직된 행동이 생활을 바꾼다-는 모양으로 공산주의가 이루어진 것이 아니라 점령군이 데리고 들어온 공산주의자들이 벼락치기로 군림함으로써 비롯된 정권. 박래품(舶來品)임에는 마찬가지다. 그럴 때, 그 당대를 사는 사람들에게는 그 박래품은 그들의 개인적 삶의 실감의 핵심에 들어오지 않고 겉도는 어떤 근질근질한 이물감(異物感)으로 받아진다.(『서유기』, 234-235쪽)

귀향한 독고준에게 비친 고향의 모습은 이제 성인의 안목으로 비판을 가할 수 있는 장소이다. 그곳은 구원의 이념으로 등장한 사회주의조차도 현실에서는 맹목적 권위로 군림하는 폐쇄적 이데올로기에 지나지 않는다. 생활의 필요에서 이념이 생긴 것이 아니라 '이념'을 수입품처럼 받아들인 것이라면 그런 이념이 군림하는 장소는 정겨운 고향일 수가 없다. 이런 인식을 할 수 있기 때문에 그가 방문한 장소들이 파괴되는 환상을 만들어낸 것이다. 서구의 환상물에서 자주 등장하는 풍경 중의 하나는 속이 텅 빈 세계이다. 그것은 실재적인 것과 만질 수 있는 것으로 둘러싸여 있으나, 그 자체는 비어 있는 부재일 뿐이라는 것을 보여주는 것이다.[106] 독고준이 둘러본 고향도 마찬가지로 텅 빈, 부재의 장소가 된다.

「광장」에서 이명준이 남 · 북한을 모두 살아보면서 그에 대한 비판을 하고 있다면, 독고준은 '회상의 여행'을 통해 북한 사회의 경직된 이데올로기를 비판하고 있다. 이명준과 독고준은 자아성찰을 위해 전자는 '사랑'으로, 후자는 '시간'으로 그 방법을 모색하는 쌍생아와 같은 인물들이다. 그러므로 『서유기』에서는 에로스적인 내용이 들어설 자리가 처음부터 배제되었다고 보아야 한다. 이 작품에서는 「광장」, 「구운몽」, 『회색인』에서 보인 여성 편력과 사랑에 대한 관심이 '시간'의 문제보다 희석되었다. 독고준이 이유정을 찾아갔다가 그냥 나올 수밖에 없는 이유도 여기에 있다.

독고준이 환상세계에서 W시를 향한 여행을 하는 동안 그에게 지속적인 감정은 '부끄러움'이었다. 이유정을 성적 욕망으로 대한 자신의

---

106) 로즈메리 잭슨, 앞의 책, 66쪽.

마음과 행동에 대한 부끄러움이 원인인 것이다. 이것은 여성이 남성의 자아성찰을 위해 거쳐야 하는 '문'일 수 없다는 깨달음에서 온 것이고, 자신의 고통은 또한 여성과의 성적 관계에서 해결될 수 없음도 깨달은 결과라 할 수 있다.

환상세계로 그를 유도했던 '그 여름날의 여성'은 정작 W시에 도착했을 때에는 언급되지 않는다. 이로 보아서 '사랑'의 문제는 '시간'보다 한 고삐 늦춰진 느낌을 들게 한다. 에로스적인 사랑으로는 그의 정체성을 찾을 수 없다는 신념의 표현이다. 이제 그는 과거의 기억 속으로 여행을 하는 동안 혼자 힘으로 정체성을 확립해야 하는 순간에 도착한 것이다. 性的인 대상 이유정과 聖的인 대상 김순임 사이의 갈등에서 김순임을 거부한 것은 그녀와 김학이 닮았다는 점도 작용한다. "이 여자는 어딘지 김학이 놈과 비슷하다"는 것은 삶의 방식을 두고 한 생각이었다. 김학이 불가능한 혁명을 주장하는 것이나 전도사인 김순임이 종교에 의해 인간 구원을 가능하다고 보는 '순진한' 삶의 태도가 서로 닮은 것이다. 독고준은 그것을 받아들일 수 없었다. 김학의 '혁명'이 '박래품으로서의 이물감'을 느끼게 하듯, 기독교로 구원을 받는 것에 대해서도 독고준은 회의적이기 때문이다. 이 점은 그가 불교에 의해 구원을 받을 수 있으리라고 본 점에서 종교 그 자체가 아니라, 종교의 성격이 동양적인지 서구적인지에 가치를 두고 있음을 알 수 있다.[107)]

---

107) 최인훈이 불교에 의해서 현대인이 구원받을 수 있는 가능성을 시사하고 있는 내용은 여러 작품에서 나오고 있다. 「가면고」에서는 다문고 왕자 전생담, 「열하일기」에서는 고고학자인 주인공이 관람한 '유머구락부'에서 행한 관음선사의 법연(162-168쪽)과 『회색인』에서는 김학과 황노인의 만남에서 황노인이 불교를 내세우고 있는 점에서 드러난다.(176-178쪽), 「구운몽」에서는 김용길 박사가 읽은 법

독고준의 귀향에서 중요한 사건은 '자아비판'의 체험이다. 자아비판의 재현을 통해 자신의 밀실인 '방'으로 회귀하며, 이것은 독고준의 인생을 새롭게 할 수 있는 출발점이 된다. 따라서 독고준은 기억을 통한 환상의 '시간여행' 속에서 극복의 주체가 될 수 있는 가능성을 보인다.

> 맞은편에 방문이 나선다. 그러자 엔진 소리가 와르렁우르렁, 하고 가볍게 들리기 시작했다. 그 여름이다, 하고 독고준은 생각하였다. 인제야 그 여름에 도착했구나 하고 그는 생각하였다. 그 소리는 문 저편에서, 그 문의 안쪽에서 들려오는 것이었다. 그는 그것을 열었다.(『서유기』, 298쪽)

『서유기』의 환상성은 필연적인 장치이다. 환상성에 의해 과거의 시간으로 여행을 할 수 있었던 것은 사실주의 기법으로는 얻기 어려운 효과이기 때문이다. 기억이란 단순히 과거로의 회귀, 상상계적 세계 지향이 아닌 문화사적 의미를 지닌다. 최인훈이 '문화형에 대한 연구'에 관심을 가진 것은 우리의 역사와 문화에 맞는 '생활 방식'을 탐색하기 위해서였다. 그러므로 기억은 우리의 전통에서 현대까지 지속할 수 있는 '생활 방식'을 찾아내는 일을한다.

최인훈은 소설을 쓴 이유가 '문명사적인 탐구의 소설, 문화사적인 탐구로서의 소설, 소설이란 형태를 지닌 한국 정신사의 탐색' 때문이라고 언급한 바 있다. 이러한 목적 의식을 뚜렷하게 보여준 것이 바로

---

화(265-267쪽)와 『소설가 구보씨의 일일』 15장에서 구체적으로 나타나고 있다.

이 작품이었고, 더욱 심화, 확대시킨 『화두』로 이어진다. 독고준의 상념의 여행은 환상성을 도입하지 않았다면 얻기 어려운 것이다. 환상성은 독고준에게 무한한 시간과 공간의 확장을 가져다 주었고, 그 속에서 생각할 수 있는 기회를 제공하였다.

시간의 중요성을 다룬 작품으로 「하늘의 다리」도 주목해야 한다. 이 작품에서도 환상성은 나오지만 정점에 있는 「구운몽」과 『서유기』에 비하면 상당히 퇴조하였다. 오히려 최인훈 초기의 사실주의적 경향으로 되돌아간 모습이라 할 수 있다. 이 작품은 화가 준구의 내면성찰의 과정을 환상적인 서술과 리얼리즘적 서술로 결합하였다. 그 두 차원을 이어주는 매개체가 '하늘의 다리'라고 하는 매우 모호한 환상 장면이다. 이 '하늘의 다리'는 텍스트 내적 공간에서의 해석을 쉽게 허락하지 않고 있다. 천이두는 '다리'의 속성을 지상적 현실적인 것으로, '하늘'을 비실체적 환상적인 것으로 보면서, 하늘과 다리를 한 폭의 그림 속에 연결시키려는 시도는 실체와 비실체의 세계를 하나의 공간 속에 결합하려는 시도라고 언급하고 있다.[108] 그런데 그의 설명은, 그러한 결합이 무엇을 의미하며 의도하는지에 대해서는 규명하지 않고 있다.

> 문득 준구는 보았다. 창문 밖 저 멀리 하늘 중천에 다리가 보인다. 여자의 다리 하나가 오늘도 걸려 있다. 허벅다리부터 아래만 몸에서 뚝 잘린 다리다.
>
> 쇼 윈도에 양말을 신겨 거꾸로 세워놓은 마네킹의 다리가 하

108) 천이두, 「추억과 현실과 환상」, 『최인훈론』, 은애, 1979, 273쪽.

> 늘 한가운데 애드벌룬처럼 떠 있는 것이다. 발을 아래로 제대로 허공을 밟고 선 다리는 한쪽뿐인데 허벅다리 위에서 끝나 있다. 그런데 그 끊어진 대목이 마네킹과 다르다. 끊어진 대목에서 피도 흐르지 않는다. 있어야 할 둥근 절단면이 없는 것이다. 아무리 뒤로 돌아서서 절단면을 보려 해도 보이지 않는다. 절단면은 자기 그림자를 밟으려고 할 때처럼 시선에서 벗어난다. 끊어진 다리. 그런데 끊어진 자국이 없다. 그것은 마네킹의 다리가 아니라 분명히 살아 있는 다리였다. 여러번 보아서 그런지 이제는 부자연스럽지도 않다.(「하늘의 다리」, 85쪽)

인용문에 나오는 '다리'는 일반적으로 여성의 다리가 불러일으키는 선정적 감정보다는 '생명감'을 주고 있다. 다리의 이미지가 현실을 인식하고 '삶'을 수용하는 강인한 생명력을 상징하기 때문이다. 이명준은 은혜의 스커트 자락으로 드러난 다리를 보면서 삶의 욕구를 느꼈었다. 준구에게는 이런 감정은 나타나지 않는다. 하늘의 다리는 다른 사람에게는 보이지 않고 준구에게만 보인다는 점에서 처음에 공포감을 유발하였다. 그러나 곧 이런 사태를 현실로 수용한다. 이 작품은 환시에 의한 환상성을 보여주고 있지만 다른 환상적 서사에 비해 환상적 분위기는 약하다. 전체 플롯이 사실주의 기법을 충실히 따르고 있기 때문에 그러하다고 본다.

> 문학도 다른 전달 행위와 마찬가지로 그 문학이 그것으로 표기되고 있는 말이 쓰이는 사회에 의견의 일치가 있을 때 가장 생산적이다. 의견의 일치란 여기서는 문화적 동일성을 말한다. 우

> 리는 현재 그런 동일성이 未形成인 시기를 오래 살고 있다. 이런 시대를 사는 사람들은 자기 인생에게 어떤 安心立命을 주기를 누구보다 바라면서 어디에서도 그것이 얻어지지 않는 상태에 놓여지게 된다. 나는 이런 무정형의 공포를 우리 시대의 가장 큰 문제라고 생각한다. 인생은 언제나 어려웠겠지만, 거의 모든 시대에 그 어려움을 그것으로 견딜 立命의 형식이 있었다. 이 소설의 주인공은 그런 형식을 찾아 헤매는 오늘의 한국인의 한 사람이다.[109)]

'다리'의 이미지는 '무정형의 공포'를 유발하는 환경이다. 다른 사람에게는 보이지 않고 준구에게만 보이는 '다리'는 부조리한 세계에서 느낄 수 있는 삶에 대한 공포이다. 「가면고」에서 독고민이 설아의 가슴에 있었던 '검은 기미' 때문에 그녀와 헤어진 후 얻은 것이 '상징적 공포' 라고 했던 것과 유사하다.

> 오늘은 바다에 대해서 쓰겠네. (…중략…) 모래사장을 걷다가 나는 잠시 밑을 내려다봤네. 파도가 내 발부리에 닿을락말락하는군. 이상한 생각에 사로잡히네. 내가 금방 바다에서 나온 것 같은 생각 말일세. 나왔다는 건 탄생했다는 말일세. 생명은 바다의 미생물에서 생겼다지? 하나 내가 이상스럽다는 건 그런 게 아니지. 지금 금방 내가 이 바닷속에서 갑자기 생겨나왔다는 얘길세. 바다와 나는 틀림없이 한탯줄로 이어진 사이야. 그런데 그

---

109) 최인훈, 「입명의 형식-「하늘의 다리」에 대하여」, 『유토피아의 꿈』, 1994, 339쪽.

> 탯줄이 보이지 않는군. 바다와 미생물에서 지금의 나에게 이어지는 모든 사건의 연속이라는 탯줄, 그래서 나는 이렇게 여기 서 있다는 게 매우 당돌하게 느껴지네.(「하늘의 다리」, 116쪽)

예문은 준구가 부산에서 친구에게 보낸 편지의 일부분이다. 그는 은사인 한선생의 장례식을 치르고 난 후, 한선생의 딸인 성희를 다시 찾지 못하고 부산으로 내려간다. 그는 바다를 보면서 그때의 심경을 소설가 친구에게 편지로 보낸 것이다. 바다를 바라보는 이 장면은 생명 탄생의 먼 과거로의 소급이다. 여기에 더 추가할 수 있는 실질적인 것은 피난민 준구의 LST 체험이다. 전쟁 당시 LST를 타고 남한으로 내려왔을 때 처음 도착한 장소가 바로 부산 바다이다. 그러므로 피난민이자 실향민인 준구에게 삶을 새롭게 시작할 수 있는 장소로 의미를 주는 곳은 바로 부산의 '바다'가 되는 것이다.

한선생이 살고 있던 곳이 부산이기도 하지만 그에게는 LST 체험을 불러일으키는 장소가 부산인 것이 더 절실하다. 바다는 인류의 발생지라는 점에서 카프카의 前史에 해당하는 지점이다. 준구는 자신의 삶을 되돌아보는 시점에서 '나'와 '바다' 사이에 있는 '거리의 내력을 앓지 않으면' 안 된다는 사실을 깨닫는다. 우리에게 망각할 수 없는 역사적 상황을 아프다는 이유로, 또는 부끄럽다는 이유로 불문에 부쳐버려서는 안 된다는 사실을 확인시켜 주는 것이다. 그것은 삶의 현실로 끌어내어 치유해야 함을 역설하는 것이다. 이 작품 또한 '시간'의 울림 속에서 자아성찰을 하고자 하는 인물의 욕망을 드러내고 있다. 준구가 소설가 친구에게 자신의 이야기를 소설화하는 것을 허락하는 것은 '극복의 주체'가 될 수 있는 가능성을 마련하는 것이다.

지금까지 '극복의 주체'에 대해 살펴보았다. 방황이나 저항의 주체와 비교할 때 이들은 명시적이기보다 암시적으로 극복의 가능성을 보인다. 타자로 여겼던 여성들의 정체성을 인정하고, 그런 상태에서 '사랑'을 함으로써 부조리한 세계에서 구원을 얻을 가능성을 함유하기 시작한다. 또한 과거의 시간 속으로 향하는 '시간여행'을 통해 개인의 무의식의 시간층과 문화형의 근원을 형성하는 시간대로 회귀하여 현실의 모순을 극복할 수 있는 가능성을 탐색하고 있다.

## Ⅵ. 최인훈 소설의 환상적 요소와 문학적 의미

최인훈의 1960년대 소설 중에서 환상적 성격을 강하게 드러내고 있는 텍스트를 대상으로 하여 서사구조, 서술방식, 주체의 양상이 '환상성'과 결합할 때 생성하는 소설미학적 특성을 살펴보았다. 1960년대에 집중적으로 발표된 최인훈 소설은 전쟁과 분단의 체험에서 자유롭지 못한 상태이다. 그러나 1950년대 전후소설과 비교하면 그의 소설은 전쟁과 분단의 체험을 객관적인 시각으로 관찰하고 제시할 수 있는 시간적 거리를 어느 정도 확보하게 되었다. 따라서 그의 소설은 비극적인 역사체험을 감상적으로 반영하고 있는 1950년대 소설과 구분되며, 허무의식에서 벗어나 정신적 상처를 치유하고자 하는 극복의지를 보여주는 점에서 1950년대 소설과는 다른 차이를 보인다. 이런 차이점은 그의 소설 형식에 대한 실험 의식과 일관된 탐구 정신에서 비롯한 것이라 할 수 있다.

최인훈의 LST 체험은 실향민 의식과 '뿌리뽑힌 자'의 소외 의식을 가져왔다. 작가의 자전적 체험이 작중인물에게 투사된 방공호의 성체험과 자아비판 체험은 원체험을 형성한 진원지가 된다. 이와 같은 정신적 외상이 작가에게는 글쓰기의 동인으로 작용하며, 작중인물에게는 자아성찰을 위한 '길떠나기'의 계기가 된다. '성찰'의 서사는 1950년대 소설과 1960년대 소설의 변별점이 되는 주요 특성 중 하나이다. 1차 세계 대전 이후의 현대 소설에서도 '성찰'의 주제가 일반적인 것을 보면 이는 세계 문학의 흐름을 반영한 것으로 볼 수 있다.

전쟁과 분단의 체험에서 형성된 한국의 현실은 정치 · 경제 · 문화적으로 온전한 체제를 갖추지 못한 혼란상태였다. 최인훈은 이런 상태를 부조리와 악마적 상황으로 인식하였으며 이에 대한 태도는 환멸감과 저항, 극복의 자세로 나타났다. 그의 세계인식 태도는 서사구조에 그대로 반영되어 있다. 환상적 서사에서 가장 주된 구조는 탐색적 로망스 구조이다. 부조리한 현실에서 자아성찰의 '길찾기'를 시도하는 주체의 환상여행은 로망스 구조에서 효과적으로 드러나고 있다.

탐색 로망스 구조를 취하고 있는 「가면고」, 「구운몽」, 『서유기』, 『소설가 구보씨의 일일』은 중세 로망스 구조를 기본 틀로 하되, 현대적으로 변용하여 당대 현실의 모순을 반영하였다. 시간의 흐름과 공간의 이동이 단선적으로 이루어지는 로망스 구조의 기본틀을 나선형으로 변형시킨 최인훈의 환상적 서사는 작중 인물의 사유공간을 확장시키고 주체의 무의식적 욕망을 보여 줄 수 있는 기회를 증가할 수 있었다. 이와 같은 변형은 특히 『서유기』에서 두드러지게 나타났다. 주인공 독고준이 석왕사 역을 출발하여 다시 그곳으로 되돌아오는 반복적 여행은 시간을 계속 연장할 수 있는 이점이 있다. 인과율의 법칙에서 벗어난 자유로운 시간의 지층은 다양한 역사적 인물들을 만날 수 있는 기회를 갖는 것이다. 주인공 독고준이 만나는 역사적 인물은 한국적 문화형을 탐구하기 위한 장치가 되며, 정체성 회복을 모색할 수 있는 시간을 확보하게 되었다. 그러나 나선형의 여행이 반복되는 것은 탐색의 '길찾기'에 나선 인물들이 목적지에 도달하는 것을 지연시키며 그들의 욕망이 쉽게 충족될 수 없음을 암시하기도 한다. 이는 중세의 로망스 구조에서 보았던 영웅의 모험과 성취가 현대인에게는 불가능한 일이라는 현대의 암울한 상황을 반영한 것이라 하겠다.

「가면고」, 「광장」, 『소설가 구보씨의 일일』 등도 탐색적 로망스 구조를 기본틀로 취한다. 독고민, 이명준의 행로는 이데올로기에 영향을 받는 경우도 있지만 그들의 욕망을 구현하기 위한 '길찾기'의 시도가 더 큰 동인이다. 구보의 행로는 '하루'라는 짧은 시간속에 나타난다. 연작이란 점을 고려하면 1년 동안의 각기 다른 구보의 '하루들'을 보여준 것이다. 구보가 들른 장소의 특성은 현실비판의 계기를 마련한다든가 전통성을 부각시킨 곳이란 점에서 시사하는 바가 크다. 여기에는 최인훈의 탈식민주의적 태도가 반영된 것이다.

거울 텍스트 구조는 기본 서사의 이야기 속에 작은 삽화를 여러 겹으로 감싸는 것이다. 이것은 결국 의미의 중첩으로 이어져 주제를 강화하였다. 로망스 구조를 기본 골격으로 하는 「가면고」, 「구운몽」, 『서유기』의 작품에 서사가 중층으로 구성된 거울 텍스트 구조를 결합시켰기 때문에 작품의 난해성을 증폭시키는 결과를 가져왔다. 서사구조가 세 겹으로 에워싸여 있는 「가면고」는 '독고민 서사'의 주제를 전생담인 '다문고 왕자 서사'에 잇고 있으며 이는 계속 독고민의 무용극본인 '신데렐라 공주 서사'에도 계승하고 있어 의미의 중첩을 보여주고 있다. 각 서사의 인물들이 지니고 있는 '자아성찰'의 욕망은 시공간을 초월해서 동일하게 나타난다. 이는 인간의 보편적 욕망임을 보여주는 예가 될 것이다. 그러나 욕망의 성취가 현실적으로는 상당히 어려움을 보여준다. 「구운몽」과 『서유기』의 삽입 텍스트는 「가면고」보다 훨씬 더 복잡한 모습으로 구현되고 있다. 이러한 양상은 작중인물의 논문, 짧은 이야기, 꿈 등으로 삽입된 다른 장르의 글들을 혼합한 소설 형식의 일탈에서 드러나며 이는 『서유기』의 에세이성을 강화시킨다. 패러디 텍스트인 「구운몽」, 『소설가 구보씨의 일일』, 「금오신화」, 「옹고집뎐」, 「날개」는 원작과 비평적 거리를 유지하면서 원작의 구조적 안정을 수용하여 현실비판의 입장을 제시하고 있다.

환상적 서사의 서술방식은 모더니즘 소설의 특성이라 할 수 있는 에세이적 글쓰기와 의식의 흐름, 몽타주가 우세하다. 소설과는 다른 장르의 글들을 수용한 에세이적 글쓰기와 사회현실에 대한 관심을 표명한 해부, 작중인물의 심리를 묘사한 의식의 흐름은 주체의 사유과정, 무의식적 욕망을 드러낼 수 있는 서술방식이다. 에세이적 글쓰기는 서사전개와는 직접적인 관련이 적기 때문에 소설 독법의 흐름을 끊기도 한다. 한편 현재와 과거를 조합하고 있는 타임 몽타주는 작중인물의 내면탐구를 위해 중요한 역할을 하고 있다. 『서유기』에서 독고준이 과거의 역사적 인물인 논개, 이순신, 이광수 등을 만나서 대화를 가질 수 있었던 것은 환상성에 의한 시간 몽타주 때문에 가능하였다. 「구운몽」의 독고민이 그를 추격하는 낯선 집단들을 피할 수 있었던 것도 공간 몽타주의 효과라 할 수 있다. 이와 같은 몽타주는 소설의 영화화를 보여준 예가 된다. 또한 서사의 속도를 의도적으로, 전략적으로 느리게 하여 주체의 사유과정 속도와 일치시키고 있는 것도 최인훈의 환상적 서사의 특성이다. 또한, 최인훈 소설에서 기본 문체라 할 수 있는 지성적이고 관념적인 문체 외에 은유와 상징으로 구성된 서정적 문체를 볼 수 있다. 이는 소설이 운문화 경향을 띠는 것이다. 해학적, 요설적 문체는 현실비판을 익살적인 모습으로 보여주는 예가 된다. 소설의 에세이화, 서정성 등을 워르겐 슈람케는 현대소설의 특성으로 지적하였다. 최인훈의 서술방식은 1930년대 모더니즘, 나아가 세계문학에서 나타나는 모더니즘 소설의 한 지류를 보여준 것이다.

부조리한 세계에 주체가 반응하는 양상은 방황, 저항, 극복의 태도였다. 이들의 모습은 최인훈의 작품 속에서 미세하지만 단계적으로 발전하는 양상을 띠고 있다. 이는 1960년대라는 공시성 속에서 다양하게 나타나는 주체의 '차이'를 구현한 것으로 볼 수 있다. 주체의 다양한 양상에 수용된 환상성은 환상문학의 고전적 모티프들로 결합되었다. 대표적인 것은 인물의 변신 모티프와 꿈의 기제, 기시감, 인과율의 파괴를 통한 시공간의 확장 등이다. 인물들이 환상세계에서 직면하는 낯선 상황은 그들에게 환상소설의 특성인 '주저함'과 '망설임'을 갖도록 하였지만 이를 곧 수용함으로써 환상은 더 이상 초현실적 상황이 아닌 현실이 된다.

최인훈의 환상성은 훼손된 정체성을 지닌 작중인물들이 부조리한 세계에서 겪는 정신적 혼란과 이를 극복하는 과정을 드러내고자 할 때 필연적이다. 즉 환상성은 부조리 상황 그 자체를 가리키는 모순의 현실을 형상화하기도 하고, 동시에 그와 같은 상황에서 벗어날 수 있는 방법적 현상이기도 하였다. 이렇게 이중적인 성격을 띠는 그의 환상성은 서구의 이론과 차이를 보인다. 환상성이 비의미 · 무의미의 텅 빈 지역을 생성하는 서구문학과 비교할 때 그의 환상성은 의미지향을 추구하는 성격이 강하기 때문이다.

환상적 요소를 일정 부분 지니고 있는 서사에서 '방황의 주체'는 행동성이 결여된 인물들이 주인공이다. 인생을 '풍문 듣듯이' 살아온 방관자적 삶을 보여주는 '풍문인'과 상실과 권태로움에 시달리고 있는 인물들이 대부분이다. 부조리한 현실에서 미래에 대한 전망이 부재할 때 그들은 창 안에서 '바라보기'와 공상의 유희로 보낸다. 「GREY구락부 전말기」의 현과 구락부 회원들은 자의식 과잉에서 비롯된 삶의 무의미함을, 「금오신화」의 A는 우연성으로 점철된 인생의 비극성을 보여주고 있다. A는 전쟁 당시 역사의식이 부재한 인물이었지만 간첩 교육을 받고 도강하는 도중 정체모를 사람들에게 죽임을 당한 후, 자신의 영육이탈 장면을 보고서 역사적 주체로 변신한다. 「옹고집뎐」의 옹고집은 정치적 배경이 탈색된 단편으로서 최인훈 소설에서는 이례적으로 산업화된 도시를 배경으로 하고 있다. 실직자 옹고집 앞에 나타난 '또 다른 나'인 가짜 옹고집은 자아분열을 겪는 소시민의 모습을 상징화한 것이다. 도덕적인 옹고집과 방법을 가리지 않고 부를 추구하는 장인의 대조된 삶의 양식은 환도 이후 극대화된 대도시 서울의 양상이다. 서울의 중심은 개인적 이익을 추구하는 사람들로 채워지고, 서울 변두리는 양심적으로 살고자 하는 옹고집 같은 인물들로 구성되는 상황은 산업화된 도시의 현상을 보여주는 것이다.

현과 A, 옹고집이 정치, 사회적 이데올로기에 패배한 인물이라면 「만가」와 「수」의 주인공은 사랑의 상실감 때문에 삶의 권태에 빠진 인물들이다. 삶의 의욕이 마비된 이들은 「만가」의 여주인공처럼 자살이란 극단적인 행동을 하든가, 「수」의 주인공처럼 정신병원에 감금된 상태에서 무기력한 모습을 보여준다. 특히, 「수」는 1930년대 이상의

「날개」를 연상시키는 작품이다. '나'는 정확한 원인도 알지 못한 채, 아내에 의해 정신병원에 감금당하였다. '나'의 아내에 대한 사랑과 이를 외면하는 아내의 배신이 부조리한 상황을 만들고 있다.

환상세계에서 '저항의 주체'는 이데올로기의 허위성을 폭로하는 인물들이다. 환상세계에서 '황금시대'를 향한 과거의 시간으로 여행을 하는 이들에게 무의식적 욕망을 포기하도록 하는 부정적 상황이 지속적으로 발생한다. 그럴 때마다 인물들은 소극적인 태도이지만 거부의 자세를 갖는다. 이는 부조리한 세계를 유지하는 폭력적인 현실에 저항하는 태도로 볼 수 있다. 그래서 합법화된 거대권력은 체제유지를 위해 그들을 감시하거나 거세해버린다. 현실세계와 환상세계의 병치가 분명하게 제시된 「구운몽」과 『서유기』에는 무의식적 욕망을 추구하기 위해 이데올로기와 대립한 주체의 저항 태도가 구체적으로 구현되고 있다. 「구운몽」의 독고민이나 『서유기』의 독고준은 모두 '광인'으로 판정받았다. 동사한 독고민은 의사로부터 '몽유병자'라는 진단을 받으며 그 시신은 해부용으로 사용하도록 처리된다. 이와 같은 독고민의 죽음과 그 시신의 처리는 사회에서 격리되는 광인의 이미지를 상징화한 것이다. 광인의 행위에는 진정성이 있다. 이런 주체와 대조되는 인물은 독고민이 만나는 낯선 집단들이다. 시인들, 노은행원들, 무용가와 그들의 예술을 상업화하는 기획자, 감방간수, 여급들은 당대의 정치, 경제, 사회, 문화 등 총체적인 면에서 부정부패의 단면들을 보여주는 인물들이다. 이들을 통해 1960년대 사회현실을 비판하고 있다.

'극복의 주체'는 방황이나 저항의 주체와 비교할 때 그 특성이 암시적으로 나타난다. 「가면고」, 「웃음소리」, 「광장」, 「하늘의 다리」에서 작중인물들은 부조리한 세계와 맞서 있다. 그러한 행동은 '사랑'과 '시간'에 대한 태도로 나타난다. '사랑'과 '시간'은 최인훈 소설에서 작중인물들의 훼손된 정체성을 회복할 수 있는 방법이다. 그의 소설에서 남성 인물들의 공통점은 여성들을 철저히 타자로 보는 전근대적 인물이란 점이다. 그러나 정체성 회복의 가능성을 보유하는 작품에서 인물들은 이런 태도에 변화를 갖기 시작한다. 즉 타자로 여겼던 여성들의 정체성을 인정하고, 그런 상태에서 '사랑'을 함으로써 부조리한 세계에서 구원을 얻을 가능성을 함유하기 시작한다. 「가면고」의 독고민은 철저히 타자로 대하던 발레리나 정임을 자신과 동일한 자아로 인정하는 순간, 구원의 가능성을 갖게 된다. 정임은 독고민의 전생담을 듣고 그를 포용하는 헌신적인 사랑의 태도를 보여준다. 「광장」의 이명준이 바다에 투신하는 '자살' 행위는 재생적 의미를 갖는다. 이것은 타자성을 인정한 '사랑'에서 비롯되었다. 마스트에 있는 갈매기를 은혜와 그들의 딸로 인식하는 이명준의 태도에서 은혜를 성적 대상이 아닌 영혼의 동반자로 받아들이는, 즉 타자성을 인정하는 태도를 볼 수 있다.

이들이 '사랑'으로 자아의 구원을 얻는 가능성을 보인다면, '시간'으로 부조리한 현실을 극복하고자 하는 주체는 『서유기』의 독고준이라 할 수 있다. 그는 환상세계에서 과거의 시간 속으로 향하는 여행을 하게 된다. 그의 환상여행은 개인적 무의식의 시간으로 향하는 여행이면서 동시에 그것은 문화형의 근원을 형성하는 시간대로 향하는 여행이다. 독고준이 만나는 역사적 인물들을 통해 이순신 시대의 이데올로기, 이광수 시대의 이데올로기 등을 비판과 이해의 입장에서 고려할 여지를 마련한다. 이를 통해 그의 주체는 급진적 혁명보다는 온건한 개선에 관심을 두는 극복의 주체임을 보여주고 있다.

「광장」에서도 과거의 시간에 의미를 두는 장면이 나타난다. 이명준이 기시감을 느끼는 때와 정선생을 찾아가서 미이라를 구경하는 장면이다. 그는 처음 가본 들판에서 언젠가 이곳을 찾아왔던 것 같은 기시감을 겪는다. 이것은 前史의 의미를 지닌다. 정선생 집에서 본 미이라는 고고학의 연구 대상으로서 과거와 현재를 연결하는 매개체 역할을 한다. 시간의 지층을 현재화하는 미이라는 문화형의 원형질을 상징하는 것이라 할 수 있다.

이상에서 살펴본 최인훈의 환상적 서사는 세 가지 문학적 의미로 집약할 수 있다. 첫째는, 최인훈의 환상적 서사가 자아성찰에 대한 의지를 보여주는 문학세계를 공고히 하였다는 점이다. 이는 허무주의와 감상주의의 특성을 보이는 1950년대 전후소설과 변별성을 갖는 것이며, 모순된 현실을 극복하려는 의지라 할 수 있다. 역사적 체험으로 손상된 자아를 회복하는 것이 쉬운 일이 아니기에 환상세계에서 인과율에 벗어난 시공간과 사건을 통해 재현하였다.

둘째는, 최인훈의 환상적 서사는 리얼리즘의 수용과정에서 배제되었던 환상적 요소를 현대 소설에 복원시킨 점이다. 그가 사용한 보편적인 환상적 모티프는 고전문학의 환상성을 계승한 것이다. 현대적인 기법으로 낯설게 한 환상적 분위기는 환상문학의 지평을 확대하였다. 신소설과 식민지 시대에 볼 수 있었던 단편적인 환상성은 최인훈 소설에 와서 더욱 문학성을 갖춘 모습으로 한 단계 도약한 것이다. 그의 작품에 나타난 환상성은 단순한 현실비판의 수단이 아니라 부조리한 현실을 극복하기 위한 자아성찰의 과정을 노정하였다.

셋째는, 최인훈의 환상적 서사가 1930년대와 1950년대 모더니즘 소설의 기법을 계승하면서 모더니즘 소설을 심화시켰다는 점이다. 소설사에서 모더니즘의 양상은 이상, 박태원, 최명익 등의 작품에서 나타나고 있는데 이들 작가의 글쓰기 방식은 최인훈에게 직접적인 영향을 주고 있다. 최인훈은 모더니즘을 적극적으로 계승하고 집중적으로 실험함으로써 리얼리즘 일변도로 구축되어온 문학세계를 확대시키고 있다. 그의 환상성은 주체의 내면탐구를 심도 있게 다루고 있음을 볼 수 있다. 리얼리즘 소설의 평면적 성격에서 벗어나 입체적인 성격을 부여하여 세계적인 모더니즘 문학과 비교할 때 동시성을 획득하게 되었다. 이런 서술방식은 세계사적 흐름과 동궤에 있음을 보여준 것이다.

이 글에서는 환상성을 문제의식의 출발점으로 하여 최인훈 소설을 검토하였는데 그의 문학의 전반적인 특성을 고찰하기 위해서는 희곡 장르에서 나타나고 있는 환상성의 의미도 연구해야 하나 이것은 추후의 과제로 남긴다.

# ❖ 참고문헌

## 기본 자료

최인훈, 『광장 / 구운몽』, 문학과지성사, 1976, 재판, 1989.
______, 『회색인』, 문학과지성사, 1977, 재판, 1991.
______, 『서유기』, 문학과지성사, 1977, 재판, 1994.
______, 『소설가 구보씨의 일일』, 문학과지성사, 1976, 재판, 1991.
______, 『태풍』, 문학과지성사, 1978, 재판, 1992.
______, 『크리스마스 캐럴 / 가면고』, 문학과지성사, 1976, 재판, 1993.
______, 『하늘의 다리 / 두만강』, 문학과지성사, 1978, 재판, 1993.
______, 『우상의 집』, 문학과지성사, 1976, 재판, 1993.
______, 『총독의 소리』, 문학과지성사, 1980, 재판, 1994.
______, 『유토피아의 꿈』, 문학과지성사, 1980, 재판, 1994.
______, 『문학과 이데올로기』, 문학과지성사, 1980, 재판, 1994.
______, 『화두』 1 · 2, 민음사, 1994.
______, 『문학을 찾아서』, 현암사, 1971.
______, 『길에 관한 명상』, 청하, 1989.
______, 『꿈의 거울』, 우신사, 1990.

## 학위 논문

강미옥, 『최인훈 소설 연구: 고전 소설의 패러디 양상과 그 의미』, 전북대 석사학위논문, 1998.
길경숙, 『최인훈의 서유기 연구』, 한양대 석사학위논문, 2000.
김경욱, 『최인훈 소설의 이데올로기비판 담론 연구』, 서울대 석사학위논문, 1998.

김기주, 『최인훈 소설 연구』, 동국대 박사학위논문, 1999.
김미영, 『최인훈의 '소설가 구보씨의 일일' 연구』, 한양대 석사학위논문, 1994.
김민수, 『1960년대 소설의 미적 근대성 연구』, 중앙대 박사학위논문, 1999.
김인호, 『최인훈 소설에 나타난 주체성 연구』, 동국대 박사학위논문, 1999.
김영찬, 『1960년대 한국 모더니즘 소설연구-최인훈과 이청준의 소설을 중심으로』, 성균관대 박사학위논문, 2002.
박정수, 『현대소설의 환상적 상상력 연구』, 서강대 박사학위논문, 2001.
박혜주, 『최인훈 소설의 사실성과 비사실성 연구: 화자의 시점을 중심으로』, 이화여대 석사학위논문, 1984.
서은주, 『최인훈 소설 연구-인식 태도와 서술 방식의 상관성을 중심으로』, 연세대 박사학위논문, 2000.
송명진, 『최인훈 소설의 사실효과와 환상효과 연구』, 서강대 석사학위논문, 2000.
손유경, 『최인훈 · 이청준 소설에 나타난 텍스트의 자기반영성 연구』, 서울대 석사학위논문, 2001.
양윤모, 『최인훈 소설의 '정체성 찾기'에 대한 연구』, 고려대 박사학위논문, 1999.
양　인, 『최인훈 소설의 서사형식과 사회적 담론 연구』, 서강대 석사학위논문, 1996.
오승은, 『최인훈 소설의 상호텍스트성 연구: 패러디 양상을 중심으로』, 서강대 석사학위논문, 1998.
우미영, 『한국 근대 소설에 나타난 광기 연구』, 한양대 박사학위논문, 2002.
유초선, 『최인훈의 반사실주의 소설 연구』, 이화여대 석사학위논문, 1998.
이인숙, 『최인훈 소설의 담론 특성 연구』, 고려대 박사학위논문, 1998.
이호규, 『1960년대 소설의 주체 생산 연구-이호철, 최인훈, 김승옥을 중심으로』, 연세대 박사학위논문, 1999.
임경순, 『1960년대 지식인 소설 연구』, 성균관대 박사학위논문, 2000.
정혜영, 『최인훈 소설의 환상성 연구』, 숭실대 석사학위논문, 1992.
조보라미, 『최인훈 소설의 환상성 연구』, 서울대 석사학위논문, 1999.
추선진, 『최인훈 소설 연구』, 경희대 석사학위논문, 2001.
허영주, 『최인훈 소설의 정신분석학적 연구 = The psyco-analytical study of

Choi In-hoon's novels」, 계명대 박사학위논문, 1996.
황순재, 『최인훈 소설의 환상기법 연구』, 부산대 석사학위논문, 1989.

### 단행본

권영민, 『한국문학 50년』, 문학사상사, 1996.
권영민, 『소설과 운명의 언어』, 현대소설사, 1992.
권택영, 『자크 라캉 욕망 이론』, 문예출판사, 1994.
김민수, 『한국소설과 근대성 환멸의 세계 매혹의 서사』, 거름, 2002.
김동옥 · 이재선 편, 『한국소설사』, 현대문학, 1992.
김시태, 『문학과 삶의 성찰』, 이우출판사, 1984.
김욱동, 『포스트모더니즘의 이해』, 문학과지성사, 1993.
김윤식, 『김윤식 선집 4-작가론』, 솔, 1996.
김정관, 『존재의식과 위기의 문학 』, 푸른사상, 2002.
김해옥, 『한국 현대 서정소설론』, 새미, 1999.
김 현, 『문학과 유토피아-공감의 비평』, 문학과지성사, 1992.
나병철, 『한국문학의 근대성과 탈근대성』, 문예출판사, 1996.
문병호, 『아도르노의 사회 이론과 예술 이론』, 문학과지성사, 1993.
문학사와 비평 연구회, 『1960년대 문학연구』, 예하, 1993.
민족문학사연구소 현대문학분과, 『1960년대 문학연구』, 깊은샘, 1998.
이광호, 『환멸의 신화-세기말의 한국 문학』, 민음사, 1995.
이동하, 『우리문학의 논리』, 정음사, 1988.
이동하, 『현대소설의 정신사적 연구』, 일지사, 1989.
이승훈, 『포스트모더니즘 시론』, 세계사, 1991.
이승훈, 『과정으로서의 나』, 푸른사상, 2003.
이승훈 편저, 『문학상징 사전』, 고려원, 1995.
이재선, 『현대 한국소설사』, 민음사, 1992.
이재선, 『현대소설의 서사시학』, 학연사, 2002.

정끝별, 『패러디 시학』, 문학세계사, 1997.
최기숙, 『환상』, 연세대 출판부, 2003.
최혜실, 『한국 현대소설의 이론』, 국학자료원, 1994.

## 평론

권오룡, 「시간이여, 강낭콩 꽃빛으로 흘러라」, 『문학과 사회』, 1999. 가을.
김병익, 「사랑, 혹은 현대의 구원」, 『크리스마스 캐럴/가면고』, 문학과지성사, 1976.
김우창, 「남북조시대의 예술가의 초상」, 『소설가 구보씨의 일일』, 문학과지성사, 1976.
김윤식, 「어떤 한국적 요나의 체험」, 『최인훈론』, 은애, 1979.
김주연, 「분단시대와 지식인의 사랑」, 『변동사회와 작가』, 1979.
김주연, 문학과지성사, 『최인훈론』, 은애, 1979.
김주연, 「문학과 정신의 힘」, 『최인훈 문학의 두 얼굴』, 문학과지성사.
김주연, 「지식인의 행동」, 『문학비평론』, 열화당, 1974.
김주연, 『최인훈론』, 은애, 1979.
김치수, 「지식인의 망명」, 『현대한국문학의 이론』, 민음사, 1972.
김치수, 『최인훈론』, 은애, 1979.
김　현, 「헤겔주의자의 고백」, 『이헌구선생 송수기념 논총』, 1970.
김　현, 『최인훈론』, 은애, 1979.
박영호, 「환상성, 잃어버린 꿈을 찾아서」, 『길 끝에서 만나는 길』, 아세아문화사, 2000.
백　철, 「하나의 돌이 던져지다」, 『서울신문』, 1960. 11. 27.
송재영, 「분단시대의 문학적 방법: 〈서유기〉」, 『서유기』, 문학과지성사, 1977.
신동한, 「확대해석에의 이의」, 『서울신문』, 1960. 12. 14.
염무웅, 「상황과 자아」, 『현대한국문학전집』, 신구문화사, 1974.
염무웅, 『최인훈론』, 은애, 1979.

오생근, 「믿음의 세계와 창의 문학」, 『우상의 집』, 문학과지성사, 1976.
이광호, 「몽유의 형식과 의식의 고고학」, 『환멸의 시학』, 민음사, 1995.
이동하, 「관념과 삶: 〈회색인〉」, 『집 없는 시대의 문학』, 정음사, 1985.
이동하, 「최인훈 〈광장〉에 대한 재고찰」, 『한국문학』, 일지사, 1986.
이동하, 『현대소설의 정신사적 연구』, 일지사, 1989.
이선영, 「지식인의 의식구조」, 『최인훈론』, 은애, 1979.
이인숙, 「최인훈의 〈춘향뎐〉 〈놀부뎐〉」, 『봉죽헌 박봉배박사 회갑기념논문집』, 배영사, 1986.
이인숙, 「최인훈의 〈서유기〉, 그 패로디의 구조와 의미」, 『미원 우인섭 선생회갑기념논문집』, 집문당, 1986.
이태동, 「문학의 인식작용과 야누스의 얼굴」, 『세계의문학』, 1978. 여름.
임헌영, 「증언과 예언」, 『최인훈론』, 은애, 1979.
전중명, 「한국문학사에 등장한 새로운 인물」, 『최인훈론』, 은애, 1979.
정과리, 「자아와 세계의 대립적 인식」, 『문학과 지성』, 1980. 여름.
정현종, 「개인과 상황의 항로」, 『최인훈론』, 은애, 1979.
천이두, 「밀실과 광장」, 『문학과 지성』, 1976. 겨울.
천이두, 「추억과 현실과 환상」,『하늘의 다리/두만강』, 문학과지성사, 1978.
한　기, 「〈광장〉의 원형성, 대화적 역사성, 그리고 현재성」, 『작가세계』, 1990, 봄호

### 국외 서적

Mike Bal, 환용환 · 강덕화 옮김, 『서사란 무엇인가 NARRATOLOGY Introduction to the Theory of Narrative』, 문예출판사, 1999.
N. 프라이, 임철규 역, 『비평의 해부』, 한길사, 1991.
Robert Scholes & Robert Kellog, 임병권 옮김, 『서사의 본질 The Nature of Narrative』, 예림기획, 2001.
로버트 험프리, 천승걸 역, 『현대소설과 의식의 흐름』, 삼성문화문고, 1984.

로즈메리 잭슨, 서강여성문학연구회 옮김, 『환상성-전복의 문학』, 문학동네, 2001.
린다 허천, 장성희 역, 『포스트모더니즘의 이론과 전략』, 현대미학사, 1998.
린다 허천, 김상수 · 윤여복 역, 『패로디 이론』, 문예출판사, 1992.
미셸 푸코, 오생근 역, 『감시와 처벌』, 나남출판, 1996.
미셸 푸코, 김부용 옮김, 『광기의 역사』, 인간사랑, 1993.
발터 벤야민, 반성완 역, 『발터 벤야민의 문예이론』, 민음사, 1992.
엠마누엘 레비나스, 양명수 번역, 『윤리와 무한』, 다산글방, 2000.
엠마누엘 레비나스, 강영안 옮김, 『시간과 타자』, 문예출판사, 1997.
유진 런, 김병익 역, 『마르크시즘과 모더니즘』, 문학과지성사, 1996.
위르겐 슈람케, 원당희 · 박병화 옮김, 『현대소설의 이론』, 문예출판사, 1998.
캐스린 흄, 한창엽 역, 『환상과 미메시스』, 푸른나무, 2000.
프랑수아 레이몽 · 다니엘 콩페르, 고봉만 외 옮김, 『환상문학의 거장들』, 자음과 모음, 2001.
토도로프, 이기우 옮김, 『환상문학 서설』, 한국문화사, 1996.

# 제2부

# 최인훈 소설의 상상력

## Ⅰ. 현실인식과 문학적 상상력

### 1. 머리말

근래, 소설과 대중문화 속에서 관심을 가져야 할 소재를 하나 찾는다면 단연코 '환상성'이 될 것이다. 각 지면마다 특집기획[1] 으로 다루

---

1) 환상문학을 특집으로 다룬 것은 『상상』 1996년 가을호부터이다. 그 이후 『오늘의 문예비평』 1996년 겨울호(이재실의 「환상이란 무엇인가」, 박종탁의 「중남미 현대소설과 환상적 리얼리즘」, 황순재의 「사이버공간에서 환상적 글쓰기」), 『외국문학』 1996년 겨울호(김성곤의 「SF문학, 어떻게 볼 것인가」, 박상준의 「SF문학의 인식과 이해」), 『세계의 문학』 1997년 여름호(황병하의 「환상문학과 한국문학」, 츠베탕 토도로프의 「문학과 환상」, 크리스 발딕의 「위반의 이야기, 산업의 우화」, 프랑코 모레티의 「공포의 변증법」, 『외국문학』 1997년 가을호(김춘진의 「"알렙"과 "픽션집": 혼돈의 시대와 환상, 문학의 논리」, 김경복의 「한국 현대시에 보이는 환상성의 의미」, 황국명의 「90년대 소설의 환상성, 그 상상력의 모험」) 등이 참고할만한 자료이다.

어진 환상성은 마치 '돌아온 탕아'를 맞이하는 호들갑스런 부모들의 모습과 닮아 있다. 물론 '탕아'는 불행했던, 또는 불미스러웠던 과거의 생활을 말끔히 청산하고 반듯한 생활을 표본으로 하는 모범적인 시민의 모습을 띠고 있어야 외착이 일어나지 않는 감동적인 각본이 될 것이다. 이와 같은 모든 현상들은 환상성을 '타자 복귀'의 관점으로, 패러디를 다원화된 세계의 반영으로 보는 포스트모더니즘의 문학적 징후와 관련이 있다. 필자 또한 이런 견해에 반론을 펴고자 하는 것은 아니다. 다만, 문학 안에서 환상성이 존재하지 않았던 때가 과연 얼마나 되는지 의문스러울 뿐이다. 오히려 우리가 환상성이 문학의 본질이라는 점을 간과한 채, 아니면 환상성이 사실주의의 그늘에 가려서 관심의 초점을 받지 못한 채, 오늘에 이른 것은 아닌지 모르겠다. 그러므로 환상성이 문학의 자리에 공백기를 남기는 불성실함을 보인 적이 없다면 '부재' 다음에야 오는 현상인 '복귀'라는 것도 있을 수 없는 것이 아닌가?

이제 우리는 문학과 환상의 올바른 관계를 살펴 보고 환상성에 대한 정당한 평가를 해야 할 시기에 서 있다. 게다가 이 땅에는 고전문학은 차치하고서라도, 포스트모더니즘의 열기가 도래하기도 전인 1960, 70년대에 이미 환상성과 패러디의 양식을 통해 자신의 문학관을 확고히 다진 작가가 있었다. 그는 바로 최인훈으로서 그의 독특한 문학세계는 고전소설의 환상성과 1990년대 현대소설에 나타난 환상성 사이의 교량 역할을 하고 있으며 이러한 역할은 고전소설과 현대소설 사이의 단절감을 극복한다는 의미에서 좋은 사례가 될 것이다.

최인훈의 문학세계는 간단히 일별해 보아도 여러 가지 특징을 발견할 수 있다. 첫째는, 패러디 계열의 작품이 비교적 많다는 점이고, 둘째는 관념적인 성격을 드러내는 에세이적 수법의 작품 경향이 많다는 점, 셋째는 환상적인 수법의 작품을 띠고 있다는 점, 넷째는 소설에서 희곡으로의 장르 전환을 들 수 있다. 따라서 그의 관심의 하나가 '환상'이라는 것을 쉽게 짐작할 수 있으며 그의 소설에 나타나는 환상성의 의미를 파악하는 것은 그의 문학세계를 이해하는 하나의 회로가 될 것이다.

문제는 '환상문학'이라는 틀로 범주화할 때 그 경계를 어디까지로 정하며, 그 조건여부를 무엇으로 정하느냐가 선결해야 할 과제이다. 그런데 서구에서는 일찍부터 이에 대한 논의가 이루어지고 있었으나 우리의 현실은 근래에 논의가 시작되고 있기에 환상성에 대한 정의는 아직도 유동성을 띠고 있다. 따라서 필자는 기존의 논의[2]에 의존하면서도 환상의 양상이 주도면밀한 의장으로서 작품의 주제전달에 영향을 미칠 때로 한정한다.

본고에서는 최인훈의 환상성, 특히 「가면고」에 드러나는 환상성의 요소는 무엇이며 그런 환상성을 통해 얻은 문학적 성과는 무엇인지 살피고자 한다. 아울러 고전소설이나 1990년대 대중문화에서 드러나는 환상성과는 어떤 변별성을 띠고 있는가에 대해서도 주목한다.

## 2. 문학과 환상

### 1) 중국과 중남미의 환상문학 배경

문학은 영원한 꿈꾸기의 순환에서 생산된 예술이다. 죽음에 이른 그

---

2) 토도로프의 『환상문학입문』(이기우 역, 『덧없는 행복-루소론/환상문학서설』, 한국문화사, 1996)과 캐스린 흄의 『Fantasy and Mimesis』(Methuen, 1984)의 내용을 참고하였다.

순간에야 '욕망'의 끈을 놓는 우리 인간에게 욕망은 끊임없이 꿈꾸기를 추진하는 원동력이 된다. 그 꿈의 결과물은 예술이라는 완성품으로 우리에게 안겨지며, 우리는 이에 만족하지 않고 또 다시 기존의 예술을 욕망의 한구석으로 몰아내고 새로운 욕망의 자락을 좇기에 꿈꾸기의 휴식은 영원히 추방당하는 것 같다. 이것이 예술을 향유하는 가장 인간적인 삶의 단면이 된다. 예술과 소설이 위기의식을 느끼면서도 인간과 공생공영할 수 있는 이유 또한 인간의 무한한 욕망에 있는 것이다.

그렇다면 꿈꾸기의 대상은 무엇인가? 바로 유토피아이다. 현실에 대한 모순과 불만을, 미래에 대한 불안과 공포를 우리는 유토피아를 추구하면서 열거한 사항들을 잊기도 하고, 그 길에 이르기 위한 탐색을 늦추지 않는다. 이러한 과정을 환상으로 치환하여 그 방안을 모색하고 있다. 소설은 현실 재현의 의무와 권리를 상호보족적으로 누리고 있기에 그 현실을 반영하는 모습은 여러 가지 양태가 될 수밖에 없다. 그러나 현실은 인간에게 항상 행복과 낙원만을 제공하는 것은 아니기에 현실에서 빚어지는 행 · 불행, 미 · 추의 상황은 그것을 이겨내는 방법으로 인간을 유토피아의 세계로 이끈다.

결국 환상은 꿈꾸기의 과정 안에서 현실을 굴절시킨 여러 모습 중 하나인 것이다. 그러므로 꿈꾸기와 환상은 원인과 결과의 변증법적인 과정 속에서 그에 합당한 환상의 모습을 여러 양상으로 탄생시키는 것이다. 열거하자면 지면이 부족할지도 모르는 인간의 욕망들을 우리는 환상이라는 외피를 입혀 '문학'으로 세상에 내놓는다. 그렇다면 환상은 문학의 본질이라 해도 과히 틀린 말은 아닐 것이다. 더구나 환상의 발생은 미메시스의 싹과 동시기라는 예들이 서구의 문학뿐만 아니라 동양문학에서도 꾸준히 밝혀지고 있다. 본고에서는 중국문학과 근래에 보르헤스, 마르께스 등의 영향으로 환상문학의 근원지처럼 여겨지는 중남미 문학에서 그 예들을 찾아보았다.

중국 전기문학에 도교사상이 끼친 영향을 살펴보면 문학의 형성이 현실과 얼마나 밀접한 관계를 맺고 있는지 확인할 수 있고 이것은 환상이 현실과 결합하고 있는 것을 보여주는 것이 된다.

고힐강(顧頡剛)은 중국 고전문학에서 낭만적인 색채가 다분하고 기이한 상상이 가득 찬 문화적 유파를 언급하면서, 그 연원으로 『장자』와 『초사』를 지적하였다. 그리고 거기에는 도교의 영향이 존재하고 있음을 밝혔다.[3] 도교가 중국 고전문학에 끼친 영향을 두 가지로 요약하고 있는데 하나는 여러 가지 신기하고 기이한 의상(意象, 이미지)을 제공하였다는 점이고, 다른 하나는 인간들의 상상력을 자극하였다는 점이다.

고힐강의 글을 좀더 인용하면 다음과 같다. 상상력이 풍부한 문학으로 일컬어지는 『장자』와 『초사』는 곤륜신화와 봉래신화의 영향 때문에 창작된 것이며 그 신화의 공간은 바로 초나라이다. 당시 초나라의 지리적 배경을 보면 중국의 남방 지역으로서 평원으로 이루어져 있고 북방에 비해 기이한 풍물을 접할 수 있는 기회가 많아 이러한 기이하고 신비로운 자연적인 환경이 사람들로 하여금 풍부한 상상을 가능케 하였다. 또한 강남은 지형적으로 낮아서 습한 곳이 많았는데 사람이 고온다습한 기후에 오랜 세월 동안 노출되면 질병에 걸리기 쉽고, 또한 뭇 짐승들의 왕성한 번식력으로 말미암아 해로운 동물이나 곤충들에 의해 생명의 위협을 받기가 쉬웠다. 이러한 까닭에 사람들

3) 고힐강, 심규호 역, 『도교와 중국 문화』, 동문선, 1988, 449-456쪽.

의 수명이 짧을 수밖에 없었으며 이를 극복하기 위해서 초나라 사람들은 巫術과 도깨비를 믿었으며, 음사(부정한 귀신을 모시는 집)를 중시하였다. 그리고 이러한 巫風은 다시 사람들의 호기심을 자극하였고, 이런 까닭에 갖가지 신화가 등장할 수 있는 조건이 성숙될 수 있었다. 또한 초문화는 북방의 경우 이성주의에 의해 이전의 구문화가 훼멸된 것과는 달리 이전의 무풍을 중시하는 은나라 문화유산을 그대로 보전하였기에 무풍에 대단히 많은 영향을 받았다.

이상과 같이 자연적인 환경과 문화유산의 영향, 그리고 여기서 비롯된 심리적 상태를 토대로 초나라 문화권에서는 『산해경』, 『장자』, 『초사』 등과 같은 수많은 신화 · 전설이 생겨나게 된 것이다. 그리고 초나라 문화권에서 나온 유물이나 칠기 등에 기이하고 신비한 분위기를 주는 환상적인 문양이 등장하는 것도 바로 이런 이유이다. 상상력이 풍부하여 환상의 거름이 될 수 있는 것들도 결국은 그 지역의 현실조건과 결합해서 형성된 것임을 알 수 있다.

시 · 공의 차이는 있지만 중남미 지역에서 성행하고 있는 환상문학의 배경에도 그들의 지리적 · 사회적 상황이 크게 작용하였다. 우선 중남미에만 독특하게 존재하고 있는 복합문화의 현실을 제대로 알아야 한다. 중남미 현대소설은 그들만이 특유하게 갖고 있는 인디안 문명, 상류층 사회에 존재하는 르네상스 시대의 유럽 문화, 흑인들에게서 볼 수 있는 식민지 시대의 아프리카 문화와 19세기에서 20세기 초까지 있었던 유럽인들의 이주 등 매우 복잡한 문화 · 정치 · 사회 현상을 경험했기 때문에 그 속에서 피어난 문학도 상호모순적이자 다양한 면을 보여주는 복합문화의 형태를 취하고 있다.[4] 그러므로 중남미에서 활약하고 있는 마르께스나 보르헤스, 꼬르따사르 등의 중남미 붐

세대를 대표하는 작가들에게 보이는 독특한 환상성은 그들 개인의 문학적 취향이라고도 볼 수 있지만 이것은 복합된 문화가 빚어낸 공통된 정서의 반응이라고 할 수 있겠다. 환상적 사실주의니 경이적 사실주의, 마술적 사실주의[5]라고 불리는 중남미의 현대소설은 오늘날 리얼리즘의 담론을 확대한 것으로서 결국은 그들의 현실 극복의 한 대안이었던 것이다.

우리 나라의 환상문학과 직접적인 관계에 있는 중국과 포스트모더니즘의 관심 속에서 새롭게 주목을 받고 있는 중남미의 문학에서 그 환상성의 자양분을 살펴 보았다. 그 결과 현실인식의 한 방법임을 알 수 있었고 따라서 환상이 현실과 완전히 유리된 것이 아니라 민족적 · 사회적 · 문화적인 현실상황의 조건에 따라 환상의 모습이 다르게 나타남을 알 수 있었다.

### 2) 한국의 환상문학에 대한 역사적 배경

한국문학에서 환상성이 가장 잘 드러나는 문학은 전기문학이나 몽유록 · 몽자류 소설이다. 전기소설의 일반적 성격을 보면 사대부들이 의도적으로 창작한 것으로서 이는 사회현실을 반영하면서도 도덕적인 비난이나 정치적인 검열을 회피하기 위한 수단으로 환상성을 이용하였다. 이들 작품은 천상이나 명부, 용궁 등에서 전개되는 진기하거나 경이로운 사건 때문에 대체로 낭만적 성격과 환상적 성격이 동시에 나타난다. 몽유록계 소설이나 몽자류 소설 또한 정치적, 사회적,

4) 송병선, 「중남미 현대소설과 포스트모더니즘의 문제」, 『중남미 문학과 포스트모더니즘』, 보르헤스연구회, 책갈피, 1993.

5) 황병하, 『반리얼리즘 문학론』, 열음사, 1992, 92쪽.

사상적 모순과 균열 속에서 소외된 사대부들이 그들의 의식을 대변하기 위해 '꿈'이라는 장치를 통해서 절박한 당대 현실의 부조리를 폭로하고자 한 것이다. 고전소설에서 환상성의 요소는 귀신의 등장이나 변신, 전생, 꿈의 구조를 통해서 강하게 나타난다. 여기서 꿈의 장치는 가장 합리적인 모티프이며 귀신이나 변신 등도 당대에는 비현실적인 것이라고 거부당하기보다는 그 당시의 세계질서를 보여주는 것으로 수용되었던 것이다. 당시 독자들은 비현실적인 상황에 대하여 의문을 제기하는 것이 아니라 그런 세계를 인정하고 초자연적인 현상에도 의문을 제기하기보다는 그것을 수용하는 자세를 보여준다. 이것은 환상성이 환상적으로 여겨지지 않는 상황이라고 볼 수 있다. 당시 사회는 '환상성'이 현실과 대립된 공간이 아니라 현실의 한 부분이었기 때문이다.

필자는 고전소설의 환상성이 사회전복의 의미를 지닌다는 생각은 좀더 고려해 볼 사항이라고 여긴다. 물론 환상성이라는 창작기제를 통해 현실의 모순과 부패를 우회적으로든 간접적으로 폭로한 것은 시인한다. 그러나 이런 시인이 곧바로 당대사회를 개혁하거나 전복하는 것으로 파악하기에는 당대의 지배 이데올로기인 유학의 틀이 너무 견고하다. 창작 계층인 사대부들은 현실의 모순을 개선하는, 부패를 회복하는 온건적인 성향을 지닌 것으로 보아야 한다.

90년대 소설에 나타나는 환상성의 의미를 황국명[6]은 현실 관념에 대한 근본적인 회의라는 시대적 배경 속에서 문학의 고갈, 상상력의 위기를 돌파하려는 노력의 산물이라고 이해하고 있다. 현실 관념의

---

6) 황국명, 「90년대 소설의 환상성, 그 상상력의 모험」, 『외국문학』, 1997. 가을호, 36쪽.

위기라는 맥락에서 환상은 논리적으로 양립불가능한 것, 경험적으로 존재할 수 없거나 다른 것, 이성적으로 이해하거나 설명할 수 없는 것, 심리적으로 낯설고 불안한 것, 도덕적으로 수용할 수 없는 것, 사회정치적으로 전복적인 것, 예술적으로 표현할 수 없는 것이라 하였다.

좀더 확대하여 1990년대의 대중문화에 드러나는 환상성을 진단한 글을 보자. 박영호[7]는 대중문화가 환상성에 의존하는 이유를 '새로운 경험을 통해서 현재의 슬픔으로부터 벗어나거나, 또는 억눌려 있는 잠재적 욕망을 해방시키고 싶은 마음' 때문이라고 보았다. 그러나 '현실변혁과 개선을 담보로 하지 않은 환상은 우리의 삶의 조건을 퇴행시키고 더욱 황폐화시킬 따름이라는 점에서 경계해야' 함도 지적하였다.

1990년대 소설과 대중문화 속에 드러나는 환상성은 1980년대 문단을 지배했던 이데올로기의 양상이 퇴조한 것과 포스트모더니즘의 영향, 세기말의 분위기와 맞물리고 있다. 일회적이고 말초적이며 감각적인 시대 분위기를 반어적으로 표현하기 위해서는 영원성의 미덕을 보이는 것, 과학주의와 합리주의의 영역을 벗어나는 것이 필요하다. 그러다 보니 정전과 질서와 모범적인 답안에서 일탈하고자 하는 전위적인 모습들이 나타나고 글쓰기에서도 고전적인 스타일에서 벗어나려는 시도가 다양하게 표출되고 있다. 지금까지는 가시화시킬 수 있는 것만을 대상으로 했는데 이제는 비가시의 대상도 가시화할 수 있는 창작의 폭이 넓어진 세상이 된 것이다. 그래서 1990년대는 호들갑

7) 박영호, 「환상성, 잃어버린 꿈을 찾아서」, 『길 끝에서 만나는 길』, 아세아문화사, 2000, 240쪽.

스럽게 환상성에 대해 서로 손을 뻗치는 것이다.

그렇다면, 최인훈에게 있어서 환상의 의미는 무엇인가? 그의 산문이나 평론집을 읽어 보면 그가 유난히 '환상'이란 단어에 몰두하였으며, 나름대로 개념화하고자 애쓴 것을 알 수 있다. '인간의 Metabolism의 3형식'에서는 예술과 환상의 관계가 상당히 도식화되어 있다.

> 현실 세계에서는 X(범신론적 뜻에서는 神)의 부분인 나(I)가, 의식의 한 형태인 꿈, 환각, 환상 속에서는 스스로 X′ 즉, 자기를 초월하는 실재가 되는 경험을 가진다. 꿈이라는 의식의 형식으로 존재하는 시간 속에서의 자아는, 자기 속에 '세계와 또 하나의 자기'를 가지는, 'X′라는 나'가 된다. 나와 세계의 모순을 모순대로 유지하면서도 나와 세계를 초월해 있다는 상태가 '환상'이라는 의식형태의 구조이다. 예술은 이 형태를 자각적으로 운용하는 기술이다.[8)]

위의 인용에서 최인훈이 말한 현실세계 X는 톨킨이 말한 '세계1'과 동일한 것이며 환상세계인 X′는 '세계2'와 동일한 것임을 알 수 있다. 인용문의 내용은 모순 투성이의 현실세계에서 앓고 있는 '나'를 구제할 수 있는 것은 '환상'임을 보여준다. 환상은 모순을 안고 있는 현실세계와 '나'의 거리를 객관적으로 유지하여 현실세계를 분석할 수 있고 다시 종합할 수 있는 안목을 길러주어 예술을 창조할 수  있게 하는 것이다. 예술을 생성해내는 원동력인 '환상'의 기능을 최인훈은 일

---

8) 최인훈, 「인간의 Metabolism의 3형식」, 『꿈의 거울』, 우신사, 1990, 289쪽.

찍부터 직시하고 있었던 것이다.

시 · 공간의 제약을 받지 않으면서 예술가의 상상력을 마음껏 펼 수 있는 것으로 환상기법은 최상의 대우를 받을 수 있다. 최인훈과 동일한 시대에 그와 비슷한 체험을 겪은 작가들이 많았음에도 불구하고 유독 최인훈이 환상성에 관심을 갖게 된 것은 그동안 리얼리즘의 세계에 길들여진 소설세계를 새롭게 창작하려는 욕망으로 볼 수 있다.

국문학사에서 환상성에 의존했던 때가 의외로 미약했던 시대는 아이러니컬하게도 일제침략기였다. 서민들의 고통지수가 가장 절정에 달해 있을 이 시기에 신채호의 몇몇 작품들을 제외하고는 이렇다할 환상성을 지닌 작품이 보이지 않는 현상을 무엇으로 해석해야 하는가? 그 하나는 새로운 문예사조의 영향으로 볼 수 있다. 현대문학의 도입과 형성기라고 할 수 있는 이 시기에 처음 대하는 여러 문예사조는 새로운 창작태도를 요구하였으며 리얼리즘에의 경도는 현실반영에 치중하였다. 또 하나 추측할 수 있는 것은 독자의 수준이다. 고전소설의 수용계층은 아무래도 창작계층과 동일한 수준의 지적 능력을 지닌 계층이었으므로 사대부 작가들의 현실비판을 위한 우회적인 표현도 파악할 능력을 지녔다고 본다. 그러나 일제 강점기에 선각자에 해당하는 지식인 작가들은 대중들을 교화하겠다는 취지로 작품을 쓰면서 당대 현실의 빈곤한 생활상을 우회적인 수법보다는 직접 보여주는 것을 선호하였기에 환상이 들어설 자리가 없었다고 여겨진다.

최인훈의 시대는 현실반영과 함께 반영한 현실의 문제점을 극복할 수 있는 대안이 시급했던 시기이다. 이제 문학 속에서 현실을 보여주는 것으로 만족해야 하는 게 아니라 그 다음 그렇게 보여 준 세상을 건너갈 수 있는 길이 무엇인가에 이제 매달려야 하는 것이다. 식민지 체험, 전쟁체험, 분단체험 등의 더 이상 처참해질 수 없는 상황에서 상처 받은 영혼들을 치유할 수 있는 것이 필요한 때이다. 최인훈은 이렇게 신체적 · 정신적으로 피폐해진 전쟁세대와 4 · 19세대들에게 다시 안정된 삶의 터전으로 돌아갈 수 있는 것을 '환상'에서 찾기 시작했다.

## 3. 「가면고」의 환상적 양상

최인훈의 작품에서 환상성을 중요 모티프로 다룬 작품은 본고의 텍스트 외에도 「하늘의 다리」, 「웃음소리」, 『서유기』, 「총독의 소리」가 있다. 본고에서 『서유기』와 「총독의 소리」까지 함께 다루는 것이 최인훈의 환상성의 의미를 밝히는 데 타당한 방법이겠으나 이 두 작품은 장편소설로서의 정밀함을 요구하기에 지면상 이 두 작품에 대한 분석은 또 다른 과제로 남긴다.

독자가 환상성을 느끼게 되는 보편적인 현상은 텍스트 내에서 초자연적 사건을 직면했을 때이다. 현실세계에 갑자기 침입한 것처럼 느껴지는 초자연적 사건은 자연의 질서에서 벗어난 것을 뜻하는 것으로서 객관적이고도 과학적인 설명으로는 해석할 수 없는 상황을 일컫는 것이다. 따라서 이것은 비현실적 · 비정상적이라는 용어와 대체할 수도 있다. 「가면고」를 환상문학으로 보는 데 쉽게 동조할 수 있는 가장 큰 요소도 이 초자연적 사건의 등장 때문이다. 이 작품의 초자연적 사건은 현세와 전생의 구조, 작중인물의 외양변신에서 가장 강하게 드러난다. 먼저 첫 번째 전생과 현세의 구조를 설명하기 전에 이 작품의 구조를 요약하면 다음과 같다.

「가면고」는 세 가지 서사가 병치되어 있는 다소 복잡한 구조이다.

이는 달리 표현하면 작가의 문학적 야심이 그만큼 지대한 작품이라는 뜻도 된다. 첫째 서사는 무용이론가 민이 예술가 애인들을 통하여 자아를 정립하는 과정이고 둘째 서사는 본고의 관심이 되는 환상성의 성격을 드러내는 서사이다. 이 부분에서는 민의 전생담인 다문고 왕자의 자아구원의 과정이 집중적으로 전개된다. 마지막 서사는 분량면으로서는 가장 적지만 작가의 예술관을 보여주기에는 충분한 민의 무용극본 스토리인 '신데렐라 공주'이다. 이 세 가지 서사는 모두 동일한 주제의 변이태로서 '순수함'을 추구하는 작중인물의 욕망에 집중되어 있다.

1장- (현실1): 민은 표정과 감정 사이에 한 치의 겉돎도 없는 순수한 얼굴을 원한다.

(전생1): 다문고 왕자는 참다운 얼굴을 지닌 브라마의 얼굴을 원한다.

2장- (현실2): 민은 창작과 애정 문제로 갈등을 겪는다.

(전생2): 다문고 왕자는 브라마의 얼굴을 갖기 위해 살인을 행한다.

3장- (현실3): 민은 정임의 사랑을 얻고, 창작에 성공한다.

4장- (전생3): 다문고 왕자는 자신의 과오를 뉘우치고, 마가녀 공주의 사랑을 얻는다.

(현실4): 심령학회의 보고

이 작품에 나타나는 첫 번째 초자연적 사건은 현실세계와 연결된 전생의 담화이다. 전체 내용이 4장으로 되어 있는 이 작품은 1·2·4

장에서 현실과 전생이 함께 나타난다. 위의 내용에서 전생이 나타나지 않는 3장은 전생 대신에 민의 무용극복인 〈신데렐라 공주〉가 현실세계와 병치되어 있다. 그러므로 1·2·3·4장의 내용은 현실세계와 전생의 세계, 현실세계와 창작의 세계가 각 장 안에서 한 쌍씩 짝을 이루고 있는 구조이다. 즉 이 작품은 현실과 전생이 경계를 이루는 구조를 지니고서 현실적 자아와 환상적 자아가 이중적으로 등장하고 있다.

전생은 불교의 윤회사상에서 비롯된 것이다. 그러므로 과학적 사고를 지향하는 현실에서 '전생'은 가장 비과학적인 담론이며 과학으로 해결할 수 없는 영역이다. 그래서 기독교 사상과 합리주의가 지배하는 서양에서는 자연히 전생을 다룬 윤회문학이 드물 수밖에 없었고, 윤회사상을 작품 속에 드러내고 있어도 작가의 의식과는 무관한 것처럼 표현하고 있다. 이에 비해 불교 영향이 강한 우리 나라에서는 윤회사상을 자연스럽게 문학의 소재로 취할 수 있는 형편이지만 현대의 독자에게는 환상의 영역이 될 수밖에 없다. 최인훈은 이와 같은 점을 보완하기 위해 현세와 전생을 연결해 주는 최면술사를 설정하였다.

전생을 모티프로 하고 있는 양귀자의 『천년의 사랑』과 「가면고」가 동일하게 전생을 소재로 하고 있으면서도 변별성을 갖는 것은 바로 현실 세계와 전생을 매개해 주는 도구적 인물의 설정 때문이다. 즉 「가면고」에서는 전생을 주조로 하고 있으면서도 이에 대한 거부감이나 불편한 마음을 없앨 수 있는 것은 현실과 전생의 연결이 코밑수염에 의해 내적 리얼리즘을 확보하고 있기 때문이다. '코밑수염'이라고 불리는 심령학회의 최면술사는 현실세계와 전생을 매개해 주는 도구적 인물이다. 민이 코밑수염을 만나지 못했다면 그는 현실세계에서 끝까지 정신적 분열만을 겪는 전후세대의 젊은이로 남아 있을 것이다. 그러나 코밑수염의 도움이 있었기에 현실적 자아와 환상적 자아 사이의 분열을 이겨내고 자아의 동일성을 회복하여 카타르시스를 느끼는 것이다. 그런데 『천년의 사랑』에서는 '전생'의 서사가 아무런 해명을 하지 않은 채 나타나고 있기에 독자들에게 무조건 전생을 믿으라는 식으로 강요하고 있다.

「가면고」에서 두 번째 초자연적 사건은 '변신' 의 수용에서 나타난다. 민의 전생인 다문고 왕자는 마술사 부다가의 비법으로 자신의 욕망을 성취하고자 하면서도 그를 항상 경멸한다. 그러나 텍스트의 끝부분에 가면 경멸을 받는 부다가의 모습과 주인공 다문고 왕자의 얼굴이 마치 카프카의 『변신』에서 그레고리오 잠자가 벌레로 변하는 것처럼, 고전소설 『박씨전』에서 추물 박씨부인의 얼굴이 미인으로 변하는 것처럼 변신한다.

> 내 말과 동시에 우리 두 사람의 눈앞에서, 허리가 꾸부정하던 마술사 부다가는, 처음에 옛 스승 사리감으로 모습이 바뀌고, 다시 변신하여 저 그림 속에서 본 브라마의 신으로 바뀌었다. "왕자 다문고, 너의 한마디가 너의 업(業)을 치웠다. 탈은 벗겨졌다." 나는 발밑에 떨어진 것을 보았다. 흉하게 일그러진, 주름으로 얽히고, 떨어지면서 비틀려 오그라진 나 자신의 업의 탈을.(307쪽)

다문고 왕자가 처음 본 부다가의 모습은 일개 마술사의 초라한 모습이었으며, 왕자는 그에게 인간적인 대우를 하지 않았다. 오로지 그와 공범을 나누고 있다는 불쾌감만을 지닐 뿐이었다. 그런데 그토록 경멸한 마술사 부다가의 신분이 그의 스승의 모습에서, 다시 브라마의 모습으로 변신하는 장면은 과학적으로 설명하기 어렵다. 또한 마술사 부다가는 전생의 서사에서 '코밑수염'의 역할을 담당하고 있다. 마술사인 부다가는 다문고 왕자의 고뇌를 미리 알고 있었으며 그 고뇌에서 벗어날 수 있는 방법 또한 알고 있기에 자신이 직접 '배움이 없는 순수한 얼굴'을 계속 가져온다. 즉 부다가는 '코밑수염'이 민의 분열된 자아를 되찾는 데 일조를 하는 것처럼 다문고 왕자의 고뇌와 해탈의 과정에서 그의 인간됨을 찾게 해주고 고뇌에서 벗어나게끔 하는 조력자의 모습을 띠고 있다.

토도로프는 초자연적 사건이 텍스트 말미에서 자연적인 사건으로 설명되는 경우 환상적 미스테리라고 하였는데, 「가면고」의 경우는 초자연적 사건의 출현이 텍스트의 결말 부분에서도 해결되지 않은 채로 끝난다. 그러므로 「가면고」의 환상성은 초자연적 사건 때문에 강하게 유지된다고 보아야 한다. 이들은 모두 작중인물 뿐만 아니라 독자에게도 텍스트의 내용에 대해 믿을 것인지 믿지 못할 것인지 잠시 머뭇거리는 주저함을 갖게 한다. 자연의 법칙이 존재하는 현실세계를 반영하고 있다면 독자들이 주저함을 가질 이유가 없겠지만 과학적인 설명으로 해석이 불가능한 초자연적 사건의 발생은 텍스트가 끝날 때까지 독자의 성급한 판단을 유보한다. 결국 이와 같은 주저함의 지속은 초자연적 사건의 강도로서 이루어지는 것이다.

독자의 주저함을 끌어들인다는 것은 환상적인 작품의 성격을 파악하는 데에 독자의 반응이 크게 작용함을 뜻하는 것이다. 이 점은 고전소설의 전기소설이나 몽자류 · 몽유록계 소설에 나타나는 환상성과 현대소설의 환상성 사이에 다소의 차이가 있음을 보여주는 것이다. 고전소설의 환상성은 독자를 의식한 것이기보다는 작가의 입장을 강하게 표현한 기법이라 할 수 있다. 즉 고전소설의 환상성은 독자에게 주저함을 유발시키기보다 텍스트를 그대로 인정하고 그 속에 동화되는 즐거움을 주며, 작가에게는 정치적 · 사회적 모순을 발견하고 또한 불평등을 당하고 있는 그들의 의식을 대변하는 소설의 기법이라고 하겠다. 이에 비해 현대소설에서 나타나고 있는 환상성은 작가의 창작 욕구일 뿐만 아니라 독자의 참여도까지 포함한 태도로서 텍스트의 완성이 작가에게만 있지 않다는 것을 보여준다.

## 4. 「가면고」의 환상성이 지닌 미학적 효과

### 1) 전생의 현대적 변주

텍스트에서 환상적인 기법을 사용할 경우 얻게 되는 효과는 여러 가지를 추출할 수 있다. 로즈마리 잭슨은 현대의 환상성, 즉 자본주의 사회의 팽창이 만들어 낸 대중문화 안에서의 문학적 환상의 효과는 전복적인 데 있다고 보았다. 이것은 지배 이데올로기의 전복이나 파괴라는 관점에서 환상성을 파악한 것으로 문화적 구속으로부터 초래된 결핍을 보상하고자 하는 욕망의 문학이라고 보는 관점이다. 그러나 그녀의 견해는 포스트모더니즘적인 견해이기에 1990년대 대중문화의 환상성이 지니는 성격과는 부합하는 점이 있겠지만 고전소설이나 최인훈 소설의 환상성의 성격과는 어느 정도 거리가 있다.

최인훈이 사용한 환상성의 문학적 성과를 찾는다면 미학적인 측면과 정체성 회복을 주조로 하는 내용면으로 나누어서 생각할 수 있다. 미학적 측면은 이 작품의 환상성을 가장 명료하게 드러낸 전생의 역할에서 나타난다. 일반적으로 우리가 '전생'이란 단어에서 떠올리는 연상은 과거의 인물과 현세의 인물 사이에 연결되어 있는 인과관계의 결과이다. 즉 이 작품의 주인공 민과 그의 전생인 다문고 왕자를 살필 경우, 두 인물이 전개할 사건들은 어떠한 방식으로 얽혀있고, 그것이 어떻게 해결될 것인가 하는 점에 독자들은 관심을 가진다. 그런데 이 작품은 이와 같은 독자의 기대를 배반하고 있다. 즉 이 작품은 '전생'이라는 구조를 통해 두 인물을 제시하고 있지만 두 인물은 현세에서 동일한 사건에 연루되어 이야기를 진행시키는 것이 아니라 전혀 별개인 채로 이야기를 진행시킨다. 기차의 두 레일처럼 평행선으로 이루어져 있다. 그러나 두 레일이 있어야만이 기차가 안전하게 목적지까지 운행할 수 있는 것처럼 두 인물의 서사는 동일한 비중을 가지고 하나의 주제를 집약적으로 보여주는 효과를 가지고 있다.

전쟁의 체험에 따른 정신적 고뇌와 화가인 애인과의 소통 단절에서 오는 극도의 고독감에 시달리는 주인공 민에게 삶의 숨통을 트이게 한 것은 심령학회에서 자신의 전생담을 고백하는 행위다. 이 작품은 삼천 년 전에 다문고 왕자가 했던 고민을 삼천 년이 지난 후 현대의 민이 여전히 하고 있는 모습을 보여준다. 이는 수천년이 흘러도 인간에게 있어 본질적인 물음은 동일하다는 것을 암시하는 것이다. 민과 다문고 왕자는 현세에서는 현세대로, 전생에서는 전생대로 자아의 정체성에 대한 문제로 괴로워하는 인물이다. 두 인물은 똑 같이 '얼굴'에 대해 관심이 많다. 거짓이 없는 순수한 얼굴을 소유하는 것에 대한 욕망을 두 인물은 똑같이 갖고 있다.

민은 각종 인형을 수집하는 취미를 가지고 있고, 다문고 왕자는 '얼굴의 방'을 지니고 있다. 다문고 왕자는 순수한 얼굴을 취하기 위해 비인도적 행위를 함으로써 수많은 인명을 살상하였고, 그런 살상을 통해서도 구원을 받지 못하고 벗겨낸 얼굴들은 스승이 '얼굴의 방'에다 보관하였던 것이다.

이 작품이 '전생'을 중심 모티프로 다루고 있는 양귀자의 『천년의 사랑』이나 강제규 감독의 「은행나무 침대」와 가장 차이점을 보여주는 부분도 바로 이 점이다. 『천년의 사랑』에서 성하상이 오인희를 사랑하고, 그녀의 딸을 키우는 것은 수천년 전 두 사람이 사랑하는 연인이었다는 점 때문이며, 「은행나무 침대」에서 미단이 현수를 보호하고, 황장군이 현수를 죽음으로 몰고가는 것도 이들이 전생에서 맺어진 인연이 현세까지 영향을 미치고 있기 때문이다. 이 두 작품뿐만 아니라 대부분의 고전소설에서 보여주는 전생도 과거의 인연이 현세의 인연과 상호관련을 맺고 있는 모습이다.

그러나 「가면고」에 나타나는 전생은 인물 사이의 인과관계가 중요한 것이 아니라 현실세계와 전생이라는 두 공간을 통해 벌어지는 두 서사의 인물들이 동시에 보여주고 있는 상징성이다. 최인훈이 의도하고 있는 것은 시간과 공간을 초월한 인간이어도 그들이 지니고 있는 고뇌의 모습은 동일하다는 점이다.

민의 전생이 왕자였다는 사실이 중요한 것도 아니고, 왕자였다는 신분이 현세의 민에게 특별한 작용을 하고 있는 것도 아니다. 중요한 것은 민과 다문고 왕자 사이에 인과의 작용이 없어도 왕자였던 전생 시절의 고민을 고백하면서 민의 생활에 새로운 전환점이 마련된다는 사실이다. 평범한 시민인 민과 일국의 왕자인 다문고의 신분, 한국이나 인도라는 국가의 차이, 삼천 년이라는 시간의 차이 등은 가장 인간다운 삶을 지향하는 존재론적인 질문 앞에 녹아들어가서 고뇌하는 인간의 모습이 보편성을 지닌 인류의 모습이라는 것을 보여주는 데 그

몫을 다하고 있다. 그러므로 이 작품에서 보여주는 전생은 개인적인 차원의 전생이 아니라 범인류적인 성격으로 작용하고 있다. 그리고 이것은 한 개체에서 다른 개체로 이어지는 인류의 영원성을 보여주는 것임과 동시에 이것은 민족이나 국가의 차원으로 확대할 수 있다. 즉 전생이 보유하고 있는 영원성의 의미는 분단된 우리 나라 현실의 전망이 될 수도 있다.

서구에서는 윤회사상을 드러내 놓고 다루지도 않으며, 환상문학에서도 전생의 모티프를 이용한 것은 드물다. 최인훈은 동양적인 사고에서, 우리의 전통 사고 안에서 환상 모티프를 이용하여 환상의 성격도 한국적인 것으로 만들었다.

### 2) 자아정체성의 회복과 사랑

최인훈이 이 작품을 발표한 것은 1960년 7월이었다. 한국사회의 1960년대는 광복과 정치적 혼란, 6 · 25 전쟁, 4 · 19 혁명 등의 격동의 시기이다. 젊은이들은 이와 같은 급격한 변혁 앞에서 정체성 혼란으로 방황하는 모습을 지닌다. 작중인물 민도 예외는 아니다. 그는 세상을 사변적으로 대하는 인물인데 전쟁을 체험한 후에는 합리적으로 세상을 보려고 노력한다. 그러나 여기서 '합리적'이라는 표현은 고통의 내성력이 그 한계에 도달했을 때 궁여지책에서 나온 자기 합리화의 모습인 것이다.

> 화약과 사람의 살점이 범벅이 돼서 몸부림치던 저 도살장 속에서 보낸 내 청춘을 헛되게 해서는 안 된다. 그 생활을 내 생애의 공백기간으로 셈할 것이 아니라, 천금을 주고도 사지 못할 비

> 싼 겪음으로 살려야 한다. 아 나는 이 시대에 살 수 있는 세금을 치른 거야. 주둥아리 끝으로 치른 게 아냐. 몸으로, 몸으로 치른 거지. (…중략…)
>
> 동강난 팔과 다리는 '남'의 팔과 '남'의 다리였지, '그'의 팔 '그'의 다리가 아니었다는 지극히 당연한 진실을 느지막이나마 깨닫고야 말았다. 그의 팔다리는 여전히 붙은 자리에 붙은 채 전쟁은 끝났던 게 아닌가. 그는 아무것도 잃지 않은 채 전쟁을 치른 것이다. 이 시대에 살 수 있는 세금을 치르지 못했을뿐더러, 부듯해졌다고 생각했던 몸의 밀도는 바늘 끝으로 살짝 건드리면 소리만 요란스럽게 터지고 말 저 풍선의 밀도마냥 얄팍한 거짓이었다.(172-173쪽)

전쟁터에서 합법적인 살인을 무수히 저지른 것에 대한 양심의 가책은 '세상에서 살 수 있는 세금을 치른 거야' 라는 자기 합리화를 만든다. 그러나 이런 자기 합리화는 근본적인 해결책이 될 수 없기에 전쟁에 대한 사변이 관념화될수록 그의 생활은 아웃사이더로 내몰리게 된다. 황순원의 『나무들 비탈에 서다』의 주인공들이 전쟁터에서 다시 사회로 복귀하였을 때 정신적 갈등을 겪는 것처럼 「가면고」의 민 또한 전쟁 참여자들이 겪는 이중의 피해자 모습을 지닐 수밖에 없다.

이 작품에서 민과 다문고 왕자가 고뇌와 번민의 생활에서 구원받을 수 있었던 것은 '사랑의 힘' 때문이다. 이 작품이 지니고 있는 환상적 기법은 그 스스로가 작중인물의 정체성 회복을 하는 데 직접적인 작용을 하고 있지는 않다. 단 그와 같은 과정을 동시에 두 번 보여주고 있는 것이다. 3천 년 전 먼 과거의 사회나 3천 년 후의 현대사회, 미래의 사회에서도 있을 인간의 번뇌는 동일한 채널 속에서 움직이고 있음을 보여주며 언제든 발생할 수 있는 보편적 상황임을 암시하고 있다.

이 작품은 그 구조 자체에서 강박적일만큼 주제를 노골적으로 부각시키고 있다. 무용극작가인 민의 욕망, 민의 전생인 3천 년 전의 다문고 왕자의 욕망, 민의 무용극인 '신데렐라 공주'에서 탈을 쓴 왕자의 욕망은 모두 동일하게 '참다운, 순수한 얼굴'을 갖는 것이다. 그러므로 이들은 현실적 자아, 환상적 자아, 무용극 속의 허구화된 자아 등으로 구별되어 있음에도 불구하고 결국은 주인공 민의 욕망을 여러 각도에서 제시한 동일한 자아인 셈이다. 특히, 현실세계의 민과 전생에서의 다문고 왕자는 사고 유형과 생활 방식이 상당히 일치되어 있다. 민은 가끔식 거울을 들여다 보며 자신의 이중성에 대하여 괴로워하고 있는데 다문고 왕자도 이와 마찬가지로 궁녀들이 알지 못하게 거울을 비밀히 간직하고 자신의 얼굴을 탐색한다. 두 인물이 겪는 가장 큰 고통은 타인이 자신을 평가한 모습과 자신이 평가한 모습 사이에 커다란 편차를 발견했기 때문이다. 그러므로 두 인물이 가장 간절히 바라는 것은 탈을 쓰지 않은, 즉 이중성을 없앤 순수하고 깨끗한 얼굴을 가지는 것이다. 이와 같은 얼굴에 대한 욕망은 청년기의 보상심리에 대한 억압된 무의식이 표출된 것이다. 전쟁의 체험이 불안 심리를 야기하고, 혼란스러운 자아의 정신적 고통은 얼굴에 대한 염원으로 나타난다.

문제는 이와 같은 자아분열의 고통이 개인의 수련을 통해서 극복하든가 진정한 사랑의 힘으로만 가능하다는 것을 정임과 마가녀 공주를 통해 보여준다.

> ㉮ 거울 속에는 쫓기는 사람의 초조함을 숨기느라고 짐짓 평정을 꾸민 가짜 성자의 탈이 있었다. 신의 창조에 들러리 선 사람만이 가질 만한 자신을 꾸민 눈. 자로 그것을 어기고 있는 입의 선. 탈의 데생은 위태로워 어느 선 하나 차분함이 없다. 양식의 모방에 과장된 필체로 그려진 서투른 초상화였다. 저 탈을 피가 흐르도록 잡아 벗겼으면. 그 뒤에는 깨끗하고 탄력있는 살갗으로 싸인 얼굴이 분명 감춰진 것을 알고 있다. 그 탈을 떼내는 일에서 어딘가 민은 미지근하게 해왔음이 사실이었다.(175쪽)
>
> 인형의 표정과 어린애들, 또는 짐승의 그것 사이에는 닮은 데가 있다. 얼굴이 하나밖에 없다. 그런 표정은 민처럼 두 개 세 개의 얼굴의 스페어를 가진 사람에게 무어랄까, 빌붙어볼 수 없는 쌀살한 슬픔과, 닮고 싶은 사랑을 함께 불러 일으켰다.(202쪽)

> ㉯ 왕자께서 바라시는 것은, 가장 높은 것과 가장 낮은 것이 합하여 하나가 된, 바라문의 얼굴을 가지고자, 지금 쓰고 계신 탈을 벗으실 길은 없는가 하는 물음이시오니까? … 지금 왕자께서는 가장 높으신 것은 가졌으되 가장 낮은 것을 갖지 못하였습니다.… 그것은 배움을 가진 사람에게는 마침내 가질 수 없는 물건입니다. 그것은 다만 일생을 배움을 모르고 지낸 자, 혹은 전혀 배움과는 떨어진 자리에 있는 여인에게만 있는 것입니다. (221쪽)

㉮의 인용은 민이 바라는 얼굴이고 ㉯의 인용은 다문고 왕자가 바라는 얼굴이다. 두 사람 모두 순수함을 희구하는 인물이다. 이런 염원

을 이룰 수 있었던 것은 그들을 이해하고 사랑하는 진실한 마음을 가진 정임과 마가녀 공주 때문이다.

최인훈이 인간의 구원 문제를 '사랑'으로 풀어 보려한 것은 비단 이 작품에서만이 아니라 「광장」에서도 그 기저를 엿볼 수 있다. 「가면고」와 「광장」에서 드러난 사랑의 차이점이 있다면 바로 환상기법에 의해서 그것을 전달하고 있기에 다른 모습을 띠게 된 것이다. 김병익은 「가면고」의 사랑에 대하여 "최인훈의 사랑은 그 사랑의 상대방을 향해 무한히 열려 있으며 그 열려 있음을 통해 구원의 길을 향한 매듭을 푸는, 그런 사랑이다."란 점에서 그의 사랑의 형태는 극히 서구적이라고 표현하였다. 그러나 사랑의 형태에 있어 서구적 · 동양적으로 이분법적 구분을 하는 것이 가능한지 의문이다. 어차피 사랑이라는 본질은 인종을 넘어서고, 민족을 넘어서고, 빈부와 나이를 넘어서서 마음이, 상대방을 향한 마음이 열려있어야만이 가능한 것이기에 최인훈의 사랑을 굳이 '서구적'이라고 수식해야 하는지 의문이 드는 것이다.

최인훈의 작품에서 문제제기는 남자 주인공이 던졌지만 그 문제 해결의 열쇠는 여자에게 있는 경우가 있다. 여자는 문제의 해결을 적극적으로 풀어나가는데 의외의 적극성을 보임으로써 큰 역할을 한다. 「광장」의 은혜가 그렇고, 「가면고」의 정임이나 마가녀 공주가 그렇다. 이들은 남자의 사변성이나 관념성이 제거된 행동을 즉각 실천하는 주저함이 없는 행동을 보여주는 인물들이다.

자아 정체성의 회복을 보여주는 작품에는 환시를 통한 「하늘의 다리」나 환청을 통한 「웃음소리」가 있다. 이 두 작품도 「가면고」가 환상문학 안에서 자아 정체성의 회복과정을 보여주는 것처럼 밝은 전망을 제시하는 작품들이다. 「하늘의 다리」에서 주인공 준구가 부산으로 내려 간 것은 바다가 생명발생의 근원지이기 때문이다. LST로 남한에 온 준구의 모습은 물에서 육지로 이행한 진화된 생물의 모습이 변형된 것이다. 그래서 준구는 남한에서의 새 삶의 첫 장소였던 부산으로 내려가 바닷물 속에 몸을 담그며 새로운 인생을 시작하려는 각오를 보여준다. 「웃음 소리」의 여주인공은 실연을 당한 후 삶의 의미를 상실하고 자살을 하기 위해 그녀의 밀월 장소였던 산에서 자살할 공간을 물색하다가 남녀의 정사 장면을 엿보게 된다. 그후 일주일동안 같은 장소를 찾아가도 여전히 그 연인들은 사랑의 밀담을 나누고 있다. 이 때문에 자살의 실행이 연기되었는데 알고 보니 그 남녀는 죽은 지 1주일이 넘은 시신이었다. 여주인공에게 들렸던 남녀의 사랑의 밀담은 분명 환청인데 이것이 주인공에게 새로운 삶의 의지를 가지게 하여 그녀는 자살을 포기하고 다시 상경한다.

## 5. 맺음말

최인훈은 실험정신이 강한 작가이다. 이와 같은 정신이 문학에 대한 새로움을 추구하게 하여 고전소설의 주요 모티프였던 환상성을 현대적인 모습으로 변용시켰다. 그래서 '전생'을 인과관계의 모습 속에 재한시키지 않고 전생과 현세의 두 가지 서사를 통해 동일한 주제를 다양한 모습으로 보여주었다. 또한 전쟁체험을 한 작중인물의 자아정체성의 확립을 보여주는 과정도 제시하고 있다. 이 작품은 환상성의 요소를 강하게 드러낸 환상문학이면서도 궁극적으로는 리얼리즘의 세계를 벗어나지 않고 있다. 이는 최인훈의 치열한 리얼리스트 정신이 구현한 환상문학의 색다른 모습이라고 하겠다.

환상문학이라고 하면 마르께스나 보르헤스의 작품에 나타나는 신비로운 분위기를 가장 먼저 연상하게 된다. 그러나 이 작품에서는 그것보다는 오히려 잘 정제된, 논리정연한 개연성을 지닌 허구의 세계를 만나게 된다. 그러한 이유는 전생이라는 초자연적 세계를 작품의 기본 골격으로 하고 있으면서도 그 전생이 현실세계와 자연스럽게 연결되고 있기 때문이다.

한기가 환상문학으로 성공하기 위해서는 환상이 단순하게 현실 도피적인 것으로 드러나는 것이 아니라 현실과의 관련성을 지니고 있어야 한다고 언급했듯이, 「가면고」에서는 전생의 세계가 현실세계와 불가분의 관계로 밀착되어 나타나 있다. 이것은 고전소설에서 즐겨 사용한 전생 모티프를 현대 소설에서 계승하되 그 모습을 현대적인 감각에 맞게 재창조한 때문이다. 이로 인해 현실의 재현 안에서만 이루어져야 했던 경직된 문학의 틀을 깰 수 있는 하나의 단초가 되었으며 문학의 다양화, 다원화를 가져올 수 있는 가능성을 제시하였다.

## Ⅱ. 신화소의 분석적 이해

### 1. 머리말: 문학과 신화

1990년대 중반부터 신화의 존재는 새롭게 각광받기 시작하였다.[9] '신화의 열풍'이라고 할 이런 현상은 대중 문화 속에 침투해 있는 신

9) 1990년대 발간된 인문학계의 현황을 보면 신화와 관련된 저서의 양적 팽창을 확인할 수 있다. 1990년대 이후에 발간된 저서는 무려 700여 권에 달하고 있다.

화적 상상력의 잠재력이 무시할 수 없음을 보여주는 것이다. 신화적 상상력은 창의성, 생산성과 관계 있음을 시사한다. 신화는 생명력이 넘치는 잠재태로서 다양한 해석의 가능성을 갖는다. 신화는 문학, 미술, 영화 등의 예술 영역을 넘어서 이제는 사이버 영역까지도 잠식한 대중적 질료가 되었다.

신화는 예술 분야에서는 지속적으로 그 맥을 유지해온 상상력의 보고이다. 신화적 상상력은 아리스토텔레스의 『시학』 이후 문학의 중요한 요소가 되었다. 신화의 유구한 생명력만큼 그에 대한 정의도 다양하다. 현대의 석학들에 의하면, 프레이저는 자연계를 설명하려는 원초적인 서툰 노력이라고 했고, 뮐러는 후세에 오인되고 있는, 선사 시대로부터의 시적 환상의 산물이라고 했으며, 뒤르케임은 개인을 집단에 귀속시키기 위한 비유적인 가르침의 보고(寶庫)라고 했고, 융은 인간의 심성 깊은 곳에 내재한 원형적 충동의 징후인 집단의 꿈이라고[10] 했다. 논자들의 정의를 종합하면 신화는 결국 '집단의 결속력을 강화하기 위한 허구화'로 수렴된다.

마르셀 덴티엔에 의하면 신화를 공교육의 장에서 연구한 시기는 1850년에서 1890년 사이의 40여 년간이다. 이 시기는 신화를 학문으로 연구하고 강의하게끔 고무한 이유를 지니고 있다. 즉 야만적이고 황당무계한 이야기, 파렴치하고 어이없는 모험(근친 상간, 간음, 학살, 도둑질, 잔인한 행위, 식인 습속, 혐오스러운 이야기)이 신화 과학의 추적물이다.[11] 신화가 '신들의 이야기'였다면, 문학 속에서 변주되는 동안 '인간의 이야기'로 전환을 맞이하였다. 소설에서 신화가 끊임

10) 조셉 켐벨, 이윤기 옮김, 『세계의 영웅신화』, 대원사, 371쪽.
11) 마르셀 데티엔, 남수인 옮김, 『신화학의 창조』, 이끌리오, 2001, 21-22쪽.

없이 재생하고 있음은 바로 '인간의 삶'을 보여주는 데 중요한 알레고리가 될 수 있기 때문이다.

신화는 대를 이어 유전된 집단성을 띠고 있으며 문화적 관행이나 틀에 의해 규정되는 상상체계이다. 한편 특수하면서도 보편성을 띤 작가 개인의 상상체계가 결합하였을 때 생성되는 문학작품의 의미의 자장은 넓어질 것이다. 따라서 신화의 해석에는 최종적인 체계가 있을 수 없고, 앞으로도 그런 것은 있을 것 같지 않다.[12] 신화는 다의성을 지니고 있어서 시대와 공간이 달라지면 그 의미 해석도 달라지는 유기체와 같은 성격을 지니고 있기 때문이다.

작가가 선인들로부터 물려받은 유산인 신화가 그의 작품 속에서 새로운 생명을 획득하는 과정은 사회 내부에서 통용되는 신화체계 내지 신화적 '전신약호'를 무의식중에 사용하는 것이다. 신화의 운명은 그것을 산출한 종족이나 문명의 운명과 불가분의 관계에 있다. 모태가 되는 신화체계에서 떨어져 나간 신화의 편린들이, 마치 특정 언어의 단어나 관용적 표현처럼 다른 사회로 이주하여 그 지역 토착 신화와 뒤섞이는 경우도 있다.[13] 신화의 여러 기능들 중에서 신화와 문학을 본질적으로 근접시켜 주는 것은, 문학작품을 읽는 도중 독자가 느끼는 탈시간 내지 탈상황 감각이다.[14] 여기서 '탈시간'과 '탈상황'은 시공간의 진공상태가 아니라 신화 생성의 근원지에서 벗어난다는 의미가 된다. 즉 작가가 속해 있는 시공간이 부여한 새로운 상황인 것이다.

신화와 후대 문학의 밀접한 영향 관계에 대해 엘리아데는 「The

12) 조셉 캠벨, 앞의 책, 370쪽.

13) 이형식, 『작가와 신화-프루스트의 신화세계』, 청하, 1993, 24쪽.

14) 이형식, 앞의 책, 21쪽.

Myth of the Modern World」에서 다음과 같이 말한다.

> 신화의 원형이 소설 작품들에 어느 정도 남아 있다는 사실을 일단 상기해 보자. 소설 속의 영웅들이 겪어야 했던 고난과 시련이 신화 영웅들의 모험 속에 이미 묘사되어 있다. 원초의 물, 홀리 그레일(Holy Grail)의 탐색, 영웅적 그리고 신비적인 입문 등에 관한 신화적 주제들이 어떻게 현대 유럽 문학에 여전히 지배적으로 등장하는지를 보여주는 것 또한 가능한 일이다. 아주 최근에도 우리는 초현실주의에서 신화적 주제와 원초적 상징들이 엄청나게 분출되고 있음을 보아왔다……. 얼마나 많은 서정 시인들이 신화를 새롭게 하고 지속시켜 가는지를 우리가 상기할 필요가 있을까?[15)]

신화는 신이나 영웅적 존재에 대한 우화적 소설로서 더 많이 이해된다. 이미 고대 문학은 이미지에 따라 신화를 재구성하였다. 신화는 기본 특징이 유지된 채 여러 문학 장르에 등장한다.[16)] 주어진 자연 환

15) Mircea Eliade 저, Philip Mairet 역, 『Myths, Dreams, and Mysteries』(N.Y.: Harper, 1960), 35쪽-36쪽에서 인용.(이인택, 『중국신화의 세계』, 풀빛, 2000, 26쪽에서 재인용함.)

16) 이 경우 호메로스의 유명한 서사시 「일리아스」와 「오디세이아」를 들 수 있다. 이 작품의 테마 역시 작가 스스로의 창작이 아니고 이미 존재했던 영웅 노래와 신화의 모음으로 집대성된 것이다. 독일 문학의 경우도 계몽주의 이후부터 수많은 작가와 이론가들이 고대 신화를 소재로 하여 많은 작품과 비평을 썼다. 그것은 신화 자체가 최고의 문학 작품이라 믿었기 때문이다. 따라서 17세기의 계몽주의 시대에 배척되었던 신화가 18세기에 접어들면서 신화에 대한 향수로 반전 되었다. 쉴러는 「그리스의 신들」이라는 시에서 사라진 신화의 재복원이 예술을 다시 살리는 방법임을 암시

경에 그대로 순응하지 않고 환경을 자기에게 적응시키고자 하는 인간은 환경과 자기에 대한 관계에 체계적 설명을 한다. 인간에게는 인과율을 포착하여 합리적 사고를 하는 능력이 있으며, 그것에 의해 도구나 기술 · 과학 등이 발달하였다. 그러나 합리적으로 설명이 불가능한 세계나 인간 생사의 의미 등에는, 신화에 의한 체계적인 설명에 의거하여 문화를 구축해 왔다. 그 핵심적 문제는 인간 존재의 근본과 관련이 되므로, 그것에 설명을 덧붙이는 것은, 영원히 합리적 사고와 그 산물인 과학의 장외(場外)에 있는 것이다.

역사에 남은 신화들은 문학으로 존재한다. 여기서 문학이라는 말은 참과 거짓의 진리적 관점이 아니라 인간의 상상력과 창조성에서 사물을 바라봄을 뜻한다. 따라서 신화를 문학으로 본다는 것은, 비록 신화를 진리로 믿는 해석학적 공동체가 사라졌다해도, 인간적 삶의 상상적 지평에서 신화를 이해할 수 있는 계기를 제공한다. 이것 또한 사회학적 변화에 따른 결과다.[17]

우리나라 문학에서도 신화를 수용한 글쓰기는 무수히 많이 나타난다. 그 중 최인훈 소설에는 신화적 모티프들이 작품속에 산재해 있어 간과할 수 없는 부분이다. 그의 작품 세계는 무수한 신화적 기호들로 점철되어 있다. 그의 작품에 동원된 대부분의 신화요소들이 작가의 깊숙하고 내밀한 상상세계 저변으로 독자를 인도하는 효율적인 기능

---

해 주고 있다. 신들에 의해 지배되었다고 생각되었던 세상은 합리적이고 규칙적으로 제어된 자연으로 변해 이제는 삶의 현실에서 신이 이야기될 수 없게 되었지만, 문학에서 미적인 허구를 이용하여 버림받은 신들이 생명을 유지할 수 있도록 하자는 것이다. 낭만주의가 도래하면서 작가들은 문학에서 신화가 무시할 수 없는 존재임을 재인식하게 되었다.(안진태, 『신화학 강의』, 열린책들, 2001, 60-61쪽)

17) 이경재, 『신화해석학』, 다산글방, 2002, 117쪽.

을 수행하고 있다. 최인훈의 소설에서 신화적 상상체계는 그의 독특한 창작방법으로서 새로운 가치를 생성한다고 본다. '찢겨진 주체'가 선험적 고향으로 신화의 세계를 지향하듯이 최인훈 소설에 나타나는 신화소도 선험적 고향을 추구한다. 그러나 현대에서 선험적 고향의 이미지는 역사와 문화가 달라진 만큼 새롭게 변주될 수밖에 없다. 또 하나 최인훈의 신화적 상상체계는 '찢겨진 주체'의 회복에 관심을 쏟고 있다.[18] 1960년대 서사가 '자아찾기'로 수렴될 때 최인훈은 다양한 방법으로 그것을 모색하고 있는 것이다. 최인훈에 대한 선행연구의[19] 성과 속에서 그의 작품과 신화의 관계를 밝힌 연구는 극소수에 해당한다. 그것도 「구운몽」 한 편에만 집중되어 있다.[20]

본고의 목적은 최인훈의 「수」, 「구운몽」, 『서유기』에 나타나는 신화이미지를 유추하여 그것이 형상화되는 방식과 그 의미를 검토하는 데에 있다. 이것은 최인훈 소설의 플롯을 생성하는 추동력일 뿐만 아니라 작가의 현실인식을 드러내는 전략일 가능성도 크다. 나아가 한국문학속에 투영된 서구신화의 효용성을 살펴보고, 문학과 신화의 긴밀한 관계를 밝히는 것으로서 신화가 인간들에게 미치고 있는 보편적 영향력을 보여주게 될 것이다.

---

18) 최인훈 소설 연구중에서 '주체성'에 대한 논의는 김인호의 「최인훈 소설에 나타난 주체성 연구」(동국대 박사학위 논문, 1999)를 참조하기 바람.

19) 최인훈 소설에 대한 선행 연구는 그 다양한 접근법 속에서도 크게 몇 개의 흐름을 형성한다. 그에 대한 기존 논의는 지식인의 관념 지향에 따른 서사성의 약화와 작품의 난해성을 다룬 논의, 소설 담론에 나타나는 주체성의 양상, 반사실주의적 형식화에 대한 환상성, 패러디 등 소설 기법과 관련된 논의로 분류할 수 있다.

20) 최인훈 소설과 신화의 관계를 밝힌 논문으로는 이인숙의 「소설 속에 나타난 迷宮 이미지 연구」(『국제어문』 제18집)를 참고할 수 있다.

## 2. 최인훈 소설의 신화적 요소와 의미

### 1) 반신반인의 절창 : 「수」

단편소설 「수」는 1961년 7월에 발표된 작품이다. 아내의 지시로 정신병원에 감금된 남편의 독백이 중심이다. 이 작품에서 왜 '나'가 정신병원에 감금되었는지는 폭로의 플롯으로 아주 서서히 밝혀진다. '나'는 팬 신화의 반신반인처럼 아내의 냉담한 행동 때문에 이상한 행위를 하고, 그로 인해 정신병원에 수감되었다. 이러한 서사 속에서 팬 신화의 이미지를 찾기 전에 먼저 작품 속에 요약되어 나타나는 팬 신화의 내용을 살펴보면 다음과 같다.

> 제목은 『목신의 오후』다. 내가 제일 좋아하는 얘기다. 옛날에 PAN이란 신이 있었다. PAN은 머리만 사람이고 사지와 몸뚱이는 말(馬)이다. PAN은 유식하기로 이름난 신이었다. 무슨 일이 생기면 그에게 물으러 온다. (…중략…) PAN은 훌륭한 신이지만 한 가지 없는 것이 있다. 그는 총각이다. 다른 신들이 권해서 PAN도 장가를 들었다. (…중략…) 침실에서 보는 신부는 더욱 고왔다. PAN은 좋았다. 이런 예쁜 신부를 얻었으니 좋지 않을 리가 없다. 그는 가슴이 뛴다. (…중략…) 신부를 껴안으려던 PAN은 깜짝 놀랐다. 신부는 돌이 돼 있었다. 아무리 쓸어보아도 돌이었다. (…중략…) 밤내 PAN은 울면서 소리치고 방안을 두루 헤맸다. 이윽고 새벽 빛이 불그레 창을 물들이며 닭 우는 소리가 들린다. 그러자 PAN은 보는 것이다. 돌이 된 아내가 조금씩 움직이는 것을. (…중략…) 그날 하루 PAN은 아내를 등에 태우고

> 골짜기와 언덕을 두루 안내했다. 맑은 물과 만발한 꽃동산 속에서 아내는 좋아라고 손뼉을 치고 깔깔대며 흥겨웠다. (…중략…) PAN은 밤이 무서워졌다. 낮에 아내는 비할 수 없이 상냥스러운 여인이었기 때문에 더욱 그랬다. 돌이 된 아내 곁에서 그는 발굽을 들어 자꾸 그녀의 몸을 두드려본다. (…중략…) PAN의 성질은 점점 거칠어갔다. (…중략…) 낮에도 PAN이 술을 마시고 피리를 불고 미친 듯 춤추기 시작한 것은 이때부터다.[21]

팬은 음악을 사랑하고 영리한 반신반인의 신이었다. 그러나 결혼 이후 밤마다 돌로 굳어지는 아내 때문에 그의 성격은 난폭하게 바뀌고, 그가 좋아하는 음악도 팽개친 채 술로 소일하는 무기력한 신으로 전락한다. '나'가 좋아하는 이와 같은 팬 신화를 아내는 싫어한다. 이 이야기는 그들 부부의 생활과 너무나 흡사하기 때문이다. '나'와 아내의 성생활을 보면 아내는 '나'에게 심한 모멸감을 안겨줄 만큼 냉정한 여성이다. 이런 아내에 대한 묘사는 마네킹의 차가운 피부와 밤마다 돌로 변하는 PAN의 아내로 비유되어 있다. '나'는 그런 아내를 사랑하지만 아내는 '나'의 이상한 행동들을 이유로 정신병원에 감금하였으며, 그녀에게는 정부가 있다는 점이 결국 폭로된다.

팬 신화는 「수」에서 여러 이미지로 변형되었다. '나'와 아내는 팬과 팬의 아내가 현대적으로 변주된 것이다. '나'가 팬처럼 능력 있는 지식인이었음을 여러 가지 정황으로 미뤄 알 수 있다.[22] '반신반인'의 팬은

21) 최인훈, 「수」, 『우상의 집』, 문학과지성사, 1995, 109-111쪽. 이후로 「수」의 인용문은 본문에 페이지수만 표기한다.

22) '나'가 사용하는 어휘와 자신의 진술을 시로 창작하는 능력에서 예술가, 현실비판

「수」에 오면 정상인과 광인의 경계선에 있는 이미지로 대체된다. '광인'의 설정은 아이러니 효과를 갖는다. 광인은 문화와 제도의 억압으로부터 해제된 상태의 인물이기 때문에 광인의 횡설수설하는 진술 속에서 오히려 '진실'을 말할 수 있는 기회를 얻을 수 있는 것이다.

지식인의 문학에서 광기 또는 어리석음은 이성과 진리의 바로 그 중심에서 작용하고 있다. 그래서 광기는 인간을 매혹시켰다. 광기가 생성해내는 환상적인 형상들은 순간적으로 나타났다가 사라지는 현상들은 아니다. 정신착란에서 생겨나는 현상은 이미 존재의 본질 속에 비밀처럼, 접근할 수 없는 진리처럼 숨어 있다.[23] '나'의 진술을 해석하다 보면 '접근할 수 없는 진리'에 도달하게 된다. '나'의 횡설수설하는 듯한 진술 속에는 간과할 수 없는 진실들이 담겨 있는 것이다. 광인의 중얼거림이나 광인의 독백, 절규는 현실에 눈치를 보지 않는 순수함이 있기 때문이다.

> 내 생활은 이렇게 풍성하다. 재미있다. 권태란 말은 참 이상한 말이다. 뻗어버린 태엽은 다시는 움츠리지 못한다. 정말 권태라면 권태가 아니다. 내 생활도 그렇다. 아주 풍성하다. 그래서 당연한 일이지만 아주 가난하다.(101쪽)
>
> 내 생활은 이렇게 즐겁다. 내가 창에 대해서만 얘기하는 데는 까닭이 있다. 도어가 잠겨 있기 때문이다. 내 맘대로 나가지 못한다. 이해하기 힘든 일이지만 할 수 없다. 그저 그렇다는 것뿐이다. 사실 창이 없었으면 나는 조금 쓸쓸할 거다. 내 생각엔 창

능력에서는 지식인임을 알 수 있다.

23) 미셸 푸코, 김부용 옮김, 『광기의 역사』, 인간사랑, 1993, 26쪽.

을 만든 사람은 시인일 게다.(104쪽)

'나'의 진술은 자신의 상황을 반어적으로 '즐겁다'고 하거나 '풍성하다'고 한다. 아내 때문에 사회와 단절된 생활을 하게 되었는데도 그녀를 원망하는 태도는 보이지 않는다. 오히려 창이 없다면 '조금 쓸쓸할 거다'라는 말을 하고 있다. 사실, 그의 진심은 '쓸쓸할 거다'라는 표현 속에 있다고 보아야 한다. 그의 횡설수설하는 듯한 진술은 모순적으로 들리지만, 그 안에는 당대 현실에 대한 비판적 태도를 은근히 드러내고 있다.

> ① 그녀는 사람인가, 마네킹인가. 둘러싼 사람을 세어본다. 다섯 사람. 나까지 여섯이다. 아무도 입을 떼는 사람이 없다. 물어보는 사람이 없다. 다 체면을 차리는 거다. 치사한 자식들이다. 이렇게 되면 꽤는 글렀다. 나는 빠져나온다.(105쪽)

> ② 한국이 세계에서 제일 아름다운 나라라는 말에 반대하는 사람은 추방해야 한다. 국외 추방 말이다. 절대로 필요하다. 도대체 우리나라엔 국외 추방이란 벌을 개인에게 가했다는 소릴 못 들었다. 죽이지 않으면 가둔다. 즉 정치가 없다. 자 나는 이처럼 정치에 대해서도 식면이 높다. 늘 생각하지만 나만큼 다들 똑똑해지면 좋겠다.(105쪽)

> ③ 나는 열심히 본다. 나중에 손자들에게 옛날 얘기를 해주려고 그런다. 참 이런 구경을 다 하구, 우리 세대의 자랑이다. 햇살

> 이 창창하다. 검게 빛나는 이 숯토막 인간은 위엄에 차 있다. 살아 있는 사람 같은 건 어림도 없다. 살아 있는 사람은 훈장 백개를 차고 눈을 부라리고 앉아도 이렇게 엄숙하지 못하다. 엄숙하단 말은 그닥 맞는 말은 아니다. 오히려 재미있다. 기쁨이다. 보고 있노라면 가슴이 흐뭇해진다.(112쪽)

'나'의 진술은 개인과 현실의 부조리를 동시에 드러내고 있는 셈이다. ①은 개인의 위선을 비꼰 것이다. 나체의 여인(마네킹)을 감상하고자 하는 욕망을 점잖은 태도로 위장하는 위선적인 대중들의 모습을 '체면', '치사한 자식들'이란 어휘속에 담고 있다. ②는 독재정치에 대한 비판을 드러내고 있다. 그리고 ③에서는 4 · 19 시가전에서 불탄 여인을 구경하면서 역사의 비애감과 비판의식을 반어적으로 드러낸다. 미친 상태에서야 현실에 대한 바른 말을 할 수 있는 사회 정황은 아이러니 그 자체가 된다.

인용문에서 드러나듯 이 작품은 4어절로 된 짧은 문장이 많다. 이런 간결체의 문장은 광인의 진술로 적합하다. 광인이 논리적으로 긴 문장의 독백을 한다면 모순으로 보일 것이다. 또한, 간결체는 그의 내면세계의 탐구가 유연하거나 지속적인 것이 아니라 분절되어 있음을 보여준다. 내면세계의 탐구나 사회현상에 대한 비판은 '나'의 불안한 심리 상태를 반영하여 단속적인 문장으로 나타난다. 이는 외부세계와의 거리감을 유지시킨다. 아내에 대한 원망이 나타나지 않는 대신 화자의 심리를 표현하는 데 적절하다고 본다. 또한 이 작품은 시적 문체를 강하게 드러낼 뿐만 아니라 하나의 이야기 꼭지를 마치고 나면 서술말미에 그것을 시로 변형시킨 것들을 배치하고 있다. 이 점은 소설형식에 독창성을 부여한다. 팬의 음악적 능력이 '나'에게는 시인의 능력으로 대체된 것이라 볼 수도 있다.

「수」에서 '나'는 미적유희를 즐긴다. 그가 하는 미적유희는 상실감과 권태로움에 시달리는 주체들이 무료한 시간을 보내는 일반적 행위와 유사하다. 그가 가지고 노는 물건들, 예컨대, 낡은 아코디언 악기와 오뚝이, 프리즘은 놀이기구임과 동시에 자신의 상황이나 정서를 드러내는 비유적인 물건들이다. 특히 프리즘은 '나'의 정신적 분열을 상징한다고 볼 수 있다. 프리즘은 빛의 분산이나 굴절을 일으킬 때 사용하는 과학 도구로서, '빛'은 '인간의 정체성'을, '분산'은 해체, 분해로 읽힐 수 있기 때문에 정신적 분열의 상징으로 볼 수 있는 것이다. 이것을 좀 더 비약한다면 부부 관계를 해체하는 것으로 볼 수도 있다.

결말 부분의 '나'의 모습은 비극적으로 그려지고 있다. "유리처럼 투명한 7월의 한낮은 두껍게 나를 싼다. 싼 채 균열한다. 나는 갇(囚)혔다."라는 문장에서 보듯 나는 '유리처럼 투명한' 것에 싸여진 채, 타인들에게 감시를 당하면서 자신은 균열을 느끼는 '수인'의 모습이다. 갇힌 '나'는 병원을 떠나는 아내를 보기 위해 창가로 달려가고, 그때 보이는 것은 "7월달 햇빛에 이글이글 눈부신 철로와 나란히 기름진 국도"이다. 철로와 국도는 인공의 대지가 된다. 인공의 대지는 불모성으로서 이것은 아내의 싸늘한 몸을 상징한다. 나와 아내 사이에는 아이가 없다. 철로와 국도는 '나'에게는 보여지기만 하고 걸을 수 없는 끊어진 길이지만, '그들'(아내와 그 남자)에게는 함께 걷는 '기름진' 길이 된다.

감금당한 장소에서 탈출을 기도하는 '나'의 모습은 끝내 보이지 않는다. 상실감과 권태감에 싸여 삶의 의욕이 마비된 '나'의 모습을 확인할 수 있을 뿐이다. 그의 이런 삶의 태도는 아내의 부정이 표면적으로 본다면 원인이 될 수 있다. 더 근원적인 것은 따로 있을 듯 한데 그에 대한 언급은 없다. 단, 유추해 볼 수 있는 것은 4 · 19의 좌절감이 한 지식인을 황폐화시켰다고 짐작하는 정도이다. 그의 진술 속에 내장된 비판적 언급을 본다면 그러하다.

팬 신화가 아내로 인해 미치광이가 되는 신의 이야기라면 「수」는 아내의 부정행위, 사회적 유대감의 붕괴로 미치광이가 될 수밖에 없는 지식인의 모습을 보여주는 작품이다. 팬신화의 반신반인이 현대적으로 변형되었을 때 한 인물이 정상적 인물로 살지 못하는 원인을 아내를 비롯한 사회적 유대관계가 모두 붕괴되었을 때 나타나는 것임을 보여주고 있다. 무엇보다 중요한 것은 '나'가 정신병원보다는 '꿈에 갇힌 자'라는 점이다. 4 · 19세대들이 지닌 유토피아의 상실은 자신의 '꿈에 갇힌 지식인', 더 이상 삶을 지탱할 수 없는 무력해진 지식인의 모습으로 갇히게 하였다.

### 2) '아리아드네의 실타래' 부재와 광인 : 「구운몽」

「구운몽」은 1962년에 발표된 환상적 서사로서 미궁 신화의 성격을 조직적으로 수용하고 있다. 앞서 보았던 「수」가 팬신화를 표면화시켰다면 이 작품에서는 신화가 은폐되어 있기에 '미궁전설'이 어떻게 유기적으로 형상화되었는지를 살펴보는 것이 관건이다.

최인훈은 현대적인 '미궁'의 건설을 언어로 완성시키고 있다. 이런 맥락에서 볼 때 「구운몽」의 현실-환상의 이원적 구조는 '미궁' 텍스트 건설상 필수적인 것이라 하겠다. 이 작품은 텍스트 자체가 '미궁'처럼 복잡하다. 여기에 '미궁'이라는 장소까지 아예 등장한다. 바로 작중인물 독고민의 옛애인 '숙'이 만나자고 약속한 다방 이름이 '미궁'이다. 공교롭게도 약속 장소에 찾아간 독고민은 두 번씩이나 숙을 만나지 못하고 돌아온다. 따라서 '미궁'이란 다방 이름은 앞으로 전개될 서사 공간의 성격을 은유적으로 표현한 것으로 보아도 무리가 없을 것이다. 게다가 독고민이 바람맞고 돌아오는 날은 익숙했던 길과 도시가 정체 모를 집단들의 추격에 의해 '미로'로 변하고 만다.

미궁 텍스트로서의 「구운몽」은 서사가 진행될수록 더욱 복잡해진다. 특히 인물에 대한 반복이 압도적이다. 즉 인물의 인적사항, 외양 묘사, 행동 등을 반복적으로 서술하고 있다. 먼저 주목할 것은 독고민과 김용길 박사의 인적사항이 동일하다는 점이다. 이로 인해 두 사람을 한 명의 분열된 인물로 오인하는 경우도 생긴다.[24] 인물의 반복은 독고민이 애타게 찾는 옛애인 '숙'에게서도 나타난다. 숙은 '왼쪽 뺨에 까만 점'을 가지고 있는 여성이다. 이와 같은 외양의 특이한 기표가 8명의 여성을 통해 반복되고 있다.[25] 그리고 독고민이 환상 체험에서 만나게 되는 '해전'이라는 시를 낭독하는 젊은이와 김용길 박사의 조수, 가장 바깥 서사에서 영화를 보고 나오는 젊은이도 동일한 인물의 반복이다. 이와 같은 인물의 인적 사항이나 외양 묘사에 의한 반복

24) 박정수는 독고민과 김용길 박사의 인적사항이 동일하지만 이를 자아분열이 아닌 두 인물로 보고 있다. 이와 같은 근거로 독고민의 동사체가 김용길 박사의 병원에서 발견됨으로써 시공간상의 인과율이 지켜진다는 점을 들고 있다. 한 명은 의사로서 한 명은 시신으로서 동일한 장소에서 공존하기 때문이다.(박정수, 「현대소설의 환상적 상상력 연구」, 서강대 박사학위 논문, 2001, 121쪽)

25) ① 독고민이 은행원들에게 '사장'으로 호명될 때 차를 가졌왔던 여인, ② 무용수 미라, ③ 늙은 댄서가 변신한 젊은 여인, ④ '잊어버리지 않는 죄인'의 애인, ⑤ 여급 에레나, ⑥ 김용길 박사가 읽은 법화에서의 관세음보살, ⑦ 김용길 박사 병원의 간호원, ⑧ 영화를 보고 나온 젊은 연인.

적 플롯은 인물의 행위로까지 반경이 확대된다.

서사 구성의 차원에서 집요하다고 여겨질 정도로 의도적인 이와 같은 반복의 플롯은 무엇을 의미하는가. 이것을 해석할 수 있는 단서를 김용길 박사의 연구과제에서 발견할 수 있다. 김용길 박사는 아버지 뜻에 따라 미술을 못할 바에는 인간의 신비를 연구하겠다는 목적으로 신경과를 택한 의사이다. 그의 최근 연구의 화두는 '개체의 통일성'을 지킬 수 있는 힘이 무엇인지 밝히는 것이다. 연구에 관심을 가지게 된 동기는 심령학회의 보고서 내용 때문이다. "외국에 전혀 가본 적이 없는 被術者가 그 외국의 어떤 도시에 대하여 삼백 년 전의 일을 정확하고 자세하게 진술할 때, 그리고 그 史實이 고문서의 발견으로 확인되었을 때" 화자의 진술은 누가 말한 것인지를 두고 김용길 박사는 고민한다. 그 결과 "개인의 유일성과 동일성이 뿌리에서 다시 살펴져야 한다"는 인식을 하게 되었다. 이것은 프로이트의 이론인 개체발생의 반복은 계통발생의 토대가 된다는 맥락과 상통한다. 긴 세월 동안 지속된 인류의 반복은 하나의 질서를 형성하여 문명으로 나타났다. 개인의 유일성은 문명 속에서 용해되어 사라지는 운명을 띠고 있다. 살아있는 몸 안에서 무명의 세포가 사라지듯이, 개인이 속한 세대는 사라지고 시간을 초월한 형상만 남는다.[26]

여기서 '어떤 피술자'는 집단무의식의 향유자로 볼 수 있다. 그는 과학으로는 해명할 수 없는 시원의 세계와 소통할 수 있는 가능성을 가지고 있는 인물이다. 최인훈의 작품에서는 시간의 영원성, 시원의 세계에 대한 언급이 자주 나온다.[27] 작중 인물이 과거의 시간을 현실

---

26) 조셉 캠벨, 앞의 책, 372쪽.

에서 떠올리는 기시감은 과거의 시간이 지금 현재의 인물에게 유형, 무형으로 영향을 끼치고 있다는 점에서 중요하다. 따라서 반복적으로 등장하는 인물들은 과거의 시간 속에서 서로 영향을 끼쳤던 관계로 볼 수 있다. 단지 현재에 그러한 기억을 하지 못할 뿐이다. 그러므로 이 작품에서 인물들의 인적사항, 행위의 반복을 과학적, 논리적으로 규명하는 것 자체가 공소한 일이 될 수도 있다. 독고민이 8명의 왼쪽 빰에 점이 있는 여자를 볼 때 '어디선가 본 듯한 얼굴'이라는 느낌을 갖는 것도 인물과 인물 사이의 인연이 작동되고 있음을 보여주는 것이다. 모호한 상태 그대로 두는 것이 의미상 자연스러울 것 같다.

반복의 플롯은 새로운 의미 해석도 가능하게 한다. 이때도 프로이트 이론이 유효하다. 프로이트는 반복강박을 야기하는 정신적 외상의 속성을 논하면서 반복행위가 행해지는 이유를 규명하였다. 그에 의하면 의식은 감각기관을 통해 포착되는 외부의 자극에 대한 지각과 그것에 대한 반응으로 야기되는 내부의 흥분으로 구성된다. 문제는 의식이 감당하기 어려울 정도로 강렬한 흥분이 야기되었을 때이다.[28] 그 중 '전쟁신경증'은 자아 속의 갈등에 의해서 촉진된 외상성 신경증일

---

27) 「가면고」의 주인공 독고준은 기시감과 함께 3천년 전의 전생을 무의식 상태에서 진술한다. 「광장」의 이명준도 어느 날 들판에 나갔을 때 겪은 기시감이 자살하기 직전에 한번 더 반복되면서 그때의 기분이 환희와 같은 것임을 밝힌다.

28) 외상성 신경증 환자의 꿈은 주체를 그 경악의 현장으로 데리고 감으로써 다시 그 경험을 반복하게 하며, 그러한 반복은 의식에 불안(anxiety)을 야기시킨다. 불안은 경험을 예기하고 있는 의식의 준비 상태이다. 요컨대 외상성 신경증 환자의 꿈에서 반복강박은, 충격적인 경험으로 인해 야기된 내부의 강렬한 흥분을 길들이고 완화시킴으로써 의식에 의해 수용 가능한 것으로 만들어주는 무의식의 기제인 것이다. (프로이트, 박찬부 옮김, 『쾌락의 원칙을 넘어서』, 프로이트 전집 11, 열린책들, 1998, 9-47쪽 참조.)

수 있다는 사실을 주장하였다.

이런 논의를 토대로 작가와 작중 인물의 전쟁 신경증을 살펴보면 해석은 앞서의 내용과 달라진다. 최인훈에게 6 · 25의 LST 체험은 '어질머리'로 비유된다. 전쟁의 공포, 낯선 땅에 대한 불안감이 육체적으로는 배멀미로 나타나고 정신적으로는 어질머리로 남아 있는 것이다. 그러므로 최인훈은 전쟁신경증이 잠복된 세대로서 그 시대의 의미를 규명하고자 하는 반복강박이 잠재되어 있고 이것이 반복플롯으로 드러날 수 있는 것이다.

전쟁신경증이 작중인물 독고민에게 투사되면 '피난민 의식'으로 변형된다. 월남인으로서, 고생을 '할만큼' 한 가난한 간판사에게 전쟁 이후의 공간은 파괴적 삶의 흔적만 있는 곳이다. '숙'으로 표상되는 그의 '황금시대'가 상실된 것도 그 예이다. 피난민에게 과거 '황금시대로의 회귀'는 불가능의 불안심리만 야기할 수 있다. 그런 심리에서 현재의 공간은 공포스러운 곳이 된다. 반복플롯은 독고민의 이러한 불안심리를 20여 일 동안 체험한 환상세계에서 증폭시키는 동시에, 한편으로는 당대의 부조리함과 그것을 폭로, 비판하는데 충분하다고 본다.

「구운몽」 속에 수용된 미궁신화는 몽타주[29]에 의한 도시의 미로화에서도 나타난다. 몽타주는 단편들을 조립하여 종합적인 이미지나 제3의 이미지를 만들어내기 때문에[30] 환상 문학에서 흔히 나타나는 인

---

29) 몽타주 기법은 단어나 문장의 단편들을 하나의 작품으로 조립 · 구성하기도 하고, 이질적인 장면들을 병치하기도 하는 형식으로서 이것은 파편화되고 분열된 현실을 표현하는 것이다. 서로 상이하거나 이질적인 요소를 나란히 병치시켜, 시공간적으로 떨어져 있는 두 이질적인 요소를 동시에 결합시키는 동시성의 기법이다.(정끝별, 『패러디 시학』, 문학세계사, 1997, 51쪽)

30) 이승훈, 『포스트모더니즘 시론』, 세계사, 1991, 120-129쪽 참조. 나병철, 『한국문

과율을 벗어난 비논리적 전개에 필요하다. 환상성을 전경화하는「구운몽」은 공간 몽타주를 통해서는 미로의 체험을, 시간 몽타주에 의해서는 시간의 파행성을 극대화한다. 특히, 독고민이 거리에서 낯선 집단의 추격을 피해 도망칠 때 집중적으로 나타난다.

독고민은 광장까지 그를 추격하는 시인들, 노은행원들, 무용수들을 교묘히 따돌리면서 도망친다. 그들을 피할 수 있었던 것은 거리를 질주하는 동안 그가 몸을 숨길 공간이 편집한 필름처럼 이어졌기 때문이다.

> 독고민은 이 간수가 일본 사람이구나 했다. 일본 사람이 아직도 우리나라에서 간수 노릇을 하다니. 벌써 십오년 전에 없어졌을 왜놈들이. 어떤 문 앞에서 간수는 멎었다.
>
> (…중략…)
>
> **간수는 눈에서 불똥이 튀게 민의 뺨을 후려갈기고는, 방문을 휙 열고 독고민을 쳐넣었다.**
>
> 자욱한 담배 연기. 분홍 불빛 속에서 담배 연기도 분홍빛이다. 유행가 소리.[31](강조-인용자)

감방 구역에서 독고민을 각하로 오인한 간수는 그에게 감방 죄수들을 만나게 하였다. 그러나 그가 기다리던 인물이 아니라는 사실을 보고 받고 예문처럼 함부로 대한다. 독고민이 현재 있는 감방과 다음에 찾아갈 장소인 바의 공간이 '방문'으로 연결되어 있다. 감방에서 '방

---

학의 근대성과 탈근대성』, 문예출판사, 1996, 196-229쪽 참조.

31) 최인훈, 「구운몽」, 문학과지성사, 238쪽. 이하 본문에서 「구운몽」의 인용은 페이지 수만 표기한다.

문'을 열면 그 다음 공간인 술집이 등장하는 것이다. 영화에서 시공간이 다른 필름과 필름을 연결하여 스토리를 진행시킨 기법을 이렇게 소설에서 사용한 것이다.

「구운몽」에 수용된 미궁신화는 공간의 폐쇄성에서도 발견할 수 있다. 공간의 폐쇄성은 러시아 민속인형인 '마뜨료쉬카'처럼 구성되어 있다. 관심을 가져야 할 첫 공간은 어두운 '관'이다.

> 관(棺) 속에 누워 있다. 미이라. 관 속은 태(胎)집보다 어둡다. 그리고 춥다. 그는 하릴없이 뻔히 눈을 뜨고 누군가를 가다리고 있다. 몸을 비틀어 돌아 눕는다. 벌써 얼마를 소리 없이 기다려도 아무도 찾아오지 않는다. 몇 해가 되는지 혹은 몇 시간인지 벌써 가리지 못한다. 혹은 몇 분밖에 안 된 것인지도 모른다. 똑똑. 누군가 관 뚜껑을 두드리고 있다. 누구요? 저예요. 누구? 제 목소리를 잊으셨나요. 부드럽고 따뜻한 목소리. 귀에 익은 목소리. 빨리 나오세요. 따뜻한 데루 가요. 저하구 같이. 그는 두 손바닥으로 관 뚜껑을 밀어올리고 몸을 일으켰다. 어둡다. 아무것도 보이지 않는다.(173쪽)

인용문은 독고민의 꿈이다. 꿈은 무의식을 의식으로 부상시키는 효과적인 방법으로서 독고민의 무의식을 보여주기에 적절하다. 관 속에 누워 있던 독고민은 바깥에서 불러내는 여자의 목소리를 듣고 좁고 추운 관 뚜껑을 열고 나가려고 한다. '태집'은 자궁이므로 가장 편안한 상태여야 한다. 그런데 태집과 같은 관은 오히려 춥고 어두우며 편하지가 않다. 그런 관 속에 누워 있는 독고민을 불러내는 것은 여성의 목소리이다. 자궁에서 벗어나도록 유혹하는 여성의 목소리라면 그의 아니마에 해당하는 인물일 것이다. 그러나 그를 불러냈던 여자는 보이지 않는다.

「구운몽」은 꿈과 현실의 경계가 불분명한 작품이다. 그래서 직사각형의 관에서 나온 독고민이 낡은 자신의 아파트로 걸어올라가는, 꿈과 현실이 곧바로 이어진다. 이제 낡은 아파트, 좀더 넓은 사각형에 도착하였다. 그곳에서 그를 다시 거리로 불러내는 것은 발신인이 적혀 있지 않은 '편지'이다. 이때 여성의 목소리와 여성이 보낸 편지는 테세우스에게 준 '아리아드네의 실'이라고 볼 수 있다. 그러나 그 실타래는 미궁 속으로 유인하는 실타래이다.

독고민은 '미궁' 다방에서 숙을 만나지 못한 날 영화관에 간다. 숙을 만나지 못한 참담한 상황에서 영화관에 간 행위는 독특하다. "사람들은 대개 쌍이었다. 줄을 같이 서서 앞뒤로 즐거운 듯 말을 주고 받는 사람…그의 가슴은 무거웠다."(181쪽)에서 보듯이, 영화관이 취미생활을 위한 자유로운 공간이긴 하지만 1960년대에 인물이 혼자서 출입하기에는 어색하고 낯선 장소이다. 그런 장소에 독고민은 '숙'과 만나기로 한날 바람을 맞고 혼자 찾아간 것이다. 이승훈은 극장이 주는 쾌락을 프로이트가 말한 죽음 충동, 타나토스의 기쁨으로 보고 있다.[32] 이점은 독고민에게도 해당될 것 같다.

---

32) "그러나 극장은 다르다. 극장은 물론 밤에도 문을 열지만 한낮의 극장, 오후의 극장이 더욱 극장답다. 밖에는 눈부신 햇살이 떨어지고, 그렇기 때문에 극장 안은 더욱 어두운 느낌이 든다. 극장에는 타인들뿐이지만 어둠 속에서 타인들은 나를 응시하지 않는다. 그들도 나와 함께 어머니의 자궁 속에 빠지고 어두운 모태로 돌아가고 죽음을 체험한다. 프로이가 말하는 죽음 충동, 타나토스의 기쁨이다."(이승훈, 앞의 책, 120-129쪽 참조.)

'관'처럼 어두컴컴한 영화관은 익명성 속에 독고민을 편안하게 함으로써 자궁의 역할을 하는 장소가 된다. 그러나 궁극적으로 보면 그것은 영원한 편안함이 아니라 일시적인 것이었다. 독고민이 환상여행을 한 계기가 낯선 '편지'였다면, 환상여행 중 미로체험은 영화관에서 옆자리에 앉았던 '어디선가 많이 본'(181쪽) 여인 때문이다. 독고민은 그녀를 뒤쫓다가 추격자들을 만난 것이다. 영화관을 나온 독고민은 더 확대된 거리에서 미로의 체험을 겪고, 결국은 네모난 벤치에서 동사체로 발견된다. 그리고 종국에는 시체 냉동실에 보관된다. 이렇게 되면 맨 처음의 관으로 다시 입관하는 셈이다.

어두운 관→낡은 아파트→미로의 거리→영화관→미로의 거리→벤치→시체 냉동실. 이와 같은 사각형의 공간은 독고민을 겹겹으로 에워싸고 있다. 러시아 민속 인형처럼 작중인물 독고민을 사각형 속에 가두고 있는 것이다.

지금까지 「구운몽」의 복잡한 서사구조가 '미궁 신화'의 변주였음을 살펴보았다. 이제는 이와 같은 미궁 속에 갇힌 독고민의 의미를 살펴볼 차례이다. 독고민의 시체가 병원에서 발견되었을 때 의사인 김용길 박사와 조수의 잠정적 진단으로 독고민은 몽유병자가 된다. 또한 그의 시신은 연고자가 없다는 이유로 김용길 박사의 제자가 쓰고 있는 논문의 해부용 시신이 될 것이라는 암시를 보여준다. 몽유병은 넓은 의미에서 광기의 한 유형으로 볼 수 있기에 독고민은 '광인'의 이미지를 지닌다.[33] 이렇게 독고민을 광인의 이미지로 형상화할 경우 미

33) 최인훈 소설에서 '광인'의 이미지는 주목할 필요가 있다. 작중인물은 광인으로 진단을 받거나(「구운몽」), 광인이라는 증거로 재판에서 무죄판결(『서유기』)을 받기도 한다. 단편 「수」와 「우상의 집」은 광인을 정신병원에 감금한 내용이다. 환각적인 상

궁 텍스트의 구조와 교묘하게 부합된다.

독고민이 죽는 장소가 병원이라는 점을 살펴보자. 이는 중세 유럽의 광인들이 정신병원에 감금당한 것을 현대적으로 변용한 것이라 할 수 있다. 광인들을 치유하기 위해 침수(immersion)[34]를 활용한 점을 상기하면 독고민의 죽음의 위치도 간과할 수 없다. 환상세계에서 총살당한 위치는 분수대였으며, 현실에서 동사한 위치도 분수대 근처의 벤치로 설정되어 있다. 분수대라면 물이 있는 곳으로서 광인을 치유할 수 있는 장소가 된다. 그러나 독고민이 죽은 계절은 한겨울이고, 이미 물은 제거되어 있는 상태라서 그의 광기를 치유할 수 있는 기회는 상실되었다.

독고민은 광인의 이미지에 파르마코스(pharmakos)의 이미지까지 지닌다. 파르마코스는 실력이 모자라는 재능 때문에 부르조아 사회에서 버림받은 예술가를 다룬 이야기에 전형적으로 등장하는 산 제물이다. 독고민은 학창시절 미술에 재능을 보였다. 그리고 애인 숙의 격려를 받고 비록 낙선하였지만 국전에도 응모한 바 있다. 결국 그는 3류 화가도 못 되는 극장 간판사로 전전하는 파르마코스적 이미지를 띤다. 그의 시신이 실험용 해부로 쓰여질 것이라는 암시에서 이 이미지는 극대화된다.

---

태의 환상적 분위기에 직면할 때 광인의 모습을 띤다. 단지, 그 시간이 찰라적이냐 지속적이냐에 따라 달라질 뿐이다. 「만가」의 여주인공이 호수 속으로 걸어들어가는 장면은 그녀의 이성이 사라진, 광기의 상태라 할 수 있다. 또한 「광장」의 이명준이 마스트에 있는 갈매기를 보면서 갖는 환시에서도 자신을 '신들림'의 상태로 여기는데 이러한 인물들은 넓은 의미에서 광인의 모습을 띤다고 할 수 있다. 문학에서 광인은 환상성과 밀접한 관계를 보인다.

34) 미셸 푸코, 앞의 책, 22-25쪽.

'영웅' 테세우스도 미궁에 들어갈 때는 아리아드네의 실과 칼이 필요했다. 그것이 있어야 미궁에서 살아 나올 수 있었다. 그런데 영웅이기는커녕 '광인'과 '파르마코스'의 이미지를 지닌 독고민에게 미궁의 출구가 보이지 않는 것은 너무나 당연한 일이다. 그에게는 아리아드네의 실 역할을 했던 숙이가 그를 모른다고 하는 순간 '실'의 기능은 끊어져 버렸다.

이 작품에서 '길떠나기'를 시도한 인물 독고민은 '고대의 영웅'이 '자아찾기'를 실행하는 사변적 지식인의 모습으로 변주된 것이다. 최인훈이 재현한 '언어의 미궁'은 현대의 부조리한 상황을 상징적으로 나타낸 공간이다. 그는 미궁신화를 「구운몽」에 수용하면서 당대의 사회적 부조리에 의해 자멸하는 소시민의 모습을 그려내고 있다.

### 3) '영웅 귀환' 이미지의 현대적 변주 : 『서유기』

1966년에 발표된 『서유기』는 「구운몽」과 함께 환상적 서사의 정점에 있는 작품이다. 미궁신화를 차용한 「구운몽」 못지 않은 '미궁' 텍스트이다. 제명에서 드러나듯 오승은의 『서유기』를 패러디한 작품이며, 내면적으로는 단테의 『신곡』도 패러디하였다. 이 글은 최인훈 소설의 신화적 요소를 살펴보는 데에 초점이 있으므로 패러디 연구는 논의에서 제한한다.

현대소설과 영화에서 오딧세우스 신화의 수용은 일일이 거론하기 힘들 정도로 양적 팽창이 대단하다.[35] 이는 이 신화가 대중적 질료임

---

35) 우리에게 익숙한 오딧세우스의 패러디는 단테의 『신곡』을 들 수 있고, 제임스 조이스의 『율리시즈』는 가장 심하게 변형된 것이다. 호메로스 이후의 작품은 아리안 에슨의 『신화와 예술』(류재화 옮김, 청년사), 543-653쪽에서 상세히 다루고 있다.

을 보여주는 예가 된다. 『서유기』도 오딧세우스 신화를 차용하고 있으나 그것의 형상화는 은폐되어 있다. 이 작품에 나타나는 오딧세우스 신화의 생성력은 '영웅 귀환'의 이미지에 있다.

최인훈은 '영웅 귀환'의 이미지를 현대적으로 변주하여 주인공 독고준의 '정체성 회복'의 과정을 보여주고 있다. 『서유기』도 「구운몽」과 마찬가지로 작중인물의 환상세계 진입이 우연히 발생한다. 독고준은 성욕에 의해 이유정의 방에 들렀다가 '부끄러움'을 느낀 채 그냥 나온다. 그는 2층 자신의 방으로 올라가는 극히 짧은 시간 동안에 환상세계를 경험하게 된다. 독고준은 계단에서 낯선 사람들에게 체포당하고, 감금되어 있는 동안 발앞에 떨어진 신문에서 자신을 찾는 구인광고를 본다. 독고준은 광고를 낸 사람을 '그 여름날의 여인'이라고 단정하여 고향 W시로 향하게 된다. 이것은 「구운몽」에서 독고민이 '편지'에 의해 환상세계로 진입하는 과정과 유사하다.

오딧세우스가 고향으로 돌아갈 때는 '배'가 중요한 수단이었으며, 그의 귀향을 방해하는 여러 신들이 있었다. 독고준은 고향 W시로 가기 위해 석왕사에서 기차를 타려고 한다. 그러나 역장은 그의 귀향을 만류한다. 현대인 독고준에게는 이제 '기차'가 운송수단이며, 귀향으로의 방해는 3차례나 석왕사역으로 되돌아오는 반복적 나선형의 구조에서 나타난다. 이 구조는 역사의 근대적 외상과 개인의 외상이 소실점처럼 만나는 지점을 W시로 정하였기 때문이다. 이는 결국, 식민지 시대와 6·25, 4·19 등의 역사적 상황에서 훼손된 개인의 정체성을 확립하기 위해 필요한 구조이다. 운송수단인 기차 선로의 평행선 이미지는 정체성의 회복이 개인의 외상을 극복하는 것임과 동시에 역사의 외상도 함께 극복해야 함을 상징한다.

오딧세우스에게 고향으로의 귀환은 가족(사랑)의 만남과 명예의 회복이란 점에서 중요하다. 이것은 독고준에게 오면 정체성 회복으로 바뀐다. 그에게 정체성 회복을 가능하게 할 선험적 고향 W시는 '성'과 '자아비판'의 외상을 극복하게 하는 공간이다. 역사의 외상을 극복하는 과정은 독고준이 근대사에서 중시되는 인물들을 만나는 환상체험에서 나타난다. 그리고 과거의 인물들을 만나는 것은 명부의 세계를 체험해야만 가능하다.

독고준이 계단을 오르다가 지하세계로 추락하는 환상세계의 진입은 오딧세우스가 명부세계로 진입한 행위를 변형한 것으로 볼 수 있다. 마법사 키르케는 오딧세우스에게 앞으로의 운명을 알기 위해서는 하데스에 가야 한다고 일러주었다. 그곳에서 예언가 테이레시아스에게 자문을 구해야 하기 때문이다. 오딧세우스는 그곳에서 돌아가신 어머니를 만나 이야기를 나누고 테이레시아스를 만나 조언을 들은 후 여행에 성공할 수 있었다.

최인훈은 역사의 외상을 극복하는 문화형에 대해 논개나 이순신, 이광수의 심리적 고뇌를 들을 수 있는 명부세계를 설정한 것[36]으로서 모색을 시도하고 있다. 독고준이 명부세계를 여행하면서 망자들을 만나게 되는 것은 결국 자신의 훼손된 주체를 다시 형성하기 위한 과정이다. 그 과정에서 과거의 인물들이 말하는 내용은 풍토가 배태한 이

36) 독고준의 환상체험이 명부세계로 설정되어 있음은 여러 상황에서 추론할 수 있다. 역장은 "자네는 우리가 기다리던 그 사람이야. 우리는 자네를 기다리고 있었네. 자네를 만나야 우리는 옳은 귀신이 될 수 있단 말일세."(최인훈, 『서유기』, 문학과지성사, 1996, 86쪽)라고 하면서 자신을 '옳은 귀신'이라고 표현하였다. 그리고 독고준이 만나는 사람들이 논개, 이순신, 이광수, 조봉암 등의 망자라는 점도 명부세계임을 입증하는 것이다.

념으로서의 '풍속'에 대한 인식이다. 독고준이 마주친 인물들은 과거의 이념을 대변하고 있다. 역사적 인물인 논개, 이순신, 조봉암, 이광수 등은 각각 당대의 이념을 대표하여 말하고 있다. 논개는 이념의 차원으로 승화되지 못한 민족주의적 태도, 결의를 표상하며, 이순신은 기존의 위계질서를 절대시하는 유교적 세계관을 대표한다. 이광수는 근대예술인을 대표하여 자생적인 이념과 전망을 갖지 못했을 때 결국 자기정체성에 대한 부정, 즉 친일행위로 나아갈 수밖에 없음을 보여준다. 이들 가운데 조봉암은 예외적으로 죽은 인물로 되어 있다. 이는 작가가 아직 사회주의 이념을 자유롭게 표현할 수 없는 시대적 상황에 있기 때문이다.

독고준의 원체험 '방공호의 성체험'과 '자아비판'은 그에게 가해진 억압과 권력이라 할 수 있다. 독고준에게 방공호의 성체험은 성에 대한 편견을 심어주었다. 그로 인해 그는 성인이 되어 사랑을 하는 데 자유롭지 못하다.

> 독고준에 대하여 그녀는 원형이었다. (…중략…) 그것은 항상 은은하게 울리는 폭음과 숨막히는 무더운 공기를 생생하게 되살려주었다. 그리고 그 사건이 우연히 이루어졌다는 점도 그를 만족시켰다. (…중략…) 그 여름날은, 그가 언제든지 돌아갈 수 있는 마음의 성지(聖地)였다. 순례의 길에서 본 수많은 여자를 그 성지의 여신상과 비교할 때, 그것들은 어림도 없었다. 어떤 사람이든 자기의 신을 가지고 있다. 그것이 등록된 신인가 아닌가에 차이는 있을망정, 그 사람의 얼을 가장 확실하게 움직이는 한에서 그것은 신이다.[37]

독고준에게 원형이 되는 구원의 여인은 신과 같은 존재, 즉 그의 절대적인 아니마가 된다. 현실세계에서든 환상세계에서든 독고준의 아니마는 '그 여름날'의 방공호 속에서 성체험을 가졌던 여성의 이미지에서 벗어나지 못하고 있다. 방공호의 체험 이후 독고준에게 생긴 버릇은 그가 만나는 모든 여성을 그의 아니마와 비교하는 일이다. 그가 『회색인』에 등장하는 전도사 김순임에게 사랑을 느꼈던 것도 그녀와 방공호 속의 여성이 닮았다는 이유 때문이다. 그런데 독고준의 여성관은 양가성을 띠고 있기 때문에 그 자신마저도 혼란을 겪는다. 그의 양가성은 아니마像과 본능이 충돌할 때 나타난다. 그의 아니마像은 순수미와 성스러움인데 그의 본능은 관능적인 여성에게 관심이 더 쏠리기에 내적 모순을 일으키는 것이다. 이런 이유로 전도사 김순임의 聖的인 면은 독고준의 본능적 욕망을 충족시켜 줄 수 없다. 오히려 독고준의 욕망에 부합하는 인물로는 이유정이 더 근접하다. 따라서 『회색인』의 결말에 그녀의 방을 찾아간 것은 그의 내적 갈등을 여성을 통해, 여성을 자신의 목적지로 향하는 '문'의 대상으로 생각하고 찾아갔던 것이다. 性的인 대상 이유정과 聖的인 대상 김순임 사이의 갈등에서 김순임을 거부한 것은 그녀와 김학이 닮았다는 점도 작용한다. '이 여자는 어딘지 김학이 놈과 비슷하다'는 것은 두 사람의 삶의 방식을 두고 한 말이다. 김학이 불가능한 혁명을 주장하는 것이나 전도사인 그녀가 종교에 의해 인간구원을 가능하다고 보는 '순진한' 삶의 태도가 서로 닮은 것이다. 그러나 독고준은 그것을 받아들일 수 없었다. 김학의 '혁명'이 '박래품으로서의 이물감'을 느끼게 하듯, 기독교로

37) 최인훈, 『회색인』, 문학과지성사, 1998, 156쪽.

구원을 받는 것에 대해서도 독고준은 회의적이다. 이 점은 그가 불교에 의해 구원을 받을 수 있으리라고 본 점에서 종교 그 자체가 아니라, 종교의 성격이 동양적인지 서구적인지에 가치를 두고 있음을 알 수 있다.[38)]

이 작품의 결말은 독고준의 트라우마 중에서 소년시절의 '자아비판'이 재현되는 재판정의 모습을 부각시키고 있다. 소년시절 작문 시간에 당했던 자아비판은 지도원 선생의 절대권력과 허구적 이데올로기가 개인을 억압한 상처임을 보여주는 것이다. 그러므로 독고준은 이 체험으로부터 자유로워야 진정한 '주체'로 태어날 수 있다. 독고준의 환상여행에서 원형적 체험이 반복되어 나오는 것은 그런 의미를 확인시키는 것이다.

독고준에게 소년시절의 자아비판 체험은 1960년대 지식인을 짓누르고 있는 이데올로기의 무게이다. 그것은 자아가 자신의 의지만으로 이루어질 수 없는, 냉엄한 현실이 개입하고 있다는 체험으로 각인되어 그에게 상처를 주었다. 그래서 성인이 된 지금도 그 시절로 되돌아가 지도원 선생으로부터 인정받고 싶은 무의식을 나타내기도 한다. 지도원 선생이 독고준의 작문이나 수업 시간에 발표한 내용을 가지고 소부르주아적 사고방식을 가진 반동적 인물로 혹평을 하는 것은 공산주의 사회의 규범을 강화하기 위한 수단이다. 지도원 선생의 규범적

---

38) 최인훈이 불교에 의해서 현대인이 구원받을 수 있는 가능성을 시사하고 있는 내용은 여러 작품에서 나오고 있다. 「가면고」에서는 다문고 왕자 전생담, 「열하일기」에서는 고고학자인 주인공이 경청한 '유머구락부'에서 행한 관음선사의 법연(162-168쪽)과 『회색인』에서는 김학과 황노인의 만남에서 황노인이 불교를 내세우고 있다.(176-178쪽) 「구운몽」에서는 김용길 박사가 읽은 법화(265-267쪽)와 『소설가 구보씨의 일일』 15장에 구체적으로 나타나고 있다.

판단의 보편화는 사회 구성체의 모든 곳을 관류하면서 개체를 끊임없이 비교 · 분리 · 계층화 · 동질화하는 데 목표를 둔 것이다.[39] 그러므로 어린 독고준의 생활은 모든 행동, 언행, 글에서 감시를 받고 있었다. 그 당시에는 저항하지 못했던 지도원 선생에게 독고준은 성인이 된 지금 저항의 태도를 보인다. 이로써 그의 소년시절에 겪었던 외상을 치유하고자 하는 의지를 보여준다.

오딧세우스는 고향 이타카에 많은 보물을 싣고 도착하여 아내를 괴롭힌 정적들을 모두 처치하였다. 그러나 독고준이 도착한 고향은 그가 방문하는 장소마다 파괴된다. 이것은 독고준의 기억을 통해 제시되는 북한 사회에 대한 인상이 부자연스러움과 '이물감', 그리고 어울리지 않는 요소들의 결합이란 점을 고려하면 어느 정도 그 의미를 알 수 있다. W시는 독고준에게 고향임에도 불구하고 생경한 장소로 다가온다. 그곳은 구원의 이념으로 등장한 사회주의조차도 현실에서는 맹목적 권위로 군림하는 폐쇄적 이데올로기에 지나지 않는다. 생활의 필요에서 이념이 생긴 것이 아니라 '이념'을 수입품처럼 받아들인 것이라면 그런 이념이 군림하는 장소는 정겨운 고향일 수가 없다. 이런 인식을 할 수 있기 때문에 그가 방문한 장소들이 파괴되는 환상을 만들어낸 것이다. 서구의 환상물에서 자주 등장하는 풍경 중의 하나는 속이 텅 빈 세계이다. 그것은 실재적인 것과 만질 수 있는 것으로 둘러싸여 있으나, 그 자체는 비어 있는 부재일 뿐이라는 것을 보여주는 것이다.[40] 독고준이 둘러본 고향도 마찬가지로 텅 빈, 부재의 장소가

39) 윤효녕 외, 『주체개념의 비판』, 서울대학교 출판부, 1999, 172쪽.
40) 로즈메리 잭슨, 서강여성문학연구회 편, 『환상성-전복의 문학』, 문학동네, 2001, 66쪽.

되고 있다. 이는 이데올로기의 허상을 보여주기 위함이다.

독고준의 환상 여행은 제국-식민지 구도에 편입되어 시작된 우리의 근대사에 대한 새로운 해석과 대안적 이념을 모색하기 위한 장치라고 할 수 있다. 식민지 역사가 낳은 독고준 개인의 억압된 기억과, 그것과의 대면을 향해 가는 여행 중에 이루어지는, 식민지화로 귀결된 한국 역사에 대한 탐색은 역사적 및 심리적 '회복'이라는 탈식민의 복합적 기획에 해당[41]되는 것이다.

## 3. 맺음말: 신화를 차용한 글쓰기의 의미

이 글에서 필자는 최인훈 소설에 나타나는 신화적 이미지를 고찰하였다. 「수」, 「구운몽」, 『서유기』에 나타나는 신화적 이미지인 팬신화, 미궁신화, 오딧세우스 신화 등이 현대적으로 변용된 모습과 그 의미를 밝혀 보았다.

이제 이 글을 정리하는 단계에서 최인훈이 신화적 이미지를 차용한 글쓰기의 이유와 그 의미를 밝혀 볼 차례이다. 크리스테바는 "모든 글은 모자이크처럼 인용문이라는 작은 타일들로 구성되어 있으며, 다른 글의 흡수 아니면 변형에 불과하다."[42]고 지적하였다. 이것은 작가들이 기록문학, 구비문학의 방대한 소재에서 신화를 수용한 글쓰기, 패러디의 글쓰기를 지적한 것이다.

> 패러디를 많이 하게 된 이유는 ……논리적으로 미학의 방법론

41) 김정화, 「최인훈 소설의 탈식민주의적 연구」, 서울대 석사학위논문, 2002, 43쪽.
42) 이형식, 앞의 책, 26쪽.

> 을 터득하는 것보다 실제로 있는 고전을 현대적으로 변용시켜보는 것은 훨씬 쉬운 일이었지요. 그래서 나는 그 고전을 가지고 씨름해보면서 예술이란 무엇인가, 예술의 핵이란 무엇인가, 예술에서 표면적인 것은 무엇이고, 보편적으로 변하지 않는 것은 무엇인가를 생각해보았던 것이지요. 그런데 나는 패러디를 통해 현대적 감각을 유지할 수 있었고, 고전을 논리적으로 미학의 방법론에 도달하기 위한 나침반으로 삼을 수 있었던 것이지요.[43]

인용문은 최인훈이 대담에서 패러디를 하게 된 이유를 밝힌 부분이다. 이 대담은 신화를 글쓰기에 수용한 이유도 추출하게 한다. 최인훈 작품에 신화적 상상체계가 수용되고 있는 이유는 신화가 지니고 있는 주제의 보편성과 구조의 안정성에서 찾을 수 있다. 신화는 '신과 영웅의 이야기'이지만 신과 영웅들이 겪는 엽기적인 상황(근친 상간, 잔혹성, 식인풍습 등)과 갈등, 시련과 극복은 인간의 이야기로 하강할 때 보편적 주제가 될 수 있다. 따라서 최인훈이 체험한 역사적 상황은 신화적 이미지를 차용하기에 적당하다. 신화는 시공간을 초월하여 전개되는 이야기들을 포용할 수 있는 함축성을 갖는 것도 이유가 될 것이다. '미학의 방법'은 안정된 구조를 가리킨다. 신화의 구조가 원류라면 크리스테바의 지적대로 모든 작품들은 신화에서 파생된 지류이다. 이러한 지류들은 신화의 구조를 작가의 개성만큼 변형시킨 글인 것이다.

일상을 벗어난 환상과 신화에 몰입하는 까닭은 그것들이 우리 속에 깊숙이 내재해 있는 욕망이나 열정들, 혹은 존재의 본질들을 통찰하

---

43) 김인호, 『해체와 저항의 서사-최인훈과 그의 문학』, 문학과지성사, 2004, 288쪽.

는 심오한 영적 지혜들, 아니면 온갖 것이 다 녹아 있는 인류의 유년기의 삶의 흔적들이기 때문[44]이다. 과거의 문화유산인 신화가 새로운 문화 창달의 소재로 적극 활용되고 있는 것도 이런 맥락에서 추론할 수 있다.

신화적 이미지를 수용한 글쓰기는 탈식민성의 글쓰기가 될 수도 있다. 우리의 근대가 역사적 · 정치적으로 식민체제였다면, 문화적으로 서구의 정신세계에 경도되어 있는 것도 식민성의 상황이다. 그러나 최인훈은 서구 신화를 '서구의 것'으로만 존재하는 것이 아니라 신화는 작은 '씨앗'처럼 바람에 날려 새로운 토양에서 그에 합당한 생명체로 발아하는 것을 보여주고 있다. 최인훈의 작품에서 살펴 본 신화적 이미지는 우리의 당대를 재구하는 데 신화의 보편성과 최인훈의 개인성이 결합된 것으로 문화와 역사를 탐구하는 능력으로 볼 수 있다.

---

44) 김현자, 「21세기 문명과 신화」, 『문학과 경계』, 2002. 봄호, 78쪽.

## ❖ 참고문헌

최인훈, 『광장/구운몽』 최인훈 전집 1, 문학과지성사, 1992.
최인훈, 『우상의 집』, 최인훈전집 8, 문학과지성사, 1993.
최인훈, 『서유기』, 최인훈전집 3, 문학과지성사, 1994.
최인훈, 『길에 관한 명상』, 청하, 1989.
최인훈, 『꿈의 거울』, 우신사, 1990.
고힐강, 심규호 역, 『도교와 중국 문화』, 동문선, 1988.
김경복, 「한국 현대시에 보이는 환상의 의미」, 『외국 문학』, 1997. 가을호.
김미영, 「최인훈 소설의 환상성 연구」, 한양대 박사학위논문, 2003.
김병익, 「사랑, 혹은 현대의 구원」, 『크리스마스/가면고』 해설, 문학과지성사, 1988.
김성곤, 「미국 포스트모던 소설과 환상문학」, 『상상』, 1996. 가을호.
김욱동, 「환상적 상상력과 소설」, 『상상』, 1996. 가을호.
김인호, 「최인훈 소설에 나타나는 주체성 연구」, 동국대 박사학위논문, 1999.
김인호, 『해체와 저항의 서사-최인훈과 그의 문학』, 문학과지성사, 2004.
김정관, 『존재의식과 위기의 문학』, 푸른사상, 2002.
김정화, 「최인훈 소설의 탈식민주의적 연구」, 서울대 석사학위논문, 2002.
김현자, 「21세기 문명과 신화」, 『문학과 경계』, 2002. 봄호.
김춘진, 「「알렙」과 「픽션집」: 혼돈의 시대와 환상, 문학의 논리」, 『외국 문학』, 1997. 가을호.
나병철, 『한국문학의 근대성과 탈근대성』, 문예출판사, 1996.
박영호, 「환상성, 그 잃어버린 꿈을 찾아서」, 『문학과 창작』, 1997. 11.
박종탁, 「중남미 현대소설과 환상적 리얼리즘」, 『오늘의 문예비평』, 1996. 겨울호.
박정수, 「현대 소설의 환상적 상상력 연구」, 서강대 박사학위논문, 2001.
송병선, 『중남미 문학과 포스트모더니즘의 문제점』, 책갈피, 1993.
송병선, 「중남미 문학의 환상과 미술」, 『상상』, 1996. 가을호.
안진태, 『신화학 강의』, 열린책들, 2001.

우미영, 「한국 근대 소설에 나타난 광기 연구」, 한양대 박사학위논문, 2002.
윤효녕 외, 『주체개념의 비판』, 서울대학교 출판부, 1999.
이경재, 『신화해석학』, 다산글방, 2002.
이승훈, 『포스트모더니즘 시론』, 세계사, 1991.
이승훈, 『한국현대시의 이해』, 집문당, 1999,
이인숙, 「소설 속에 나타난 迷宮 이미지 연구」, 『국제어문』 제18집, 1997. 7.
이인택, 『중국신화의 세계』, 풀빛, 2000.
이형식, 『작가와 신화-프루스트의 신화세계』, 청하, 1993.
이재선, 『현대 한국소설사』, 민음사, 1992,
이재실, 「환상이란 무엇인가」, 『오늘의 문예비평』, 1996. 가을호.
장석주, 「환상의 제국」, 『상상』, 1996. 가을호.
정끝별, 『패러디 시학』, 문학세계사, 1997,
황국명, 「90년대 소설의 환상성, 그 상상력의 모험」, 『외국문학』, 1997. 가을호.
황병하, 『반리얼리즘 문학론』, 열음사, 1992.
황병하, 「환상문학과 한국문학」, 『세계의 문학』, 1997. 겨울호.
노드롭 프라이, 임철규 역, 『비평의 해부』, 한길사, 1995.
로즈메리 잭슨, 『환상성-전복의 문학』, 문학동네, 2001.
미셸 푸코, 김부용 옮김, 『광기의 역사』, 인간사랑, 1993.
미셸 푸코, 오생근 역, 『감시와 처벌』, 나남출판, 1996.
마르셀 데티엔, 남수인 옮김, 『신화학의 창조』, 이끌리오, 2001.
미셸 푸코, 김부용 옮김, 『광기의 역사』, 인간사랑, 1993.
스티픈 앨 해리스/글로리아 플래츠너, 이영순 옮김, 『신화의 미로찾기 1』, 동인, 2000.
시모어 채트먼, 김경수 옮김, 『영화와 소설의 서사구조』, 민음사, 1992.
아리안 에슨, 류재화 옮김, 『신화와 예술』, 청년사, 2002.
Kathryn Hume, Fantasy and Mimesis, Methuen, 1984
죠셉 캠벨, 이윤기 옮김, 『세계의 영웅신화』, 대원사, 1991.
츠베탕 토도로프, 황병하 역, 「문학과 환상」, 『세계의 문학』, 1997. 여름호.
츠베탕 토도로프, 이기우 역, 『덧없는 행복-루소론/환상문학서설』, 한국문화사, 1996.
프로이트, 박찬부 옮김, 『쾌락원칙을 넘어서』 프로이트 전집 11, 열린책들, 1998.

# 부록

## 최인훈 문학연구 현황
## 최인훈연보

# 최인훈 문학 연구 현황

## 기본자료


최인훈, 『최인훈 전집』 총 12권, 문학과지성사, 1976~1990.

최인훈, 『광장』, 『새벽』 제7권 10호, 1960. 11.

최인훈, 『광장』, 정향사, 1961.

최인훈, 『광장』, 신구문화사(『현대 한국 문학 전집』 16), 1968.

최인훈, 『광장』, 민음사, 1973.

최인훈, 『광장/구운몽』(전집1), 문학과지성사, 1976.

최인훈, 『광장/구운몽』(전집1), 문학과지성사, 1989.

최인훈, 『광장/구운몽』(전집1), 문학과지성사, 1994.

최인훈, 『광장』, 문학과지성사(발간 40주년 한정본), 2001.

최인훈, 『문학을 찾아서』, 현암사, 1971.

최인훈, 『한스와 그레텔』, 문학예술사, 1982.

최인훈, 『길에 관한 명상』, 청하, 1990.

최인훈, 『꿈의 거울』, 우신사, 1990.

최인훈, 『화두』 1 · 2, 민음사, 1994.

최인훈, 『화두』 1 · 2, 문이재, 2002.


## 학위논문


강경채, 「한국 희곡의 비극성 연구」, 부산대 석사학위논문, 1983.

강문석, 「한국 모더니즘 소설에 나타난 현대성 연구」, 숭실대 박사학위논문, 1998.

강미옥, 「최인훈 소설 연구: 고전 소설의 패러디 양상과 의미」, 전북대 석사학위논문, 1996.

강애경, 「최인훈 희곡의 문학성과 연극성에 관한 연구」, 연세대 석사학위논문, 1995.

강은아, 「1960년대 소설에 나타나는 분단 콤플렉스: 최인훈, 이호철 작품을 중심으로」, 한성대 석사학위논문, 1997.

고인환, 「최인훈 초기 소설 연구」, 경희대 석사학위논문, 1996.

구재진, 「1960년대 장편 소설 연구」, 서울대 박사학위논문, 1999.

권봉영, 「자아 탐구의 양상과 문학의 구조: 최인훈 「가면고」 「둥둥 낙랑둥」을 중심으로」, 부산대 석사학위논문, 1987.

길경숙, 「최인훈의 『서유기』연구」, 한양대 석사학위논문, 2000.

김경욱, 「최인훈 소설의 이데올로기 비판 담론 연구」, 서울대 석사학위논문, 1998.

김경윤, 「최인훈 소설 연구: 작가 의식과 내면화 의식을 중심으로」, 경북대 석사학위논문, 1984.

김권수, 「최인훈의 「둥둥 낙랑둥」과 세익스피어 『햄릿』 비교 연구」, 동아대 석사학위논문, 1998.

김기우, 「최인훈 『화두』의 구조와 예술론의 관계에 대한 연구」, 동국대 석사학위논문, 1998.

김기주, 「최인훈 소설 연구」, 동국대 박사학위논문, 2000.

김남웅, 「최인훈의 60년대 소설 연구」, 경기대 석사학위논문, 1998.

김도한, 「최인훈의 『광장』 연구」, 경기대 석사학위논문, 1998.

김동향, 「최인훈 소설에 나타난 구원의 양상」, 한남대 석사학위논문, 1994.

김미영, 「최인훈의 『소설가 구보씨의 일일』 연구」, 한양대 석사학위논문, 1993.

김미영, 「최인훈 소설의 환상성 연구」, 한양대 박사학위논문, 2003.

김민수, 「1960년대 소설의 미적 근대성 연구」, 중앙대 박사학위논문, 1999.

김병진, 「최인훈 『회색인』 연구」, 경희대 석사학위논문, 1998.

김상욱, 「소설 담론의 이데올로기 분석 방법 연구」, 서울대 박사학위논문, 1995.

김성수, 「최인훈 희곡의 연극성에 관한 연구」, 연세대 석사학위논문, 1991.

김성열, 「최인훈의 『구운몽』 연구」, 고려대 석사학위논문, 1984.

김성열, 「최인훈의 『광장』 연구」, 대구가톨릭대 석사학위논문, 2002.
김신운, 「박태원과 최인훈의 『소설가 구보씨의 일일』 비교 고찰」, 조선대 석사학위논문, 1990.
김영찬, 「1960년대 한국 모더니즘 소설 연구」, 성균관대 박사학위논문, 2001.
김영희, 「최인훈 희곡의 극적 언어 연구」, 부산대 석사학위논문, 1990.
김옥란, 「최인훈 희곡 작품에 관한 연구」, 한양대 석사학위논문, 1993.
김원숙, 「최인훈 소설 연구」, 경희대 석사학위논문, 1989.
김유미, 「판소리 「심청가」의 현대적 계승에 대한 일고찰」, 고려대 석사학위논문, 1992.
김유미, 「한국 현대 희곡의 제의 구조 연구」, 고려대 박사학위논문, 2000.
김윤정, 「한국 현대 소설의 소외 의식 연구: 이상의 『날개』와 최인훈의 『회색인』을 중심으로」, 한양대 석사학위논문, 1984.
김인호, 「최인훈 『화두』에 대한 해체론적 읽기」, 동국대 석사학위논문, 1996.
김인호, 「최인훈 소설에 나타난 주체성 연구」, 동국대 박사학위논문, 2000.
김정관, 「한국 모더니즘 소설의 인식 구조 연구」, 중앙대 박사학위논문, 1997.
김정민, 「최인훈의 『금오신화』 『구운몽』에 나타난 시간 구조 연구」, 이화여대 석사학위논문, 1992.
김정혜, 「최인훈의 패러디 희곡 연구」, 숙명여대 석사학위논문, 1997.
김정화, 「최인훈 소설의 탈식민주의적 연구」, 서울대 석사학위논문, 2002.
김종수, 「최인훈 소설의 관념 표출 방법 연구」, 고려대 석사학위논문, 1999.
김주언, 「한국 비극 소설 연구」, 단국대 박사학위논문, 2001.
김충기, 「최인훈 문학에 나타난 소외의 문제 연구」, 경희대 석사학위논문, 1977.
김태호, 「최인훈 『광장』 연구」, 계명대 석사학위논문, 1995.
김　향, 「최인훈의 「옛날 옛적에 훠어이 훠이」 연구」, 연세대 석사학위논문, 1998.
김　향, 「최인훈 희곡 「둥둥 낙랑둥」 구조 연구」, 연세대 박사학위논문, 2002.
김홍식, 「최인훈의 『광장』 연구」조선대 석사학위논문, 1995.
김홍연, 「최인훈 소설의 인물과 서술 방법 연구」, 한양대 석사학위논문, 1988.
김희경, 「최인훈 희곡의 인물 구조 연구」, 신라대 석사학위논문, 1999.
남진우, 「최인훈 희곡 연구」, 중앙대 석사학위논문, 1985.

박선경, 「『광장』과 『당신들의 천국』의 대비적 연구」, 서강대 석사학위논문, 1988.
박순아, 「최인훈의 『광장』 연구」, 단국대 석사학위논문, 2002.
박옥진, 「최인훈 희곡의 비극성 연구」, 숭실대 석사학위논문, 1995.
박정하, 「최인훈 희곡의 공간 연구」, 계명대 석사학위논문, 2001.
박 진, 「최인훈의 『소설가 구보씨의 일일』 연구」, 고려대 석사학위논문, 1995.
박현주, 「최인훈의 『광장』 연구」, 숙명여대 석사학위논문, 1994.
박혜주, 「최인훈 소설의 사실성과 비사실성 연구: 화자의 시점을 중심으로」, 이화여대 석사학위논문, 1984.
반재진, 「비극적 신화의 창조와 꿈: 최인훈 희곡 「옛날 옛적에 훠어이 훠이」 분석」, 한성대 석사학위논문, 1994.
방희조, 「최인훈 소설의 서사 형식 연구」, 연세대 석사학위논문, 2001.
배경윤, 「최인훈 소설의 소외 의식 연구」, 효성여대 석사학위논문, 1989.
배미선, 「최인훈의 『광장』 연구」, 연세대 석사학위논문, 1994.
배수진, 「최인훈 『광장』의 개작 연구」, 단국대 석사학위논문, 2001.
배옥희, 「최인훈의 『광장』 연구」, 대진대 석사학위논문, 2003.
백홍진, 「최인훈 희곡 연구」, 세명대 석사학위논문, 2002.
변우호, 「최인훈 소설의 현실 인식과 형식」, 안동대 석사학위논문, 1999.
서미진, 「최인훈 희곡의 결말 구조 연구」, 고려대 석사학위논문, 2001.
서은선, 「최인훈 소설의 서사 구조 연구」, 부산대 박사학위논문, 2003.
서은성, 「최인훈 소설 『구운몽』의 해체 의식과 타자 인식 연구」, 부산대 석사학위논문, 1993.
서은주, 「최인훈 소설 연구」, 연세대 박사 학위논문, 2000.
성지연, 「최인훈 문학에서의 '개인'에 관한 연구」, 연세대 박사학위논문, 2003.
손유경, 「최인훈 · 이청준 소설에 나타난 텍스트의 자기 반영성 연구」, 서울대 석사학위논문, 2001.
송명진, 「최인훈 소설의 사실 효과와 환상 효과 연구」, 서강대 석사학위논문, 2001.
송숙자, 「「춘향전」의 현대적 변용과 그 의미」, 한양대 석사학위논문, 1986.
송혜영, 「최인훈 소설에 나타난 나르시시즘의 정신 구조 연구」, 서울시립대 석사학위논문, 2001.

신성환, 「한국장편소설의 통합 장르적 성격 연구-『죽음의 한 연구』, 『침묵의 뿌리』, 『화두』를 중심으로」, 한양대 박사학위논문, 2004.
신영지, 「최인훈 패러디 소설 연구: 『구운몽』 『서유기』의 서사 구조를 중심으로」, 성균관대 석사학위논문, 1997.
안경숙, 「최인훈 문학의 장르 비평적 연구」, 중앙대 석사학위논문, 1987.
안정택, 「최인훈 『광장』에 나타난 소외 의식 연구」, 관동대 석사학위논문, 1996.
양미옥, 「최인훈 희곡 연구」, 서남대 석사학위논문, 2001.
양민숙, 「『소설가 구보씨의 일일』 연구; 박태원 · 최인훈의 작품 대비」, 경남대 석사학위논문, 1992.
양선영, 「최인훈 단편 소설 「웃음소리」 「만가」 연구」, 한남대 석사학위논문, 2001.
양순아, 「최인훈의 『광장』 연구」, 전북대 석사학위논문, 1994.
양윤모, 「최인훈 소설의 '정체성 찾기'에 대한 연구」, 고려대 박사학위논문, 1999.
양 인, 「최인훈 소설의 서사 형식과 사회적 담론 연구」, 서강대 석사학위논문, 1996.
양현석, 「최인훈의 『서유기』 연구」, 한양대 석사학위논문, 2002.
연남경, 「최인훈 소설의 기호학적 분석」, 이화여대 석사학위논문, 2001.
오경복, 「「심청전」과 「달아 달아 밝은 달아」에 나타난 재생 원형 연구」, 이화여대 석사학위논문, 1980.
오송희, 「최인훈 소설 연구」, 성신여대 석사학위논문, 1994.
오승은, 「최인훈 소설의 상호 텍스트성 연구: 패러디 양상을 중심으로」, 서강대 석사학위논문, 1998.
오현일, 「소설 속의 에세이적인 것에 관한 연구」, 고려대 박사학위논문, 1979.
유재철, 「희곡의 의미 구조 분석」, 서강대 석사학위논문, 1980.
유진월, 「최인훈 희곡 연구」, 경희대 석사학위논문, 1988.
유초선, 「최인훈의 반사실주의 소설 연구」, 이화여대 석사학위논문, 1998.
윤미선, 「박태원과 최인훈의 『소설가 구보씨의 일일』 비교 연구」, 연세대 석사학위논문, 1996.
윤성희, 「최인훈 『회색인』의 공간 상징 연구」, 한양대 석사학위논문, 1994.
윤소연, 「최인훈 소설에 나타난 소외 의식 연구」, 명지대 석사학위논문, 1996.

윤지영, 「최인훈 소설 연구」, 성균관대 석사학위논문, 1998.
이명희, 「최인훈 『소설가 구보씨의 일일』 연구」, 인하대학교 교육대학원 석사학위논문, 1987.
이미경, 「최인훈 소설에 나타난 주체의 소외 연구」, 군산대 석사학위논문, 2002.
이양식, 「최인훈 소설의 인물 분석」, 충북대 석사학위논문, 1994.
이옥자, 「최인훈 희곡에 나타난 공간의 의미 구조 분석」, 수원대 석사학위논문, 1993.
이의석, 「『회색인』에 나타난 인간 의식」, 인하대 교육대학원 석사학위논문, 1988.
이인숙, 「최인훈 소설의 담론 특성 연구: 서술 층위를 중심으로」, 고려대 박사학위논문, 1999.
이정선, 「최인훈 소설 연구」, 경희대 석사학위논문, 1999.
이평전, 「최인훈 소설에 나타난 유토피아 의식 연구」, 동국대 석사학위논문, 1997.
이혜정, 「『광장』에서의 '갈매기' 상징고」, 동국대 석사학위논문, 1996.
이호규, 「1960년대 소설의 주체 생산 연구」, 연세대 박사학위논문, 1999.
임경순, 「1960년대 지식인 소설 연구」, 성균관대 박사학위논문, 2000.
임달환, 「『광장』에 나타난 갈등 양상 연구」, 군산대 석사학위논문, 1998.
임정애, 「최인훈 풍자 소설의 양상 연구」, 경북대 석사학위논문, 1995.
장수라, 「최인훈 희곡의 특질 고찰: 설화 소재 작품을 중심으로」, 조선대 석사학위논문, 1996.
장혜전, 「설화 소재 희곡의 특성 연구」, 이화여대 석사학위논문, 1980.
전윤숙, 「최인훈 소설 연구」, 경희대 교육대학원 석사학위논문, 1989.
정대화, 「최인훈 『서유기』 연구: 수용 이론적 방법을 중심으로」, 서울대 석사학위논문, 1988.
정미숙, 「최인훈 희곡에 나타난 패러디 연구: 「달아달아 밝은 달아」를 중심으로」, 경상대 석사학위논문, 1998.
정봉곤, 「최인훈의 패러디 소설 연구」, 부산대 석사학위논문, 1997.
정은영, 「최인훈 『구운몽』 연구: '미궁만들기'와 '길찾기'의 구성과 관련하여」, 서강대 석사학위논문, 1994.
정은주, 「최인훈의 『구운몽』 『서유기』 연구: 창작 기법과 상상력을 중심으로」,

고려대 석사학위논문, 1990.
정현주, 「「흥보전」의 현대적 계승에 관한 고찰」, 고려대 석사학위논문, 1996.
정혜영, 「최인훈 소설의 환상성 연구」, 숭실대 석사학위논문, 1992.
정화혁, 「최인훈 작품 연구」, 동아대 석사학위논문, 1981.
조보라미, 「최인훈 소설의 환상성 연구」, 서울대 석사학위논문, 1999.
조재희, 「한국 현대 소설 미로 이미지: 최인훈 『구운몽』과 이청준 『소문의 벽』을 중심으로」, 충남대 석사 학위논문, 1996.
조희권, 「현대 소설에 나타난 「춘향전」 패러디 연구」, 한양대 석사학위논문, 2000.
지덕상, 「『광장』의 개작에 나타난 작가 의식」, 고려대 석사학위논문, 1982.
차봉준, 「최인훈 패러디 소설 연구」, 숭실대 석사학위논문, 2001.
채정상, 「최인훈 소설의 기호학적 분석」, 동국대 석사학위논문, 2001.
최영숙, 「최인훈 소설의 담론 연구: 『가면고』 『회색인』 『소설가 구보씨의 일일』을 중심으로」, 계명대 석사학위논문, 1999.
최유진, 「최인훈 『광장』에 관한 개작 연구」, 동덕여대 여성개발대학원 석사학위논문, 2000.
최인자, 「박태원과 최인훈의 『소설가 구보씨의 일일』 대비 연구」, 전북대 석사학위논문, 1995.
최진우, 「최인훈 희곡 연구」, 중앙대 석사학위논문, 1986.
최창근, 「최인훈 희곡 연구」, 경희대 석사학위논문, 2003.
최창수, 「최인훈 소설 연구」, 중앙대 박사학위논문, 2003.
최창중, 「최인훈 소설 『서유기』의 모더니즘 성격 연구」, 한국교원대 석사학위논문, 1998.
최현희, 「최인훈 소설에 나타난 '사랑'의 의미 연구」, 서울대 서사학위논문, 2003.
최희선, 「최인훈 문학 연구」, 단국대 석사학위논문, 1992.
추선진, 「최인훈 소설 연구」, 경희대 석사학위논문, 2001.
표란희, 「「심청전」 패러디 연구」, 청주대 석사학위논문, 2001.
하영미, 「최인훈 단편 소설 연구」, 경희대 석사학위논문, 2000.
한미혜, 「최인훈 『광장』 『회색인』 연구」, 성균관대 석사학위논문, 1997.
한채화, 「최인훈의 『춘향뎐』 『놀부뎐』 연구」, 청주대 석사학위논문, 1994.

허영주, 「최인훈 소설의 정신분석학적 연구」, 계명대 박사학위논문, 1995.
홍명숙, 「최인훈 소설의 공간 구조」, 부산대 석사학위논문, 1995.
홍진석, 「최인훈 희곡 연구」, 우석대 박사학위논문, 1996.
황순재, 「최인훈 소설의 환상 기법 연구」, 부산대 석사학위논문, 1989.

## 평론 및 단평

강승귀, 「도피 또는 무모한 기다림」, 『국어국문학 논문집』 16, 동국대, 1993.
고 은, 「실내 작가론: 최인훈」, 『월간 문학』, 1970. 2.
공종구, 「소설가 구보씨의 일일」, 『현대 소설 연구』 13, 2000.
구재진, 「최인훈의 『광장』 연구」, 『국어국문학』 115, 1995.
구재진, 「최인훈의 『회색인』 연구」, 『한국문화』 27, 서울대 한국문화연구소, 2001.
구재진, 「최인훈 소설에 나타난 '기억하기'와 탈식민성」, 『한국현대문학연구』 15집, 2004. 6.
구중서, 「중요한 무엇: 『광장』」, 『현대문학』, 1966. 10.
권경우, 「인터뷰: 80년대는 오류가 없었다」, 『말』 181, 2001.
권보드래, 「최인훈의 『회색인』 연구」, 『민족문학사연구』 10, 1997.
권보드래, 「양면: 자유와 독재」, 『자유라는 화두』, 삼인, 1999.
권봉영, 「개작된 작품의 주제 변동 문제」, 『어문 교육 논집』 2, 부산대, 1977.(『최인훈』, 은애, 1979)
권성우, 「근원 해체의 열망들」, 『리뷰』, 1995. 가을호.
권성우, 「최인훈 『회색인』에 나타난 현실 인식 연구」, 『어문학』 74, 한국어문학회, 2001.
권세훈, 「한국과 독일의 분단 문학, 최인훈의 『광장』과 크리스타 볼프의 『나누어진 하늘』」, 한국독어독문학회 학술 대회, 2001.
권영민, 「정치적인 문학과 문학의 정치성: 「총독의 소리」를 중심으로」, 『작가세계』, 1990. 봄호.
권영민, 「연작의 기법과 연작 소설의 장르적 가능성」, 『서설과 운명의 언어』, 현대소설사, 1992.

권영민, 『한국 현대 문학사 1945~1990』, 민음사, 1993.

권오룡, 「이념과 삶의 현재화: 1960년에서 1990년까지 『광장』의 변천사」, 『한길 문학』 6, 1990.

권오룡, 「소설가 구보씨의 생애」, 『동서문학』, 1994. 여름호.

권오룡, 「시간이여, 강낭콩 꽃빛으로 흘러라」, 『문학과 사회』, 1999. 가을호.

권오만, 「최인훈 희곡의 특질」, 『국제어문』, 국제대학, 1979.

권택영, 「해체론적 독서」, 『현대문학』, 1988. 3.

권택영, 「최인훈의 작품 세계: 전쟁에 대한 어질머리를 풀어가는 문학」(대담), 『라쁠륨』, 1996. 가을호.

김갑수, 「최인훈 소설에서의 꿈과 리얼리즘의 관계」, 『국어국문학 논문집』, 동국대, 1983.

김경수, 「1994년, 다시 중편 소설에 대하여」, 『소설과 사상』, 1994. 겨울호.

김교선, 「관념소설론」, 『표현』 12, 1979.

김기란, 「최인훈 희곡의 극작법 연구: 『둥둥 낙랑둥』을 중심으로」, 『한국 극예술 연구』 12, 2000.

김동주, 「최인훈의 『광장』 연구: 서사시적 세계에 대한 동경과 좌절을 중심으로」, 『도솔어문』 14, 2000.

김미영, 「최인훈의 환상성, 현실인식과 문학적 상상력의 결합」, 『한양어문』 16집, 1998. 12.

김미영, 「최인훈의 「구운몽」론: 인물과 환상성을 중심으로」, 『한국언어문화』 20집, 2001. 12.

김미영, 「「가면고」의 서사구조 연구」, 『한국언어문화』 25집, 2004. 6.

김미영, 「최인훈 소설에 나타나는 신화적 이미지 고찰」, 『국제어문』 31집, 2004. 8.

김미영, 「모더니즘 소설교육-최인훈의 「수」와 최인호의 「타인의 방」을 중심으로」, 『문학교육』, 2004. 8.

김미영, 「미궁 텍스트로서 「구운몽」 다시 읽기」, 『현대소설연구』, 2004. 9.

김방옥, 「탁월한 극적 고안과 아이러니의 효과」, 『객석』, 1985. 8.

김병익 외 편, 『현대 한국 문학의 이론』, 민음사, 1972.

김병익 외 편, 「사랑 혹은 현대의 구원」, 최인훈, 『크리스마스 캐럴/가면고』(전집 6), 문학과지성사, 1976.

김병익 외 편, 「분단 시대의 문학적 전개」, 『문학과 지성』, 1979. 봄호.

김병익 외 편, 「'남북조 시대 작가'의 의식의 자서전」, 『문학과 사회』, 1994. 여름호. (『새로운 글쓰기와 문학의 진정성』, 문학과지성사, 1997.

김상태, 「익사한 잠수부의 증언」, 『문학사상』, 1984. 8.

김상태, 「최인훈 소설의 표현 미학」, 『한글사랑』 16, 한글사, 2001.

김성곤, 「미로 속의 언어」, 민음사, 1986.

김성도, 「기호의 고고학」, 『세계의 문학』, 1995. 가을호.

김성열, 「고전의 변용과 구원의 궤도: 최인훈의 『구운몽』」, 『어문논집』 27, 고려대 출판부, 1987.

김성열, 「근대성의 구현을 위한 고전의 방법적 변용: 최인훈의 패러디 소설들」, 『우리 어문 연구』 15권, 우리어문학회, 2000.

김성희, 「한국적 비극의 특성과 보편성 연구: 최인훈의 비극을 중심으로」, 『한양여전 논문집』 17(인문사회과학), 1994.

김송현, 「종교에의 도전」, 『현대문학』, 1968. 9.

김영찬, 상허학회 편, 「최인훈 초기 중단편 소설의 현대성」, 『1920년대 문학의 재인식』, 깊은샘, 2001.

김영찬, 「최인훈 소설의 기원과 존재 방식」, 『한국 근대 문학 연구』, 태학사, 2002.

김영희, 「최인훈 희곡의 극적 언어 연구」, 『부산대 국어국문학』 27, 1990.

김외곤, 「소설가에 의한 소설, 소설가의 존재 방식에 대한 탐색: 최인훈의 『소설가 구보씨의 일일』을 중심으로」, 『문학정신』, 1992. 9.

김용린, 「이상과 최인훈에 나타난 '방'의 이미지」, 『홍익어문』 2호, 1983.

김용성, 「『구운몽』의 순환적 시간 의식」, 『한국 소설과 시간 의식』, 인하대 출판부, 1992.

김우종, 「70년대 한국 문학의 향방: 『태풍』론」, 『세계의 문학』, 1979. 가을호.

김우창, 「남북조 시대의 예술가의 초상」, 최인훈, 『소설가 구보씨의 일일』(전집 4), 문학과지성사, 1976.

김유미, 「판소리 『심청가』에 나타난 서사적 요소의 현대적 수용 양상: 채만식의

『심봉사』와 최인훈의 『달아 달아 밝은 달아』를 중심으로」, 『한국 어문 교육』 5, 고려대 출판부 1991.

김유미, 「온달 설화의 제의극적 변용: 최인훈의 「어디서 무엇이 되어 만나리」」, 『한국 어문 교육』 8,고려대 출판부, 1996.

김유미, 「최인훈 희곡의 신화성과 역사성 연구」, 『어문논집』 37, 고려대 출판부, 1997.

김유미, 「최인훈의 『광장』과 『둥둥 낙랑둥』 비교 연구」, 『어문논집』 43, 고려대 출판부, 2001.

김윤식, 「순수 행위 · 운명 · 죄인: 최인훈씨에게」, 『월간문학』, 1970. 4.

김윤식, 「최인훈론」, 『월간문학』, 1973. 1~2.

김윤식, 「어떤 한국적 요나의 체험」, 『한국 근대 작가론고』, 일지사, 1974.

김윤식, 「개인과 사회: 『광장』고」, 『대학신문』, 1974. 5. 30.

김윤식, 「관념의 형식과 소설의 형식」, 『최인훈 단편집』 해설, 삼중당, 1976.

김윤식, 「'우리' 세대의 작가 최인훈」, 최인훈, 『총독의 소리』(전집 9), 문학과지성사, 1979.

김윤식, 「관념의 한계」, 『한국 현대 소설사』, 일지사, 1981.

김윤식, 「구보계 글쓰기의 기원과 그 변모 양상」, 『90년대 한국 소설의 표정』, 서울대 출판부, 1994.

김윤식, 「유죄 판결과 결백 증명의 내력」, 『세계의 문학』, 1994. 여름호.

김윤식, 「아, 최인훈」, 『문예중앙』 100, 2002. 겨울호.

김윤식 · 정호웅, 「자유 · 평등의 이념항과 새로운 소설 형식」, 『한국 소설사』, 예하, 1993.

김윤정, 「『회색인』에 나타난 소외의 양상」, 『현대문학』, 1984. 5.

김인호, 홍기삼 · 하용환 편, 「변화된 시대의 대응하는 새로운 담론: 『화두』론」, 『임꺽정에서 화두까지』, 문학아카데미, 1995.

김인호, 「푸코로 『화두』 읽기」, 『문학과 창작』, 1996. 4.

김인호, 「최인훈 『화두』에 대한 철학적 담론」, 동아일보 신춘문예 당선작.(『신동아』, 1997년 3월호)

김인호, 「주체를 찾아가는 긴 여정: 『서유기』론」, 『현대 비평과 이론』 15, 1998.

봄 · 여름호.

김인호, 「신 없는 시대의 서사적 몸부림: 『소설가 구보씨의 일일』론」, 『동악 어문논집』 33, 1998.

김인호, 「텍스트의 유토피아와 삶의 변증법」, 『동국어문학』 10 · 11, 1999.

김인호, 「허깨비로 예견하는 미래의 미적 형식」, 『작가세계』, 2000. 봄호.

김인호, 「『광장』개작에 나타난 변화의 양상들」, 『광장』(발간 40주년 기념 한정본), 문학과지성사, 2001.

김인호, 「최인훈 문학의 내면성과 실험성」, 『시학과 언어학』 1, 2001.

김인호, 「작가의 세계 인식과 텍스트의 자기 증명」(대담), 『문학생산』 2, 2002. 가을호.

김인호, 「'최인훈 연구'의 현황과 향후 과제」, 『작가연구』, 2002. 겨울호.

김인환, 「소설가의 소설론: 『소설가 구보씨의 일일』「웃음소리」」, 『문학과 지성』, 1972. 가을호.

김인환, 「과거와 현재」, 『문학과 지성』, 1977. 여름호.

김인환, 「완강한 사실과 정신의 부드러움」, 최인훈, 『유토피아의 꿈』(전집 11), 문학과지성사, 1980.

김인환, 「추악함의 미학」, 『대학신문』, 1980. 3. 24.

김인환, 「모순의 인식과 대응 방식: 최인훈론」, 『문예중앙』, 1982. 봄호.

김인환, 「파국의 의미」, 『비평의 원리』, 나남, 1994.

김종순, 「최인훈론: 소설에서 희곡으로의 이행」, 『예술계』 창간호, 1983.

김종출, 「읽기 어려운 만가」, 『현대문학』, 1968. 1.

김종회, 「관념과 문학 그 곤고한 지적 편력」, 『작가세계』, 1990. 봄호.

김종회, 「최인훈 문학의 연구 현황」, 『작가세계』, 1990. 봄호.

김종회, 「세태 소설의 토양과 그 열매」, 『현대문학』, 1993. 12.

김주연, 「상황의 접근과 포기」, 『현대문학』, 1967. 9.

김주연, 「지식인의 행동」, 『문학 비평론』, 열화당, 1974.(『최인훈』, 은애, 1979)

김주연, 「에세이 소설의 안팎: '소리'연작」, 『문예중앙』, 1977. 가을호.

김주연, 「말멀미에 이기기 위하여」, 최인훈, 『문학과 이데올로기』(전집 12), 문학과지성사, 1979.

김주연, 「분단 시대의 지식인의 사랑」, 『변동 사회와 작가』, 문학과지성사, 1979.
김주연, 「슬픈 한국인의 의지」, 『소설문학』, 1986. 6.
김주연, 「최인훈 문학의 두 모습」, 『문학과 정신의 힘』, 문학과지성사, 1990.
김주연, 「관념 소설의 역사적 당위」, 『문학정신』 68, 1992.(『사랑과 권력』, 문학과지성사, 1995)
김주연, 「체제 변화 속의 기억과 문학」, 『사랑과 권력』, 문학과지성사, 1995.
김주언, 「아시아, 밤의 지형학 혹은 탈식민의 원근법」, 『서울신문』, 1995. 1. 9.
김주언, 「우리 소설에서의 비극의 변용과 생성-최인훈의 『회색인』·『서유기』를 중심으로」, 『비교문학』 28집, 2002.
김주현, 「이념 와해 시대의 진정성 찾기: 최인훈 『화두』론, 조선일보, 1995. 1. 6.
김춘식, 「최인훈 『구운몽』의 패러디와 아이러니」, 『동국어문학』 6, 동국대, 1994.
김춘식, 「구원의 양식으로서의 소설쓰기」, 『임꺽정에서 화두까지』, 문학아카데미, 1995.
김치수, 「지식인의 망명」, 『현대 한국 문학의 이론』, 민음사, 1972.(『최인훈』, 은애, 1979)
김치수, 「자아와 현실의 변증법」, 최인훈, 『회색인』(전집2), 문학과지성사, 1977.
김치수, 「세번째 희곡 「봄이 오면 산에 들에」 발표한 소설가 최인훈씨」, 서울신문, 1977. 9. 9.
김치수, 「작가의 변모: 「달아 달아 밝은 달아」」, 『문학과 비평의 구조』, 문학과지성사, 1984.
김치수, 「냉혹한 현실 묘사를 통한 섬뜩한 아픔의 상처」, 『달과 소년병』 해설, 세계사, 1989.
김태환, 「문학은 어떤 일을 하는가」, 『시학과 언어학』 1, 시학과 언어학회, 2001.
김한식, 「한 근대 지식인의 고전 읽기: 최인훈의 패러디 소설에 대하여」, 『작가연구』 14, 깊은샘, 2002. 겨울호.
김 현, 「「총독의 소리」와 「강」」, 『현대문학』, 1965. 5.
김 현, 「헤겔주의자의 고백」, 『이헌구 선생 송수기념논총』, 1970.(『최인훈』, 은애, 1979)
김 현, 「상황과 극기: 최인훈 문학의 구조」, 『광장』 해설, 민음사, 1973.

김　현, 「죄인, 혹은 소외의 문학」, 『한국문학사』, 민음사, 1973.

김　현, 「정신의 치유법: 「가면고」」, 『현대한국문학전집』, 신구문화사, 1974.

김　현, 「최인훈의 정치학」, 『사회와 윤리』, 일지사, 1974.

김　현, 「사랑의 재확인: 『광장』의 개작에 관하여」, 최인훈, 『광장/구운몽』(전집 1), 문학과지성사, 1976.

김　현, 「반성적 언어의 작가」, 『최인훈 작품집』 해설, 서음출판사, 1978.(『한국대표 문제작가전집』 11, 예조사, 1981)

김　현, 「전반적 검토」, 『최인훈』, 은애, 1979.

김　현, 「변동하는 시대의 예술가 탐구」(대담), 『신동아』, 1981. 9.

김　현, 「책읽기의 괴로움」, 『책읽기의 괴로움』, 민음사, 1984.

김　현, 「최인훈에 대한 네 개의 산문」, 『현대 한국문학의 이론/사회와 윤리』, 김현 문학전집 2권, 문학과지성사, 1991.

김현주, 「새롭게 시작하는 '최인훈학'」, 『문학과 사회』, 2001. 여름호.

김현철, 「판소리 「심청가」의 패러디 연구」, 『한국 극예술 연구』 11, 2000.

김호기, 「관념의 세계 시민과 현실의 세계 시민: 최인훈의 『화두』」, 『문학사상』, 2003. 1.

김홍연, 「최인훈 『회색인』에 대한 독서 방법」, 『한양 어문 연구』, 1986.

나병철, 「분단의 상징적 해결과 관념적 서사 담론: 최인훈의 『광장』을 중심으로」, 『수원대 논문집』 11, 1993.

노상래, 「『소설가 구보씨의 일일』 연구」, 『현대 소설 연구』 6, 현대 소설 학회, 1997.

문흥술, 「뫼비우스 띠와 연작형, 그리고 난장이의 죽음」, 『1970년대 문학 연구』, 예하, 1994.

문흥술, 「식민지 노예 지식인의 글쓰기와 양식 파괴의 한계」, 『자멸과 회생의 소설 문학』, 열음사, 1997.

박덕규, 「구원없는 세대의 구원」, 『웃음소리』 해설, 책세상, 1989.

박래부, 「최인훈 『광장』」, 『문학기행』, 한국일보사, 1987.

박미리, 「「봄이 오면 산에 들에」의 극적 구조」, 『용인대학교 논문집』 19, 2001.

박배식, 「최인훈 『서유기』에 나타난 패러디 분석」, 『비평문학』 9, 1995.

박선경, 「소설의 화자와 수화자: 『구운몽』」, 『현대 소설 시집의 시학』, 한국소설학회, 새문사, 1996.

박선경, 「닫힌 『광장』, 열린 상상력」, 『한라대 논문집』 3, 1999.

박용숙, 「작가는 왜 과거로 향하는가」, 『문학사상』, 1974. 6.

박은태, 「최인훈 소설의 미로구조와 에세이 형식」, 『수련어문논집 26 · 27권』, 2001.

박인숙, 「사반세기만의 베스트셀러 충격」, 일간스포츠, 1985. 5. 9.

박정수, 「최인훈 소설의 환상성: 『구운몽』을 중심으로」, 『서강어문』 15, 1999.

박 진, 「판소리의 현대적 패러디: 최인훈의 소설과 희곡을 중심으로」, 『어문논집』 36, 고려대, 1997.

박 찬, 「10년 침묵 깨고」, 스포츠 서울, 1989. 5. 18.

박찬부, 「문학과 정신분석학」, 『외국문학』, 1992. 가을호.

박해현, 「최인훈 문학의 재조명 활발」, 중앙경제신문, 1989. 4. 19.

박혜경, 「고전 문학의 현대적 수용 양상」, 『작가세계』, 1993. 여름호.

방민호, 「21세기 한국을 읽는다」, 대한매일, 2003. 7. 18.

배윤성, 「문학 인생 30년 맞은 소설가 최인훈씨」, 민주일보, 1989. 12. 15.

백 철, 「하나의 돌이 던져지다」, 서울신문, 1960. 11. 27.

백 철, 「작품 의미의 콤플렉스」, 서울신문, 1960. 12. 18.

서연호, 「봄이 오면 산에 들에」 해설, 『한국의 현대 희곡』Ⅱ, 열음사, 1988.

서연호, 「둥둥 낙랑둥」 해설, 『한국의 현대 희곡』Ⅲ, 열음사, 1988.

서연호, 「최인훈 희곡론」, 『고려대 민족 문화 연구』 28, 1995.

서은선, 「최인훈 소설 『화두』에 대한 서사론적 분석」, 『부산대 국어국문학』 32, 1995.

서은선, 「최인훈 소설 『구운몽』의 해체 의식과 타자 인식 연구」, 『부산대 인문 논총』 49, 1996.

서은선, 「최인훈 소설 『서유기』의 해체 기법 연구」, 『한국 문학 논총』 19, 1996.

서은선, 「『광장』의 동화와 소외에 관한 분석: 『광장』의 타자 인식 연구」, 『오늘의 문예 비평』 38, 2000.

서은주, 「환멸에 대한 관념적 글쓰기」, 『1960년대 문학 연구』, 깊은샘, 1998.

서은주, 「환상, 새로운 질서 세우기의 욕망」, 『작가연구』 14, 깊은샘, 2002. 겨울호.

서주홍, 「우리 시대의 문제작과 화제작 최인훈의 『광장』」, 『한국인』, 1997. 6.

성민엽, 「최인훈, 혹은 남북조 시대의 소설」, 『한국 소설 문학 대계』 42, 동아출판사, 1995.

성현경, 「성년식 소설로서의 「심청전」」, 『서강어문』 3, 서강어문학회, 1983.

손필용, 「「옛날 옛적에 훠어이 훠이」: 예술 경영과 희곡 읽기」, 한국연극사학회, 2000. 11.

송상일, 「소설의 현상: 『광장』」, 『현대문학』, 1981. 7.

송승철, 「『화두』의 유민 의식: 해체를 향한 고착과 치열성」, 『실천문학』, 1994. 여름호.

송재영, 「분단 시대의 문학적 방법」, 최인훈, 『서유기』, 문학과지성사, 1977.

송재영, 「꿈의 연구: 최인훈의 초현실주의 소설」, 『작가세계』, 1990. 봄호.

송　전, 「원초심성의 탐구」, 『외국문학』 15, 1988. 여름호.

송하섭, 「소설의 상징성에 관한 연구: 최인훈의 작품을 중심으로」, 『배재실전 논문집』 2, 1981.

송하춘, 「이상 세계 Utopia를 통해서 본 작가 의식: 「홍길동전」과 『광장』을 중심으로」, 『어문논집』 19, 고려대 출판부, 1977.

송하춘, 「전후 소설의 심층 심리 분석」, 『한국 전후 소설 연구』, 일지사, 1983.

신동욱, 「식민지 시대의 개인과 운명」, 최인훈, 『태풍』(전집5), 문학과지성사, 1978.

신동욱, 「분단 시대 문학관의 분화 사례 연구」, 『동방학지』 38, 연세대 국학연구원, 1983.

신동한, 「확대 해석의 의의」, 서울신문, 1960. 12. 14.

신동한, 「문학의 지도성」, 서울신문, 1960. 12. 28.

신용림, 「이상과 최인훈에 나타난 '방' 이미지」, 『홍익어문』 2, 홍익어문연구회, 1983.

신중신, 「한국 명작을 찾아서: 최인훈의 『광장』」, 『대우사보』, 1989. 4.

신중신, 「문학 작품 속의 『광장』」, 『지방포럼』 1, 한국지방행정연구원, 1999.

신철하, 「문학 · 이데올로기 · 형식」, 『한국학논집』 34, 한양대, 2000.
신형기, 「『광장』의 구조 분석」, 『연세어문학』 12, 1981.
안동준, 「『광장』을 읽는 여덟 번째 방법」, 『배달말』 24, 1999.
안혜성, 「한국 연극 미국 무대에」, 코리아 헤럴드, 1979. 4. 15.
양선영, 「최인훈 단편 소설 「웃음소리」의 서술 양상 고찰」, 『한국어문학』 25, 2001.
양승국, 「최인훈 희곡의 독창성」, 『작가세계』, 1990. 봄호.
양윤모, 「최인훈의 〈서유기〉연구: 환상의 의미 분석」, 『어문학 연구』 8권, 상명대 어문학연구소, 1998.
양윤모, 「타자의 시선을 통한 현실의 이해」, 『어문논집』 40, 고려대, 1999.
양윤모, 「서구 문화의 수용과 혼란에 대한 연구: 최인훈 「크리스마스 캐럴」 연구」, 『우리어문 연구』 14, 우리어문학회, 2000.
양윤모, 「지식인 작가와 현실에 대한 냉철한 분석」, 『작가연구』 14, 깊은샘, 2002. 겨울호.
양진오, 「소설가 소설의 한국적 모델의 완성과 계승」, 『작가연구』 14, 깊은샘, 2002. 겨울호.
엄민영, 「최인훈과 황순원의 거리」, 『봉죽헌 박붕배 박사 회갑 기념 논문집』, 배영사, 1986.
여석기, 「꿈을 현실로 만든 큰 힘」, 『뿌리깊은 나무』, 1979.
여홍상, 「이데올로기 개념과 문학 비평」, 『소설과 사상』 21, 1999.
염무웅, 「상황과 자아」, 『현대한국문학전집』, 신구문화사, 1974.(『최인훈』,은애, 1979)
염무웅, 「망명자의 초상: 『회색인』」, 『현대한국문학전집』, 신구문화사, 1974.
염무웅, 「관념의 모험」, 『한국 문학의 반성』, 민음사, 1976.
오생근, 「창의 이미지 분석」, 『대학신문』, 1969. 5.
오생근, 「믿음의 세계와 창의 세계」, 최인훈, 『우상의 집』(전집 8), 문학과지성사, 1976.
오생근, 「『화두』와 기억의 소설적 형식」, 『현대비평과 이론』, 1994. 가을 · 겨울호.
오생근, 「창을 넘어 삶의 광장으로」, 『광장』(발간 40주년 기념 한정본) 해설, 문학과지성사, 2001.

오양호, 김윤식 · 김우종 편, 「순수 · 참여론의 대립기」, 『한국현대문학사』, 현대문학, 1989.

우남득, 「Road Jim과 『광장』의 비교 연구」, 『이화여대 대학원 논문집』, 1977.

우찬제, 「현실의 유형인 · 인식의 세계인, 그 가역 반응」, 『세계의 문학』, 1994. 여름호

우한용, 「구보씨네 자식들의 행로」, 『문학정신』 73, 1992.

우한용, 「허구적 상상력으로 역사 읽기: 『태풍』 『비명을 찾아서』 『황제를 위하여』 등의 경우」, 『문학정신』 70, 1992.

우한용, 「소설 문체의 사회시학적 궤적」, 『소설과 사상』, 1995. 여름호.

원재길, 「문학에 대한 자기 반성 또는 자의식」, 『한국문학』, 1989. 6.

유보선, 「책읽기를 통한 현실 읽기의 풍요로움」, 『문학사상』, 1994. 6.

유인순, 「채만식 · 최인훈 희곡 작품에 나타난 「심청전」의 변용」, 『비교문학』 11, 1986.

유임하, 「분단 현실과 주체의 자기 정립: 『회색인』」, 『기억의 심연』, 이회, 2002.

유종호 · 김승옥 · 최인호 · 최인훈, 「문학과 세대적 체험론」(좌담), 『문예중앙』, 1977. 겨울호.

유종호, 「소설의 정치적 함축: 『광장』과 『회색인』의 경우」, 『세계의 문학』, 1979. 가을호.

유종호, 「소설과 정치」, 『동시대의 시와 진실』, 민음사, 1995.

유현식, 「기억과 행위의 변증법」, 『철학과 현실』, 1999. 봄호.

윤대성, 「서울 시민의 문화 축제로 승화된 연극인들의 큰 잔치」, 『문화예술』 208, 1996.

윤성희, 「『광장』의 이미지 구조물」, 『제대학보』 18, 1977.

윤성희, 「상징의 삼각 공간, 그 초월 지향의 구조: 『광장』」, 『문학과 비평』 16, 1990.

윤정현, 「『소설가 구보씨의 일일』에 나타난 패러디적 양상고」, 『영남어문학』 22, 1992.

윤지관, 「상품인가 물건인가: 국가 경쟁력과 민족 문학」, 『창작과 비평』, 1994. 여름호.

윤충의, 「소설다운 소설쓰기와 읽기」, 『현대문학』, 1994. 6.
이광호, 「몽유의 형식과 의식의 고고학」, 『환멸의 시학』, 민음사, 1995.
이남호, 「냉전 상황에 대한 지적 반응」, 『웃음소리』 해설, 책세상, 1989.
이남호, 「최인훈의 『화두』」, 『느린보다 더 느린 빠름』, 하늘연못, 1977.
이동하, 「관념과 삶: 『회색인』」, 『집 없는 시대의 문학』, 정음사, 1985.
이동하, 「최인훈 『광장』에 대한 재고찰」, 『한국문학』, 1986. 1
이동하, 「한국 현대 소설과 기독교의 관련 양상에 대한 한 고찰: 「목공 요셉」과 「라울전」의 경우」, 『배달말』 14, 1989.(『한국문학』 196, 1990)
이동하, 「통행 금지 시대의 문학: 최인훈 「크리스마스 캐럴」 연작」, 『소설과 사상』 12, 1995.
이보영, 「최인훈론」, 『문화비평』, 1973. 봄호.
이상갑, 민족문학사연구소 현대문학분과 편, 「문학의 무력감과 '말'의 위력: 「총독의 소리」론」, 『1970년대 장편소설의 현장』, 국학자료원, 2002.
이상갑, 「식민국과 식민지의 이분법을 넘어서: 『태풍』론」, 『작가연구』 14, 깊은샘, 2002.
이상갑, 「「가면고」를 통해서 본 『광장』의 주제의식」, 『한국문학 이론과 비평』, 2003. 3.
이상구, 「최인훈 희곡 연구」, 『동국대 국어국문학 논문집』 15, 1992.
이상우, 「전통으로서의 비극과 경험으로서의 비극: 최인훈 희곡의 비극성에 관한 고찰」, 『어문논집』 32, 고려대 출판부, 1993.
이상일, 「극시인의 탄생」, 최인훈, 『옛날 옛적에 훠어이 훠이』(전집 10), 문학과 지성사, 1979.
이선영, 「지식인의 의식 구조: 『서유기』」, 『세계의 문학』, 1977. 겨울호.
이 순, 「최인훈론」, 『연세어문학』 5, 1974.
이원희, 「두 희곡 작품에 나타난 「심청전」의 패러디 양상」, 「한국 연극학」 7, 1995.
이인석, 「전설과 연극」, 『한국연극』, 1976. 12.
이인숙, 「최인훈의 「춘향뎐」 「놀부뎐」: 풍속의 시대적 편차에 따른 고전의 해석」, 『봉죽헌 박봉배의 박사 회갑 기념 논문집』, 배영사, 1986.
이인숙, 「최인훈의 『서유기』, 그 패러디의 구조와 의미」, 『미원 우인섭 선생 회갑

기념논문집』, 집문당, 1986.
이인숙, 「소설 속에 나타난 미궁 이미지 연구: 미셸 뷔토르의 『시간의 사용』과 최인훈의 『구운몽』을 중심으로」, 『국제어문』 18, 1997.
이인숙, 「최인훈 소설 『구운몽』의 담론 특성에 대하여」, 『국어교육』 99, 한국국어교육연구회, 1999.
이종대, 「최인훈 희곡의 극언어」, 『작가연구』 14, 깊은샘, 2002. 겨울호.
이종천, 「W시로의 여행」, 『문예중앙』, 1984. 봄호.
이지훈, 「'꿈과 생시' 최인훈의 「둥둥 낙랑둥」」, 『연극학 연구』 3, 1992.
이창기, 「화두는 내 정신과 삶이 빚어낸 자발적 구조입니다」, 『동서문학』, 1994. 가을호.
이창동, 「최인훈의 최근의 생각들」(대담), 『작가세계』, 1990. 봄호.
이철범, 「관념 세계의 설정과 그 한계」, 『사상계』, 1968. 12.
이태동, 「문학의 인식 작용과 야누스의 얼굴」, 『세계의 문학』, 1978. 여름호.
이태동, 「오늘의 작가 최인훈씨」, 일간스포츠, 1978. 5. 12.
이태동, 「전통과 개인의 재능: 이상과 최인훈의 경우」, 『부조리의 인간 의식』, 문예출판사, 1981.
이태동, 「'사랑과 시간' 그리고 고향」, 『현대문학』 459, 1993.(『최인훈』,서강대학교 출판부, 1999)
이태동, 「'광장'과 '밀실'의 변증법: 최인훈의 『광장』」, 『문학사상』 317, 1999.
이형기, 「한국이라는 나라」, 『현대문학』, 1966. 4.
임경순, 「최인훈 『광장』 연구」, 『반교 어문 연구』 9, 반교어문학회, 1998.
임재걸, 「최인훈씨의 희곡 「한스와 그레텔」」, 중앙일보, 1981. 10. 27.
임헌영, 「『광장』론 시비」, 『문학 논쟁집』, 태극 출판사, 1977.
임헌영, 「증언과 예언: 『태풍』」, 『문학과 지성』, 1979. 봄호.(『최인훈』, 은애, 1979)
임환모, 「최인훈 『광장』의 서사성과 서사 담론 연구」, 『한국 언어 문학』 41, 1998.
장병호, 「이념 혼란 시대의 이상향 찾기: 최인훈 『광장』에 나타난 소외 의식」, 『비평문학』 12, 1998.
장수익, 「한국 관념소설의 계보」, 『1960년대 문학 연구』, 예하, 1993,
장수익, 「회의적 주체와 타자에 대한 사랑: 최인훈 초기 소설에 대하여」, 『작가연구』 14, 2002.
장양수, 『한국 패러디 소설 연구』, 이화문화사, 1997.
장 현, 「관념에 갇힌 현실과 죽음의 의미」, 『성심 어문논집』 24, 2002.
장혜전, 김병익 · 김현 편, 「「봄이 오면 산에 들에」의 희곡 언어 연구」, 『기순어문학』 8 · 9, 수원대, 1994.
田中明, 김병익 · 김현 편, 「한국 문학사에 등장한 새로운 인물」, 『최인훈』, 은애, 1979.
정과리, 「자아와 세계의 대립적 인식」, 『문학과지성』, 1980. 여름호.
정과리, 「지식인의 사회적 자리」, 『존재의 변증법』 2, 청하, 1986.
정과리, 「꿈 이야기: 한국적 모더니티의 한 심연」, 『현대문학』, 2000. 5월호.
정과리, 「모르기, 모르려 하기, 모른체하기」, 『시학과 언어학』 1, 시학과 언어학회, 2001.
정대화, 「최인훈의 『서유기』연구」, 『국어국문학 논문집』 35, 서울대, 1988.
정명환, 「현실 · 언어 · 문학」(대담), 『문학』 창간호, 1966년 5월호.
정명환, 「전쟁과 한국 작가」, 『한국 작가와 지성』, 문학과지성사, 1978.
정미숙, 「최인훈 희곡과 패러디: 「달아 달아 밝은 달아」를 중심으로」, 『경상어문』 4, 1998.
정영곤, 「최인훈 문학의 장르 변경의 본질」, 『부산사대 어문교육논집』 11, 1991.
정찬영, 「온달 설화의 현대적 변용」, 『한국 어문학 논총』 27, 2000.
정현종, 「개인과 상황의 항로: 『서유기』」, 『세계의 문학』, 1977. 겨울호.(『최인훈』, 은애, 1979)
정호웅, 「1945년 이후 소설사의 주제사적 재조명」, 『소설과 사상』, 1995. 여름호.
정호웅, 「『광장』론: 자기 처벌에 이르는 길」. 『시학과 언어학』 1, 시학과언어학회, 2001.
정희모, 「1960년대 소설의 서사적 새로움과 두 경향」, 민족문학사연구소 현대문학분과, 『1960년대 문학연구』, 깊은샘, 1998.
조보라미, 「최인훈 소설의 탈식민주의적 고찰」, 『관악어문연구』 25권, 2000.
조남현, 「소설에 나타난 소리의 사상성과 도식성」, 『동아일보』, 1973. 1. 8.
조남현, 「자아 완성 혹은 구원에의 몸짓」, 『달과 소년병』, 세계사, 1989.

조남현, 「최인훈의 『광장』」, 『한국 현대 소설의 해부』, 문예출판사, 1993.
조동길, 「최인훈론」, 『국문학』 8, 공주사대 국어국문학회, 1974.
조동일, 「「심청전」에 나타난 비장과 골계」, 『계명논집』 6, 1971.
조선희, 「함께 되물어야 할 변혁 시대 글의 사명」, 한겨레 신문, 1989. 6. 7.
조우석, 「국내 창작극 최다 공연 기록: 「옛날 옛적에 훠어이 훠이」」, 세계일보, 1989. 10. 13.
진덕규, 「작가의 상상력과 현실」, 『세대』, 1977. 1.
진선주, 「최인훈의 『화두』: 마뜨료쉬카 인형의 '이니퍼니'」, 『어문논총』 4, 충북대, 1995.
진선주, 「최인훈의 『화두』와 조이스」, 『세계의 문학』, 1998. 봄호.
진형준, 「두 욕망의 사이」, 『오늘의 역사, 오늘의 문학』 21, 중앙일보사, 1987.
진형준, 「기억을 찾아서 가는 소설의 길」(대담), 『상상』, 1994. 여름호.
차봉준, 「최인훈 패러디 소설 연구」, 『숭실어문』 17, 숭실어문학회, 2001.
차혜영, 「자율적 주체의 개인주의와 모더니즘적 글쓰기」, 민족문학사연구소 현대문학분과, 『1960년대 문학연구』, 깊은샘, 1998.
채정상, 「이데올로기의 누망속에서의 미로 찾기: 최인훈 「금오신화」의 기호학적 분석, 『동국대 국어국문학 논문집』 17, 1996.
채호석, 「최인훈론: 『광장』의 창작 방법에 대한 비판적 검토」, 『한국 현대작가 연구』, 민음사, 1989.
천이두, 「한국의 두 가지 소설」, 『현대문학』, 1966. 8.
천이두, 「나와 남들과의 관계: 『구운몽』」, 『현대한국문학전집』, 신구문화사, 1974.
천이두, 「밀실과 광장」, 『문학과 지성』, 1976. 겨울호.
천이두, 「추억과 현실의 환상」, 최인훈, 『하늘의 다리/두만강』(전집 7), 문학과지성사, 1978.
천이두, 「제재와 방법」, 『문학과 시대』, 문학과지성사, 1982.
최애열, 「최인훈의 『회색인』 연구」, 『대전대 대전 어문학』 6, 1989.
최인자, 「최인훈 에세이적 소설 형식의 문화철학적 고찰: 『소설가 구보씨의 일일』을 중심으로」, 『서울사대 국어교육연구』 3, 1996.
최정식, 「최인훈 「웃음소리」에 나타난 상징 구조」, 『동래여자전문대 논문집』 7,

1988.
최준호, 「아름다운 언어로 구축된 최인훈 희곡의 연극성」, 『시학과 언어학』 1, 시학과 언어학회, 2001.
최혜실, 「『소설가 구보씨의 일일』에 나타나는 '산책자' 연구」, 『관악 어문학 연구』, 1988. 12.
탁석산, 「『회색인』의 고민」, 『문예중앙』, 2001.
하동훈, 「혼돈속의 질서」, 『최인훈』, 민음사, 1973.(『느릅나무가 있는 풍경』 해설, 민음사, 1981)
하재봉, 「작가 정신의 본질 드러낸 단상집: 『길에 관한 명상』」, 『출판저널』, 1989. 5. 20.
하정일, 「탈식민 서사와 식민적 무의식: 『화두』론」, 『작가연구』 14, 깊은샘, 2002. 겨울호.
한 기, 「최인훈론: 분단시대의 소설적 모험」, 『문학사상』, 1989. 4.
한 기, 「『광장』의 원형성, 대화적 역사성, 그리고 현재성」, 『작가세계』, 1990. 봄호.
한 기, 「분단 시대의 소설적 모험: 최인훈론」, 『전환기의 사회와 문학』, 문학과 지성사. 1991.
한 기, 「광장과 밀실 사이 또는 예술가의 초상」(대담), 『문학정신』, 1992년 12월호.
한 기, 「최인훈의 볼 만한 소설들」, 『남들의 지붕 밑에서』 해설, 청아, 1992.
한 기, 「인간은 생각하는 짐승!」(대담), 『문예중앙』 22, 1999.
한수영, 「체험과 회상의 두 가지 양식: 최인훈 『화두』와 이호철의 「남녘사람 북녘사람」을 중심으 로」, 『시문학』 345, 2000.
한승옥, 「신화의 진액을 퍼올리는 고독한 예술가의 초상」(대담), 『동서문학』, 1989. 8.
한형구, 「『소설가 구보씨의 일일』계보 소설을 통해 본 20세기 서울의 삶의 역사와 그 공간 지리의 변모」, 『서울학 연구』 14, 2000.
한혜경, 「『광장』의 서사 구조 분석」, 『이화 어문 논집』 8, 1986.
한혜선, 「최인훈의 「춘향뎐」을 읽는다」, 『한국 패러디 소설 연구』, 국학자료원,

1996.
홍사중, 「탈출과 좌절: 『광장』」, 『현대한국문학전집』, 신구문화사, 1974.
홍진석, 「「달아달아 밝은 달아」의 주제 의식 고찰: 「심청전」과 서사 구조 대비를 중심으로」, 『한국 언어 문학』 31, 1993.
황순재, 「최인훈 소설의 환상기법 양상과 표현적 효과」, 『문학과 비평』, 1989. 겨울호.

## 단행본

김인호, 『해체와 저항의 서사-최인훈 문학연구』, 문학과지성사, 2004.
김욱동, 『'광장'을 읽는 일곱 가지 방법』, 문학과지성사, 1996.
김병익 · 김현 편, 『최인훈』, 은애, 1970.
박정수, 『현대소설과 환상』, 새미, 2002.
이태동 편, 『최인훈』, 서강대 출판부, 1999.
최인훈 특집, 『작가세계』, 세계사, 1990. 봄호.
최인훈 특집, 『작가연구』 14, 깊은샘, 2002. 겨울호.
홍진석, 『최인훈 희곡 연구』, 태학사, 1996.

# 최인훈 연보

1936년 함북 회령에서 목재상인인 아버지 최국성과 어머니 김경숙 사이에서 4남 2녀의 장남으로 출생.

1943년 회령북국민학교에 입학. 1947년까지 이곳에서 5학년 1학기까지 학교를 다님.

1945년 해방을 맞은 후 소련군이 진주하면서 세워진 공산정권에 의해 그의 부친은 부르주아지로 분류되어 다른 지역으로의 이주를 결심.

1947년 부친을 따라 함남 원산으로 이주. 부친은 원산제재공장에 취직. 당시 학제는 9월에 신학년이 시작되었는데, 최인훈은 학년을 뛰어넘어 원산중학교 2학년에 입학.

1950년 6 · 25가 발발하고 10월부터 시작된 국군 철수를 따라 12월 원산항에서 해군함정 LST편으로 전 가족이 월남. 1개월 정도 부산의 피난민 수용소를 거쳐 외가 쪽 친척이 있는 목포로 이주.

1951년 목포고등학교에 입학하여 1년 동안 다님.

1952년 다시 피난 수도인 부산으로 돌아와 서울대 법대에 입학. 아버지가 영월의 중석 광산에서 제재소 일을 하였기 때문에 가족 모두 강원도에서 살았으나 그는 학교 문제로 혼자 부산에서 지냄. 여기서 그는 자신의 최초의 작품인 「두만강」을 집필.

1955년 『새벽』지에 잡지 책임추천의 형식으로 시 「수정」이 추천됨.

1956년 마지막 학기를 남기고 대학을 중퇴.

1957년 군에 입대하여 1963년까지 7년간 통역장교로 근무. 이후 1963년까지 중위로 복무하면서 문단활동을 시작.

1959년 「Grey구락부 전말기」(『자유문학』 10월)를 발표하면서 문단에 등단하고, 이어서 「라울전」(『자유문학』 12월)이 안수길에 의해 추천되어 공식적으로 소설가의 자격을 얻음.

1960년 「9월의 다알리아」(『새벽』 1월), 「우상의 집」(『자유문학』 2월), 「가면고」(『자유문학』 7월)를 발표하고 「광장」(『새벽』 10월)을 발표하면서 문단의 주목을 받게 되었고 작가로서의 역량도 인정받게 됨.

1961년 『광장』(정향사)을 단행본으로 출간. 「수(囚)」(『사상계』 7월) 발표.

1962년 「구운몽」(『자유문학』 4월), 「열하일기」(『자유문학』 7 · 8월), 「7월의 아이들」(『사상계』 7월) 발표.

1963년 4월에 육군중위로 예편. 「크리스마스 캐럴 1」(『자유문학』 6월), 「금오신화」(『사상계』 문예중간호), 「회색인」(『세대』 6월-1964년 6월까지 연재) 발표.

1964년 「크리스마스 캐럴2」(『현대문학』 12월), 「전사연구」(『여성』)발표. 「전사연구」는 후에 「전사에서」로 개제됨.

1965년 평론 「문학은 현실 비판이다」(『사상계』 10월) 발표.

1966년 「놀부뎐」(『한국문학』 봄호), 「웃음소리」(『신동아』 1월), 「크리스마스 캐럴 3」(『세대』 2월), 「크리스마스 캐럴 4」(『현대문학』 3월), 「국도의 끝」(『세대』 5월), 「크리스마스캐럴 5」(『한국문학』 여름호), 「정오」(『현대문학』 10월 발표, 「서유기」(『문학』 6월) 연재를 시작.

「웃음소리」로 제11회 동인문학상 수상.

1967년 「총독의 소리 1」(『신동아』 2월), 「총독의 소리 2」(『월간중앙』 8월) 발표. 단편집 『총독의 소리 3』(홍익출판사) 간행.

1968년 「총독의 소리 3」(『창작과 비평』 겨울호), 「주석의 소리」(『월간중앙』 4월), 산문 「공명」(『월간중앙』 4월) 발표.

1969년 「옹고집뎐」(『월간문학』 6월), 「온달」(『현대문학』 7월), 「열반의 배」(『현대문학』 9월), 「소설가 구보씨의 일일 1」(『월간중앙』 12월) 발표.

1970년 「소설가 구보씨의 일일 2」(『창작과 비평』 봄호), 「하늘의 다리」(『주간한국』 연재) 발표. 평론집 『문학을 찾아서』(현암사) 간행. 희곡 「어디서 무엇이 되어 만나랴」(『현대문학』) 발표.

11월 17일 신문회관 3층에서 이헌구 선생의 주례로 원춘삼씨의 장녀 원영희씨와 결혼.

1971년 「소설가 구보씨의 일일」을 「갈대의 사계」라는 제목으로 고쳐 『월간중앙』

에 연재. 『서유기』(을유문화사) 간행.

1972년 『소설가 구보씨의 일일』(삼성출판사) 간행.

1973년 장편소설 『태풍』(『중앙일보』) 연재.

미국 아이오와 대학의 〈세계 작가 프로그램(I제)〉의 초청으로 9월 미국으로 가서 4년간 체류.

김소운의 번역으로 『광장』(일문판)을 일본의 동수사에서 출간.

1976년 미국에서 5월 귀국. 「옛날 옛적에 훠어이 훠이」(『세계의 문학』 창간호), 「총독의 소리 4」(『한국문학』 8월) 발표. 『최인훈 전집』(문학과지성사) 간행 시작.

극단 〈산하〉에서 「옛날 옛적에 훠어이 훠이」를 최초로 공연.

1977년 「봄이 오면 산에 들에」(『세계의 문학』 봄호) 발표.

「옛날 옛적에 훠어이 훠이」로 한국 연극영화예술상 희곡상 수상.

서울예술전문대학 교수 취임.

1978년 「둥둥 낙랑둥」(『세계의 문학』 여름호), 「달아 달아 밝은 달아」(『세계의 문학』 가을호) 발표.

「옛날 옛적에 훠어이 훠이」로 제4회 중앙문화대상 예술부문 장려상수상.

1979년 3월 미국 뉴욕주의 브록포드대학의 연극부에서 이 대학의 조오곤 교수 번역으로 「옛날 옛적에 훠어이 훠이」 공연. 원작자 자격으로 초청되어 2월 미국에 감.

7월 『최인훈 전집』이 문학과지성사에서 완간된다.

산문 「원시인이 되기 위한 문명한 의식」(『문예중앙』 겨울호) 발표.

〈서울시 문화상〉(문학 부문) 수상.

「달아 달아 밝은 달아」로 서울극평가그룹상 수상.

1980년 『왕자와 탈』(문장사) 간행.

『하늘의 다리』(고려원) 간행.

산문 「상황의 원점」(『문학과 지성』 봄호)발표.

1981년 『느릅나무가 있는 풍경』(민음사) 간행.

김현과의 대담 「변동하는 시대의 예술가의 탐구」(『신동아』 9월) 발표.

1982년 희곡 『한스와 그레텔』(문학예술사) 출간.

산문 「광장의 이명준」(『정경문화』 6월) 발표.

1984년 「달과 소년병」(『한국문학』 6월) 발표.

1987년 4월 미국 뉴욕의 〈범 아시아 레퍼토리〉극단에서 공연하는 「옛날 옛적에 훠어이 훠이」의 참관차 미국에 감. 브록포드대학의 공연과 달리 전문 극단에 의한 본격 공연이었음.

1988년 「길에 관한 명상」(한진그룹 사보 『길』), 「광장의 주인공 이명준에 대한 생각」(『월간중앙』 6월), 「도버의 흰 절벽」(『씨네마』 10월) 등의 산문 발표.

1989년 창작선집 『달과 소년병』(세계사) 간행.

산문집 『길에 관한 명상』(청하출판사) 간행.

창작선집 『웃음소리』(책세상) 간행.

『회색인』(영어판)을 시사영어사에서 간행.

1990년 문학예술론집 『꿈의 거울』(우신사) 간행.

1992년 단편선집 『남들의 지붕 밑에서』(청아출판사) 간행.

『봄이 오면 산에 들에』(프랑스어판) 출간.

1993년 러시아 여행.

1994년 장편소설 『화두』(1, 2권)를 민음사에서 간행.

『광장』 프랑스어판(Acres Sud) 출간.

러시아를 두 번째 여행하고 「봄이 오면 산에 들에」 모스크바 공연을 참관. 『화두』로 제6회 이산문학상 수상.

1996년 최인훈 연극제가 열림.

『광장』 100쇄 간행 기념회가 프레스센터에서 열림.

2001년 『광장』 40주년 기념 고급 장정본 2,000부 한정판으로 출간. 4월 13일 『광장』 발간 40주년 기념 '최인훈 문학 심포지엄'이 세종문화회관에서 개최됨.

서울예술대학 문예창작과 교수를 정년퇴임하고 명예교수로 취임. 5월 19일 서울예술대학 동랑예술극장에서 정년퇴임 고별강연을 함.

2002년 『화두』를 수정 보완하여 문이재에서 출간.

**최인훈 소설 연구**

2005년 1월 15일 인쇄
2005년 1월 20일 발행

저 자 김 미 영
펴낸이 박 현 숙
찍은곳 신화인쇄공사

110-320 서울시 종로구 낙원동 58-1 종로오피스텔 606호
TEL. 02-764-3018, 764-3019 FAX. 02-764-3011
E-mail : kpsm80@hanmail.net

펴낸곳 도서출판 **깊 은 샘**

등록번호/제2-69. 등록년월일/1980년 2월 6일

ISBN 89-7416-143-5

※ 잘못된 책은 교환해 드립니다.

**값 15,000원**